U0361492

本成果受到中国人民大学 2017 年度『中央高校建设世界一流大学（学科）和特色发展引导专项资金』支持

文学与当代史丛书

丛书主编
洪子诚

（修订本）

海派小说与现代都市文化

李今 著

北京大学出版社
PEKING UNIVERSITY PRESS

图书在版编目（CIP）数据

海派小说与现代都市文化 / 李今著 . — 修订本 . — 北京：北京大学出版社，2019.5
（文学与当代史丛书）
ISBN 978-7-301-30227-9

Ⅰ . ①海… Ⅱ . ①李… Ⅲ . ①小说－文学流派研究－中国－现代 Ⅳ . ① I207.42

中国版本图书馆 CIP 数据核字 (2019) 第 001229 号

书　　　　名	海派小说与现代都市文化（修订本）
	HAIPAI XIAOSHUO YU XIANDAI DUSHI WENHUA（XIUDINGBEN）
著作责任者	李今著
责任编辑	于铁红　黄敏劼
标准书号	ISBN 978-7-301-30227-9
出版发行	北京大学出版社
地　　址	北京市海淀区成府路205号　100871
网　　址	http://www.pup.cn　新浪微博：@北京大学出版社
电子信箱	zpup@pup.cn
电　　话	邮购部 010-62752015　发行部 010-62750672　编辑部 010-62750112
印　刷　者	天津联城印刷有限公司
经　销　者	新华书店
	660毫米×960毫米　16开本　22.5印张　285千字
	2019年5月第1版　2019年5月第1次印刷
定　　价	72.00元

目录

序

吴福辉

    李今是我的同事。在现代文学馆一起工作的时间可不算短。十几年的岁月里除了搞征集、编刊物，眼见着她把北师大的硕士读完了，又去读北大的博士。当她把博士学位论文的题目定为"海派文学"的时候，我真是没有想到。因为我所知道的李今，是同上海毫无关系的。李今是道地的北方人，原籍是北方，出生地是北方。按我对中国的了解，实际上除了生活在东南沿海的部分地区，其他的中原人、西南人，也都和北方人一样，表面或许是生长在一个城市里，可上一代、上两代的记忆，皆是农村无疑。20 世纪 50 年代，我在东北的一个工业城市里读师范，这个学校离火车站也就是半个多小时的行程，如果碰上这一期的《文艺学习》杂志到了火车站附近的书店我跑去买(真的是"跑"。其时我正像有那么一回事似的在练长跑)，那就是十几分钟。但是我总不习惯我的同学管火车站那一小圈地方叫"城里"，把去那里叫作"进城"和"去站上"。他们是跟着父辈祖辈这样叫的，站在乡村敬畏都市的立场上。所以，李今会立志研究上海和它的文学，我总觉得不可思议。

    可是，现在这本厚重的样稿放在我面前，她的海派研究即将出书，我们不能不刮目相看了。我可以想象这其中包含的无数个日夜坐图书馆、爬格子的辛劳，但我还是无法知道李今是用什么来唤起自己的研究激情的。而贴近研究对象，产生与之对话的动机、需要和热情，应当说是我们学术工作必备的要素。当然，李今无法拥有我研究海派的天然条件，我有对20世纪40年代上海的回忆，有我的童年印象作凭借，我的海派研究就像是一次还乡；而李今的研究首先要克服"隔膜"，她要靠阅读来增加历史感，依仗翻阅原始资料和亲身的调查踏访来营造一幅具体的、可见可闻的旧上海文学图景。她似乎做得不错。她在"后记"中说，她最初的起因，是缘于对当前中国都市化进程的现实的关心，缘于对现代商业城市中人的生存处境和由此急剧产生的价值观念变迁的兴趣。这就揭示出新一代学人的研究特色：更重视当代的动机，在突破了单纯的社会功利的束缚之后，加强了文化探源的目的性。这也足可以用来解释李今在海派文学研究中，为什么能扬长避短，避开自己历史具象感觉不够丰富的缺欠，而取得了将文化、思潮和美学的审视汇于一炉的显著特征。她可能没有那么贴近，没有那样多的感情投入，但全书贯穿了引用、论证的巨大心力。她做得是不错的。

据我所知，在论文形成过程中，李今曾摘取了其中的章节交给香港岭南学院（现岭南大学）的《现代中文文学学报》发表。这个学报是采用校外学者匿名审稿制度的。稿子到了在美国哈佛大学任教的李欧梵手里，他读后评价不坏。李欧梵这些年一直在关注民国以来的上海文学，搜集中国海派和现代派的资料，他的评说应当说是有分量的（虽不是全面评说）。最近在苏州通俗文学史的研讨会上碰到他，提起此事此文，他还记得。再就是论文在答辩时，我也忝列其中了。北大中文系的学生答辩我几乎每年都参加，我觉得一篇论文如能经受得住陈平原、温儒敏两人的严厉批评，也就可以了。两人的风格迥然不同：温儒敏是简洁了当，问题直切入要害，如大雷轰顶，将人打懵；陈平原是条分缕析，丝丝入扣，让人一阵阵发痛，再心服。那天陈平原说，从论文中的现代都市文化的研究看得出，有关 20 世纪三四十年代上海社会的研究，是在第二手材料的基础上形成的，独立分析还不够，文字有的地方嫌拖沓。批评得也不轻。但陈平原转而又说，第二章"唯美—颓废和对于新的生活方式的探求"、第三章"电影和新的小说范式"（答辩时的标题是"电影和对于新的艺术形式的实验"）比较成熟，资料的发现和理论的把握都有所推进。这评价，着实是不算低了。

我认为，李今的海派研究是在解志熙的中国唯美—颓废主义文学思潮研究和我的海派小说研究之间，找到了自己的切入点。她有严家炎先生做指导，很容易找准方向。于是，她提出了今后的海派研究再也忽视不得（不等于不能跨越）的新的东西：第一，系统地发现了新感觉派诸位作家 20 世纪 30 年代参与"软性电影和硬性电影之争"的大量材料。由于电影在 20 世纪 30 年代作为新兴艺术的特殊位置，而刘呐鸥、穆时英对此的参与比我们预想的要深入得多，这批资料的挖掘因此显得十分重要。从软硬电影之争，引出西方现代化过程中的两种现代性（在 19 世纪中叶分裂）及其同时表现在中国海派身上的结论，是大有深味的。第二，在此基础上，有了比较完整地梳理海派（主要是新感觉派）文学理论观念的可能。一个文学流派的文学思想，自然可以通过对它们作品的过滤折射出来。作家的宣言自然也不能等同于他的艺术实践。但是，如果既有代表作品，又有艺术主张可以两相参照，岂不是会更容易地走近他们吗？过去由于资料匮乏，孔另境所编《现代作家书简》一书所收的施蛰存、戴望舒、穆时英、叶灵凤、刘呐鸥互相来往的几封信件，曾经让我们如得了宝贝似的，反复引用。如今李今依靠这一批新发现的材料来言说海派思想，可做到游刃有余。第三，探寻了海派的文化渊源，明确指出海派与 19 世纪中叶以后西方的颓废—唯美派千丝万缕的关联。海派的"文化渊源"与"精神特征"是本书的两大立论支柱，而李今对前者的阐释显然更突出些。由颓废—唯美派连类提出的唯美派颓废观和马克思主义颓废观在新感觉派身上的并置问题，进而对颓废女性形象和意象的深入发挥，是本书中的精彩段落。第四，对施蛰存、穆时英、张爱玲、予且四人的细读。这能见功夫。如把《白金的女体塑像》和新发现的该篇小说初刊本《谢医师的疯症》的详加对照，如对施蛰存的几篇历史小说的文本分析，如仔细辨析张爱玲多部小说中消解价值神话的写作策略等，都颇富于启发性。

我想，每一个人阅读的目的、角度不同，阅读修养和个性各异，一本研究著作是可以读出各种各样的内容来的；只要这本著作里有一个大千世界，有思想，有胆识，不板着面孔教训人，而是启发人。李今这书的引文多了点，句子长了点，没办法，它是学位论文。可是它并不枯燥，如果用心读了进去，是会发现一片你未曾接触过的大天地的。

这就回到李今研究的目的上去了。海派是我们身边的文学现象，更是文化现象，无处不在。20世纪的文学和文化，即将逝去，它是中国历史上第一个属于"现代"的世纪，若要认识它多元的构成，则海派不容忽视。什么是文学？这个问题一个世纪以来，好像是明确的，现在忽然变得并不明确了。我们认识了文学与政治社会、文学与功利主义、文学与为人民，以及文学与人生之间庄严的关系，可我们刚刚才想通，文学与商业社会、文学与非功利、文学与为艺术而艺术、文学与为个人、文学与世俗人生，也是有联结的。后面的意思，就有海派的影子了。这是海派的辐射性，是它的当代价值的一部分。海派文学、海派文化研究在今天能被大大拓宽，原因正在于此。

新近，我在现代文学馆接待了一位法国巴黎东方语言文化学院（简称INALCO）的青年女学者娜塔莉（Nathalie Martin）。她在法国导师的指导下，正在研读苏青20世纪40年代编辑的《天地》杂志的全本，以作博士论文。她的导师我认识，叫伊莎·贝拉（Isabelle

Rabut），曾与另一位法国学者安热勒·毕诺（Angel Pino）合编了一本研究中国海派的论文集在法国出版，收入了严家炎先生、我和李今的有关文字。她和她的导师都在研究中国海派，这让我受到一种刺激。她要把《天地》杂志里的作者笔名全查清楚。看着她坐在那里埋头翻我借她的那本《中国现代文学作者笔名录》，我有点感动。一般地说，同行不是冤家吗，但我此时此刻的想法却是：嗨，李今和我又多了个"洋同事"（同做一种文学研究事业，而又不属于同一国籍之谓也）了！

2000 年 8 月 27 日
于京城小石居

小 引

20世纪90年代以来，随着中国现代化、都市化高潮的又一次掀起，对于上海以及海派文化的研究成为国内外学术界的一个热门话题。海派小说也作为都市文化和海派文化的一个重镇而进入研究者的视野。

新中国成立后，新文学虽然成为大学的一门新学科，在把新文学史阐释为新民主主义性质的历史叙述中，海派作家一向被排除在这门学科的正史之外。直到80年代以后，通过对新文学史的不断反思与"重写"，在确立了文学的本体地位、把"文学的现代化"树立为核心性质的视野下，海派诸作家才开始引起学者的注目。首先是严家炎在1984年连载于上海《小说界》现代小说流派论的系列文章和1985年出版的《新感觉派小说选·序言》中，确立了新感觉派作为中国现代文学史上第一个独立的现代主义小说流派的位置；其次，是夏志清《中国现代小说史》中译本传到中国大陆，他把张爱玲与鲁迅、茅盾、老舍、巴金等大家相提并论的布局，使大陆学者得以"发现"张爱玲，更因张爱玲于1995年去世，致使"张爱玲热"大有泛滥成灾之势。另外，对于唯美—颓废派的研究使邵洵美、章克标、林微音、叶灵凤等得以显现。直到90年代海派文学才被作为一个具有特殊文化意义的整体来加以研究、定型而成为中国现代文学史上的一个重要论题。其标志性成果是吴福辉的《都市漩流中的海派小说》。该书第一次从上海都市文化的角度把一向处于分散状态的海派诸作家聚集在一起，综合性地论述了在海派作家作品、人格及其文学活动中所显示出的海派文化特征，使"海派小说"这一新的称谓写入了 90 年代中后期出版的文学史中[1]。

本来把海派小说作为整体进行研究，从文学的角度来看，是不很规范的。这不仅因为在文学史上从来没有产生过以"海派"命名的，有着共同纲领、文学主张和活动的社团或流派，而且当北平知识分子把常常用来形容上海城市生活某些恶劣作风的"海派"一词引入文坛，而挑起 30 年代"京海之争"时，所泛指的也是上海文坛的恶劣风气。它的矛头所向，用沈从文的话来说，是指"道德上与文化上"的"恶风气"，并不是要指称或命名一个文学流派。虽然在论争中，沈从文明确指出"过去的'海派'与'礼拜六派'不能分开，那是一样东西的两种称呼"，并为"海派"下定义说："'名士才情'与'商业竞卖'相结合，便成立了我们今天对于海派这个名词的概念。"[2] 但他把"礼拜六派"作为旧海派的代表，并不是在文学的意义上来说的，仍指斥的是礼拜六派"投机取巧""见风使舵""冒充风雅""哄骗读者"等坏作风。后来，他又给"良友一流的新人物"戴上了"新海派"的帽子，说他们谈爱情、文学、电影以及其他，是在制造上海的新口味。他们虽然貌似礼拜六派的"革命者"，实际上是"美国生活的摹仿者"，他们虽然"进攻礼拜六运动"，但实际上"仍然继续礼拜六趣味发展"。[3]这显然谈的也不是文学，而与上海地区的文化风尚和趣味有关。鲁

---

1 如孔范今主编的《20 世纪中国文学史》，专列"京、海派小说的对立和发展"一章；张炯、邓绍基、樊骏主编的《中华文学通史·近现代文学编》，设"五光十色的上海文坛"一章，虽未以"海派文学"冠之，但以"海派小说"行文。

2 沈从文：《论"海派"》，载《大公报》，1934 年 1 月 10 日。

3 沈从文：《郁达夫张资平及其影响》，《沈从文文集》第 11 卷，花城出版社、三联书店香港分店联合出版，1992 年，第 143 页。

迅的谈海派也是从上海的经济、地域特征出发的泛泛而论。他深刻指出："'京派'是官的帮闲，'海派'则是商的帮忙。"这一论断既一针见血地挑明了京派与海派的本质区别，又指出了他们或为"帮闲"或为"帮忙"的同一性。可以说，30年代"京海之争"所说的"海派"并不是文学流派意义上的称谓，而且也并无确指。正像姚雪垠所说，"没谁出来自首，也没谁在上海滩立一通'海派碑'，把他们的名字刻出"[1]。但"海派"的名声不佳却使它成为一项骂人的帽子，甚至连鲁迅都未能幸免[2]。赵树理的《小二黑结婚》也因是"低级的通俗故事"曾被人说成是"海派"[3]，还有人认为"海派主要指左联"[4]，可见这一名称之滥用。

所以，借用20世纪30年代京海之争的"海派"概念来指称当今研究者重新提出的"海派文学"，与其说是要"为海派文学正名"，不如说是一次文化上的新的命名活动。它反映了人们试图通过理解和认识往昔文化现象，来理解和认识今日的都市化和现代化所引起的社会、文化、价值观和人生观等一系列变化而采取的一种策略。从吴福辉在《都市漩流中的海派小说》中所列的海派小说家和收入魏绍昌主编的"海派小说专辑"中的作家来看，被指认为海派作家的就有曾朴、曾虚白、施蛰存、刘呐鸥、穆时英、杜衡、黑婴、禾金、章克标、曾今可、徐訏、张爱玲、苏青、施济美、谭惟翰、东方蝃蝀、林微音、丁谛、崔万秋、黄震遐、予且等，且不说这一长串的名单令人生畏，仅从类型上看，就包括了从具有明显左翼倾向的丁谛到右翼的黄震遐，从最先锋的新感觉派到接近通俗形式的予且、谭惟翰，

1　姚雪垠：《鸟文人》，载《芒种》第1卷第3期，1935年4月。

2　王一在《哭闻一多先生》（见1946年7月25日重庆《新华日报》）一文中说："从前我们在北平骂鲁迅，看不起他，说他海派，现在，我要向他忏悔，我们骂错了。"

3　黄修己编：《赵树理研究资料》，北岳文艺出版社，1985年，第89页。

4　《朱光潜自传》，收入巴金等著，王寿兰编：《当代文学翻译百家谈》，北京大学出版社，1989年，第179页。

更不用说海派作家还被分别冠以"后期浪漫派""心理分析小说""唯美派""现代派"等诸多名目。可以说，应用"海派"这一称谓所囊括的各类小说是五花八门的，这对精确描述这个概念的尝试构成了严重的挑战。事实上，无论从意识上，还是从文学风格上，我们都难以找到他们之间的共同点。

从学术界对于海派文学的定义和描述上也可以看出，海派文学这一概念成立的基础只能建立在与上海某段特殊历史时期中所发生的一种文化现象，或者说是海派文化的联系之上。把"海派文学"作为研究对象，实际上采取的是一个文化的角度，是一个文化视野下的文学课题。确立"海派文学"概念的根据，恰恰主要不是文学的因素，而是社会文化的因素。

这并不意味着，凡是于 20 世纪 20—40 年代在上海地区创作，并反映现代上海都市题材的作家都可归入海派作家，他们的小说都可归入海派小说的行列。最典型的例子就是茅盾的《子夜》，它虽然是反映 30 年代上海的一部最为厚重的著作，但其主题精神显然与海派格格不入。我认为其间的差异主要反映在立场和态度上，即对于在上海现代大都市和现代商品经济发展的大背景下，出现的过去未曾认识到的新的生活方式，新的行为方式，新的概念、价值或意义，采取的是相排斥、相对立，还是相适应、相追随的姿态。尽管这也不是一条"斩钉截铁"的分界线，但从程度上可有一个大体的把握。事实上，海派作家群在 20 年代末至 40 年代末文坛上的雅与俗之间，追随革命与救亡的主流文学和信奉自我与艺术的自由主义文学家之间，本来就是一个边缘模糊的中间存在，正是在与其他社团流派的联系和区别中，显示出自己的特色，成为既不同于高雅文学，也不同于通俗文学；既不同于主流文学，也不同于自由主义作家的第三种存在。海派作家群都各自或多或少地受到不同的文学主张和创作倾向的影响。鉴于此，本书并不试图（也无法）按照论述文学史思潮流派的标准研究模式，对海派小说的主题、风格、文体、审美追求等做出综合的概括性论述，而选择最能代表海派作家群的价值观、人生观、文学观，最能反映海派文化的新信息和本质特征，最能标志海派文学独特成就的作家：刘呐鸥、施蛰存、穆时英等新感觉派，还有 40 年代的张爱玲、苏青、予且等为主要的论述对象，以凸现出海派小说在现代文学史上的独特存在及其价值和意义。

虽然鸳鸯蝴蝶派，或说礼拜六派，还有张资平和徐訏都一向被看作是海派的重要作家，但我认为从他们作品中所弥散的意识、价值看来，或者过于因袭传统社会所规定的信仰、态度和倾向，或者太接近现代艺术家的理念、趣味和特质。鸳蝴派的作品虽然随着上海都市化、现代化，实际上是西化的社会风俗的改变，也不断加入了新因素；但从根本上说来，仍保守着公认的观念和传统的价值，正像瞿秋白所批判的那样，是"维新的封建道德""改良的礼教"。被称为"三角恋爱小说家"的张资平，虽然也描写了海派小说最具特色的两性主题，但其主人公对"处女宝"和"身的贞操"的执着，暴露其两性观念的陈腐，敢写性欲和性行为并不等于性意识的更新。徐訏的小说可以说是高雅文学主题的通俗化，以适合现代大众审美趣味的形式包裹了一个高雅的灵魂。如果把这些作家列为海派作家群，他们也只能处于这个群体的边缘。不仅如此，甚至本书涉及的主要对象也并不那么纯粹，他们只不过在反映上海向现代工业化、国际性大都市转变的过程中，通过描述新的文化现象、新的阶层、新的行为方式和思维方式，隐隐约约地透露出一种文化向另一种文化、一种价值观向另一种价值观转变的意识和信息。这当然与在中国现代化的过程中，资本主义经济和文化的介入有关。

正像开埠后的上海在中国是个"异数"一样，海派文学在中国现代文学史中也是个"异数"。因为海派文学不仅植根于体现了近代中国历史特征的半殖民地半封建社会的上海，更与作为英、法、美的租界地，全面移植资本主义的商品生产、经营管理、城市建设和生活方式，实行了"时间短暂的资产阶级实验"[1]的上海有关，而这个意义的上海则一向被主流大历史的叙述所遮蔽。只有经过了相当长的时间沉淀，直到 80 年代中后期以后，人们才能较为客观地面对这段现代化与半殖民地化、繁荣与耻辱同在的历史。本书正是力图结合这个时期的历史研究成果，去剖析海派文学赖以生长的特定时期的经济、社会和文化的土壤，特别是西方现代都市文化介入二三十年代的上海，对这个时期上海都市文化的兴起所起到的至关重要的作用。具体来说，本书将以二三十年代上海流行的西式现代主义建筑风格、唯美—颓废的现代都市文学和电影这三大领域构成的现代都市文化对海派小说的影响为线索，探讨海派小说在文学观念和主题上所表现出的独特的精神特征，海派作家在现代都市环境中从知识分子自誉为举托"经国之大业"的神圣心理向社会雇佣者的世俗心理转变的社会依据，以及海派文学作为现代新市民精神表达者的社会基础。

由于此论题牵涉面广，涉及经济、社会、文化诸多重大领域，本书力求在本专业范围，即文学范围，扩及文化领域，以第一手材料作为立论的基础，而旁及的经济、社会的历史状况，则以有关这方面的专家学者的研究成果作为论说的依据。按照"言必有据"的学术要求，从文本分析、史实证明和理论依据几个方面加强阐述论题的实证性。这当然还只能说是本书作者的一种意愿，或说是一种有意识的学术追求，实现程度如何，有待同行的阅读和评说。

---

1 白吉尔语，见［美］费正清主编《剑桥中华民国史》（第一部），章建刚等译，上海人民出版社，1991 年，第 773 页。

第一章 | 都市和都市的意象

第一节 二三十年代上海都市现代化发展的"黄金时期"

上海在近代中国是个"异数"，如果以中国近代社会的一般性质"半封建半殖民地"去概括近代上海的话，就不能不说它忽略了一个重要的史实或者说是方面，即自从英国用炮火迫使上海开埠以后，在"外国飞地"租界及其影响下逐渐形成的与资本主义化联系在一起，具有都市性、现代性和世界性的传统。西方列强在掠夺中国的同时，也把西方文明发展到19世纪全盛时期的资本主义管理方法、组织制度、生产技术，包括对待各种价值准则的态度和规范移植到上海，从而促成了上海与中国传统社会的分离，使上海在经济上迅速崛起，不仅在全国取得了无可抗衡的领先地位，而且成为世界主要的现代工业制造中心之一，最主要的金融中心之一，最繁荣的港口之一，排名最前列的十大都市之一，被西方历史学家称为一个"经济奇迹"。所以，尽管租界一向被视为帝国主义强加于中国的产物，是中国肌体上的一个"赘疣"，但尊重史实的历史学家也不能不承认："在清代社会还处于中世纪状态时，当清朝统治系统内还没有出现近代城市的管理体系时，上海城市的近代化，就从租界移植西方近代城市的发展模式开始，逐渐完备起来。随着上海城市近代化的拓展，由租界肇始的这套近代化城市模式的影响不断地延伸。"[1] 从而使上海改变了旧城厢的面貌，过渡到近代化的、在相当大的程度上也是资本主义化的城市。

"租界"最初被划定时不过是上海城外的一片荒野之地，十年之中外侨人数也不过二百人左右，华界区人口占上海总人口比重的 99%。可到 1930 年，华界的人口是 1,525,562 人，租界人口已达 1,455,088 人，几占上海总人口的一半。战争时期的 1942 年，占上海总面积仅 6% 的租界区则集中了上海 62% 以上的人口 [2]，其工商业的发展繁荣更为华界所无法比拟，而成为上海"富甲天下"的代表。一个最基本的原因，就是在中国社会最动乱的年代，西方列强提供了安全的保障，吸引了全国的富室巨商及其资本向租界集中。从小刀会起义、太平天国农民战争、辛亥革命、军阀混战、北伐战争，再到日本侵华战争爆发等等，每次战争动荡，都不同程度地迫使各地的富人大量携资移居上海租界避难。后人在追溯上海的金融业历史时曾说，"租界钱店当时均系避地官绅所设"，同时也使大量难民纷纷涌入租界，成为廉价的劳动力，为促使租界地区人口和财富的迅速积累，推动上海租界的商业繁荣准备了必要的条件。特别是 20 世纪以后，上海成为外国资本投入的集中地。抗战以前，外资对金融业的投资，仅上海一地即占其总额的 79.2%，在对进出口商业的投资中，外资在沪投资竟占 80%。[3] 可以说，上海的繁华集中了全国以及世界的大批财富，无怪乎被称作"中国的钱包"，上海的浮华奢靡之气与此有着极大的关系。

1　唐振常：《近代上海探索录》，上海书店出版社，1994 年，第 138 页。

2　数据统计转引自张仲礼主编：《近代上海城市研究》，上海人民出版社，1990 年，第 57 页；蒯世勋等编著：《上海公共租界史稿》，上海人民出版社，1980 年，第 12 页（《1930 年 10 月全上海人口统计》）。

3　张仲礼主编：《近代上海城市研究》，第 47 页。

租界对于上海经济发展起到的直接作用，是把上海的商业贸易带入了资本主义世界市场。早在 19 世纪初，上海就已凭借着地理优势成为中国南北方沿海贸易的中心，开埠又进一步使它的贸易范围由埠际贸易扩展到国际贸易。仅经过十余年的发展，上海的进出口贸易值就从占全国总值的不足 10%，一跃而占 50% 左右，取广州而代之，成为全国的对外贸易中心。[1] 也正是伴随着对外贸易的迅猛发展，在沪的外国商业销售机构洋行数量急剧增加，打破了中国旧有的封建经济体系，直接导入了新型的资本主义生产关系。上海商界中人也因受雇于外商企业，或因在购销活动中与外商的频繁接触而较早得资本主义风气之先。据统计，从 19 世纪 70 年代至 20 世纪 30 年代，上海对外贸易总值扩大了 11 倍多。[2] 贸易进一步带动了金融业的发展，上海不仅成为中国金融机构的集中地，据 1933 年的统计，上海银行公会会员银行的资产总值达 33 亿元，占全国本国银行总值的 89%。[3] 同时，上海也成为外商银行的大本营，与伦敦、纽约、柏林、巴黎等世界大城市的金融市场建立了广泛的联系。

但一个纯粹经商的城市，还不能说是一个充分现代化的都市类型。虽然，上海经济现代化的起始点要从开埠算起，但《南京条约》只是把上海列为通商口岸，西方列强获得的仅仅是"贸易通商无碍"的权利，所以开埠后的半个世纪，上海主要以商业中心著称于世。而作为现代化的主要标志之一的工业化在上海到来得非常迟缓，直到甲午战败《马关条约》签署，不仅使日本，也使其他各国取得了在华投资设厂的特权，由此才启动了上海工业化的进程。1895 年以后，各国在上海的工业投资猛增，有人形容为"如水银泻地，无孔不入"。据估计，自 1895 年到第一次世界大战爆发之前，外国在华

---

1 张仲礼主编：《近代上海城市研究》，第 59 页。

2 同上书，第 59 页。

3 同上书，第 63 页。

工业投资增长了 3.1 倍，在上海则增长了 5.5 倍。与过去非法擅自开办的工厂企业比较而言，不仅数量迅速增加，企业规模也明显扩大。这一时期工业用电的大幅度陡增可以说明这一点，1895 年工部局电气处的发电容量为 234 千瓦，至 1913 年则扩充到了 10,400 千瓦，骤增了 43.4 倍。第一次世界大战期间，虽然欧洲列强忙于战争，无暇东顾，但日本和美国却加快了在中国投资的速度；所以从整体上看，外国在华工业投资的势头仍呈大幅度上升的态势。根据《近代上海城市研究》一书的统计，上海 11 家重要外资工业企业资本额，战后的 1919 年比战前的 1913 年增长了 83.94%，平均每年增长 10.69%。[1]第一次世界大战结束以后，原来忙于战争的外国资本势力又加大了直接在华投资的力度。1919 年至 1936 年，这 11 家企业的资本总额由 8027.8 万元增加到了 22632.9 万元，其中多数企业的资本额呈几倍、十几倍，乃至几十倍的大幅度增长。[2]总之，从开埠通商直至抗日战争结束之前，在这大约一百年的历史时期中，外国在华资本的工业投资额长期高于民族资本投资额的一倍左右。[3]由此可以想象，西方资本主义工业在上海工业发展中占有举足轻重的控制地位。

外资的侵入也刺激了中国民族资本工业的发展，在甲午战争前的 1894 年年底，上海的私人资本工业企业实存只有 36 家。甲午战争后一度掀起了投资设厂的热潮，从 1895 年至 1911 年，上海新办民族资本经营的工厂 112 家[4]，特别是第一次世界大战期间，上海的民族资本获得了空前发展的机会，1914 年至 1928 年，在上海开设的工厂达 1229 家之多。[5]更为重要的是，上海近代著名的民族工业企

---

1 张仲礼主编：《近代上海城市研究》，第 334—336 页。
2 同上书，第 339 页。
3 同上书，第 342 页。
4 唐振常主编：《上海史》，上海人民出版社，1989 年，第 364 页。
5 张仲礼主编：《近代上海城市研究》，第 70 页。

业大都是在这一时期赢利激增，呈现出大幅度增长的趋势。法国学者白吉尔（Marie Claire Bergere）认为："20世纪10、20年代之交，中国资本主义得到迅速发展。这一时期，是中国民族工业的黄金时期。"[1]这一方面说明外国资本工业的垄断性严重地摧残和威胁着民族工业的发展，另一方面不能不正视的是，租界实行的外国制度"为企业家提供了投资的保障和中国有史以来第一次不受官僚控制的自由"[2]。西方企业也带来了先进的技术和管理经验，培植了一大批新兴产业工人和技术力量、管理人才，并引发了上海民族资本转向投资新兴工业，因而推动了上海工业从手工业向工业近代化的快速转变。1895年的上海还"几乎仍旧是一个纯粹经商的城市"，然而到20世纪初的十年，工业发展开始成为上海经济体系的主要因素，到第二个十年达到最快的发展速度，1912年至1920年间平均年增长率高达13.8%。有研究称，只有新中国成立后1953年至1957年第一个五年计划的成就才可与之媲美[3]。1933年，上海工业总产值已超过当时全国工业总产值的一半[4]，一跃成为全国的工业中心。

从世界范围看，都市化运动是工业革命的产物。伴随着工业的发展，人口大规模向城市集中，城市性质也由政治、军事、宗教型向工商、贸易经济型转化。上海虽然始终是一个商业城市，但通过以上概述仍然可以看出，它的城市化进程也与上海的工业化运动紧密相连。根据《上海——现代中国的钥匙》提供的人口数字，罗兹·墨菲认为，作为一个经商的城市，直到1895年为止，上海人口从未超过50万[5]。忻平在《从上海发现历史》中所做的上海人口增长表则

1　[法] 白吉尔著，张富强、许世芬译：《中国资产阶级的黄金时代（1911—1937）》，上海人民出版社，1994年，第77页。
2　[美] 罗兹·墨菲著，章克生等译：《上海——现代中国的钥匙》，上海人民出版社，1986年，第97页。
3　[法] 白吉尔著，张富强、许世芬译：《中国资产阶级的黄金时代（1911—1937）》，第85页。
4　张仲礼主编：《近代上海城市研究》，第315页。
5　[美] 罗兹·墨菲著，章克生等译：《上海——现代中国的钥匙》，第24页。

显示，1895 年时上海人口已达 92.5 万。即使如此，战争时期的非正常因素除外，忻平所做的人口统计仍然表明，上海人口增长速度最快的阶段也正是工业发展最快的时期。1910 年至 1927 年间，上海人口从 128.9 万增至 264.1 万，年均递增 43‰[1]，这远远高于现代世界人口城市化数值最高时期（1950—1975）的年均增长率 31‰，人口增长率超过历史的任何时期。这正说明上海进入了韦伯所说的"人口的增加以及他们的购买力是取决于建于当地的工厂、制造厂或销售企业而定"的"现代的类型"[2]，到 20 世纪三四十年代，上海已以其 400 万的人口成为世界最前列的五大或六大都市之一。

上海经济的腾飞为创造一个现代化城市的物质环境提供了雄厚的财富，特别不能不提到的是租界的示范作用。西方列强在建设租界的同时，也把当时最先进的市政建设、公用事业以及西方的一套治理城市的管理方法和物质文明带进了上海，从而使上海的城市化进程虽然起步晚，但一经开始即能把现代国际第一流的大都市作为自己的榜样，吸取资本主义世界在公共交通、建筑、现代办公设施、能源等方面所取得的最新的技术成果。伴随着上海工商、贸易和金融的现代化都在二三十年代达到浪峰，上海都市的繁华也升向顶点。从 20 年代末到 30 年代初上海建筑业"戏剧性"的空前高涨，正是这个现代化的浪峰和繁华顶点的展示与写照。继开埠之后又一轮建筑高潮的兴起使上海的物质构成——建筑材料和形式迅速跟上西方现代建筑运动的潮流，由复古样式向高层、高密度的现代样式发展。与作为远东最大的现代都市地位相称的标志性重要建筑物，正是在这一时期大量建造起来，上海现代城市风貌也正是在这一时期最后

1　忻平：《从上海发现历史——现代化进程中的上海人及其社会生活 1927—1937》，上海人民出版社，1996 年，第 41—42 页。

2　郑乐平编译：《经济·社会·宗教——马克斯·韦伯文选》，上海社会科学院出版社，1997 年，第 166 页。

成型，从而造就了上海全新
的人文景观，继开埠初期的
"洋场"之后，又一次引起了
国人的惊诧，刺激了又一代
新海派的想象和创作，而成
为他们旧话题中的新主题。

根据《上海百年建筑史》
的解释，20 年代末 30 年代
初上海建筑业划时代发展的
直接促进因素，一是由于
1929 年至 1933 年的世界性
经济危机使欧美建筑市场大
量滞销的各类建筑材料被源

沙逊大厦

源不断地倾销到上海；二是房地产经营的高额利润带动了上海建筑
业的繁荣。前者为上海建筑业带来了钢筋混凝土框架结构与钢框架
结构的新材料新技术；后者则带来了巨额资金，为一幢幢高楼大厦
的拔地而起提供了雄厚的物质基础。当时上海建筑业的盛况从建筑
施工队伍的发展壮大即可见一斑：据统计，1922 年登记的营造厂商
有 200 家，1923 年为 822 家，至 1934 年已达 2632 家之多。[1]

这一时期的建筑活动可以上海外滩的大规模改建为代表。虽然
自从外滩形成后，其建筑一直处于不断的翻建之中，始终以最流行
的式样代表着上海建筑的最辉煌成就，但它最后一次大规模的翻建
改造始于第一次世界大战之后。从 1920—1929 年，外滩有 11 座建
筑拆除重建，占外滩全部建筑的近半数。[2] 特别是 1925—1927 年建

1 忻平：《从上海发现历史——现代化进程中的上海人及其社会生活 1927—1937》，第 405 页。
2 伍江编著：《上海百年建筑史（1840—1949）》，同济大学出版社，1997 年，第 112 页。

造的海关大楼层层收缩的高耸立方体钟塔，标志着外滩的建筑开始受到西方新建筑的影响。1929 年上海第一幢高层建筑 13 层 77 米的沙逊大厦更以一种全然摩登的形式矗立在外滩，以其简练的几何形体和充满着典型的艺术装饰主义，揭开了西方如火如荼的现代建筑风格在上海成为主潮的序幕，"高层建筑已成为房地产投资的主要方面"。[1]《上海百年建筑史》认为，在二三十年代建造的外滩新一代建筑中，洋行、银行等金融、贸易、办公类建筑占一大半，"这说明 20 世纪 20 年代后各帝国主义国家在上海的政治活动退居商业、贸易、金融等经济活动之后"[2]。

这一时期发展最快、建造量最大的是商业类和供城市各层次市民使用的各种娱乐类公用建筑。南京路上历时十年先后建成的先施公司（1917 年）、永安公司（1918 年）以及 19 层的新永安大楼（1933 年）、新新公司（1926 年）和大新公司（1936 年），标志着大都市商业现代化与现代百货公司时代的到来，也代表了南京路最为繁华的十年。新感觉派崛起的时代这四大百货公司还仅仅呈现着三大公司鼎足而立的局面，却已被刘呐鸥称作"三大怪物"，并把它们作为了现代都市的标志。汇丰银行大厦（1923 年）、怡和洋行大楼（1922 年）、大陆银行大楼（1933 年）、中国垦业银行大楼（1933 年）、中国通商银行新厦（1934 年）、中汇银行大厦（1934 年）等等金融商贸建筑更或以其富丽堂皇的奢华与气派，或以其冲天拔起的力度和气势，夸耀显示着自己的经济实力和重心地位。

西式娱乐建筑在上海也是较早出现的新建筑类型，外国商人在经营工商业的同时，也把西方的各种娱乐方式带进了上海。1850—1862 年英国商人兴建的跑马场就曾二易地址，建了三次。最初只能是"洋

1　伍江编著：《上海百年建筑史（1840—1949）》，第 116、117 页。

2　同上书，第 113 页。

人赛马，华人看热闹"，因为中国人不被允许进场，都是坐了马车在场外看。[1]为此中国商人大受刺激，或受其"获利甚丰"的引诱，或出于民族的义愤而自筹资金，仿效西人。如万国体育场（1908年）、江湾跑马厅（1909年）、远东公共运动场（1926年，又名引翔乡跑马厅）等都是这样兴建起来的。上海的现代娱乐业是受西式娱乐文化的影响而发展起来的。一直到20世纪初，中国人的娱乐圈还主要集中于妓界、伶界、茶楼、烟馆等欢场之中，西人的娱乐活动与大多数人无缘。第一次世界大战爆发前后，原侨居上海的西人纷纷回国，致使一向是外国人经营的现代娱乐业日渐衰退；而趁世界大战的时机日益发展起来的民族工商业和经济的繁荣，却使市民日益增长起娱乐的需求，这样，一种中国人经营的综合性娱乐场所——游乐场趁机开始出现，并得到竞相模仿。如著名的新世界（1915年）、大舞台（1915年）、天外天（1916年）、大世界游乐场（1917年）、劝业场（1917年，又名小世界游乐场），建于永安公司屋顶的天韵楼（1918年）、建于先施屋顶的先施游乐场（1918年）等都在这一时期先后落成，集中西娱乐方式于一身，标志着上海的娱乐文化发生了根本性的变化，现代消费文化环境已经形成。吴福辉的《都市漩流中的海派小说》对此做了非常生动的描述，本文不再赘述。

20年代，各种娱乐业无论在规模上还是数量上都达到了鼎盛时期，仅公共租界内就陆续兴建游乐场达十多所。[2]20年代末"跑跳舞场和影戏院"更成为市民最时髦最热衷的娱乐，富丽堂皇的电影院、舞厅成为都市最抢眼的风景，无怪穆时英把这两项娱乐名为"都市的娱乐"[3]。据《上海研究资料续集》的统计，20年代以后至抗战爆发前兴建的电影院就有四十余座，加之露天影院达五十余座，更遑

1　参阅曹聚仁：《上海春秋》，上海人民出版社，1996年，第309页。
2　伍江编著：《上海百年建筑史（1840—1949）》，第83页。
3　穆时英：《圣处女的感情》，上海书店出版社，1988年，第162页。

论那些兼营电影与戏剧的大戏院。特别是 20 年代末 30 年代初兴建的大光明大戏院（1928）、南京大戏院（1930）、国泰电影院（1932）、大上海大戏院（1933）等一批电影院，都以其外观的豪华、座位的舒适和放映机音响的完善而直追美国，成为现代都市文化繁荣的标志。交际舞虽然也是随着开埠由西方殖民主义者带入的，但在相当长的时间内它都仅仅局限于洋人的沙龙或总会的圈子里，直到"民国建立后的一段时间内，跳交际舞的仍然以洋人为主"。1922 年，上海一品香旅馆率先举办民间舞会，交际舞才在中国逐渐流行，到 20 年代末"已在中国扎根"，得到社会的普遍认可，成为一种时髦。[1]1931 年百乐门舞场的落成更把这项娱乐推向尖端。跳舞的潮流和舞场如雨后春笋般的出现使洋人也不能不慨叹：简直"梦想不到"，"居然在这极短的几个月中，会有这么多舞场的设立。凡著名的旅馆，莫不附设舞场，奏舞乐。而一般自称为新的青年男女，都到那里度其新的生活"，"中国真已革命矣。非徒口说而已也"。[2]另外一种新型娱乐活动的场所跑狗场的建设也始于 20 世纪 20 年代末[3]。逸园（1928）、明园（1927）、申园（1928）跑狗场的先后建立意味着这项带有赌博性质的娱乐活动广受欢迎。由中外商人于 1929 年联手创办的回力球场，1932 年以后也赌客蜂拥。上海的新式旅馆饭店也是由外国人于 20 世纪初兴办的，20 年代以后西式旅馆业异常发达，1930 年左右出现了大型的高层建筑旅舍，如金门饭店（1926）、沙逊大厦（1928）、华懋公寓（1929）、国际饭店（1934）、都城饭店（1934）等都因此而闻名。特别是国际饭店外形采用美国最流行

1　参阅李少兵：《民国时期的西式风俗文化》，北京师范大学出版社，1994 年，第 176 页。

2　《盛京时报》，1928 年 9 月 4 日，转引自李少兵：《民国时期的西式风俗文化》，第 183—184 页。引文标点改用了现行标法。

3　陈从周、章明主编：《上海近代建筑史稿》，上海三联书店，1988 年，第 196 页。

逸园跑狗场

的摩天楼式样，高达 24 层，82 米，被誉为"远东第一高楼"。[1] 虽然上海素有"不夜城"之称，但由霓虹灯的光与色装饰出的"夜上海"街景的形成，仍然在 20 年代末期以后。据查，从 1926 年由国外带进的"皇家牌打字机"吊灯装置在南京路一家书店的橱窗使用以后，上海才开始有了霓虹灯广告，[2] 而能蔚然成风构成上海崭新的夜景也必定要与高楼大厦的林立相同步，这从老上海的照片中也可以得到进一步的印证。

通过对于上海人口的骤增和现代建筑的概观可以明了，海派所以能够在二三十年代出现，正是一个现代都市成形的产物。人们常以"罗马不是一日建成的，而上海却是这样"来形容其日新月异的发展速度，它所带来的上海建筑形式在 20 年代末所"突兀"地展现出的现代都市景观，刺激了新感觉派表现的冲动，为海派的现代性提供了可供"凝视"和思考的物化形态，也使其获得了对于现代都市的新感觉。堆积在他们作品中的摩天楼、华懋饭店、华东饭店、大上海饭店、汉密尔登旅社、勃灵登大厦、皇后夜总会、皇宫舞场、

1　陈从周、章明主编：《上海近代建筑史稿》，第 68—69 页。

2　徐百益：《老上海广告的发展轨迹》，收入益斌编：《老上海广告》，上海画报出版社，1995 年，第 5 页。

巴黎露天舞场、探戈宫、国泰大戏院、大世界、霞飞路、大商店的橱窗广告、霓虹灯广告、跑狗场等等，都是当时摩登男女经常出入的摩登场所，海派小说可以说是上海时髦的镜子或者速写，其作者对于现代都市的理解和文化想象也是最先从这些物质景观开始的。对于他们来说，现代都市风景不仅仅是小说人物活动的舞台，更是取得同等重要位置的小说要素，其本身即成为小说的新题材、新主题和新技巧的来源，在他们的文化活动中取得了中心位置。

第二节　建筑的空间和空间的想象

上海街头矗立起的高层建筑物和摩天楼使新感觉派获得了可以俯视都市的位置，这是一个把对象贬低化，减小其重要性的视角，而且通过这样的角度观察到的事物一定是经过了叙述者意识的过滤镜：

> 游倦了的白云两大片，流着光闪闪的汗珠，停留在对面高层建筑物造成的连山的头上。远远地眺望着这些都市的墙围，而在眼下俯瞰着一片旷大的青草原的一座高架台，这会早已被赌心热狂了的人们滚成蚁巢了。[1]

俯视的角度使刘呐鸥把赛马场描写成了"蚁巢"，他不止一次地使用类似的意象，把拥挤在都市中的人群写成"一簇蚂蚁似的生物"，这不是个别的感觉，而是传达了他凭借高层建筑物的对比所看到的都市人的一般生存状态。而他从水平面去看都市却是：

1　刘呐鸥：《两个时间的不感症者》，《都市风景线》，上海书店出版社，1988 年，第 91 页。

从船窗望去，蒙雾里的大建筑物的黑影恰像是都会的妖怪。大门口那两盏大头灯就是一对吓人的眼睛。[1]

把人比作蝼蚁，而把都市看作是吃人的妖怪，这个对比经常出现在刘呐鸥的笔下，他不止一次描述到：人"被这饿鬼似的都会吞了进去了"，"被大百货店的筑建的怪物吐出在大门口"，[2]这一对比性意象包含了作者对于人和他的创造物——都市之间关系的认识。如果说，人最初在自然界中立起而未征服它时，对先在的大自然这一对立面感到恐惧是合理的，那么对于自己的创造物毫无亲和感反而充满着将被自己的创造物吃掉的恐怖就是荒谬。这也正是现代都市在现代主义文学中不再仅仅被看作是一个地点或场所，而成为激发现代作家情感、思虑和发问的触媒，成为"一种隐喻"的起因，也是作为城市艺术的现代主义文学所关注的中心主题。这个主题在穆时英小说中被具体化为有机体与无机体的竞争，物对人的奴役。在穆时英笔下，物与人是被颠倒地描写着的，描写物时他喜欢用拟人化、生命化的修辞，而描写人时他却经常用无机的物质作为比喻，使人物化。

穆时英对于都市景观所做的那些新感觉风的描写，人们已经非常熟悉。他把成串的街灯描写成"小姐们晚礼服的钻边"[3]；把林荫路两旁上了白漆的树、电线杆比作轻歌舞剧中，让"擦满了粉的大腿交叉地伸出来的姑娘们"；火车"上海特别快"的行驶是"突着肚子，达达达，用着狐步舞的拍，含着颗夜明珠，龙似地跑了过去，绕着那条弧线"；交通门长得"白脸红嘴唇，带（戴）了红宝石耳坠子"；灯光仿佛"都会的眼珠子似地，透过了窗纱，偷溜了出来"；霓虹灯

1　刘呐鸥：《热情之骨》，《都市风景线》，第80页。

2　刘呐鸥：《都市风景线》，第17、58页。

3　穆时英：《公墓》，《南北极 公墓》，人民文学出版社，1987年，第275页。

刘呐鸥　　　　　　　　　穆时英

"伸着颜色的手指在蓝墨水似的夜空里写着大字"；"电梯把他吐在四楼"，"一只 saxophone 正伸长了脖子，张着大嘴，呜呜地冲着他们嚷"；"笑声从门缝里挤出来，酒香从门缝里挤出来，Jazz 从门缝里挤出来"，[1] "马达慢慢儿的退了寒热，停住了虚喘，淌了一身冷汗，在黑暗里睡了"；[2] "睡熟了的建筑物站了起来，抬着脑袋，卸了灰色的睡衣，江水又哗啦哗啦的往东流，工厂的汽笛也吼着"，[3] 等等。经过这样描写无机的物质，都市景观获得了自主的生命力，他们像人一样生活着，有着情感、意愿和由情感、意愿支配着的行为。

　　而人呢？交际花把她的恋人看作是雀巢牌朱古力糖、Sunkist（橘子）、上海啤酒、糖炒栗子、花生米，因为"太爱吃小食"，以致患了消化不良症；她"四周浮动着水草似的这许多男子"，"天天给啤酒似的男子包围着"；让她"新鲜的人"是治愈她消化不良症的"辛辣的刺激物"，而被她抛弃的男子就成了给排泄出来的朱古力糖

1　穆时英：《上海的狐步舞》，《南北极 公墓》，第 290—300 页。

2　穆时英：《五月》，《圣处女的感情》，第 193 页。

3　穆时英：《上海的狐步舞》，《南北极 公墓》，第 301 页。

渣；[1]"孤独的男子是把烟卷儿当恋人的"，而"把姑娘当手杖带着"；[2] 女体成了"一张优秀的国家地图"，"风景线"，"妇女用品店橱窗里陈列的石膏模型"，不知"是生物，还是无生物呢？"[3] "电梯用十五秒钟一次的速度，把人货物似地抛到屋顶花园去"[4]。

穆时英把人的物化不仅通过修辞象征的手段，还表现在他对于摩登女郎的塑造，着重于肉体和服饰的物质属性上。《白金的女体塑像》是这一特征最集中、最出色的体现。通过谢医师作为一名职业医生的角色提供的便利，作者便当地从外向里一层层地剥示着"一九三三年新的性欲对象"最摩登的妆饰、衣着和体质，或者说是创造了一九三三年都市欲望的新口味：她佩戴的白金手表与她"全是那么白金似的"肌肤相称。她脱去暗绿的旗袍，黑宝石的长耳坠子和黑宝石的戒指，又与她绣了边的黑色的亵裙配套。她与以前新感觉派笔下的那些有着太阳晒黑的皮肤和弹性的肌肉，热情、健康、大胆、直率的 sportive 型的都市新女性不同，她是残艳的、肺病质的，让人"不能知道她的感情，不能知道她的生理构造，有着人的形态却没有人的性质和气味"———一尊无机的人体塑像。正是这样的"异味"，使"经常与各式各样的女性的裸体接触着"的职业医师第一次无法"透过了皮肤层，透过了脂肪性的线条直看她内部的脏腑和骨骼里边去"，她的病态又性感的裸体和并不艳丽夺目但又充满质感和精致的妆饰，使一直受着刻板冷漠的职业和独身生活压抑的谢医师终于迸出了欲望的目光。

新感觉派一直在摩登女性身上堆积着"Jazz，机械，速度，都市

1　穆时英：《被当作消遣品的男子》，《南北极 公墓》，第 177、178、192、205 页。

2　同上书，第 187 页。

3　穆时英：《Craven "A"》，《南北极 公墓》，第 238、249 页。

4　穆时英：《上海的狐步舞》，《南北极 公墓》，第 295 页。

文化，美国味，时代美……"，她们是一切摩登的"产物的集合体"[1]，是都市流行文化的展示，所以穆时英让她们直言不讳地说："我是在奢侈里生活着的，脱离了爵士乐，狐步舞，混合酒，秋季的流行色，八汽缸的跑车，埃及烟……我便成了没有灵魂的人。"[2]反过来说，她们的灵魂就是对于物质享乐的无限欲求，恋爱和婚姻都是满足这个无限欲求的工具。穆时英毫不留情地点道："她的辽远的恋情和辽远的愁思和蔚蓝的心脏原来只是一种商标，为了生活获得的方便的商标。"[3]她们的形象不仅为物质所遮蔽，成为男人眼中"奢华的身子"，她们的情感和灵魂也为物质所侵占。于是恋爱的方式由五四式的"谈情说爱"变成了感官的飨宴：约会把双方都"变了烟酒商人"，"红印威司忌，黑印威司忌，骆驼牌和水手牌，樱桃酒和薄荷酒，鸡尾酒……"，对于"各种名贵的酒的醇味，各种酒的混合味，酒和烟的混合味，两种烟的混合味"的品尝，替代了情感的缺乏。[4]在《骆驼·尼采主义者与女人》之中，那个"把朱唇牌夹在指尖中间，吹着莲紫色的烟的圈"的女人，让那个认为"人生是骆驼牌"的男子，领略了"三百七十三种烟的牌子，二十八种咖啡的名目，五千种混合酒的成分配列方式"[5]后，就改变了他的信仰。这些摩登男女最主要的娱乐方式跳舞、看电影，也是"对于明显的性欲撩拨""桃色的兴奋"的享受。穆时英把这些摩登男女从肉体到灵魂，从言谈到行为方式，彻头彻尾物质化的描写，显然出于他对于现代都市生活和现代都市人处境的一种认识："我们这代人是胃的奴隶，肢体的奴隶……都是叫生活压扁了的人啊！"[6]他的小说一再重复着这个主题，

1　穆时英：《被当作消遣品的男子》，《南北极 公墓》，第 185 页。

2　穆时英：《黑牡丹》，《南北极 公墓》，第 304 页。

3　穆时英：《PIERROT》，《白金的女体塑像》，上海书店出版社，1988 年，第 221、222 页。

4　穆时英：《红色的女猎神》，《圣处女的感情》，第 235、236 页。

5　穆时英：《骆驼·尼采主义者与女人》，《圣处女的感情》，第 59 页。

6　穆时英：《黑牡丹》，《南北极 公墓》，第 304 页。

不仅是"从生活里跌下来的"、挣扎在生存线上的人是胃与肢体的奴隶；那些享受着生活、无衣食之虑的人，也受着更大的物质欲求的驱赶，仍然是胃与肢体的奴隶。

在把物质的东西拟人化，而把人物质化的修辞形式里，正如人与他的创造物都市的本末倒置一样，非常明显地包含着一个荒谬的事实：人与物质的性质和关系的颠倒。属于人的生命、意志、情感、精神的特征被物质的东西侵占了，而物质获得了人的属性和位置。它一方面表现出企图在人与他所创造的都市之间建立起亲和关系的愿望；另一方面，把物质的东西拟人化的同时，又把人拟物化地双向逆动，却加强了人造物反过来对人的吞噬力、覆盖力和支配力。在新感觉派小说中司空见惯的如大楼、电梯或火车把人"吐"出来，以及把电梯比作直肠之类的修辞比喻，置人于何种地位不言而喻。所以，穆时英以小说叙事者的身份，站在高层建筑的阳台上眺望都市街道的夜景，竟感到：

> 街上接连着从戏院和舞场里面回来的，哈士蟆似的车辆，在那条两座面对着勃灵登大厦和刘易士公寓造成的狭巷似的街上爬行着。街上稀落的行人，全像倒竖在地上的，没有人性的傀儡似地，古怪地移动着；在一百多尺下面的地上的店铺和橱窗里陈列着的货物，全瞧着很精巧细致的，分外地可爱起来了。[1]

穆时英对于人和物质的爱憎分明的情感由此可见。他虽然痛恨人的物化现象，但自己也情不自禁地流露着对于物质世界的偏爱和欲望，他对于地狱般都市罪恶的揭露始终没有压抑他对于天堂般都

1　穆时英：《红色的女猎神》，《圣处女的感情》，第 236、237 页。

市繁华的热爱。他写道：

> 红的街，绿的街，蓝的街，紫的街……强烈的色调化
> 装着的都市啊！霓虹灯跳跃着——五色的光潮，变化着的
> 光潮，没有色的光潮——泛滥着光潮的天空，天空中有了酒，
> 有了灯，有了高跟儿鞋，也有了钟……[1]

天堂的都市在穆时英的笔下就是"亚历山大鞋店，约翰生酒铺，拉萨罗烟商，德茜音乐铺，朱古力糖果铺，国泰大戏院，汉密而登旅社……"[2]于是他借助着摩天大厦的高度把酒、灯、高跟儿鞋、钟……世俗的物质世界举上了天空，让它们占据了本来应该是上帝、天堂、灵魂以及冥思的精灵的所在，成为仰视的对象；在批判人的物化的同时，也把物化的精神写上了天空。事实上，穆时英对于物质世界还不仅仅是喜爱，更重要的还有他对于这些享乐设施以及物品的"爆炸"本身所蕴含的自己珍爱自己，自己享乐自己的权利的肯定。他写道：

> 跑马厅屋顶上，风针上的金马向着红月亮撒开了四蹄。
> 在那片大草地的四周泛滥着光的海，罪恶的海浪，慕尔堂
> 浸在黑暗里，跪着，在替这些下地狱的男女祈祷，大世界
> 的塔尖拒绝了忏悔，骄傲地瞧着这位迂牧师，放射着一圈
> 圈的灯光。[3]

在这里，穆时英充分利用了充满着视觉上、社会上和文化上的

1　穆时英：《夜总会里的五个人》，《南北极 公墓》，第218页。

2　同上书，第218页。

3　穆时英：《上海的狐步舞》，《南北极 公墓》，第293页。

鲜明对照的都市景观，并置了关于都市的两种对立的文化想象。在穆时英的笔下，这座1929年（又有建于1930年和1931年之说）由美国监理会花费了约值白银25万两，在跑马厅对面重新建造，规模之宏大可为当时美国礼拜堂之冠的慕尔堂[1]，与早在1925年就已建造的市民大众的消遣娱乐场所大世界游乐场相比，反而成了

慕尔堂

已经过时的"迂牧师"；作为体现了当时美国流行的所谓学院哥特式建筑的慕尔堂，即使不高于也绝不会比跑马厅和大世界低太多，却被描写成"跪着，在替这些下地狱的男女祈祷"，被"浸在黑暗里"，而象征着大众的娱乐与狂欢的跑马厅和大世界，却以屋顶风针上"撒开了四蹄"的金马的雄姿和大世界塔尖的"骄傲的"姿态拒绝忏悔和罪恶的指控，最后那"放射着一圈圈的灯光"显然告示着世俗世界的"灯光"已经取代了天国世界的神圣"光环"。通过真实的空间建筑和想象的空间建筑的对照，可以确知作者对于都市的价值和情感取向的另一个极端。

很显然，穆时英关于都市的文化想象，一方面本源于人类迷恋物质享乐的情欲和对这种情欲的肯定；一方面也本源于他在精神上

---

1 参阅陈从周、章明主编：《上海近代建筑史稿》，第93页。

不甘沉沦的灵魂，及其对都市物化现象所持有的拒斥和批判的态度。正如他在抗日战争爆发、避难香港以后，"苦苦地忆念着上海"的文章里所说："在我身体里边的犬儒主义和共产主义，蓝色狂想曲和国际歌，牢骚和愤慨，卑鄙的私欲和崇高的济世渡人的理想，色情和正义感"，"终年困扰着我，蛀蚀着我"，"我的像火烧了的杂货铺似的思想和感情，正和这宇宙一样复杂而变动不居"。[1] 穆时英对于自己身体里边存在着的肉体和灵魂、私欲和济世、本能和精神相互分裂存在的体认，真实地反映了人自身的双重品质，在人所创造的都市环境中，被极大地激发和简约化而赤裸裸地表现出来。都市的各类街道、建筑及其形式和规模都可以说是它的物化形式，人对于都市的矛盾情感，恰恰是人的双重品质的双重投影。穆时英显然是从真实的自我中领会了这个可见的城市的精神，或者说是从可见的城市中触摸到真实的自我。

作为上海城市可见形象的体现，公共建筑于20世纪20年代以后，不仅在高度上发生了带有根本性的改变，在建筑形式和风格上也发生着从古典到现代的飞跃。过去温馨、平稳的砖木结构被坚固、冷硬的钢筋混凝土结构所取代，1925年以后更加坚固、冷硬的钢框架又成为高层建筑的主要形式，而且新建筑又大多数采用钢窗，有些甚至连大门也用钢门，高层建筑的垂直交通不得不主要靠电梯；建筑风格也由崇尚美和富丽的古典式样与繁琐的细部装饰，越来越向强调实用、简单、流畅的现代式建筑造型和直线条发展；特别是新感觉派及其文学人物经常出入的"近代的影剧院、舞厅、游乐场等娱乐性建筑由于盛行较晚，因而大多属于现代风格"。上海的高层公寓和饭店大多建于30年代，也"大部分都属于现代主义风格"。[2]

---

1 穆时英：《无题》，载香港《大公报》第425期，1938年10月16日，第8版。
2 上海建筑施工志编委会·编写办公室编著：《东方"巴黎"——近代上海建筑史话》，第127、130页。

现代建筑的简单、直线、冷硬集中体现了以实用为归旨的工业社会的机械美学，刘呐鸥以"葛莫美"的笔名，在新感觉派的核心刊物《新文艺》上译载了藏原惟人的《新艺术形式的探求》，曾重点探讨过这个问题。文章把"罗珂珂"时代的建筑和以美国为代表的现代建筑做了比较，认为前者"是受着无用的装饰性支配着"，后者"是受着极

百老汇大厦

度的单纯性支配着"；前者"是手工业生产的势力的表现"，"是消费阶级的心理反映"，后者"实用、经济的倾向，是机械生产本身的基本形式"，"是生产阶级的心理反映"。穆时英也曾谈到，罗珂珂式的建筑"是不懂直线美的人的创造物"。[1] 在现代建筑设计思想中，实用性质被推举为"一切的美的规范"，"有最高的美"。法国建筑家珂尔布吉所高揭的"椅子是为了坐用的，电灯是为了点用的，窗是为采光和调节外气用的……房子是为住造的"的原理正是机械特质：合目的性，合理性，单纯性的简明表达，所以他干脆把家宅规定为"住的机械"。[2] 藏原惟人对于机械和大都市成为 20 世纪艺术的"中心题目"的见解，深刻影响了自觉地追求"内容的近代主义"和现代生活里

---

1 穆时英：《〈仲夏夜之梦〉评》，载上海《晨报》，1935 年 12 月 10 日。

2 ［日］藏原惟人著，葛莫美（刘呐鸥）译：《新艺术形式的探求——关于普罗艺术当面的问题》，载《新文艺》第 1 卷第 4 期，1929 年 12 月。

的美的新感觉派，启发了他们对于现代生活和现代人的生存方式的认识。不过也同样可以看出，他们对于现代都市所流行的机械美学也充满着矛盾。

刘呐鸥显然是有意识地在创作中，以这机械美学和原理来揭示流行于现代都市男女中的审美趣味、行为及其方式。他在《风景》中描写一个摩登女子戏谑一个摩登男子"缺乏油脂"，这个摩登男子就反过来夸耀自己的"瘦"说："瘦身体才能是直线的。直线的又是现代生活的紧要的质素哪！"他们在火车上刚刚认识，女人就暗示一起中途下车，男人也就按照现代的方式回应："夫人直线地请我，我只好直线地从命是了。"当他们一起来到大自然中，女人"把身上的衣服脱得精光"，并建议他也"把那机械般的衣服脱下来"时，作者借用男主人公的身份大发议论说："不但这衣服是机械似的，就是我们住的家屋也变成机械了。直线和角度构成的一切的建筑和器具，装电线，通水管，暖气管，瓦斯管，屋上又要方棚，人们不是住在机械的中央吗？"为了向现代都市建筑的机械环境挑战，"脱离了机械的束缚"，这对都市男女终于不仅让思想，而且让身体"无拘无束伸展出来了"，正像飘荡在天空中的"那片红云一样，自由自在，无拘无束"。[1] 可见，作者对于"现代生活的紧要的质素"——机械特征既欣赏，又诅咒。

刘呐鸥相当深刻地以两性关系在现代都市中所发生的变化，揭示了机械原理对于人类的思想、情感和现代日常生活的渗透。在《礼仪和卫生》中，作者通过男主人公启明嫖妓的经验，探讨了这种曾经盛极一时的性方式在现代都市中落伍的原因："他觉得她们是非从头改造不可的。第一她们对于一切的交接很不简明便捷。她们好象故意拿许多朦胧的人情和仪式来涂上了她们的职业。没有时下的轻

1　刘呐鸥：《风景》，《都市风景线》，第21—33页。

快简明性。"这使他"要达目的不知道空费了许多无用的套话和感情。事情总没有他所预料那样地简单的"，以致竟感觉到"早知道这样到（倒）不如不去的好"。[1] 与落伍的妓女行业形成对照的是摩登女郎的恋爱方式。她们都是"在刺激和速度上生存的姑娘"，代表了"在这都市一切都是暂时和方便"[2] 的时代精神。《两个时间的不感症者》中的她甚至对于素未谋面，一见钟情的"新交"也嫌其鲁钝，抱怨他"什么吃冰淇淋啦，散步啦，一大堆啰唆"，直言不讳地告诉他，"love-making 是应该在汽车上风里干的"，"郊外是有绿荫的"，她的每次恋爱史从未超过三个钟头以上呢。[3] 这种建立在"暂时和方便"之上的两性关系使作者不能不感慨：在这都市里"比较地不变的就算从街上竖起来的建筑物的断崖吧"。[4]

机械的合目的性和工具性的功能属性也深刻地影响了人对于自身和人与人之间关系的认识。机械的功能是单一的，火车是交通的工具，电灯是照明的工具，各有各的分工，人们不会向任何机械物质要求它具备一切的功能。但对于人的要求却不是这样，每一个人都应是一个独立的个体，应尽可能地发挥各种的潜能和作用并应该尽善尽美地不断进化。但现代工业社会的发展却使人丧失了整体性，把机械的原理应用于社会而导致的越来越单一化的分工，使人像机械一样地被分割了。当我们今天谈到这个观点时，会很自然地联想到马克思主义的批判。但在当时还是有相当的人接受了这一机械功能论的价值观，并将其应用到两性关系的认识上。曾经引起了相当大反响的《幻洲》"灵肉号""灵肉续号"上有文章这样写道：

1　刘呐鸥：《礼仪和卫生》，《都市风景线》，第 115 页。

2　刘呐鸥：《两个时间的不感症者》，《都市风景线》，第 98 页。

3　同上书，第 104 页。

4　同上书，第 98 页。

　　社会进化到了今日，所得到的只是一个分工的认识。
人们已经明白：一个体（个体或团体）只应求其能够满足
人的一种需要。能够替"我"制成合体的衣服的便是"好
裁缝"，不必又要能够做精美的食品；要精美的食品时应当
另求"大师父"去。反过来，"我"有经济上的需要，"我"
就去做经济方面某种组织的一员，同时"我"又有学术上
的需要，"我"又可以去做学术方面某种组织的一员：一个
人不妨同时为多少组织的一员以求各种不同需要的满足。
爱情实在也不只一种，有因肉的生活而生的，有因灵的生
活而生的……这两种爱情，性质上是根本不同的，所以要
求其满足不宜拘执在一个异体上营求。一个异体的只能满
足"我"的一种爱情，是人们进化到认识了分工原理之后
所宜坦然处之的。[1]

　　这种功能论的恋爱观是支持流行于现代都市、以"暂时和方便"
为特征的性关系的理论基础之一，它最要害之处就是把主体性的人
降低为从属性的功能或者说是工具，以功能的价值取代了个性的价
值，这鲜明地表现在爱的对象丧失了独一无二的不可替代性。

　　五四时期受到歌德《少年维特之烦恼》的影响，宁肯双双赴死，
也不放弃爱情，建立在个性主义价值观基础上，相互看作是唯一的
恋爱模式，在摩登男女身上发生了根本的变化。他们不再寻找"唯一"
的恋爱对象，而是从不同的异性方面求得不同的满足；这事实上意
味着每个人都被简约为一种功能，而不再是一个丰富的完整的个体。
这样，恋爱的风景就像刘呐鸥翻译横光利一在《七楼的运动》里描
写的那样：百货店业主的放荡子久慈把七层百货店中的女店员都看

1　任厂：《如是我解的灵肉问题》，载《幻洲》（半月刊）第 1 卷第 7 号，1927 年 1 月。

作是他的恋人，竟子是胴体，能子是头，容子、鸟子、丹子、桃子和郁子分别是他的肩膀和左右手足，他的"永远的女性"就由她们"聚集而成"。他每天的工作就是在这七层楼上下"运动"着，"一张张分着钞票"，所以他说，"结婚我是不用的"；[1] 婚姻也成为刘呐鸥描写的"方程式"，那位"已经跟这怪物似的 C 大房子的近代空气合化了"，"都会产的，致密，明晰而适于处理一切烦琐的事情的数学的脑筋的所有者"密司脱 Y，妻子就是他每顿午饭都离不开的"新鲜的青菜 Salade"，他只有在中午吃到妻子做的青菜，"才机械地扫清脑里的数目观念"。他们之间的关系就是妻子"拼着自己的腕力天天做着美味的 Salade 给密司脱 Y 吃，于是密司脱 Y 便会像他爱着她的青菜叶一般地爱着她"。当妻子不幸去世后，密司脱 Y 这部由"意志力？规则性？正确？简洁？速度？……或者是它们的总综合"建立起来的机器，就如缺少了一个零件一样，"大起了混乱"。这实在并不是因为他痛失妻子所致，妻子在他不过是方程式中的那个可以由任何数字充当的"X"。所以，他的续弦可以是密斯 A，也可以是密斯 W，尽管最终和他结婚的是素不相识的密斯 S，但他在新婚之夜同样充满着"桃色的感情"，因为他"早知道了，'teen' 内的女儿是没有一个不可爱的，谁不愿意在新洗过的床巾上睡觉？"[2] 当两性间不再要求独一无二的个性和忠贞不变的感情时，相互的需要也就不是那么绝对了。所以，在新感觉派小说中人物的名字变得并不重要，他们并不注重具体的人，而是人被功能化后的空洞的存在形式。叶灵凤小说中的"第七号女性"，不过是"猎艳"者的又一个目标，她是谁，叫什么，都是不必知道的。由此，也可以进一步理解新感觉派小说中普遍存在的把人"物化"的文体现象，这是现代社会以人

1　刘呐鸥译：《七楼的运动》，《色情文化》，上海第一线书店，1928 年，第 37—53 页。

2　刘呐鸥：《方程式》，《都市风景线》，第 167—180 页。

的功能为目的取代以人本身为目的所必然导致的结果。女人所以能够与手杖画等号，就是仅仅取其与手杖的装饰、炫耀以及方便走路的功能相等；男人所以是朱古力糖、上海啤酒、糖炒栗子，就是因为他们仅仅被看作是零食一样的"消遣品"。

新感觉派对于人在现代都市中的生存状态提供的是漫画式的图景，这幅图景的中心指向是现代都市对于人的本能力量的诱发和释放。在这点上，刘呐鸥最为自觉。他经常把都市意象和太古般的自然界以及人类原始阶段的文化遗产神话妖魔的世界相重合。他以叙述者的身份描写自己走在都市街道上的感觉：

> 我觉这个都市的一切都死掉了。塞满街路上的汽车，轨道上的电车，从我的身边，摩着肩，走过前面去的人们，广告的招牌，玻璃，乱七八糟的店头装饰，都从我的眼界消失了。我的眼前有的只是一片大沙漠，像太古一样地沉默。[1]

在这片太古般的大沙漠上，每到晚上就是妖精出没的时间——"将近黄昏的时候，都会的人们常受妄念的引诱。都会人的魔欲是跟街灯的灯光一块儿开花的。"[2]因此，刘呐鸥笔下的舞厅"会使人觉得好象人了魔宫一样，心神都在一种魔力的势力下"：

> 忽然空气动摇，一阵乐声，警醒地鸣起来。正中乐队里一个乐手，把一枝Jazz的妖精一样的Saxophone朝着人们乱吹。继而锣，鼓，琴，弦发抖地乱叫起来。这是阿弗利加黑人的回想，是出猎前的祭祀，是血脉的耀动，是原

1　刘呐鸥：《游戏》，《都市风景线》，第4页。
2　刘呐鸥：《方程式》，《都市风景线》，第172页。

始性的发现。[1]

似乎是受了妖精的咒语，现代舞厅显形为野蛮人和原始人的世界。对于刘呐鸥来说，这些意象都不是偶来之笔，而是他对于都市整体性的文化想象。因而，这类意象在他的小说中反复出现。酒、咖啡、女人都是让人显形为野蛮人或原始人，乃至野兽的"魔力"。在这个本能的世界里，不分男人和女人，好人和坏人，外国人和中国人，都是一样的。刘呐鸥的《热情之骨》《赤道下》就是有意识地在这两极之间做了沟通。可以说，现代都市把人降到了最低点，或者说使人发现了他的最低点，现代文明并没有把人从本能的世界，也即刘呐鸥一再重复的原始性、野蛮性中拯救出来，反而更刺激它加强着它的存活。

在现代都市中存在的这个本能世界不仅仅是性本能，穆时英的大量小说还揭示了纯粹为了活着的本能，不仅工人、流氓无产者要为了活着而挣扎，知识分子的"贫士"、社会职员，甚至包括资本家、投机商人都是如此。"辽远的城市"，把人生变成了纯粹为了活着的"辽远的旅程"，使生命的有机体开始和"机械地，用全速度向前冲刺着"的生活赛跑，因而担心"真有一天会在半路上倒下来的啊！""卷在生活的激流里，你知道的，喘过口气来的时候，已经沉到水底，再也浮不起来了"，感慨自己"被生活压扁了"。[2] "疲倦"是贯穿穆时英小说的主叹调，这是自称"寒士"的穆时英与"祖产六百余甲田地"[3]的刘呐鸥的根本不同之处，他更多地表达了普通市民对于都市的认识、感觉和想象。

1　刘呐鸥：《游戏》，《都市风景线》，第 6 页。
2　穆时英：《黑牡丹》，《南北极 公墓》，第 304、313 页。
3　彭小妍：《浪荡天涯：刘呐鸥一九二七年日记》，载台湾《中国文哲研究集刊》第 12 期，1998 年 3 月。

在 20 世纪 30 年代，现代化的两个中心要素"都市"和"机械"已经成为当时文坛的"新题目"和"新领域"，有关这方面的作家作品以及理论开始被积极地翻译介绍进来。如日本的新感觉派、法国的保尔·穆杭（Paul Morand）、美国的帕索斯，以及未来派和构成派，都因为是这两个方面的文学尖端而受到新感觉派的推崇和当时文坛的瞩目。另外如日本片上伸著、韩侍桁译《都会生活与现代文学》，石滨知行著、汪馥泉译《机械与艺术》，板垣鹰穗著、陈望道译《机械美》，藏原惟人著、葛莫美（刘呐鸥）译《新艺术形式的探求》，长谷川如是闲著、高明译《原形艺术与复制艺术》，高明本人著的长文《未来派的诗》，等等，这些文章[1]更在理论上，以现代生活最重要的标志都市和机械及其与文学艺术的关系为中心，探讨在都市和机械的影响下文学艺术所发生的新变化及其动向，以及由此而产生的新价值和新美学。而表现这种"新"本身就是新感觉派所追求的目标和价值。

刘呐鸥在致戴望舒的信中曾提醒诗人注意现代生活为诗歌艺术所提供的新的空间和角度。他说："因航空思想的普及，也产生许多关于飞行的诗，我很想你能对于这新的领域注意，新的空间及新的角度都能给我们以新的幻想意识情感。"并委婉地表达了对于戴望舒诗歌创作的希望和批评："从精神方面说，希望你再接近现代生活一点"[2]，这实际上也是刘呐鸥和新感觉派的一贯追求。他们把由高楼大厦和"人流""车流"构成的现代都市最新景观所能提供的空间和角度以及因此而获得的"新的幻想意识情感"，以"新的话术"和"新

1　这些文章分别载于《北新》第 2 卷第 20 号（1928 年 9 月）、《现代文学》第 1 卷第 3 期（1930年 9 月）、《当代文艺》第 1 卷第 3 期（1931 年 3 月）、《新文艺》第 1 卷第 4 期（1929 年 12 月）、《六艺》创刊号、《现代》第 5 卷第 3 期（1934 年 7 月）。

2　《刘呐鸥致戴望舒函 八日（二十一年七月）》，收入孔另境编：《现代作家书简》，花城出版社，1982 年，第 186 页。

的风格"表现了出来并得到文坛的肯定。苏雪林在评《新感觉派穆时英的作风》时为其创作定位说："以前，住在上海一样的大都市，而能作其生活之描写者，仅有茅盾一人，他的《子夜》写上海一切，算带着现代都市味。及穆时英等出来，而都市文学才正式成立。"[1]杜衡在《关于穆时英的创作》的文章中也谈道："中国是有都市而没有描写都市的文学，或是描写了都市而没有采取了适合这种描写的手法。在这方面，刘呐鸥算是开了一个端，但是他没有好好地继续下去，而且他的作品还有着'非中国的'即'非现实的'缺点。能够避免这缺点而继续努力的正是时英。"[2]而承续刘呐鸥、穆时英路子的还有黑婴、禾金，写作《流行性感冒》《第七号女性》时期的叶灵凤，以及被苏雪林看作是"想创造'都市文学'"，"专写大上海金粉繁华之盛，笔致与穆时英不相上下"的张若谷。

在中国文学中，有关都市的文化想象是非常贫弱的，或者像鲁迅所说，中国人的冥世是现实理想人生的继续；或者是从社会道德的角度，看作是罪恶的渊薮。而不像西方城市的意象，从《圣经》开始就集中了各种强烈而矛盾的情感，并保有了贯穿西方历史文化的隐喻力量。巴比伦象征腐败，罗马隐喻权力，特洛伊、迦太基作为毁灭的寓言，耶路撒冷获得拯救的神话，这些城市意象都凝聚着古老而永恒的暗示，反映着人类内心深处根深蒂固的焦虑。进入近代以后，随着世界城市化进程的不断扩展，小说不仅和都市结下了不解之缘，成为都市文化的一种主要形式，而且都市也成为小说背景的主要场所。一方面是工业革命取得了前所未有的大发展，"按人均工业产量的增长来衡量，1870 到 1913 年间国际经济的发展速度是空前绝后的"。19 世纪末的十年与 20 世纪初的十年又创造了技术

1　苏雪林：《新感觉派穆时英的作风》，《苏雪林文集》第 3 卷，安徽文艺出版社，1996 年，第 355 页。

2　杜衡：《关于穆时英的创作》，载《现代出版界》第 9 期，1930 年 2 月。

机械奇迹的"爆炸"：用作新能源的电、石油，现代交通设施——汽车、公共汽车和飞机，现代办公机构的基础——电话、打字机和自动收报机，等等，一齐涌现[1]；另一方面，城市规模与人口"爆炸"，城市的罪恶、拥挤、混乱、速度以及人的生存方式的急剧变化和不稳定性，都使作家越来越难以把握，越来越难以把它继续看作是稳定而熟悉的世界。他们不再自信地自称是都市社会的"书记""镜子"，而自贬为都市的流亡者、浪荡子，甚至是拾破烂者。几乎是与此同时，文学、音乐、绘画等领域开始了从外部世界向内心的转移，文学都市也越来越成为个人意识的折射，被个体支离破碎的印象、思绪以及分裂的情感和态度所取代。新感觉派正受着这一时期西方作家关于都市想象的影响。

不仅因为上海都市化发展在二三十年代达到了西方文明处于顶峰时期的 19 世纪末 20 世纪初的水平，为新感觉派提供了进行都市想象的物质环境和基础，同时也因为这一时期的文学艺术成为他们借鉴的范本。日本新感觉派对于"日本的资本主义社会的腐烂期的不健全的生活"之揭示，把描写对象拟人化的"主客合一"的手法；法国保尔·穆杭以"零碎的事实的募集家的伎俩"，把大旅馆、酒馆、跳舞场、轿车、Jazz 的现代视象融合成小说的题材，他的"影戏流的闪光法"、快节奏的叙述；未来派对于机械美和现代物质文明的肯定；等等，所有这些都在中国新感觉派表现上海大都市的"风景"和感觉，情感倾向和直观把握中留下了鲜明的印记。

现代大都市的物化形态对于 20 世纪 40 年代的海派来说，已丧失了新鲜感。如果说 30 年代的海派把都市变成了视觉的景观，那么 40 年代的海派已把都市化为生存的空间，而成为他们生命的一部分。

1　艾伦·布洛克：《双重形象》，收入［英］马·布雷德伯里、［英］詹·麦克法兰编，胡家峦 等译：《现代主义》，上海外语教育出版社，1992 年，第 41 页。

《结婚十年》初版版权页　　　　《结婚十年》初版封面

正是在都市与人生的融合交汇之中，普通人的日常生活又从农村来
到城市，重新奏响了"没有完，没有完……"的安稳、悠久、永恒
的节拍。都市无论多么大，只有这些普通人的足迹所到之处才是属
于他们的生活空间，否则就是"完全不相干"，他们"不朝左看，也
不朝右看"，"生命自顾自走过去了"；都市的楼房不论多么高，只有
和他们的生活联系在一起，才会吸引他们目光的停留，他们看到什么，
什么就活了，"只活那么一刹那"，然后又"一个一个的死去了"。苏
青《结婚十年》中的女主人公，从小城第一次来到上海，全心焦虑
的就是米呀面啦、煤球炉子，还有拎水擦地板。上海是什么样，有
什么令人惊奇的物事根本不在她的心里，也未入她的眼帘。张爱玲
喜欢把属于自然的农村景致人物移到都市，她认定从农村来的帮佣
阿小"是个都市女性"，不再让妖冶招摇的舞女、花瓶做现代都市女
性的代表；都市的夜空上仍然挂着30年前的"陈旧而迷糊"的月亮；
现代化的都市里也仍然会"剩下点断墙颓垣"，让人想起地老天荒的
东西。在40年代海派的笔下，都市正和他们笔下的俗人及其生活一

样，既晦暗又温热，既无趣又繁忙，既单调又嘈杂。它是弯弯扭扭阴暗和平的小弄堂，挨挨挤挤晾满了衣裳的阳台，拥挤着各色人等的小诊所。张爱玲在《封锁》这篇小说里，不仅以都市市民出行最普遍使用的交通工具电车作为故事发生的舞台，也成为她感叹普通人生存状态的触媒。她看到"早上乘电车上公事房去，下午又乘电车回来"，每天像电车一样不停地来来往往，不知道为什么去、为什么来的乘电车的人生就像"两条光莹莹的，水里钻出来的曲鳝，抽长了，又缩短了；抽长了，又缩短了，就这么样往前移"，然而他们"不发疯"。都市人生的这种固定、单调的日常性质是年轻的张爱玲最不堪忍受、最牵动她的一种"温柔的痛楚"。她以各种比喻提示人们注意，都市生活已经使人全无个性，就像教科书把人教得标准化了一样。[1]都市人所趋鹜的时尚也是如此，把人形塑得如同一个模子里刻出来的。她描写祥云公司小房间的壁上嵌着长条穿衣镜，四下里挂满了新娘的照片，"不同的头脸笑嘻嘻由同一件出租的礼服里伸出来。朱红的小屋里有一种一视同仁的，无人性的喜气"[2]。所以，张爱玲把都市描写成是由无数的后院子、后窗、后巷堂连成的"无面目的阴阴的一片"，"整个世界像是潮抹布擦过的"。她让一向作为成长、创造、生命的意象——树，一旦生长在都市里就改变了性质："街道两旁，阴翠的树，静静的一棵一棵，电线杆一样，没有一点胡思乱想。每一株树下团团围着一小摊绿色的落叶，乍一看如同倒影。"[3]很明显，张爱玲通过对城市景物的描写，不动声色地控诉了扼杀人的生命力、创造力，把人变成毫无生趣的电线杆似的都市生活。

都市在40年代海派的眼里已经不再以其奢华、绚丽的外表吸引人欲望的目光，它就是由普通人的生活构成，就像张爱玲记述的那

1　张爱玲：《年青的时候》，《杂志》第 12 卷第 5 期，1944 年 2 月。

2　张爱玲：《鸿鸾禧》，《张爱玲文集》（第一卷），安徽文艺出版社，1992 年，第 222 页。

3　张爱玲：《桂花蒸 阿小悲秋》，《张爱玲文集》（第一卷），第 198 页。

个开电梯的人，"离了自己那间小屋，就踏进了电梯的小屋——只怕这一辈子是跑不出这两间小屋了"[1]；也就像开电车、乘电车的人，只怕这一辈子也离不开那两条平行的轨道了。他们生存的空间是其生命的形式，也是其生存的内容，甚至成了他们的思想和逻辑。张爱玲写道："城里人的思想，背景是条纹布的幔子，淡淡的白条子便是行驰着的电车——平行的，匀净的，声响的河流，汩汩流入下意识里去。"[2]虽然张爱玲的行文华丽、奇崛，但她对于都市的空间拒绝想象，她以润色之笔写的是不加润色的都市和都市的人生。然而也正是在把都市由视觉的景观变为生存的空间中，张爱玲使中国的都市文学走向了深入，沾上了"人气"，把握了现代都市市民生存的逻辑和哲学。关于这一点，将在第五章继续展开讨论。

1　张爱玲：《公寓生活记趣》，来凤仪编：《张爱玲散文全编》，浙江文艺出版社，1992 年，第 29 页。
2　同上书，第 28 页。

第二章　唯美—颓废和对于新的生活方式的探求

第一节　唯美—颓废和初期现代主义的精神特征

　　新感觉派被文学史家称为"中国第一个现代主义小说流派"，所以，它不必凭借"海派"的命名而在文学史上占有一席之地。但首先需要我们进一步去认识的是"现代主义"这一概念经过一百多年的发展，曾被用来指称各种破坏现实主义和浪漫主义激情的运动，如印象主义、后印象主义、表现主义、立体派、未来主义、象征主义、意象主义、旋涡派、达达主义、超现实主义等等，许多标准的名称都令人生畏地纠缠、重叠在一起，形成了一个由不同面孔的文学实践所组成的综合体。尽管学者在定义"浪漫主义"和"现实主义"时就已经抱怨：其含义"已经多到了单独使用就毫无意义的程度"[1]，"是个声名狼藉的靠不住的概念"[2]，但显然"现代主义"这个词所经历的语义变化更为复杂，甚至"它在意义上可以掉转头去，面对相反的方向"[3]。比如，意大利的现代主义——马里内蒂及其未来主义正是一次企图摧毁象征主义的运动，他们对现代生活、速度和机械的

1　［美］利里安·弗斯特著，李今译：《浪漫主义》，昆仑出版社，1989年，第2页。

2　［美］达米安·格兰特著，周发祥译：《现实主义》，昆仑出版社，1989年，3页。

3　［英］马·布雷德伯里、［英］詹·麦克法兰编，胡家峦 等译：《现代主义》，第6页。

赞颂，正与一般意义上的现代主义拒斥无情的机械、残酷的城市倾向形成鲜明的对比。而且一些术语还因地而异，柏林标作新浪漫主义的，维也纳称为印象主义。在某些圈子中，象征主义、新浪漫主义、印象主义和颓废派被当作同一东西。当时中国文坛对西方现代主义的"拿来"多集中于 19 世纪末颓废派、唯美派和象征派的作家作品，这三种派别被统称为"新浪漫主义"或"十九世纪末的文学"[1]，用今天的批评术语来说，也可以算作是早期的现代主义。这些不同术语交叠使用所涉及的作家经常是完全相同的。比如波德莱尔可以被划为这几派中的任何一派；戈蒂耶不仅被看作是法国颓废派、象征派的始祖，也是唯美主义运动的始作俑者；王尔德、比亚兹莱（早期曾译作比亚斯莱、琵亚词侣等）、道生等同时是英国唯美主义和颓废主义的代表，也是 19 世纪末文学的代表。由此也可以看出它们相互之间的交融和渗透。

"欧洲文学指南"丛书之《现代主义》一书的编者特别强调："理解现代主义的运动，最要紧的是要认识到它们在类型上千变万化，并且跨越了很长的历史时期。"[2] 所以，如果我们以西方文学术语来定位认识新感觉派，也需要进一步来把握他们在现代主义运动"很长的历史时期"中所接近的类型。过去，就中国新感觉派接受现代主义的视野和影响来说，大多追溯至日本的新感觉派和法国的保尔·穆杭，这是不应否认的；但从国际性文学思潮来看，实际上两者都是对 19 世纪末唯美—颓废主义的继承、发扬和变异。因而，将中国新感觉派放置在这一文学思潮中来认识，更能够把握世界文学的流脉，在更加广阔的视野下探究其谱系。

其次，就中国的接受来说，当时文坛对于现代主义概念还很模

1　沈起予：《什么是新浪漫主义》，收入傅东华编：《文学百题》，岳麓书社，1987 年，第 106—108 页。

2　［英］马·布雷德伯里、［英］詹·麦克法兰编，胡家峦 等译：《现代主义》，第 174 页。

糊，经常含混地使用"颓废主义""近代主义""新浪漫主义"等名词去指称自然主义之后的文学潮流。施蛰存在答新加坡作家刘慧娟问时，曾明确认为 30 年代没有"现代主义"这个名词[1]。实际上更准确地说，是没有我们今天所说的审美现代主义这个概念，而"现代主义"这个名词作为时髦的标志已出现在穆时英的笔下，与唯物史观，美国文化，格莱泰嘉宝的八寸全身像，托尔斯泰的石膏像，沙发，烟蒂儿，普洱茶，熏黄了的手指和神经的朋友们一起堆积在他的《PIERROT》中。[2] 这说明当时"现代主义"还没有成为一个稳固而公认的文学批评术语。在西方文学批评史上也同样存在着这样一个混乱时期，彼得·福克纳曾指出，直到 20 世纪 20 年代"现代主义"才开始逐步摆脱了"一般意义"，"具备了与艺术中的实验活动相联系的具体意义"。[3] 到 20 世纪末，当西方文学史家对该世纪文学做追本溯源的描述时，19 世纪末的文学越来越受到重视，而被看作是"进入现代主义的旅行"的"入口"，或被定位为现代主义的初期阶段和发端。它的历史意义就在于"这是文学史的一个拐弯处"，后来"被统称为现代主义的各种流派，都可以或多或少地在这个时期的理论和创作中找到自己的'遗传基因'"。[4] 所以，把新感觉主义置于唯美—颓废主义世界文学潮流中认识，更有利于认清其现代主义的早期特征及其文学史的价值和意义。当然，更为重要的是唯美—颓废派的作品正是 20 世纪 30 年代的上海文坛，尤其是海派作家译介的热点。之前，尽管唯美—颓废主义理论及其创作都已传入中国，但如解志熙在《美的偏至》中所总结的那样：西方及日本唯美—颓废主义文学在中国的传播是于"20 年代后期和 30 年代初期的几年间达到了前

1　施蛰存：《沙上的脚迹》，辽宁教育出版社，1995 年，第 181 页。

2　穆时英：《PIERROT》，《白金的女体塑像》，现代书局，1934 年初版本，第 199 页。

3　［英］彼得·福克纳著，付礼军译：《现代主义》，昆仑出版社，1989 年，第 1 页。

4　黄晋凯等主编：《象征主义·意象派》，中国人民大学出版社，1989 年，第 1 页。

《唯美派的文学》初版封面

邵洵美

所未有的广度和深度"[1]，详尽的梳理和论证可参阅该书，不再赘述。以下将集中呈现 20 世纪 30 年代海派诗人和小说家与唯美—颓废派、象征派的亲缘关系，他们不仅在引进其译作上尽心尽力，而且身体力行，成为中国的唯美—颓废派，或打上其鲜明的精神烙印。

　　狮吼社是典型的欧洲及日本唯美—颓废派在中国的变体，如章克标所说，"中国则开花在我们这些人身上了"[2]。择要来说，其前期中心人物滕固专门撰写过《唯美派的文学》，作为"狮吼社丛书"之一种，于 1927 年出版，介绍 18 世纪末至 19 世纪英国文学史中这一潮流及其绘画。狮吼社的后期中心人物邵洵美翻译过英国唯美派乔治·莫尔（George Moor）的自传《我的死了的生活的回忆》（*Memoirs of My Dead Life , Confessions of a Young Man*）中的一节"Euphorion in Texas"，但袭用了集名。邵洵美说这本书"是他作品中我最爱读的一

1　解志熙：《美的偏至》，上海文艺出版社，1997 年，第 58 页。
2　章克标：《滕固与狮吼社》，《文苑草木》，上海书店出版社，1996 年，第 13 页。

《琵亚词侣诗画集》初版封面

本"，其片段曾刊载于《金屋月刊》创刊号，于 1929 年 5 月由金屋书店初版。杰克逊说他是位代表了"颓废派的好奇与早熟的英国作家"，邵洵美汉译这部作品，算是感谢作者赠书，并将其汉译作为"回敬他的一件小小的礼物"。[1] 他还专门写了《George Moore》一文介绍其生平作品，认为乔治·莫尔"拜倒在'为艺术而艺术'的旗帜下；并且更其诚恳，更其纯粹，他情愿为艺术而牺牲一切"[2]。邵洵美（浩文）还翻译了被看作是颓废主义运动典型代表的琵亚词侣(A.V.Beardsley，今译比亚兹莱) 的《琵亚词侣诗画集》，在《序》中感叹其："啊，这一个美丽的灵魂！"该书于 1929 年 6 月由金屋书店初版。

　　狮吼社的另一中坚分子章克标早年留学日本，自称"也被迷惑"过，曾全力研究译介谷崎润一郎，选译出版过《谷崎润一郎集》，该集收入他汉译谷崎的《刺青》《麒麟》《恶魔》《续恶魔》《二沙弥》

1　邵洵美：《我的死了的生活的回忆·小记》，上海金屋书店，1929 年。
2　邵洵美：《George Moore》，《金屋月刊》1930 年第 9、10 期合刊。

等五篇小说，他在《序》中称誉谷崎"日本的王尔德"，不仅指出谷崎"作品的根本基调，在于追求官能的美，是属于耽美享乐一派"的思想特征，更通过评论不同时期的作品，进一步勾勒其越来越趋于"病的倾向，恶魔主义的倾向和神秘的倾向"，直至成为"Decadent艺术的巨将"的态势。他"因为对于平凡普通的官能美，不能感着兴味，而要求有异常的刺激力的东西，就只有走入病态的一途；平常的性欲，还不能满足，所以便走入变态；对于平凡的梦，他已厌倦，便非得创造出恶之华来，或追求奇的梦去不可了"。因而，章克标认为对于谷崎"不能应用人生什么什么来批判的。在他没有什么革命不革命，思想不思想的"，只要能"彻底于颓废的官能美，能彻底于恶魔主义的诗的表现，能彻底于创造出恶之华来，就满足了，就算已尽其能事了"[1]。由此可见，章克标对唯美—颓废派的确是相知甚深，"具了解之同情"。后来他又将谷崎创造出"恶之华"极致的《杀艳》汉译出版，使其一时成为最受中国翻译界青睐的日本作家，被视为"一位耽溺于官能享乐的颓加荡主义者"，"唯美派中描写肉感与变态性欲的一大圣手"[2]。邵洵美加入主编《狮吼》半月刊和《金屋月刊》后，更使这两个刊物成为宣传唯美—颓废主义的大本营。其主要撰稿人的创作也深染其风采。

《真美善》作家群也是译介这一流派作品的重要力量。曾朴因为中国在甲午战争中败北，开始发奋学法语，后受到曾长期驻法使馆工作的外交官陈季同的启蒙，先后翻译了法国十几位重要作家的作品，虽然他的翻译选择具有文学史的眼光和系统的计划，但他1929年汉译出版边勒鲁意[3]（Pierre Louÿs，今译皮埃尔·路易）的《肉与死》（*Aphrodite:moeurs antiques*，今译《阿弗洛狄德：古希腊风俗》）及

1　章克标：《序》，《谷崎润一郎集》，开明书店，1929年11月，第5、6、8页。

2　张若谷：《谷崎润一郎的富美子的脚》，载《新时代》第1卷第3期。

3　该名在《肉与死》封面写作边勒路意，行文是边勒鲁意。

其大肆宣传的行为，还是透露出他
对这一流派的偏爱。今天的读者很
少会知道皮埃尔·路易，但他在 19
世纪末 20 世纪初的法国文坛声名显
赫，交游甚广。据徐霞村在《最近
的法国小说界》[1] 中介绍，"王尔德在
法时曾和他做过好友，王尔德的《沙
乐美》就是他帮写的"，因诗集《碧
莉娣之歌》（*Les chansons de Bilitis*）
和长篇小说《阿弗洛狄德》闻名于世，
尽管现在对他评价不高，一般认为：

曾朴

"卢维的文学名声主要建立在性爱描述上，而不是建立在纯粹的唯
美观点上，这一名声已逐渐消失。"[2] "他是一位文笔优美而格调不
高的艳情小说家"[3]，但在当时是把他看作"崇拜肉体的爱和感觉的
美的观念"的唯美小说家而加以推崇的。曾朴、曾虚白父子翻译时，
因为葛尔孟（Remy D. Gourmont，今译古尔蒙）说过这样一句话：
"边勒鲁意先生很觉得这部肉的书恰如实地达到了死：《阿弗洛狄德》
只关阖在死和葬的舞台里"，他们觉得这"很足概括全书的主旨"，
所以就把《肉与死》来作为书名。[4] 除了这一解释，提高标题吸引眼
球的效果也不能不说是其改名的重要因素，因为曾朴十分清楚"肉"
字的轰动效应，他在该书《后记》阐明其翻译动机说："我们觉得
肉感的文艺，风动社会，要和解这种不健全的现象，用压迫的禁欲

1　载《文学周报》第 6 卷第 20 期，1928 年 6 月。本文是徐霞村根据法国 Lalov《现代文学史》（1870
　　—1925 年）概括而成。

2　《简明不列颠百科全书》中美联合编审委员会编：《简明不列颠百科全书》第 5 卷，中国大百科
　　全书出版社，1985 年，第 396 页。

3　陈振尧主编：《法国文学史》，外语教学与研究出版社，1989 年，第 364 页。

4　病夫（曾朴）：《后记》，边勒鲁意著，病夫、虚白合译：《肉与死》，真美善书店，1929 年，第 10 页。

主义是无效的。唯一的方法，还是把肉感来平凡化。只为肉感的所以有挑拨性，根本便是矜奇和探秘。"[1]尽管曾朴还不能彻底摒弃道德的眼光，认为《肉与死》写的是变态性欲、卖淫杂交、狂乱、蛊惑、杀害、盗窃、仇恨、愚妄，但显然他也被其"不可言说的美"所俘获，因而向刘舞心[2]倾诉自己的读后感说，这书写的"完全是醉，完全是梦；我陶醉了它醉的美，我梦思了它梦的美"[3]。同时，曾朴也认识到唯美—颓废派写"恶之花"的奥妙所在，认为"拿一件美的事材写成了美，还不是纯全艺术的美，因为事材的本身先美了。只是把极丑恶的事材，写得令人全忘了它的丑，但觉得它的美，那才是真正艺术美的表现"，所以他还特别强调"我们译这部丑恶美化的作品来证明我们艺术唯美的信仰，不使冒牌的真丑恶，侵袭了艺术之宫"[4]。可见，曾朴翻译这本书除了要"把肉感平凡化"，以调和其"风动社会"的目的，还有证明"真正艺术美的表现"及宣扬自己"艺术唯美的信仰"之动机。

曾氏父子为这本书的出版做了声势浩大的宣传，不仅就这本书的翻译在他们主编的《真美善》第2卷第5号上发表了刘舞心（邵洵美）致曾孟朴的信，还发表了曾孟朴一封长长的《复刘舞心女士书》，更因为此书原名为《阿弗洛狄德》，带有隐喻葛丽雪的意义，而不吝笔墨写了一篇一万多字的"带小说风的考据文字"《阿弗洛狄德的考索》，"为了自己译品做个先导"。出版时都分别作为附录收入书中，并翻译了《葛尔孟的批评》，撰写了《后记》阐明唯美派的观点。据讲，"上海登载文坛消息的几种刊物，曾经先后用过

---

1 病夫（曾朴）：《后记》，边勒鲁意著，病夫、虚白合译：《肉与死》，第5页。
2 "刘舞心"是邵洵美的化名，当时曾朴尚不知晓。
3 曾朴：《代序》（正文如此，目录写成代叙），《肉与死》，第5页。
4 同上书，第6、7页。

《肉与死》初版封面　　　　《色的热情》初版封面　　　　《色的热情》初版版权页

一种双簧式的文字给《肉与死》大肆宣传"[1]，所以一经出版即"轰传一时"。显然曾朴对皮埃尔·路易还是青睐有加的，他还选译其代表作《希腊碧莉娣牧歌》以及小说连载于《真美善》刊物。曾虚白的重要译作是法国后期象征主义诗坛的领袖古尔蒙的《色的热情》，1928 年 9 月由真美善书店初版，也曾于《真美善》杂志上连载，题名为《色》。曾虚白翻译的目的在于引进"诗体的小说"这种形式，如他在《小序》中声言"我译这部《色》就想拿他诗体的小说介绍给读者"。他还附录了古尔蒙的《原叙》，以阐明"小说跟诗没有分别的；小说的原始本来就是诗体"的主张。其他唯美—颓废派作家如法国的波德莱尔、戈蒂耶、古尔蒙、保尔·穆杭，英国的罗塞蒂、王尔德、乔治·摩尔，意大利的邓南遮，美国的爱·伦坡，瑞典的斯特林堡等在《真美善》上都有译介。由此可见，真美善作家群对唯美—颓废派的偏嗜。

　　夏莱蒂、林微音、朱维基组织的"绿社"被施蛰存称为"在

1　补血针：《〈肉与死〉的第一节》，载《新文艺》创刊号，1929 年 9 月。

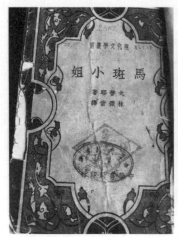

《马斑小姐》初版封面　　　　　《马斑小姐》初版版权页

上海新文学史上，算是活动过一个短时期的唯美派、颓废派"[1]。夏莱蒂翻译了英国颓废派的杰出诗人道生（E.C.Dowson）的代表作《装饰集》（*Decorations*），1927年光华书局初版。林微音则把法国唯美主义先驱、"为艺术而艺术"的倡导者戈替耶（Theophilé Gautier，今译戈蒂耶）的代表作《马斑小姐》（*Mademoiselle De [la] Maupin, Madmoisello de Maupin*，今译《莫斑小姐》）汉译，该作被视为法国颓废运动起点的标志，1935年2月由中华书局初版，林微音还附录了西蒙斯（A. Symons）的《戈替耶》评论和被称为"唯美主义宣言"的作者长《序》译文，批判道德的虚伪，宣扬美的无功用性质。戈蒂耶调侃地说："没有什么美丽的东西是于人生所必要的。你可摧残花，而世界并不受实损；而谁会愿意不再有花呢？"[2]西蒙斯则以对戈蒂耶的推崇，弘扬唯美主义。他认为，"Gautier 一

1　施蛰存：《林微音其人》，见《沙上的脚迹》，第154页。

2　［法］戈替耶著，林微音译：《马斑小姐》，中华书局，1935年，第27页。

生崇拜生命，崇拜生命的一切程序与形式"，"他要永远保存的是那生命本身的美"。

新感觉派也是唯美—颓废思潮的重要推手，与前面所述的狮吼社、《真美善》作家群、绿社相比，新感觉派更先锋、更加追新逐异。穆时英在他的《南北极》改订本"题记"和《公墓》"自序"中都一再"衷心地感激"那些引导他走上文坛，指点他"技巧上的缺点"的几位朋友，其中他所提到的施蛰存、戴望舒、杜衡、叶灵凤也都是翻译唯美—颓废主义作品的主将，并对其大加赞赏。戴望舒在震旦大学时，耽迷于法国象征派，由于法国神父禁止学生阅读此类文学作品，他就"在神父的课堂里读拉马丁、缪塞，在枕头底下却埋藏着魏尔伦和波特莱尔"。[1] 后来他终于译出了《〈恶之花〉掇英》，成为"民国时期最有影响"[2]的译本。书前法国象征派诗人、评论家瓦雷里的长文《波特莱尔的位置》，才华横溢而又十分准确地论述了波特莱尔的命题、超绝的品质，所达到的"光荣的顶点"；他诗的豪奢、形式和极乐，为我们理解 19 世纪末这段特殊时期提供了一个角度。戴望舒还和杜衡一起翻译了道生的诗歌及诗剧；杜衡翻译的《道连·格雷画像》，通过亨利·沃登勋爵这个"可厌的理想人物"的"出色的矫枉者"之口，大段大段地直白着唯美派的人生观和艺术观，即使看作宣言也不为过，这也就难怪叶灵凤甚至节译这部长篇中的一段作为《幻洲》中的补白。[3] 杜衡还翻译过戈蒂耶的《格莱奥巴特尔底一夜》。叶灵凤本人对以王尔德为代表的唯美派更是推崇备至，他曾以"昙华"笔名翻译过戈蒂耶（戈恬）的小说《木乃伊恋史》，甚至当他被警厅检查拘捕 5 日出狱后，还以王尔德《狱中记》的话自

---

1 施蛰存：《戴望舒译诗集·序》，见戴望舒译：《戴望舒译诗集》，湖南人民出版社，1983 年。

2 邹振环：《中国的〈恶之花〉之路》，见邹振环：《影响中国近代社会的一百种译作》，中国对外翻译出版公司，1996 年。

3 载《幻洲》第 1 卷第 10 期，1927 年。

况自慰；[1]他对王尔德的作品和文章非常熟悉，并经常引用，先后写过《纪德关于王尔德的回忆》《王尔德〈狱中记〉的全文》《比亚斯莱、王尔德与〈黄面志〉》《郁达夫先生的〈黄面志〉和比亚斯莱》《从王尔德到英外次》《王尔德案件的真相》《王尔德之子》《王尔德笔下的英国监狱》《王尔德的说谎的艺术》《关于比亚斯莱》《比亚斯莱的画》《比亚斯莱的散文》《比亚斯莱书信集》《王尔德所说的基督故事》等多篇介绍评论性文章，更不用说他刻意模仿唯美—颓废的文风和审美趣味了。叶灵凤主编的《幻洲·象牙之塔》部分也可以算作是一个唯美派的刊物，不仅他处心积虑所做的插图，为《幻洲》所做的包装带有鲜明的比亚兹莱的画风，而且其中的诗歌、散文和小说的创作也都充满和洋溢着唯美—颓废派的观点和风格。

穆时英在翻译上虽然没有什么成就，但他对 19 世纪末文学的评论却可以反映那个时期的历史认识。在连载于 1935 年 8 月 11 日至 9 月 10 日上海《晨报》的长文《电影艺术防御战——斥捐着"社会主义的现实主义"的招牌者》中，他以文学史的例子来证明"一切艺术都是生存斗争底反映与鼓吹"，认为"在生存斗争底过程中获得胜利或是优势的人往往觉得人生是非常明朗，他们的态度往往是乐观的，他们赞美人生，享受生活，反映到艺术上便成为产业革命后，资产阶级获得政权时的浪漫主义运动。他们对于现实是一点不肯放松的，进取的，在艺术上表现出来便是福罗培尔及莫泊桑底纯理智的写实主义，和左拉底染了浪漫主义底色彩的写实主义，后来，等他们在生存斗争中占了压倒的地位，他们便渐渐的保守起来，沉湎于生活趣味、官能享乐里边，艺术便趋向于颓废主义、形式主义，如穆杭，海敏（明）威，考克多，以及出现于战后的种种踏踏主义、未来主义、意象主义等里边的许多现代的画家、音乐家和雕

1　叶灵凤：《狱中五日记》，《白叶杂记》，上海光华书局，1927 年。

刻家。但官能主义，颓废主义不一定是胜利了并稳定了的人们底战利品，从生活斗争上败退了下来，淘汰了下来，落伍了下来的人也很容易流入这里边去。流行在文坛上的种种世纪末的作品，种种感伤主义、虚无主义都是败阵后的悲哀"。[1] 在这里，穆时英把颓废主义和官能主义归结为两种不同的社会根源：或者是在生存斗争中胜利后的沉湎和官能享乐，或者是失败后出于悲哀的沉湎和官能享乐，如果没有对这批作家的了解和熟识，是难以有如此细致的体会和概括的。特别值得注意的是他把 19 世纪末和第一次世界大战后的文学联系在一起，其联系点就是官能主义和颓废主义。也就是说，穆时英把我们今天所说的第一次世界大战后的现代主义文学和世纪末的文学并为一类，而且把官能主义和颓废主义看作是两者的重要特征。这种看法不仅代表了新感觉派对现代主义的一种初步认识，对其精神特征的初步把握，也是当时文坛对早期现代主义的一种观点。在 1931 年第 36 至 37 号的《文艺新闻》上，曾连载过大宅壮一著、凌坚译的《现代美的动向》，文章明确指出，"从布尔乔亚文化到达到烂熟期，又渐次带着破调的倾向，这便是现代主义的"，"现代主义，是灭落的文化中所产生的颓废的情热"。这说明，在 30 年代人们还是从颓废的角度去认识现代主义的。所以，如果说新感觉派是中国第一个现代主义小说流派，那么，他们所受到的唯美—颓废主义的影响就更是一个不应缺少的方面，这反映了当时对于现代主义的接受视野和认识。新感觉派的文学翻译和创作活动在很大程度上都表现出他们对于现代主义这一颓废主义的精神倾向的自觉选择和推进。

　　由于新感觉派主要成员的外文语种是日文和法文，其译介成就也体现在这两个领域，选择的眼光更多追寻能够表现现代都市最新发展的作品，无论是日本的新感觉派，还是法国的保尔·穆杭，都代

1　载上海《晨报》，1935 年 8 月 29 日。

表着当时现代都市文学的最新发展。刘呐鸥所以把日本新感觉派引进中国，就是因为他认为"在这时期里能够把现在日本的时代色彩描绘给我们看的也只有新感觉派一派的作品"，"他们都是描写着现代日本的资本主义社会的腐烂期的不健全的生活"。[1] 保尔·穆杭的译介也是如此，因为他表现了"随着错乱的 Jazz-band 的靡声沈入虚无的底下去的一个时代的文明，酒精和鸦片的香味，狂乱的古柯情热，各色各样的感觉和神经和脑髓的狂暴"[2]。在日本新感觉派和法国保尔·穆杭的译介上，中国新感觉派是始作俑者，而且更进一步将其风格带入自己的创作，也随之造成了一种时尚。事实上，日本新感觉派"混合了耽美主义和艺术至上主义的特长"[3]，中国新感觉派也是如此。根据施蛰存的回忆，刘呐鸥 1928 年从台湾回到上海时，"带来了许多日本出版的文学新书，有当时日本文坛新倾向的作品，如横光利一、川端康成、谷崎润一郎等的小说"[4]。当年楼适夷就是根据施蛰存的《在巴黎大戏院》和《魔道》把其创作倾向命名为"新感觉主义"，而施蛰存在《在巴黎大戏院》中对女人的脏手帕带给男主人公的刺激和感觉心理的大段描写，就非常明显地模仿了谷崎润一郎《恶魔》中类似的变态心理。

　　林希隽曾对新感觉派在中国的发展做出描述说："咱们这文坛有了新感觉派的都市文学的流行，是近两三年的事，最先介绍这一派作品到中国来的，据笔者所知，以刘呐鸥译的《色情文化》一书为始。其后他出版了创作集《都市风景线》，作风上、表演上均深受《色情文化》极大的影响，这可以说是新感觉派文学发展史的第二代。继

1　刘呐鸥：《色情文化》译者题记。

2　［法］柯莱篾（Benjamin Cremieux）著，刘呐鸥译：《保尔·穆杭论》，见［法］保尔·穆杭著，戴望舒译：《天女玉丽》，上海尚志书屋，1929 年。

3　何穆尔：《日本文学的流派》，载《风雨谈》第 8 期，1943 年 12 月。

4　施蛰存：《最后一个老朋友——冯雪峰》，收入陈子善、徐如麒编选：《施蛰存七十年文选》，上海文艺出版社，1996 年，第 272 页。

《色情文化》初版封面　　　　　《色情文化》再版封面

此而起者，为穆时英作品的出现，其所受该书的影响更显得深厚。"[1]
林希隽将刘呐鸥辑译的《色情文化》看作中国新感觉派之始是很有
眼光的。这部小说集所选作家及其作品虽并不全部属于新感觉派，
但在 7 篇小说中有 5 篇都带有明显的新感觉流风，以其都市摩登人
物、摩登景观和新的话术在中国文坛受到追捧。译者本人自不必说，
穆时英对《色情文化》这本书的熟悉已达到了可以随手征引的程度。
根据他在《现代》因《街景》开首一节与池谷信三郎《桥》一段的"类似"，
被读者告发，而牵累编者不得不公开表示歉意的公案中所做的说明，
可以得知他创作《街景》时，《色情文化》这本书并不在手边，他完
全是凭着两年前的记忆而"写成了那段似是而非的文章"。[2] 还可以
补充说，给穆时英以极大影响的还有郭建英译日本新感觉派的中坚
横光利一的短篇小说集《新郎的感想》。刘呐鸥为其作序说，"这小

集所选四篇都是他的名作，很可以窥探他的面目思想"。其中《点了火的纸烟》中那个"蔑视着恋爱""痛爱着纸烟"，让一次次的恋爱"好象一口纸烟的烟般愉快地消失去了"的男主人公的精神气质，很明显激发了穆时英创作《被当作消遣品的男子》以及那些"把烟卷当恋人"，染了男性或女性嫌恶病菌，孤独的现代男女形象的灵感。如果说那些颓废派作家给穆时英的男主人公安排了一支拐杖，那么横光利一又替穆时英笔下的男女武装了纸烟；这个丧失了一切的信仰，只能"攀牢着纸烟"和拐杖的象征性形象成为现代漂泊着的灵魂的象征写照。郭建英译横光利一《新郎的感想》这个集子中《园》的短篇，也启发了穆时英《公墓》的写作。从一对恋人一方身染绝症的情境设计，到象征死亡和生命界限的"公墓"和"园"的背景安排以及感伤与绝望的情感氛围，都显示了这两篇小说的亲缘关系。另外还可以提供的一个内证是穆时英在他的《PIERROT》中，通过小说主人公抱怨别人从他的作品里发掘了跟他所表现的完全不同的主题来，所举的例子就是和横光利一《园》同名的小说，而从大家对这篇作品的理解和评价来看，很可能说的就是穆时英自己的《公墓》。作者以横光利一的《园》为名谈论自己的作品，在这个替换中可以说无意中泄露出这两篇小说的内在关系。郭建英也是穆时英"衷心地感激"的几位朋友之一，也许这可以看作是穆时英为自己得益于郭建英对横光利一作品翻译所做的"谦卑的谢忱"吧。尽管我们可以笼统地说，中国新感觉派深受日本新感觉派的影响，但就穆时英来说，明显更多得自横光利一的熏陶。

被称作"日本新感觉派之父"的法国作家保尔·穆杭也因中国新感觉派及其同人的鼎力推举而在中国喧闹一时。尤其需要指出的是，不仅"新感觉派这一文艺新思潮之由日本输入于我国，实有赖于刘呐鸥的介绍"[1]，他还"第一个把法国现代都会文学的领袖作家保尔·穆杭氏介绍到中国来"[2]。1928 年保尔·穆杭来华，为此刘呐鸥专门在他主编的《无轨列车》第 1 卷第 4 期上出了一期"穆杭的小专号"，刊登了 Benjamin Cremieux 著、刘呐鸥译的长文《保尔·穆杭论》，全面介绍和评价了保尔·穆杭作为一个"印象主义者""感觉主义者"在创作上的"近代主义"特征。同时还发表了戴望舒（江思）翻译的两篇小说《懒惰病》和《新朋友们》。刘呐鸥本人尽管在推举保尔·穆杭上不遗余力，认为他"不但是法国文坛的宠儿，而且是万人注目的一个世界新兴艺术的先驱者"，但实际上到目前为止还未曾发现他翻译过保尔·穆杭的作品，在这方面做出实绩的是戴望舒。他不仅选译过 7 篇穆杭的短篇小说，合集为《天女玉丽》，还翻译了穆杭的名作《罗马之夜》，收入他选译的《法兰西现代短篇集》[3]；《六日之夜》（以"郎芳"的笔名），收入《法兰西短篇杰作集（第一册）》。所以赵景深说："因了戴望舒的介绍，穆杭（Paul Morand）遂为我们所熟知。"[4]另外，徐霞村也曾翻译过穆杭《北欧之夜》[5]，虚白译过《成吉思汗的马》[6]。其中《罗马之夜》《六日之夜》和《北欧之夜》都是穆杭那本被誉为"突然像炎夏的凉飚似地（的）惊动了全法国的读者"[7]的短篇集《夜开着》中的名篇。穆时英也曾在文章中点到穆杭的两部名作《夜开着》《夜闭着》[8]。尽管穆杭现在被看作是第二流的作家，但在上世纪 20 年代"名声大起"，出尽风

1　杨之华：《穆时英论》，载南京《中央导报》1 卷 5 期，1940 年 8 月。

2　张若谷：《现代艺术的都会性》，见《异国情调》，汉语大词典出版社，1996 年。

3　上海天马书店，1937 年初版。

4　赵景深：《穆杭的蛮荒描写》，载《小说月报》20 卷 5 期，1929 年 5 月。

5　徐霞村译：《现代法国小说选》，中华书局，1931 年 1 月初版。

6　载 1929 年 12 月《真美善》5 卷 2 号。

7　见徐霞村译：《现代法国小说选》，第 90 页。

8　穆时英：《电影批评底基础问题》，1935 年 3 月 2 日上海《晨报》。

头。据讲《夜开着》出版后在不到两年的时间里就被印刷了百次之多，由此穆杭一时被尊为杰出的现代主义者，为法国文学引入了新的语调和风格，代表了与过去的一代作家作品的彻底决裂。[1] 刘呐鸥和戴望舒都曾在震旦大学特别班读法文，他们对穆杭的选择和评价直接受到当时世界文坛热点的左右。[2] 同时，对于既谙熟日语又懂法语的刘呐鸥来说，他的翻译只是我们了解他影响源的线索；但对于仅掌握英语的穆时英来说，无论是对日本的新感觉派，还是穆杭作品的翻译，却是构成他在这方面接受视野的全部。所以廓清当时翻译界的状况，不能不说是我们接近中国新感觉派最高成就的代表者穆时英文化背景的一条路径。

刘呐鸥所引进和推重的横光利一、片冈铁兵、穆杭等在当时的中国文坛都被等同视之为法国和日本的新感觉派[3]，它们相互之间也确实有着内在的联系，不过比较而言，刘呐鸥作品更接近穆杭，刘呐鸥翻译的那篇《保尔·穆杭论》中的很多观点可以直接用来概括和评价刘呐鸥的创作特点和主题。应该说，刘呐鸥及其现代派同人对日本新感觉派和穆杭的引进把西方现代主义的东移推进到20世纪20年代，特别是穆杭深受意大利未来主义的影响，这也构成了中国新感觉派作风特点的一个方面。尽管这些作家作品算不上现代主义的经典，但却代表了现代主义的早期特征及其发展，只要考虑到西方现代主义的经典作品翻译直到八九十年代才陆续在中国蔚成规模，也就不能不惊叹他们当时追随世界文坛动向的热情和迅速。

如果说《无轨列车》的创刊标志着中国新感觉派创作群体的形

---

1 有关穆杭的资料和评价参阅 DCTIONARY OF LITERARY BIOGRAPHY VOLUME 65：*FRENCH NOVELISTS，1900–1930*.Gale Research Company，1988.

2 戴望舒翻译过倍尔拿·法意的《世界大战以后的法国文学》，其中就把穆杭看作是散文家中"最显赫的人"。

3 这一观点可以张若谷在《现代艺术的都会性》（见《异国情调》）中的看法为证。

成，那么再到《新文艺》《现代》，这个群体一直紧紧追踪着世界文坛的最新动向，把译介的重点集中到超现实主义、未来主义、后期象征派等第一次世界大战后的西方现代主义文学，但不免有些零散，多带有信息性质。他们最有影响的一次翻译活动是1934年10月《现代》5卷6期的"现代美国文学专号"，这是中国的新感觉派这一群体继《小说月报》出版"俄国文学研究"和"法国文学研究"专号，"替十九世纪以前的两个最丰富的文学，整个儿的作了最有益的启蒙性的说明"之后，企图进一步对20世纪的文学特别是战后文学再做一次现代启蒙的集体性行为。在许多民族的现代文学中，他们不避别人的"怀疑与责难"，选择受人轻视的美国文学来做这一工作的开始，并不是偶然的，而与他们对美国文化和文学的长期关注和热衷分不开。在他们眼中，"美国是可以十足的被称为'现代'的"。[1] 按照《现代》评介外国文学的一贯做法，一般采取转介的方式，而这期《现代美国文学专号》的评介文章全部是撰写，尽管也可能是对别人观点的撮要，但毕竟在归纳和梳理中会渗透着作者本人的一些认同和见解。

他们特别评介的作家是杰克·伦敦、辛克莱、德莱塞、维拉·凯漱（Willa Cather，今译薇拉·凯瑟）、刘易士、奥尼尔、安得生（Sherwood Anderson）、庞德（Ezra Pound）、海明威、帕索斯、福克纳，而在这些作家中最受推崇的不是今天作为现代主义经典作家的福克纳，却是不能与之相比的帕索斯。比如杜衡在《帕索斯的思想与作风》一文中总结20世纪世界文学是充满了各种各式的新技巧尝试时说："许多尝试着新形式的作品，正因为是致力于形式的原故，对内容方面是绝对忽略了的。乔也斯自己的代表作，《优里栖斯》（Ulysses），就是一部以最大的篇幅写了最琐屑的事件的作品。这内

1　参阅《现代美国文学专号·导言》。

容方面的琐屑，单薄，或甚至单薄到空无所有，实也是近代形式主义者的最大的弱点。"他认为只有"使这种形式为新的伟大的内容所必需的；要做到这一步，那才是完成了文学上的一种新的革命。用合理地革新了的形式，来写有意义的内容的作家，我们几乎是遍寻不得。有之，则是帕索斯"。另一篇《福尔克奈——一个新作风的尝试者》对福克纳的认识评价也如出一辙。文章认为，福克纳"作为小说家的特征，除了专拿不道德的事件或不愉快的东西为题材之外，帮助他获得普遍的声誉的便是各种各式的新技巧的尝试"。

由此可见，新感觉派及其同人虽然初步接触到现代主义的经典作家作品，但还未能把握其精神实质和特征。他们的认识集中在两点上：一是"代表了肉欲，代表了速度，代表了暴乱的爵士音乐"这种现代生活上的现代的姿态，使文学作品"又多了一道新的内容的泉源。近数年间，描写罪恶的现代生活的文学作品和专注于这类作品的作家是数见不鲜"[1]；二是 20 世纪文学充满了"各种各式的新技巧的尝试"。这样他们就把 19 世纪末作家和日本的新感觉派、穆杭以及海明威、帕索斯、福克纳等都统而看作是"专注于这类作品"的作家，而忽略了他们之间在内容上着眼于社会现象、时代类型和探寻人类的精神现象、抽象的人性类型的不同，从社会时间向私人时间转移而引起的内容与形式全面变革的不同。指出当时中国新感觉派这一群体对西方现代主义精神特征的认识还停留于表面现象并不是要苛求他们，这是任何人都难以摆脱的历史局限。对现代主义这一复杂的精神文化现象的理解和认识直至今天仍是学术界的关键话题，如果我们知道作为高雅文学经典文本的福克纳小说，当初曾被许多严肃的批评家贬作"只是通俗小说的技巧"，而"不以为然"，

1　凌昌言：《福尔克奈——一个新作风的尝试者》，《现代》5 卷 6 期。

甚至"预言了福尔克奈的作品的非永久性",[1] 就会知道历史沉淀的必要和意义。

　　通过对西方现代主义的界说，海派作家对西方 19 世纪末文学的翻译和热衷，中国新感觉派这一群体对西方现代主义的初识和接受几方面情况的勾勒，我们大致可以看出他们的接受视野和文化背景。对于刘呐鸥、穆时英、叶灵凤来说，他们所受的影响来自 19 世纪末的

施蛰存

唯美派、颓废派，日本的新感觉派、唯美派，法国的保尔·穆杭，后两者还受到美国帕索斯、海明威的某种技巧的启示。施蛰存在创作上和他们走了不同的路子，他的心理分析小说深受奥地利新浪漫派作家施尼茨勒（Arthur Schnitzler，又译为显尼志勒）的启示。施尼茨勒是 19 世纪末颓废文化的代表，最早受到弗洛伊德的影响，不仅特别注意于心理分析的描写，也创造了德语文学中最早全文采用"内心独白"表现方法的小说文体。施蛰存虽不懂德文，但施尼茨勒的英、法文译本却一本也没有逃过他的注意，他先后翻译了《蓓尔达·迦兰夫人》（*Bertha Garlan*）、《毗亚特丽思》《爱尔赛小姐》，并将其合编为《妇心三部曲》。后来又分别改题为《孤零》《私恋》《女难》单本出版。《爱尔赛小姐》还改题为《爱尔赛之死》出版。施尼茨勒最早的内心独白小说《中尉哥斯脱尔》也由施蛰存题名为《生死恋》在 1931 年《东方杂志》第 28 卷 7—8 期上连载，后又以《自杀以前》的书名出版。另有《薄命的戴丽莎》，抗战开始时才由中华书局印行。

1　凌昌言：《福尔克奈——一个新作风的尝试者》，《现代》5 卷 6 期。

不幸的是，施蛰存翻译的《维也纳牧歌》《喀桑诺伐之回家》及《狂想曲》三种都毁于兵燹。[1]

新感觉派所追求的这两条不同的创作路子恰恰分别体现了 19 世纪末的作家致力于创造新艺术的两种主要倾向。王尔德说："现在想以创作打动我们心弦的人，不给我们以崭新的背景，定须露示心灵的最隐微的活动。"[2] 萧石君特做解释说："我们可以把他的话看作说明世纪末作家创造新艺术的根本态度。世纪末文艺中所谓新的背景，即是象征近代文明的都会；所谓心灵的最隐微的活动，即是复杂微妙的恋爱心理，潜在识阈下的罪恶意识，近代人特有的异常纤细的懊恼、苦闷、悲哀、倦怠等情绪。"以此来概括中国新感觉派的两大追求和创新也非常的中肯。

中国新感觉派对现代主义的初步认识在很大程度上决定了他们的艺术追求和选择，穆时英把颓废主义和官能主义作为新兴文学的精神特征与《现代》同人在翻译外国作品和评价时的吻合绝非偶然，而是对于西方现代主义的初期特征及其认识的回应。其时在二三十年代的西方理论界，颓废主义已成为文学史的一个类型概念，批评家淡化了它的贬义而获得认可。现代哲学的开创者尼采就把自己，连同瓦格纳、叔本华这些现代主义精神的缔造者称为"颓废的哲学家"，并认为"最使我竭思殚虑的问题，事实上就是颓废问题"[3]。R. 卡尔明确指出，"兴起于伦敦的颓废主义即是现代主义用以遮掩自身的盾牌"，并认为"现代主义的正面是颓废"。[4] 马泰·卡林内斯库在《现代性的五副面孔》中更明确地指出，"今天颓废主义（decadentismo）

---

1 据施蛰存：《自杀以前》译本题记，见陈子善、徐如麒编选《施蛰存七十年文选》1996 年。

2 转引自萧石君编：《世纪末英国新文艺运动》，中华书局，1940 年再版，第 70 页。

3 参阅尼采：《瓦格纳事件》，见王岳川编：《尼采文集·查拉斯图拉卷》，青海人民出版社，1995 年，第 261 页。

4 ［美］R. 卡尔著，陈永国、傅景川译：《现代与现代主义》，吉林教育出版社，1995 年，第 146、147 页。

已差不多完全等于我们的现代主义一词"。[1] 所以要把握西方的初期现代主义对于新感觉派的影响，就不能不从认识唯美—颓废主义思潮说起。

第二节　唯美—娱乐的性意识与唯美—颓废的上海都市文化氛围

西方唯美—颓废主义运动决不仅仅是一次局限于文艺内部，倡导"为艺术而艺术"的潮流，更是一次"为生活而艺术"，把艺术应用于生活，使生活艺术化的运动。作为一种生活观的唯美主义，其本质特征首先是将日常生活艺术化，其次是享乐化。

在日常生活艺术化方面的典型代表是莫理斯（William Morris），据说他因为购置结婚的器具和装饰品，痛感市场上出售的物品全是俗恶之至的单图实用的东西，遂设立了世界上最早的由艺术家引领的设计事务所，自己来从事于壁纸、窗幔、刺绣以及书籍的印刷、装订等装饰图案的工艺制作，是"工艺与手工艺"运动的主要发起人。厨川白村曾高度评价他的这种不计时间、价钱和劳力的自由制作，是"完全因为要反抗那俗恶的机械文明功利唯物的风潮之故"。[2] 唯美—颓废派对于服装、室内装饰和书籍装帧等应用艺术方面的革新都成为唯美—颓废主义运动的重要景观，是把生活艺术化原则广泛地付诸生活的实践。而这些艺术家所身体力行的波希米亚人的生活方式更被奉为"最为理想的生活方式"。杰克逊（Holbrook Jackson）在《1890 年代》中总结说，"90 年代的这次复兴关注为艺术而艺术

1　［美］马泰·卡林内斯库库著，顾爱彬、李瑞华译：《现代性的五副面孔》，商务印书馆，2003 年，第 238 页。

2　［日］厨川白村著，鲁迅译：《出了象牙之塔》，见《鲁迅全集》，人民文学出版社，1973 年，第 340 页。

威廉姆·莫里斯

远远不及为生活而艺术，那些多才多艺的人并不主要忙于纯艺术；起码他们也是思想和生活并举。大众趣味被这些哲学艺术家所吸引"。[1] 萧石君也描述："这时代的青年作家受着实证精神的洗礼，绝不愿委身于单纯的空论，或神游于抽象的世界。他们均欲躬尝人生的滋味。" 王尔德说："生在这可惊的时代末尾的我们，太有教养，太有批评的精神，太狡狯，太想精致的快乐，

任怎样的人生观，也不能拿来和人生本身交换。"[2] 所以，佩特所说的"要过手段和目的一致的生活在用艺术的精神去处理生"，追求"一个多样而且拣选过的实感的生活"，"将全我集中于一刹那"的新享乐主义[3] 就成为唯美—颓废派的座右铭。

如果说新享乐主义，生活艺术化的精神在英法艺术家圈子里被推而极之，走入耽溺、偏嗜、病态等颓废一途的话，那么当它走进大众的日常生活，被标举为社会享乐主义时，有着更为积极的意义，它确立了一个社会改造的目标："使一切人更强壮，更明智，更聪明，更优秀。让人人的身心健全并健康；人人受教育，获得解放，自由和美。"[4] 它向人们宣示：一个人的首要责任就是要为了他的后代，使自己的肌肉、器官和身体的功能尽可能地完美，或尽可能地把它们改造得像完美的一样。这大概也就是福柯所说的从 18 世纪中叶以

---

1 Holbrook Jackson：*THE EIGHTEEN NINETIES*, Penguin Book Limited，1939 年，第 30 页。

2 萧石君编：《世纪末英国新文艺运动》，第 68 页。

3 同上书，第 20、25、20 页。

4 同上书，第 25 页。

后，资产阶级一直在努力建立性意识的动力所在。他认为资产阶级"自发的哲学"最先考虑的事情之一，就是"要有一个身体和性意识，透过建立性意识机制保证这个身体的力量，长寿的后继有人"。并且认为，这是资产阶级为了确立自己的地位而移植贵族观念的表现，他们是"把贵族高贵的血统变成了健康的身体和性意识"。[1]

杰克逊通过考察 1890 年代社会思潮得出结论说："世纪末是民众为着要解决'如何地生活？'的问题，而率直地开始了知力的，想象的，及精神的活动的时代。"[2] 他激情地宣布：每一个在这个 90 年代生活过的男男女女都会记住，这个对于新生活方式的寻求，除了感伤或说疾病，可以是任何事情。它所追求的就是生之快乐，使生命活得值。这是一个希望和行动的时代，人们认为任何事情都可能发生，特别是对于年轻人来说，只要是新的就是好的。所以，这也是一个实验的时代，人们不再满足于长久以来相沿成习的陈规戒律，独自开始尝试新生活。享受生命成为时髦，这使新进的一代感到仿佛这样做就是冲破了陈规陋习的樊笼而迈进了一个充满着各种可能性的自由天地。人们把这个时代称作"过渡的时代"，并且确信：他们不仅正在从一种社会制度走向另一种社会制度，而且是在从一种道德走向另一种道德，从一种文化走向另一种文化，从一种宗教走向多宗教，或者说是无宗教。物质的极大繁荣和这种"追求快乐的新精神"相结合，人们开始享乐自己。当然，杰克逊说："从他种意味说来，这种生活改造的运动，也可以当做世界已经堕落颓废的证据。……不过九十年代的青年男女，都在寻求新的生活样式，却是谁都不能否认的事实。……这种'新生活的样式的追求'的本质已经是足以

---

1 ［法］福柯著，尚衡译：《性意识史》，台北桂冠图书股份有限公司，1990 年，第 105–108 页。
2 ［日］本间久雄著，沈端先译《欧洲近代文艺思潮论》，上海开明书店，1928 年初版，第 280 页。

20 世纪 20 年代的大世界内景

使'生活'本身发生价值。"[1] 也正是在这个意义上，杰克逊认为本来
应该把 1890 年代命名为"再生"而不是"颓废"更为合适。

　　对于"颓废"向来有着两种对立的理解。在道德家看来，颓废
就等于堕落、不道德、罪恶，是世界末日的表征；但追求新生活的
唯美—颓废派却把它看作是精神发展、物质繁盛"所不可少的神秘
的创造的条件"，是新时代到来的曙光。他们认为："凡有不曾感觉
到极度的肉的需要的人——不问这种需要是幸福的或为害的——决
不能深刻地懂得精神的要求。"甚至以都市文化的历史发展证明，"民
族的智能，与个人一样，是以肉感为发达的基本的。凡是曾经雄视
一世的世界各大都会——巴比伦，亚历山大，雅典，罗马，威尼市
（斯），巴黎——都是一律的，它们的生活越放荡，它们的威势亦越大。
仿佛它们的荒唐是它们的繁盛的必要的原因"。[2] 唯美—颓废主义思
潮的兴起正是与都市的物质和精神文化的高度发展紧紧地联系在一

1　［日］本间久雄著，沈端先译：《欧洲近代文艺思潮论》，上海开明书店，1928 年初版，第 280 页，
　　并参阅 THE EIGHTEEN NINETIES。
2　［法］皮埃尔·路易著，鲍文蔚译：《美的性生活》，北新书局，1930 年，第 8 页。

起的，其东移到上海也是与二三十年代上海都市文明形成发展高峰密不可分。

叶灵凤

海派作家对唯美—颓废主义作家作品的翻译及其创作，在 20 年代末和 30 年代初期的上海文坛不仅造成了一种特殊的唯美—颓废的文化氛围，而且这种唯美—颓废的文化同样对上海市民产生了极大的冲击和影响，或者也可以说它与上海正在兴起的以享乐为归旨的大众文化潮流融为一体。所以，周作人一针见血地指出，上海文化"以财色为中心，而一般社会上又充满着饱满颓废的空气"。

西方唯美—颓废主义在中国的传播并非海派的专利，鲁迅、周作人、朱自清、废名、郁达夫、田汉、郭沫若、李金发、徐志摩、闻一多等等都或译介或受其影响，但对唯美—颓废主义的不同取舍衍生出相当不同的形态与风貌。比较而言，海派作家更热衷追随唯美—颓废主义者把生活艺术化的实践，在个人修饰方面，西方世纪末艺术家放浪不羁的装扮和绅士阶级高雅体面的穿着举止同为他们或其笔下人物模仿的对象。新感觉派成员大都被看作是"花花公子"或说是"享乐公子"型的人物。叶灵凤先是模仿颓废的艺术家，"欢喜将头发乱蓬在头上"，后来又崇尚唯美派精致的修饰，把头发"由蓬变成光了"。当有人劝告他，"蓬头发的意味很深刻；光的却未免浅薄"时，他专门著文回答说："这二者的选择权实在不操之我自己"，"我顺遂我自己的指使"，每当"我想起了这些东西都是我自己的时我总忍不住会这样出神地凝视。我再俯下眼帘来看看我自己的双手，将手指屈起来算算自己的年岁，我便忽然会伤感起来。我的眼泪止不住流下，我简直要凑向前去拥住我镜子里的人儿狂吻！"他说当爱情信仰进了坟墓之后，现在"只有想到自己时，才可得到一些安慰，这叫我怎样忍心将自己毁掉呢？"因而声称："我自己就是我自己的偶像"，"我已将我自己当作了上帝"，"我现在是这样地在崇拜自己，我又怎能拂逆我自己的意志呢？"[1]叶灵凤向唯美派作家学习，精心修饰自己，在这方面他简直可以和时髦女人一比高低。在《偶成》一文中他这样描写自己如何在电车上向一个瞩目于他的时髦年轻女人炫耀展览着他的精致："我从袋里掏出一条有'哈必根'香水的手帕来擦了一擦手，我望望自己的手指，很尖细。才用 Curtex 修饰过的指甲，整洁而光亮。"[2]难怪叶灵凤被命名为"现代潘安"[3]，他的小说《她们》中的男主人公恐怕就是他个人的写照："他的晨妆正是小姐们的模范。胭脂，粉，眉墨，香水，他用尽所有人工的妆饰，来妆饰他天然的美。"而且他还认为，"没有灵魂的肉体才是真实的肉体"，"用人工妆饰了的天然的美，是能得着肉体的欢迎而同时又能使灵魂赞叹的"。[4]这种讲究和言论都是典型的唯美派的遗风。

后来，香港《四季》杂志为了解穆时英的情况和当时文坛的面貌曾访问过叶灵凤。当问及穆时英写过短篇小说《PIERROT》，后来又在《公墓》的自序题记："给远方的 Pierrot——戴望舒"，这个 Pierrot 是什么意思时，叶灵凤说："比亚兹莱与《黄面志》是当时流行的。Pierrot 这名字很难解释，简单说是小丑，亦可说是戏剧开场前的报幕人，表示一件事的先驱，用文艺点的话说就像大风雨来前的海燕一样，Pierrot 出现后一定有新东西来，比亚兹莱最多画 Pierrot，似小丑又不象，瘦瘦的，穿方格衣，有时戴小丑帽有时不

1 叶灵凤：《白叶杂记》，第2—4页。

2 同上书，第100页。

3 马国亮：《现代潘安》，载1934年5月《良友》第88期。

4 叶灵凤：《她们》，载《幻洲》2卷3期。

戴，有时抓支棍子像权杖，来代
表时代先驱，穆时英认为戴望舒
的诗是中国新诗的先驱。"[1] 叶灵
凤的这段话不仅可以使我们了解
到穆时英对戴望舒的评价，还有
他对 19 世纪末唯美派作家的评
价；如果联系《PIERROT》所写，
也可以看出他对这一角色的定位
和认识。叶灵凤谈到的小丑或说
先驱手中的拐杖可看作是唯美—
颓废派艺术家身上的标识，鲁迅

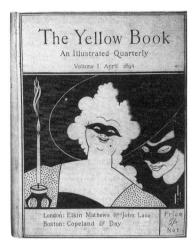

比亚兹莱为《黄面志》第一期做的封面

曾经这样描写过王尔德的肖像："王尔德遗照，盘花纽扣，镶牙手
杖，何等漂亮，人见犹怜，而况令闺。"[2] 威廉·冈特在《美的历险》
中谈到"唯美狂"王尔德时也提到："王尔德继班索恩形象之后，又
模仿起'漂亮的布鲁梅尔'来了。他的手中以前总是拈着一朵百合花，
现在出现了一根象牙柄手杖。"[3] 王尔德《道连·葛雷的画像》的主人
公道连在如何"挥手杖"方面堪称楷模，供人咨询，是一个"时尚
的主宰"。《文艺画报》上也曾转载过题为"我成了我！"的一幅漫画，
画的就是一位头戴绅士帽，手持闪光的拐杖，趾高气扬行走在大街
上的艺术家。拐杖的象征意义由此可见。拐杖在穆时英、刘呐鸥的
小说中不仅成为小说人物手中的重要道具，也成为一种意义载体的
象征。在《被当作消遣品的男子》中，当小说叙述者"我"终于发
现自己不过成为蓉子的又一个"被当作消遣品的男子"时，第二天
就去买了支手杖，"它伴着我，和吉士牌的烟一同地，成天地，一步

1　《三十年代文坛上的一颗彗星——叶灵凤先生谈穆时英》，1972 年 11 月香港《四季》第 1 期。
2　鲁迅：《登龙术拾遗》，《鲁迅全集》，第 5 卷，1981 年，人民文学出版社，第 275 页。
3　[英]威廉·冈特著，肖聿、凌君译：《美的历险》，中国文联出版公司，1987 年，第 164 页。

一步地在人生的路彳亍着"。

施蛰存曾经描述林微音 30 年代"逐渐变得怪异"的举止说，"夏天，他经常穿一身黑纺绸的短衫裤，在马路上走。有时左胸袋里露出一角白手帕，像穿西装一样。有时纽扣洞里挂一朵白兰花。有一天晚上，他在一条冷静的马路上被一个印度巡捕拉住，以为他是一个'相公'（男妓）"。林微音的这身打扮显然是对唯美狂王尔德喜好在扣眼上别一支花以示其爱美姿态的改造和模仿。他的小说《花厅夫人》即是对法语"沙龙夫人"（Madame de Salon）的转译，小说叙述的也是教授兼诗人钟贻程与校花雪非的师生恋以及他如何按照巴黎艺术家的生活方式，使雪非成为一个花厅夫人的故事。钟贻程因为痛感在上海这样大的城市却没有一个像巴黎那样的花厅夫人，激赏爱好文学艺术的雪非正是这样的一个"天生的花厅夫人"，而自己又已有妻室，于是"大公无私"地为雪非物色了一个不至于把她尽收藏在自己的卧室内，能够把她贡献给社会，让她"成为一个艺术界的中心人物"的丈夫欧阳旭升。经钟的动员和撮合，一向奉行独身主义的欧阳旭升在确信雪非是一位"不会关人"的"九十年代的太太"后欣然接受，雪非也对"花厅夫人"这个"多有趣的名称，多有趣的职位"充满了憧憬。而欧阳旭升宣称"结婚只是一种义务，爱才是享受"，为"体验爱"要拒绝结婚的言论和行为也正是典型的唯美—颓废艺术家的姿态。刘呐鸥在《礼仪和卫生》，穆时英在《PIERROT》中也都描写了采取着巴黎艺术家生活方式的中国艺术家们"趣味丰富"而颓废，逾越社会道德规范的行为和聚会。由此可见，对世纪末英法艺术家生活方式的模仿是当时流行于文学艺术家圈子中的一种时尚。

比亚兹莱作为唯美—颓废主义在视觉艺术中的头号代表，其强烈的黑白对照，夸张华丽的画风也伴随着《黄面志》、王尔德《沙乐美》

《戏剧高潮》　　　比亚兹莱　　　叶灵凤在《创造月刊》第1卷第2期画的插图《醇酒与妇人》

装帧插图的翻印，在文人圈中"似乎连风韵也颇为一般所熟识了"[1]，这最早要追溯至1923年1月中华书局出版田汉翻译的《沙乐美》时，附上了比亚兹莱的16幅插图，还有原作的封面。1927年光华书局出版徐葆炎译《莎乐美》也选用了比亚兹莱的原版插图，并以《戏剧高潮》（*The Climax*）一图做封面。对比亚兹莱的着迷使上海刮起了争相以其作品或模仿其风格装饰书籍或杂志的流风，如叶灵凤、郭建英、叶鼎洛、马国亮、万籁鸣和万古蟾兄弟等等都画过不少或直接袭用比氏风格的插图及装饰画。其中叶灵凤成为这股书籍装帧流风中的翘楚，他还在上海美专读书时就爱上了比亚兹莱的画并动手模仿，毕业后他担任了《洪水》半月刊和《创造周报》《创造月刊》的美编，所画的封面、版头装饰画和插图，几乎全部袭用比亚兹莱风格。后来他和潘汉年合编《幻洲》，对比亚兹莱的模仿更可谓登峰造极，以致不忌自夸，在创刊号《编后随笔》中说："这一次我对插

1　鲁迅：《〈比亚兹莱画选〉小引》，见《鲁迅全集》第7卷，人民文学出版社，1973年，第399页。

画的卖力，这一点心血确是不可埋没的。除开封面画和一幅半面的插画外，仅是那许多零星的饰画，已值得自己珍赏的了，我画了许多杂志上的饰画，从来没有这一次这样的用力。"并供认不讳"有许多人说我的画像'比尔斯莱'，这是无庸隐讳之事，我确是受了他的影响，不过还保持着我自己固有的风格"。《幻洲》能够成为"最风行"的杂志，叶灵凤比亚兹莱风的装帧设计功不可没，他的模仿风靡了当时出版界，被誉为"中国比亚兹莱"，尽管同时也受到鲁迅"生吞'琵亚词侣'"的嘲讽。叶灵凤在创造社时期先为革命文学，后为海派文学所做的装帧显然体现了比亚兹莱风格的前卫和先锋性在美学革命、社会革命和政治革命几方面的多重意味。海派作家对西方和日本唯美—颓废主义在文字和视觉形象上的翻译复制及仿作于上海形成了特殊的"莎乐美文化"氛围。

也许，可以把 1926 年后张作霖入北京，使北大教授纷纷南下，当时以"性学博士"[1] 著称的张竞生也到上海开办美的书店，创办《新文化》杂志，看作是新文化人把唯美主义运动的"新文化"精神向日常生活领域进一步普及和推进的信号，虽然张竞生并不属于海派，但为唯美主义生活观在中国的传播提供了最为系统而全面的理论解说。张竞生在法国留学 8 年，对于从浪漫主义到唯美—颓废主义的文学思潮与社会文化精神情有独钟，他在北大任教授时就曾讲了一年的"美的人生观"，由此也可见五四新文化精神的多面性及其多方向发展的流脉。张竞生到上海后，将如何使人生"得到美丽的生活法"的系统思想进一步付诸实施，致力于"美的社会事业的运动"，"务求一面得

---

1 张竞生受到英国蔼理士那一部六大本世界闻名的性心理丛书的影响，模仿蔼理士先从性史搜集材料的做法，以"北大风俗调查会"的名义，在《京报副刊》上刊登了《一个寒假的最好消遣法》的启事，并从来稿中选用了七篇，加上序跋和按语，出版了《性史》第一集来证明和说明他的美的性育，以达到公开讨论和研究性问题和风俗的目的，给中国性学带来了"第一次浪潮"。被李洪宽誉为"我国第一个倡导'生育节制'，第一个宣传'美的人生观'，以及第一个在中国开创性教育和性学研究的'性学博士'"，当然对这一称号的态度褒贬不一。

到美的理想的满足，而一面又
能得到美的事实的实现"[1]。他
在《新文化》月刊创刊号宣言
中声称："故今要以新文化为
标准，对于我人一切事情——
自拉屎，交媾，以至思想，文
化；皆当由头到底从新做起。"
公开倡导把"新文化"的含义
从思想文化领域"下凡"到日

张竞生

常生活的领域。如果联系他的具体主张就会看出，他是在企图以法国
式的生活方式彻底改造中国人传统的不卫生、不科学又缺乏"美妙有
趣"的生活习俗，以求"美化的生活"与整个"美的生命"，用他自
己的话来说，就是"对于美的人生观上提倡'唯美主义'"。[2]

　　张竞生认为美的人生观"不是一个虚幻的概念"，而有它"实在
的系统"，它包括美的衣食住、美的体育、美的职业、美的科学、美
的艺术、美的性育、美的娱乐等七项，大有将唯美主义的社会运动
推行到中国的气魄。不久，他又出版了《美的社会组织法》，提出我
们不仅"当学美国的经济组织法，使我国先臻于富裕之境"，"学日
本军国民的组织法，使我国再进为强盛之邦"，而且还需要一个比富
与强更重要的美的、艺术的、情感的组织法。为此，他提出了以男
女情爱为结合根本条件的情人制，以代替婚姻制；以美制代替法制，
重塑国民性等组织法。所以，张竞生尽管后来与周作人交恶，周作
人也不完全赞同他的观点，但仍基本上肯定了他的《美的人生观》，
认为"张竞生的著作上最可佩服的是他的大胆，在中国这病理的道

1　见 1927 年 3 月《新文化》第 1 卷，第 3 期 "案头语"。
2　张竞生：《美的人生观·结论》，《张竞生文集（上）》，广州出版社，1998 年，第 137 页。

学社会高揭美的衣食住以至娱乐的旗帜，大声叱咤，这是何等痛快的事"。[1]

张竞生所倡导的美的概念，不是以精神的美、静的美、自然的美为特征的古典美学精神，他的美的核心观念是作为唯美—颓废主义特色之一的"人造美"、人为的美。他确信"美是人造品的，只要我人以美为标准去创造，则随时，随地，随事，随物，均可得到美的实现。凡真能求美之人，即在目前，即在自身，即一切家常日用的物品，以至一举一动之微，都能得到美趣"。[2] 所以，他说，美"全是我人自身上的事。不用外假，我们自己自能创造美的情感、志愿、知识与行为"。这使美成为一种自我改造和改造外界的创造性的行动，而不仅仅是一种欣赏性的静观。他认为"人间与宇宙间之美不一而足，全凭我人去创造去享用。我们对于美的责任在使人间与宇宙间的现象皆变为'美间'的色彩，在使普通的'时间'变为我人心理上的'美流'，在使一切之物力，变为最有效的'美力'"。所以，张竞生所说的"人造美"包括两个方面：一是"科学的创造，即是把环境一切之物，创造成为一种美的实现"；二是"哲学的创造，乃在创造我们心理与行为上整个的美之作用"。这二者之相互联系和促进就构成了张竞生所说的美的人生观。[3] 他所倡导的人为的美，动的美，性的美体现了审美的现代性。

张竞生与海派作家的理论与实践，更多体现了唯美主义的另一张面孔，即为生活而艺术，将日常生活的审美化推行到中国。事实上，从 20 世纪初开始中国就出现了杰克逊所描述的世纪末叶的"一种更生的现象"，有一种喜欢用"新"字做形容词的流行。人们不仅喜欢用"新青年""新女性""新人""新群众"标榜自己，也喜欢以

---

1 转引自周彦文：《张竞生：中国出版史上的失踪者》，见《张竞生文集（上）》，第 3 页。

2 张竞生：《美的人生观·导言》，见《张竞生文集（上）》，第 31 页。

3 同上书，第 32 页。

"新"字去标明他们所追求的目的："新社会""新时代""新中国""新文化""新思潮""新文艺""新文学""新小说""新诗歌""新演剧"，等等，"新"字本身就成为一种价值，"不新和不好，是同样的意思"。从此可以看出当时的人们是如何的希望着追求着新的生活，社会改造的空气是如何的热烈，而这股潮流发展到30年代更是登峰造极。1933年2月5日《申报》增刊上曾刊载文章说："不知是哪一位会翻花样的文人把英文'现代'一词，译其音为'摩登'，批发到中国各界的市场上，不料很快的声影吠和，竟蔚成了'时代的狂飙'！于是我们都有了眼福，去领教：摩登大衣、摩登鞋袜、摩登木器、摩登商店、摩登按摩院、摩登建筑、摩登男女……这普遍化的现象是不胜指屈的，一言以蔽之：有物皆'摩'，无事不'登'！"[1]这很可以概括30年代上海的娱乐与消费的狂潮，而在这追求新奇与时髦的"时代的狂飙"中，对于性问题的讨论，无疑是时髦中的时髦，尖端中的尖端，构成了人们追求新的生活方式中的最吸引人，最具有反叛性的言谈。

可以毫不夸张地说，从20年代后期到30年代初期出现了中国历史上少有的性话语爆炸。比较有代表性的，如张竞生的《美的人生观》出版后两年中再版了7次，他的《性史》据讲"在创造社一下午能售去五六十册,他处可想而知了"[2]。后来又有人假冒张竞生之名出了《性史》第二集、《新性史》、《性史外集》等，其影响之大看张恨水在其长篇小说《现代青年》中的一段话足以说明："现代十几岁的孩子，不是以前十几岁的孩子了。有博士们著的性学书籍，在各城市散布着，中学生不必提；就是小学生们，也极容易将这种书籍得了到手。"[3]当时，道学家们把张竞生的《性史》、章衣萍的《情

1　转引自忻平:《从上海发现历史——现代化进程中的上海人及其社会生活1927—1937》，第360页。

2　见1927年1月《新文化》创刊号"通讯"。

3　张恨水:《现代青年》，人民文学出版社，1985年，第143页。

书一束》、山额夫人的《结婚的爱》指责为三大"淫书"。另外，由叶灵凤、潘汉年合编的《幻洲》也出版了"灵肉号""灵肉续号"，以讨论"关于男女性爱各方面的问题"[1]，引起了社会的巨大反响。在这些书籍和讨论中，关于男女性爱所持的观点，即使在今天看来，恐怕也会被视为大逆不道的。

概括地说，这些观点首先体现了把性与生育相分离，而把性与享乐相联系的性意识。张竞生明确提出，"男女交媾的使命，不在生小孩，而在其产出了无穷尽的精神快乐"，"在其发泄人身内无穷尽的情愫"。[2] 他认为"性育不过是娱乐的一种"，"人生一部分而且极重要的乐趣就是性趣"[3]，"男女的交合本为乐趣"。值得指出的是，张竞生并不把"娱乐"看作"一种无谓的消费力"，反而认为是"一种有益的工作"。所以他说，这是"我在此层上和向来学者所主张大不同处"。[4] 他所谓娱乐，指的是排泄一个强健的身体内所积存的"乱撞混闹"无次序的"储力"和"刺激的痛苦"，并认为只有这样，"所做的事才有条理与极深的造就"，得到"扩张力上最有出息的效果"。另外，张竞生吸收了莫理斯所主张的社会享乐主义的观点，即一个将劳动和生活都加以艺术化的社会，就在于"人们都能够高兴地，自由地享乐到制作创作的欢喜"[5]。所以，他说："将来社会上的好组织及个人上的好创造，都要把一切的工作及行为全做娱乐化的。那时工作即娱乐，娱乐即工作；行为即娱乐，娱乐即行为。"他认为，娱乐的意义就在于"使精神与物质的本身上得到最美丽的享用，和精神及物质的出息上得到'用力少而收效大'的功能"。

---

1 潘汉年：《写在灵肉号的前面》，载 1926 年 11 月《幻洲》第 4 号。
2 张竞生：《美的人生观》，见《张竞生文集（上）》，第 79 页。
3 张竞生：《性育丛谈》，见《张竞生文集（下）》，第 284 页。
4 张竞生：《美的人生观》，见《张竞生文集（上）》，第 75 页。
5 ［日］厨川白村著，鲁迅译：《从艺术到社会改造》，见《鲁迅全集（13）》，人民文学出版社，1973 年，第 341 页。

其次，享乐的性意识是与肉体的发现和肯定联系在一起的，最起码也带来了肉体和精神并重的观念。《幻洲》诸君在"灵肉号"和"灵肉号续"中多有文章涉及灵肉的关系及其价值问题，这些文章即使不说是颠倒了传统的灵与肉的价值等级秩序，也打破了唯有灵魂、精神纯洁高尚的价值观念。一篇署名为"任厂"的作者在谈"如是我解的灵肉问题"时说，在"爱情是神圣的，纯洁的"这个流行语中表明有一种"贱视或丑视肉的生活观念"，"实在讲来，肉的生活并非不纯洁，并不比灵的生活不高贵些，不神圣些"。他用比喻说，"人们已经知道酒是要一滴一滴地喝，食堂是不可不求其能使饮食艺术化的，缝纫术，烹饪术是不可不讲究的了，现在要知道肉的生活也是要深深玩味，闺房是不可不求其能使肉的生活艺术化，房中术是不可不讲究的（很明显受到张竞生"美的人生观"诸观点的影响，求整个生活的艺术化——笔者按）。这样，肉的生活，在人的整个生活 Mass of Life 中自有它的独立价值，自可以单独提高到艺术化的地位，它就很不必托庇在精神爱情之下求偷安"。[1] 由此表明作者不仅不赞成贱视肉的观念，而且把肉从与灵的对立和服从的关系中解放出来，将其推向独立于灵，与灵平等的位置。周全平以"骆驼"为笔名发表《我的灵肉观》说："恋爱只是性的表现，无所谓灵，也无所谓肉；但一定要在恋爱身上加一个或灵或肉的头衔时，我宁肯说恋爱是肉的。"甚至由此进而推之，"恋爱的彻底表现便是热烈的性行为"，性行为是"恋爱的本体"，恋爱不仅应是肉的，而且主张"应是杂交的"。指斥所谓恋爱是纯洁的，应建立在相互了解基础上的说法完全是谬论，是为了贞操观念和社会压迫而生的变态和怯懦。[2]

对于肉体价值的肯定和重视，也使人们把眼光转移到了一向为

1　任厂：《如是我解的灵肉问题》，载《幻洲》第 7 号。
2　骆驼：《我的灵肉观》，载《幻洲》第 1 卷，第 6 期。

中国传统文化所遮蔽的身体上。张竞生对于性美的鼓吹向中国传统的审美理想提出了挑战。他认为，"两性的美当如其分。现时我国男子极缺'男性美'与女子极少'女性美'"，并认为我国这种"男不男女不女的丑状"是"因性欲不发展或不正当发展"造成的。所以，他提出"现在我们要将这个两性倒装的身体，从美方面改造起来，第一须从结胎进行，第二须从心理与社会上性美的刺激入手"。为此，他写了《美的性欲》《性部呼吸》《性美》《大奶复兴》等文，追究了造成我国男女"性征"不突出的传统礼教和社会文化心理的根源，并把它看作一种"不人道的耻辱"，甚至把"改易这些丑状"提高到"优强我们将来民族"大计的高度。

唯美娱乐的性意识也势必要带来对于"权力干涉人的肉体和肉体的享乐的实际产物"[1]——道德的颠覆和对于一切阻碍"肉体的享乐"的体制制度的攻击。张竞生把矛头直指婚姻制，他说："自婚姻制立，夫妇之道苦多而乐少了。""其恶劣的不是夫凌虐妻，便是妻凌虐夫，其良善的，也不过得了狭窄的家庭生活而已。"并预言："男女的交合本为乐趣，而爱情的范围不仅限于家庭之内，故就时势的推移与人性的要求，一切婚姻制度必定逐渐消灭，而代为'情人制'。"[2]这表明张竞生不仅把性与生育相分离，而且把性进一步与婚姻相分离了。他认为情人制的好处就在于"第一，使男女了解情爱的意义。第二，他们知两性的结合全在情爱。第三，使人知情爱可以变迁与进化，岌岌努力于创造新情爱者才能保全。第四，使人知爱有差等，即在一时可以专爱一人而又能泛爱他人"。[3]

《幻洲》诸君虽然不满张竞生汲汲解决的是"枝节问题"，而未抓住女子经济独立的大问题，但他们对婚姻制度的批判与张竞生是

---

1 福柯语，见［法］福柯著，尚衡译：《性意识史 第一卷：导论》，第 42 页。
2 张竞生：《美的社会组织法》，见《张竞生文集（上）》，第 151 页。
3 同上书，第 155 页。

一致的。叶灵凤以"亚灵"的笔名揭露婚姻制"是现在可怜的女子出卖贞操而生活，和男子依赖经济侮辱妇女贞操的一种买卖的交易契约仪式，等于交易所里的'一声拍板响'同等的价值！……古时'一妻不事二丈夫'的话，本来等于商业上'一物不卖二主'同样的意义"，所以，他主张"我们假如因为恋爱成熟，身理上，事业上，没有一点阻碍时，我们便可过共同生活，没有什么结婚不结婚的"。[1]更有激烈者甚至提出："性爱问题的彻底解决就是废除夫妇制度。"[2]

总的来说，这些集中在 1926 年出现的有关性的公开化言谈，是打着科学的真与艺术的美来为自己的表述权、价值观鸣锣开道的，弗洛伊德、蔼理士的学说和唯美—颓废主义的主张结合在一起影响了这批言谈者的性意识。他们与建立在婚姻制度上的"忠贞""纯洁""牺牲"等价值观念相对立，提出了以"唯美"和"娱乐"为价值取向的新道德。它的产生适应了在大都市商品经济体制中逐步发展起来的性关系形式的要求。

和本题更为关切的是，这种唯美娱乐的性意识与二三十年代的海派作家有着密切的关系，除前面已经提到的叶灵凤等《幻洲》同人之外，再如章衣萍的那本和张竞生《性史》并称为"淫书"的《情书一束》，就以书信、日记这种纪实文体，记述了泛爱、手淫、同性恋等不合常规的性活动。《桃色的衣裳》中的女主人公菊华不能自制地同时爱着两个异性逸敏和启瑞，她给逸敏的信中写道："我心中只有你和他的爱燃烧着呀！我为了你和他的爱情，什么贞操问题，我也是要打破的了！"[3]对此，逸敏不仅丝毫没有嫉妒和怨艾，反而在日记中赞美菊华说："衰弱的是她的身体，伟大而勇敢的是她的精神，她有那样伟大而勇敢的精神，所以能够爱我，也能够爱启瑞，能够

1　亚灵：《新流氓主义（四）·我们的性爱观念章》，载《幻洲》第 4 号。

2　运剑：《性爱问题的彻底解决》，载《幻洲》第 1 卷，第 4 期。

3　章衣萍：《情书一束 情书二束》，中国广播电视出版社，1992 年，第 22 页。

并行不悖的爱两个男人！"由此，他把批判的矛头直指建立在婚姻制度上的道德和法律，声称："一个女人只应该爱一个男人。书上这样说过，社会有这样的法律，人间有这样的真理。但是，我不相信书上那样的笨话，我不相信社会那样的蠢法律……我也不相信人间那样荒谬的真理！"他相信真理就是"各人都找得着他的一双适合脚跟的鞋子"，所以，他说"我不相信别人的真理，我只相信我自己的真理；我要反对已成的真理，我要创造新鲜的真理"，坚信"爱是应该绝对自由的。爱神是有翅膀的，她不应该受任何的拘束！""一个女人可以爱一个男人，也可以爱两个或两个以上的男人，只要她的爱是真实的"。[1] 尽管，作者在小说前加一小序说："菊华？逸敏？是耶？非耶？留待后世考据家的考证可耳。"但从这些充满激情的话语中还是不难看出作者的立场和态度的。

另外，比较突出的还有《妇人画报》社的诸君们，当与新感觉派有着密切关系的郭建英任编辑时，刘呐鸥、穆时英、施蛰存、黑婴、鸥外鸥[2]、徐迟、黄嘉德等都曾为之撰稿，这个刊物重点推出的几期"掌篇小说专辑"可以说是新感觉派文风的发扬。后来，他们又出版妇人丛书，标榜是"两性间的生活之指南"，计有掌篇小说集：《手套与乳罩》；恋爱金言集：《恋爱随笔》；美容与时装：《美之创造》；妊娠与月经：《避孕新术》四个集子。特别需要提起的是鸥外鸥所写的系列文章：《黑之学说》《恋爱学 XYZ》《恋爱宪法一卷》《恋爱政见》《股份 ISM·恋爱思潮》《唇之造型论》《中华儿女美之隔别审判》《夏之衣物色彩学讲谈》以及掌篇小说《研究触角的三个人》等，其主张即使不能证明受到张竞生的影响，起码可以断定他们在很多方面相互认同，都直接或间接地受到唯美—颓废主义一些主张的启示，

---

1 章衣萍：《情书一束 情书二束》，第 36 页。
2 北塔在《"鸥外鸥"不是刘呐鸥，到底是谁？》一文中认为"鸥外鸥"是李宗大的笔名。

是流行于二三十年代上海唯美娱乐的性意识思潮的重要推手。

鸥外鸥把近代文明的精神与享乐联系在一起，他说："因为人类五官的要求，所以近代文明势必为五官的文明——官能的文明，那是和官能以外之世界的宗教哲学世界，没有交涉的官能享乐底社会。故近代文明生出近代精神；近代精神置其基本于官能的实验，置之于享乐。"这也就是说近代文明是为适应人类五官享乐的要求而发展起来的，它的基本精神就是享乐和为享乐而进行的官能实验。因此，他"类推此日的恋爱的趋势，对于官能的要求与此代文明的要求同是实际底，具体底，归纳底，现实底，实验底之要求。"[1] 所以，他认为，近代恋爱的观念与浪漫派的"唯情至上之爱"是完全不同的，它建立在五官的感觉之上，"有五官然后有恋爱的，有太阳然后有日光的"，"恋爱之起源的发生，发生于雌雄两性生殖器之存在——亦即恋爱之因以存在"。[2] 因此股份 ISM 的恋爱思潮之典型男性定义是不要做维特，"不为恋爱而死的"；典型女性定义是"不要做绿蒂若干世正宗之后裔"。它告诉男人："要让妻君除了自己之外有恋爱无数的恋人之自由"；告诉女人："要让丈夫除了自己之外有恋爱无数的恋人之自由"。并认为这是"夫妻之永久相好的连系"。[3] 它教给男人恋爱对象应是"对于恋爱能够不视作宗教，神秘的概念。又没有悒悒的感伤"的少妇[4]；它教给女人恋爱对象是要"选取须眉之美的男子作选手"[5]。它的名言是"弱水三千我决不只取一瓢饮"，它的典型比喻是"恋爱是刷在于点了火的卷烟肚腹上的字"，因此"愉快地燃着了的卷烟，愉快地烧完了；愉快地掷开了去吧！"[6] 它还把恋爱

1　鸥外鸥：《股份 ISM・恋爱思潮》，见《恋爱随笔》，上海良友图书公司，1935 年，第 159 页。

2　同上书，第 160、169 页。

3　鸥外鸥：《恋爱宪法一卷》，见《恋爱随笔》，第 88 页。

4　鸥外鸥：《股份 ISM・恋爱思潮》，见《恋爱随笔》，第 174 页。

5　鸥外鸥：《恋爱宪法一卷》，见《恋爱随笔》，第 85 页。

6　鸥外鸥：《股份 ISM・恋爱思潮》，见《恋爱随笔》，第 164 页。

20 世纪 30 年代的时装表演者

比作散步要"把恋爱的心与意识，完全的交付恋爱的行脚，随足所之的去进行恋爱，方向是不问的哪，往何处去是不问的哪"。[1] 为此它叮嘱女人："你不要对无论什么人说'我的身体是属你的了'那样愚蠢的话：你的身体是属于性的呢。"[2]

这种唯美娱乐的性意识即使不作为作者本人要标举的新道德出现在海派作家的作品中，也经常是他们笔下摩登男女的摩登生活和摩登言行的标志，所以了解当时流行的这种性意识思潮会使我们寻找到海派作家作品背后的文化背景。而且，也可以说这种唯美娱乐的性意识思潮是与二三十年代上海市民追求享乐的"摩登"生活，实质上是对于一种新的生活方式探求，即生活的西化和艺术化运动联系在一起的。当时跳舞和体育运动在上海的风行，电影明星的服饰及其消遣娱乐方式成为模仿的对象，甚至裸体运动的提倡，都是艺术生活大众化的体现，表现出每个人都要把自己造成美术品，把

---

1 鸥外鸥：《恋爱宪法一卷》，见《恋爱随笔》，第 81 页。
2 同上书，第 94 页。

自己的生活改造成艺术生活的冲动以及追求美、健康和快乐的大众趣味和欲望。这的确都散发着凡夫俗子的情欲,充满着"动"与"肉"的刺激。海派作家与当时左翼和京派作家的不同就在于,他们把这种"动"与"肉"的刺激和享乐看作是一种现代性,而左翼作家却把它看作是资产阶级走向"没落"的表征,京派作家则根本欣赏的是"灵"与"静"的境界。

第三节 两种颓废的主题

如同上海领导着中国的"摩登"潮流一样,30 年代海派的主体新感觉派也在当时文坛采取了一种最"先锋"的姿态。如今我们只是从"革命"的意义上去褒扬左翼运动,但当初它又何尝不是一种时髦,一个新兴的潮流?这尤其在新感觉派身上体现得特别清楚。刘呐鸥的一个亲密朋友曾回忆说,刘独资创办的水沫书店"是受了日本文坛左翼作品盛行的影响,成为左翼作家的大本营"[1]。施蛰存也谈过,刘呐鸥带给他们的新感觉派、唯美派以及未来派、表现派、超现实派,和运用唯物主义观点的文艺作品、论著和报道都是日本文坛的新倾向,在他们看来"并不觉得这里有什么矛盾。因为,用日本文艺界的话来说,都是'新兴',都是'尖端'"。[2] 1928 年新感觉派创办第一线书店时,就因《无轨列车》"有宣传赤化嫌疑"被警察局查封。1929—1930 年水沫书店时期,他们更出版了不少左翼作家和"赤化"作品,如左联五烈士中柔石的《三姐妹》、胡也频的《往何处去》,施蛰存模仿苏联小说写的无产阶级革命故事《追》都被列

1　随初(黄天佐):《我所认识的刘呐鸥先生》,载 1940 年 11 月《华文大阪》第 5 卷,第 9 期。

2　施蛰存:《最后一个老朋友——冯雪峰》,见《沙上的脚迹》,第 127 页。

入禁书目录。《新文艺》也因后来"以左翼刊物的姿态出现"，受到"暴力的睨视"而自动废刊。特别是他们参与出版的《科学的艺术论丛书》，鲁迅和冯雪峰亲自拟定书目，于1929—1930年和光华书局分别推出，虽然未能按计划全部出完，但这是中国文坛最早的一次大规模地译介马克思主义文艺理论的出版活动，为马克思主义文艺理论在中国的传播提供了一大批经典专著。后来加入的穆时英也以深受高尔基早期作品影响的短篇小说，"一时传诵，仿佛左翼作品中出了尖子"。

新感觉派的先锋性不仅表现在他们的左翼倾向上，对他们的创作影响最大，并在其作品中留下了鲜明印记的是唯美—颓废主义文学。虽然国际上20年代已是"一个颓废年代"的末期，但文学和艺术仍沉迷于堕落的情欲主题。特别是在当时的上海文坛，其色情与奇异的性质更被看作是这个"尖端"文学的特征。楼适夷于《施蛰存的新感觉主义》中就谈到："新感觉主义的美，总是离不了浓郁的Erotic和Grotesque的。"[1] 但实际上，19世纪后期唯美—颓废派和第一次世界大战后法国的保尔·穆杭以及日本新感觉派、唯美派的创作，表现出相当不同的颓废主题和风格，中国的新感觉派也同样不觉得这里有什么矛盾而一并接受。

文学上的颓废风格显在的内容特征是色情和肉感。王尔德的《道连·葛雷的画像》一出版即被目为"新色情"，"是一本应该由托利党政府强迫禁止的邪恶的书"，其主人公"贝泽尔·霍尔渥德过分地崇仰肉体的美"，"道连·葛雷过着一种感官享乐的生活"，亨利·沃登勋爵则是新享乐主义的代言人，这三位一体构成了王尔德本人的三个方面，充分体现了颓废的风格和特征。本间久雄认为，"关于唯

---

1 楼适夷：《施蛰存的新感觉主义——读了〈在巴黎大戏院〉和〈魔道〉》，载1931年10月《文艺新闻》，第33号。

美派诗人的特色,《英国唯美主义运动》的著者哈米尔顿的批评,最为切适"。其内容特征一言以蔽之,即"情欲的,官能的"[1]。杰克逊也总结说:"19世纪90年代的作家追求把艺术笼罩在感觉的和色情的氛围之中,以获得色彩和芳香。"[2]而克罗齐指斥世界颓废运动充满着"优雅的色情","肉欲的官能享受"的否定态度,一直到20世纪20年代仍被视为公论。[3]

戈蒂耶

　　但这些带有旧道德色彩的指责并不为唯美—颓废派所忌惮。尼采认为真正的颓废是心理的而不是生理的,"一个人可以是有病的或虚弱的却无需是一个颓废者;只有当一个人冀求虚弱时他才是颓废者"[4]。颓废派的色情和肉感也正是这样,他们是有意为之,为色情而色情,为肉感而肉感,是一种背叛"道德否定生活"的姿态。首先,他们否认自己承担着道德代言人的职责,否认文学以伦理为指归的功利目的。戈蒂耶在他著名的《马斑小姐》序言中以相当大的篇幅批驳文学的道德和功利主义原则,决然地"以过去、现在以及将来所有教皇的名义发誓,小说和诗歌不可能、永远不可能、绝对不可能有任何实际用途!"并认为"真正称得上美的东西只是毫

1　[日]本间久雄著,沈端先译:《欧洲近代文艺思潮论》,第341页。

2　H. Jackson , *The Eighteen Nineties* , Penguin Book Limited, 1939年,第124页。

3　Matei Calinescu, *Five Faces of Modernity* , Duke University Press , 1987年,第212页。

4　[美]马泰·卡林内斯库著,顾爱彬、李瑞华译:《现代性的五副面孔》,第182页。

无用处的东西"。[1] 王尔德则明确断言："毫无瑕疵的美和它表达的完整形式，这才是真正的社会意识，是艺术快感的意义。"所以他告诫诗人："对于他只有一个时间，即艺术的时刻；只有一条法则，就是形式的法则；只有一块土地，就是美的土地。"[2] 他在《道连·葛雷的画像》中，让亨利勋爵面对葛雷一张惊人的漂亮面孔对美大发赞叹："美是天才的一种形式，实际上还高于天才，因为美不需要解释。美属于世界上伟大的现象，如同阳光，如同春天……美有它神圣的统治权。谁有了它，谁就是王子。……人们往往说美只是表面的。也许如此。但它至少不象思想那样表面。对我来说，美是奇迹的奇迹。只有浅薄之辈才不根据外貌作判断。世界的真正的奥秘是有形的，不是无形的……"[3] 如果说亨利勋爵对美的盛赞还带有点玩世不恭的味道，那么，戈蒂耶则把美奉为新的宗教。他在《马斑小姐》中写道："既然没有英雄与神，只有在你的大理石的身体中还保存着，正如在一个希腊的庙中一样，那被基督所咒逐的珍贵的形体，并显示着地没有妒忌天的理由；你高贵地表现着人世间最上的神圣，永存的最纯洁的象征——美。"[4] 在戈蒂耶看来，美是"那遮盖破败的灵魂的华丽的外套，那上帝掷在赤裸的世界上的神圣的帏帐"。[5] 他声称："我崇拜形式的美过于一切；美于我是看得见的神，摸得到的幸福，下降到地上的天。"[6]

唯美—颓废派的美之观念，至少显示了两种意义。其一，肉体的美、物质的美、有形的美和思想、天才等一切无形的精神现象具有同等的价值，从而肯定了身体的、物质的和形式的权利。在这方

---

1 见赵澧、徐京安主编：《唯美主义》，中国人民大学出版社，1988 年，第 18、41、44 页。

2 ［英］王尔德：《英国的文艺复兴》，见赵澧、徐京安主编：《唯美主义》，第 91、90 页。

3 见［英］王尔德著，荣如德译：《道连·葛雷的画像》，外国文学出版社，1982 年，第 24 页。

4 ［法］戈替耶著、林微音译：《马斑小姐》，第 314 页。

5 同上书，第 344 页。

6 同上书，第 108 页。

王尔德

面戈蒂耶通过他的人物之口明确地宣称："我的叛逆的身体不肯承认灵魂的至尊，我的肉也不肯许可情欲的压遏。我认做地像天一般美丽，我也以为形式的完满是道德。灵于我并不相投；我爱雕像胜于幽灵，正午胜于暮色。三件事物使我喜悦：黄金，云石，紫色；灿烂，坚实，色泽。我的梦是由它们所组成，我的一切的幻想的宫殿也是由这些物质所筑成的。"[1]在唯美—颓废派对于美的盛赞中，表达的并不仅仅是对于美的崇拜，更是对于精神高于肉体的传统价值秩序的颠覆。其二，美是唯美—颓废派在上帝死了之后，以人为本，在人本身建构起的一种新价值。他们"寄望于把感觉造成以爱美的天性为主要特征的新的精神生活的因素"[2]。戈蒂耶自称"用雕刻家的眼睛来看女人"，他的《马斑小姐》被史文朋称为"美的黄金屋"，所以他们的色情和肉感决不淫秽和下流，王尔德在《道连·葛雷的画像》自序中就为自己辩护说："在美的作品中发现丑恶含义的人是堕落的，

1　［法］戈替耶著、林微音译：《马斑小姐》，第170页。
2　［英］王尔德著，荣如德译：《道连·葛雷的画像》，第146页。

而且堕落得一无可爱之处。这是一种罪过。"[1]

唯美—颓废派为文学卸下了道德的与功利的使命，而为自己找到了"美的无忧的殿堂"绝非偶然，这不仅是他们企图"摆脱尘世的纷扰与恐怖，逃避世俗的选择"，更是与他们享乐主义的人生观联系在一起的。戈蒂耶宣称："在我看来享乐就是生活的目的，是世界上唯一有用处的东西。上帝的意愿也是这样。为此他才造出女人、香味、阳光、鲜花、美酒、骏马、猎兔和安哥拉猫。"[2] 费鉴照在评介19 世纪末的英国艺术运动时说，佩特在《文艺复兴》结论中"开创了对于人的一个新的立场"，这个新的立场认为"五光十色的，富有剧意的人生只给我们有限心弦的震动。这个火焰能够继续的燃着，维持这种极乐，那么，人生便成功了。在我们短促的人生中，我们很少有时间去制造理论。我们藉着经验的光辉去看和去尝那新的意见或新的印象"。[3] 人生的意义就在于充实刹那间的美感享受。

王尔德在《道连·葛雷的画像》中把这种新享乐主义进一步形象化，其主人公之一亨利公爵甚至认为只有"享乐是值得建立一套理论的唯一主题"，"它的创造者是天性……享乐是天性测验我们的试金石，是天性认可的表征"。[4] 道连·葛雷作为新享乐主义的实践者，为了"不断探索新的感觉"，"及时享用自己的青春"，"除了恋爱从来不做旁的事情"，因为他认为，每一次恋爱的体验都是独一无二的，"生命的秘密就在于使这种体验尽可能多反复几次"。为了获得新的感觉和体验，他甚至"干脆把作恶看成实现他的美感理想的一种方式"，以此来"再造生活"，完成新享乐主义的使命。戈蒂耶的马斑小姐为了完全了解男人，女扮男装和他们厮混在一起，当她

1　赵澧、徐京安主编：《唯美主义》，第 179 页。

2　同上书，第 45 页。

3　费鉴照：《世纪末的英国艺术运动》，载 1933 年 11 月《文艺月刊》4 卷 5 期。

4　［英］王尔德著，荣如德译：《道连·葛雷的画像》，第 88 页。

发现达贝尔识破了她性别的秘密，并发狂地爱上了她时，即刻以身相许，做了达贝尔"梦想的实体"，但一夜风流之后即飘然而去，用她自己的话来解释说："为我所给你的美，你报答我欢乐；我们是两讫的。"她的离走是因为她不想达贝尔对她"过饱为止"，也不愿自己持续下去，会向达贝尔"倾出无味的酒以至糟粕的"；达贝尔对于她来说是一个开了"新的感觉的世界的人"，她会永远"不容易忘却的"，离走也是让达贝尔永远记住她的唯一办法，这正是保持瞬间极乐的新享乐主义精神的体现。

所以唯美—颓废派往往不顾道德和常规进行"美的历险"，用施尼兹勒的话来说，"颓废的伟大功绩在于以道德和伦理为代价换取感觉和性欲"。[1] 汪锡鹏在《颓废派的两面观》中，对此从消极与积极两个方面做了解释：从消极方面说，这是耽溺和怪僻[2]；从积极方面说，其耽溺是要"深入到人类普通不到的境界里去"，其怪僻是要"扩大自己的经验知识和能力的界限"，"拒绝和否认了人类从来所信依的感觉和经验，而从怪僻及耽溺的精神中，扩大而深入到更新的感觉，经验及精神"，由此来不断地扩大精神的领域。颓废派的追求色情和肉感，消极地说"是欲望饱满后的状态，是松弛的堕落的姿势"；积极地说"是欲望满足后的要求新欲望的状态。在一种不断地满足及要求中要求着人类所欲望的创造"。[3] 韩侍桁在《矛盾》月刊 2 卷 4 期上也曾发表过《勃兰兑斯论戈蒂叶》一文，道出了勃兰兑斯对戈蒂耶及唯美—颓废派"把享乐和怠堕光荣化"，"虽然淫靡而优越"

---

1 ［美］R. 卡尔著，陈永国、傅景川译：《现代与现代主义》，第 196 页。

2 怪僻（perversity），是杰克逊对颓废的主要特征的总结，英文 perversity 这个词，除了中文的性情古怪之外，还有固执地与正确、理性、可接受的事物相对抗的意思。这是中文"怪僻"所没有的，所以很可能是本间久雄在日文《欧洲近代文艺思潮论》中，根据颓废派的特征，把 perversity 翻译成日文乖僻和耽溺，再由沈端先（夏衍）转译成中文，费鉴照在《世纪末的英国艺术运动》中，把 perversity 仅翻译成乖戾。

3 载 1934 年 1 月《矛盾》2 卷 5 期。

普列汉诺夫

的洞识。

总之，19 世纪晚期的唯美—颓废派无论是美的观念，还是人生观，都是在肉体上追求着精神，在精神里应和着肉体；在恶中耽溺美，在美中探险恶，在不神圣的逸乐里品尝不洁与辛辣的苦甜，幻想灵魂的快乐与安宁。正像杰克逊概括 1890 年代时所说，"这个时代过度地追求肉欲都和精神的愿望手拉手地并行不悖，灵魂仿佛怀着灾难降临的绝望在试探肉体之路"。[1] 对此，我们既可以从道德的角度加以指责，也可以从文学史的角度把它看作是一种美学的风格的变异；还可以像尼采那样，超越"颓废问题"，树立起生命本身的价值，凡是肯定生命的发展和实现的就是积极的颓废，凡是否定的就是消极的堕落，[2] 而唯美—颓废派的一个最重要的意义就是造成了对生命本身，对日常生活的审美化追求。

但颓废的概念发展到 20 世纪，马克思主义的颓废观产生了越来越广泛的影响，虽然马克思和恩格斯都未曾谈过艺术的颓废问题，甚至没有使用过这一术语，但普列汉诺夫运用马克思主义唯物主义历史观，第一次从理论上充分地阐述了这个问题。他在《艺术与社会生活》中认为，颓废主义是由于资产阶级的衰落而产生的，"是随着目前在西欧占统治地位的阶级的衰落而来的'萎黄病'的产物"。并把这种联系看作是必然的，直接的，"如果说苹果树应该结苹果，

---

1 *Eighteen Nineties*，第 118 页。

2 可参阅尼采：《瓦格纳事件》，见王岳川编：《尼采文集·查拉斯图拉卷》。

梨树应该结梨子，那么……衰落时期的艺术'应该'是衰落的（颓废的）。这是不可避免的"。[1]是垂死的社会产生的垂死的文化。马克思主义颓废观从1930—1960年代，不仅在苏联，而且在西方正统马克思主义者中得到普遍认同；直到60年代中期以后阿多诺（Adorno）把颓废主义阐释为一种否定性的文化，开始接近某些对于现代主义或先锋派的定义，才显示出马克思主义意识形态理论具有了重新评价审美颓废主义概念的可能性。颓废不再被看作是资产阶级意识形态的反映，而是对资产阶级意识形态的反动，是一种深刻的危机意识。[2]马泰·卡林内斯库在《现代性的五副面孔》中，更把马克思主义所允诺的未来世界以及革命乌托邦学说看作是宗教黄金世界的世俗化之臆想，因而认为马克思主义把共产主义作为人类异化的终结，把现代资本主义看作是灭亡前的堕落和垂死挣扎时期，不是偶然的，带有着末日学视象的痕迹。

如前所述，在中国30年代文坛，19世纪晚期的唯美—颓废观和马克思主义颓废观都产生了相当大的影响，也都为中国新感觉派所熟悉。特别还需补充的是他们的好友冯雪峰译的普列汉诺夫《艺术与社会生活》，正是水沫书店出版的《科学的艺术论丛书》之一种，该书系统地阐述了马克思主义颓废观，集中论述了唯美—颓废主义与资本主义社会整个体系衰落的关系，并通过考察资产阶级艺术衰落的若干最明显的标志，批判其为艺术而艺术的总纲领。

从左翼理论家的大批评论中可以看出，普列汉诺夫的颓废观已成为他们批判资产阶级艺术不证自明的真理。而且他们也正是从这一角度去理解现代主义的。1931年第36—37号《文艺新闻》曾连载过大宅壮一著、凌坚译的文章《现代美的动向》。此文明确指出：

1　见曹葆华译：《普列汉诺夫美学论文集》，人民出版社，1983年，第868、885页。

2　参阅 Matei Calinescu. *Five Faces of Modernity* 中 "The Concept of Decadence in Marxist Criticism" 一节。

"从布尔乔亚文化到达到烂熟期，又渐次带着破调的倾向，这便是现代主义。""现代主义，是灭落的文化中所产生的颓废的情热"。这也再一次证明，在 30 年代人们还是从颓废的主题去理解现代主义的。左翼文坛之否定中国新感觉派也正是从这一逻辑出发的。钱杏邨在《一九三一年中国文坛的回顾》这篇长文中，关于这部分的内容占了很大的篇幅。他认为："施蛰存所代表的这一种新感觉主义的倾向，一面是在表示着资本主义社会崩溃的时期已经走到了烂熟的时代，一面是在敲着金融资本主义底下吃利生活者的丧钟。""这样的作品的产生，一方面是显示了中国创作中的一种新的方向，新感觉主义；一面却是证明了曾经向新的方向开拓的作者的'没落'。"[1]

实际上，刘呐鸥是在 19 世纪晚期的唯美—颓废观和马克思主义颓废观之间摇摆不定的。他在《色情文化·译者题记》中评价日本新感觉派时说："他们都是描写着现代日本的资本主义社会的腐烂期的不健全的生活，而在作品中露着这些对于明日的社会，将来的新途径的暗示。"可见，刘呐鸥接受了马克思主义关于资本主义社会正处于腐朽没落时期的断言。他翻译的《保尔·穆杭论》[2]也一再加深着他的这种印象，文章说穆杭作品的故事底下有的是"现代文明的临死的苦闷"，"对于人类的末路的潜伏的寓意"。但是他在 1926 年 11 月 10 日致戴望舒函中说的："在我们现代人，Romance 究未免缘稍远了。……缪赛们，拿着断弦的琴，不知道飞到哪儿去了。那么现代的生活里没有美的吗？哪里，有的，不过形式换了罢，我们没有 Romance，没有古城里吹着号角的声音，可是我们却有 thrill, carnal intoxication，这就是我说的近代主义，至于 thrill 和 carnal

---

1　载 1932 年 1 月《北斗》第 2 卷，第 1 期。

2　初载 1928 年 10 月《无轨列车》第 4 期，后收入［法］保尔·穆杭著、戴望舒译：《天女玉丽》，上海尚志书屋，1929 年 1 月初版。

intoxication,就是战栗和肉的沉醉。"[1] 这显然是 19 世纪晚期色情的颓废观——在"战栗和肉的沉醉"中寻找美的翻版。施蛰存也曾说过,"刘呐鸥极推崇弗里采的《艺术社会学》,但他最喜爱的却是描写大都会中色情生活的作品","他高兴谈历史唯物主义文艺理论,也高兴谈佛洛伊德的性心理文艺分析"。[2]

马克思主义关于资本主义社会处于腐朽没落阶段的颓废观和第一次世界大战以后普遍存在的关于人类前途命运的悲观认识,决定了 20 世纪初期文学作品中的色情,较少美的内涵,而成为资产阶级或者说是人类腐败堕落、资本主义或者说是人类社会走向末日的征象。因而这一时期的色情与肉感和 19 世纪晚期的截然不同。从中国新感觉派作品反映出的特征看来,他们似乎既想表现现代社会的道德沦丧、世风日下,又受着"战栗和肉的沉醉"现代美的诱惑,而不禁采取了"以美的照观的态度",以"更为通情达理的生活方式"的暗示,描写着色情和肉感。两种颓废观经常交错出现,有时不由造成了他们在价值判断上的悬隔和矛盾,在作品主题上的双重性和游移。

刘呐鸥的小说《风景》,描写了一对在火车上邂逅,又随欲而行,尽兴而分的男女。一路上他们互为风景,饱餐着对方的美色。作者通过男主人公的眼睛时断时续地品味着,也让读者和他一起欣赏着这个都会的女人"经过教养的优美的举动",红红的吊袜带、极薄的纱肉衣,与高价的丝袜高跟鞋一起相映生辉的"雪白的大腿"、"素绢一样光滑的肌肤"、"像鸽子一样地可爱的""奢华的小足",总之是"都会的女人特有的对于异性的强烈的,末梢的刺激美感"。最终他们"学着野蛮人赤裸裸地把真实的感情流露出来","自由自在,

---

1　见孔另境编:《现代作家书简》,第 185 页。
2　施蛰存:《最后一个老朋友——冯雪峰》《我们经营过三个书店》,见《沙上的脚迹》,第 127、13 页。

《都市风景线》初版封面　　　　　《都市风景线》初版版权页

无拘无束"地得到了"真实的快乐"。——作者特别描写到"傍路开着一朵向日葵。秋初的阳光是带黄的"。[1] 向日葵正是唯美—颓废派最热爱的"审美植物"，象征着绚丽的生命力[2]。男女主人公逾越常规，打破道德的樊篱，追求一时的享乐与美，并把这种自由自在、无拘无束与都市人"住在机械的中央"的生存状态相对立，以及"美丽的东西是应该得到人们的欣赏才不失它的存在的目的"的观念，都非常接近唯美—颓废派，但男女主人公的略带点调情的味道又使这一特征大打折扣；而反过来，对于这对男女的快乐与美的描写及其欣赏，也很难完全看作是一种旨在揭露的"讽示"，处于既有批判又有欣赏的不确定之中。

1　刘呐鸥：《风景》《都市风景线》，第30页。

2　王尔德在《英国的文艺复兴》一文中写道："我就告诉你们我们热爱百合花和向日葵的原因……它们是不适合于作任何种类的蔬菜的。这是因为这两种可爱的花在英国是两种最完美的图案模型，最自然地为装饰艺术所采纳，一种是绚丽雄壮的美，另一种是优雅可爱的美，都给艺术家以最充分最完美的愉快。"

　　刘呐鸥的《赤道下》[1]，似乎是自食了"学着野蛮人赤裸裸地把真实的感情流露出来"的恶果。男女主人公真的来到了野蛮人居住的蛮荒之地，一个坐落在赤道线上的小岛，共同实验了热度所给予他们的"脉搏"，"回归线下生命感"，重新做了"初恋的情人"。当男主人公为"风光的主人"所"赠赏"他们的第二次蜜月，"确实是一个人占有着她"，"自由地领略她的一切"而满怀感动的时候，女主人公却真正做了一回野蛮人，身着土著半裸的服饰，实行了野蛮人的恋爱方式（"不过是性欲而已"），与其合而为一。在这个"极乐土"上，又出现了向日葵的意象，男主人公"梦见了一轮大葵花在阳光下流着汗喘息着"，他看见"金色的光线吃着她的满身造成一个眩惑的维纳斯"。当男主人公带着快乐与痛苦，伤痕与安慰告别椰林、海沙、日光、真珠港的时候，他还是止不住地在心底里呼喊，"我们虽然痛恨你们，但也很爱着了你们！"这也可以算是两种颓废观的矛盾显现吧。

　　刘呐鸥的《礼仪和卫生》也交错着对于颓废现象既欣赏又旨在揭露的两种价值取向。这篇小说以律师姚启明为视角，以他的经历和感想结构起发生在他和妻子可琼、他和可琼的妹妹白然、他和妓女绿弟、可琼和她的妹夫姓秦的画家、可琼和她的崇拜者法国先生普吕业之间的多边关系。不过在这复杂的交换情人的纠葛之间并没有剑拔弩张的妒忌发生，一切似乎只是出于是否卫生的考虑和有礼仪的商谈。所谓"卫生"，是指可琼和妹夫离家出走时，留给丈夫一封信说，她还会回来，对于他的爱也是不变的，妹夫秦先生不过是她的 Pekinese（小狮子狗）罢了。她还为丈夫考虑周详地写道："至于我不在中你的寂寞我早已料到了，这小小的事体在你当然是很容易解决的，可是当心，容易的往往是非卫生的。所以我已经说好了

1　载 1932 年 11 月《现代》第 2 卷，第 1 期。

然（妹妹白然）来陪你了。"[1] 姚启明早已从妻子那儿了解到白然以前的"近似颓唐的生活"，"仔细鉴赏"过为画家丈夫做模特的白然的裸体，也"透过了这骨肉的构成体"，想象过"这有性命的肉体的主人的内容美"，早就"像被无上的欢喜支配了一般地兴奋着"，妻子的这一安排不能不说是正中下怀。从道德的角度，这种乱伦关系无疑是大逆不道，但仅从双方个体来说，正是两全其美，互不相伤的尝试；而且这种行为方式又正是唯美—颓废派所谓"艺术家一类的人们"，"极自由的不羁的波西米安"式的，或者说是波西米安的中国化。作者态度的暧昧，似乎既可看作是一种不动声色的讽刺，也可看作是对于一种新的生活方式的暗示。小说题目所谓的"礼仪"，指的是那位对可琼一见钟情的法国先生普吕业敢于开诚布公地和可琼的丈夫姚启明谈判，想把他"古董店里所有一切的东西拿来借得几年的艳福"。虽然姚启明认为这种思想"是应该用正当的法律来罚他的"，然而他又退一步想，"这先生的话如果是出于衷心的，倒很有容他的余地。'在恋爱之前什么都没有了'吗？但这不通用，至少在现代。或许这便是流行在社会底下的新仪式"。[2] 用刘呐鸥评价日本新感觉派的话来说，这是"腐烂期的不健全的生活"，还是"将来的新生活的暗示"？或是两者兼而有之？恐怕作者也是都有容它们的余地。

刘呐鸥的《流》是他最具普罗意识，带有较多批判性的作品。小说通过镜秋，这个被资本家"收用做密藏人员"，预备给女儿做候补丈夫的特殊身份，借用这个知情人的眼光，对比了资本家奢华浪费、挥金如土和"不时都像牛马似的被人驱使"的两个方面，揭露了资本家宁肯让钱由着几房太太豢养情人，也不肯为工人每天增加

1　刘呐鸥：《都市风景线》，第 140 页。

2　同上书，第 139 页。

二十个铜子儿的顽迷和残酷。这使镜秋"觉得好象看完了一部资本主义掠夺史一样",从心底里发问那些"虽裹着柔软的呢绒,高价的毛皮,谁知他们的体内不是腐朽了的呢。他们多半不是歇斯底里的女人,不是性的不能的老头儿吗?他们能有多少力量再担起以后的社会?"[1]认为正是那些"做着苦马的棕色的人们","使这都市有寿命,有活力"。他们是驱动这都市的血液之"流"。因而,镜秋最终和工人站到了一起。在这篇小说中,刘呐鸥把腐朽和资产阶级联系在了一起,而把生命的活力赋予无产阶级,这正符合了当时左翼的阶级理论观点。

《游戏》也具有较多的揭露性。那位把爱当成一种"游戏",把婚姻作为生存手段的"鳗鱼式的女子",虽然也像戈蒂耶的马斑小姐似的与情人一夜风流之后就飘然而去,但她的世俗目的使其美与爱受到玷污。对于美与恶集于一体、富于诱惑性的女子,作者以景寓意地描写道:"微风,和湿润的土味吹送来了一阵的甜蜜的清香。这大概是从过于成熟,腐败在树间的果实来的吧!黄昏渐渐爬近身边来,可是人们却一个也不想走,好像要把这可爱的残光多挽留片刻一样。"[2]如此描绘自然景物正寄寓了"萎谢前的成熟"与"衰老的腐败"的征象。这一意象反复出现在刘呐鸥的笔下,更加重了其象征意味。《风景》中女主人公在男主人公眼中"最有特长的却是那像一颗小小的,过于成熟而破开了的石榴一样的神经质的嘴唇"。[3]《热情之骨》的比也尔在午后的街头闻到了"烂熟的栗子的甜的芳香"。[4]穆时英也喜欢使用这一意象,"烂熟的苹果香"在《五月》这篇小说里,先后至少使用了6次之多,造成萦绕始终的浓郁氛围。小东西蔡佩佩

1　刘呐鸥:《都市风景线》,第45页。

2　刘呐鸥:《游戏》,《都市风景线》,第11—12页。

3　《风景》,《都市风景线》,第23页。

4　《热情之骨》,《都市风景线》,第69页。

正是在这"烂熟的苹果香"中，成长为"一朵已经在开的玫瑰"，一位"有着一切男人喜欢的女德的，泼辣，妩媚，糊涂"的热女郎（hot baby）。可以说，与"过于成熟""烂熟的"联系在一起，腐败堕落以及沉溺的意象蕴含着中国新感觉派对于当时上海社会的一种总体印象，表示着他们对于"资本主义社会崩溃的时期已经走到了烂熟的时代"[1]的认识。

比较而言，穆时英比刘呐鸥在两个方面都走得更远。其《南北极》里的大部分作品，还有《夜总会里的五个人》《上海的狐步舞》《本埠新闻栏编辑室里一札废稿上的故事》《街景》等都具有更强的暴露性（并不都涉及颓废的主题）。不过即使如此，穆的作品仍被看作是"并非纯正的暴露"[2]。而他《被当作消遣品的男子》《Craven "A"》《公墓》《夜》《黑牡丹》《白金的女体塑像》《PIERROT》《圣处女的感情》《玲子》《墨绿衫的小姐》《骆驼·尼采主义者与女人》《五月》《红色的女猎神》等，无论从风格还是主题，都更接近19世纪晚期的唯美—颓废风。事实上穆时英的小说不少都是对刘呐鸥的一个意象，一小段情景或是情节的渲染和发挥，也就更为讲究和精致。苏雪林曾经说："穆时英的文笔大家公认为'明快而且魅人'，在一群青年作家中才华最为卓绝。妒忌者归之于'海派'之列，又有人因他所写多为都市奢华堕落的生活，呼之为'颓废作家'。"[3]无论穆时英的小说被说成是"一个尸体被华美的外衣包拢着"[4]，还是穆时英被看作是"垃圾粪土里孤生的一株妖艳的花"[5]，恐怕都是针对这部分作品而言，这些作品才名副其实地可称为新感觉主义的。

1　钱杏邨：《一九三一年中国文坛的回顾》，载1932年1月《北斗》第2卷，第1期。

2　江冲：《白金的女体塑像》，载1934年11月《当代文学》第1卷，第5期。

3　苏雪林：《新感觉派穆时英的作风》，《苏雪林文集》第3卷，安徽文艺出版社，1996年，第359页。

4　江冲：《白金的女体塑像》，载1934年11月《当代文学》第1卷，第5期。

5　见司马长风：《中国新文学史》，香港，昭明出版社，1978年12月，第86页。

新感觉派所塑造的这些美丽而放荡的都市摩登女郎，随着马克思主义关于资本主义社会已经走到了"烂熟"的垂死时期的预言为人们所普遍接受，越来越发展成为一种带有象征性的类型形象，她们美丽得妖冶的外表和烂熟到堕落腐朽的性质，寄寓着大都市上海，或者说是都市文明已走到崩溃边缘的预言。如崔万秋的长篇小说《新路》中专设了"烂熟的妖星"一节，集中描写都市文明培养起来的长得像美国女明星葛莱泰·嘉宝、生活奢侈堕落的女性梅如玉。黄震遐的长篇小说《大上海的毁灭》中也贯穿着一个妖艳侈丽的少妇露露，作为"资本制度下都市的产物"，一个"属于这大上海"，"一向以这金城铁壁为根据地的人物"，作者预言当大上海毁灭之际，她"定必也影子似的，浪花似的，随着那惨淡的时代而隐去"。

第四节　颓废女人的形象和意象

"这样，G 先生就把在现代性中寻找和解释美作为自己的任务，心甘情愿地去描绘花枝招展的、通过各种人为的夸张来美化自己的女人，不管她们属于社会的哪个阶层。"[1]波德莱尔所说的这位 G 先生，很可以换成中国的新感觉派，正是在这点上，他们明显地和唯美—颓废派同气相求。

波德莱尔的论"女人"以及他所创造的"恶之花"的女性形象，代表了 19 世纪晚期到 20 世纪初期经过科学，尤其是心理学、达尔文进化论的洗礼和证明之后，唯美—颓废派有关女人本性的幻象，也是唯美—颓废派所追求的一种艺术境界。关于女人，波德莱尔如是说：

---

1 ［法］波德莱尔著，郭宏安译：《现代生活的画家》之十二《女人和姑娘》，《波德莱尔美学论文选》，人民文学出版社，1987 年，第 508 页。

波德莱尔

这种人，对大多数男子来说，是最强烈，甚至（我们说出来让哲学的快感感到羞耻吧）最持久的快乐的源泉；……这种象上帝一样可怕的、不能沟通的人（区别是，无限之不能沟通，是因为它蒙蔽和压垮了有限，而我们所说的这种人之不可理解，可能只是因为跟她没有什么可以沟通的）；这种人……是一头美丽的野兽……她身上产生出最刺激神经的快乐和最深刻的痛苦；更确切地说，那是一种神明，一颗星辰，支配着男性头脑的一切观念；是大自然凝聚在一个人身上的一切优美的一面镜子；是生活的图景能够向观照者提供的欣赏对象和最强烈的好奇的对象。那是一种偶像，可能是愚蠢的，但是眩目、迷人，使命运和意志都悬在她的面前。[1]

在 19 世纪晚期至 20 世纪初期，女人的确是前所未有地在"文字和形象的领域"成为"欣赏对象和最强烈的好奇的对象"。如果说，在唯美派戈蒂耶的笔下，女人是作为他在"最严肃的沉思中所能梦想的纯粹美的典型"，为体现他的理想美而被创造出来的，那么，到 19 世纪末在心理学、生理学等科学知识的描述下，女人已作

---

1 ［法］波德莱尔著，郭宏安译：《现代生活的画家》之十《女人》，《波德莱尔美学论文选》，人民文学出版社，1987 年，第 503 页。

为了人的兽性和本能的替罪羊，她的"眩目、迷人"的美已被男性集体想象为毁灭自己的不可抗拒的力量，也就是波德莱尔所说的"使命运和意志都悬在她的面前"，也就是王尔德笔下莎乐美这株恶之花的文化内涵。戴斯德拉（Bram Dijkstra）曾经写过专著《恶之偶像：在世纪末文化中恶女人的幻象》，此书集中搜集了充斥于绘画以及诗歌、小说中的女人形象的类型，以大量的资料证明男人是如何思考，怎样思考女人的，并详述其原因。在美国当代批评界享有盛誉的 R. 卡尔教授在其巨著《现代与现代主义》中，也以相当的篇幅探讨了 1885—1900 年在文化领域"向'新女性'发起的大规模进攻"，为我们研究这一时期所涌现的颓废女人形象提供了不可缺少的文化背景。

经过研究，戴斯德拉不无惊讶地发现，这个时期整个社会似乎都患上了女性嫌恶症和妄想狂。传统的温柔而纯洁的百合花型的女性形象一改而为纵欲的，富于诱惑性，专以捕食掠夺男人为能事的施虐狂和色情狂。卡尔总结说：

> 从戈蒂埃，波德莱尔，巴尔扎克，路易斯，都德，佐拉，最后到斯特林堡。在这些作家的作品中，女性现实被夸大了，所以女权主义和女性作用便成了威胁社会的行为方式：女性的食人欲，放荡不羁的性欲。[1]

叔本华、尼采把女人看作是美人计的诱饵，有着一股不可抗拒的生命力，"比较精致的寄生性"的观点；弗洛伊德对妇女歇斯底里症的研究；整个医学传统受到达尔文把"精神"现象追根溯源至自然法则的启示；都打着科学的旗号证明，在进化的阶梯上女人比男

---

1 ［美］卡尔著，付景川等译：《现代与现代主义》，第 251 页。

人更为原始，甚至认为女人的大脑比男人的大脑轻六盎司，女人的生理构造及其生活比男人更多地集中在性本能上。如果说"男人有性冲动而'女人就是性欲本身'"[1]，所以她们更情绪化，更像孩子和野蛮人，很难像男人那样意识到精神的激情和身体欲望的区别，缺乏这种道德冲突的意识，等等。在一个时期人们曾一度认为恶来自外部，而不是内部，波德莱尔于 1860 年 6 月 26 日写给福楼拜的信中说："我对于人类的某种突然的行动和思想总不能不假定为由于人类外部的邪恶之力的介入来理解它。"[2] 所以他在《恶之花·致读者》一诗中写道：

> 正是恶魔，拿住操纵我们的线！
> 我们从可憎的物体上发现魅力；
> 我们一步步堕入地狱，每天每日，
> 没有恐惧，穿过发出臭气的黑暗。[3]

关于女人本性的幻象正应和了这种观念。在把女性看作恶魔的实体和象征的文化想象下，女人和各种动物联系在一起的比喻、意象成为这一时期的突出现象。恶女人形象也不再像过去那样仅仅作为个例存在着，而寄寓着一种概括和定性。戴斯德拉说："在每一阶段的文化史上都大量存在着再现人类和动物界之间联系的作品。但没有哪个时期在探究动物的角色方面，像世纪末这样方方面面地有意——对应着科学建立起来的对于女性的敏锐感觉。"[4] 他还分析说：

---

1 ［美］卡尔著，付景川等译：《现代与现代主义》，第 249 页。

2 转引自［法］波德莱尔著，钱春绮译：《恶之花》，人民文学出版社，1986 年，第 4 页注释 1。

3 ［法］波德莱尔著，钱春绮译：《恶之花》，第 4 页。

4 Bram Dijkstra. *Idols of Perversity* ——*Fantasies of Feminine Evil in Fin-de-siècle Culture*. Oxford University Press.New York.1986.p319.

已经卷入到由他们自己创造出来的单调、乏味的物质世界中，并且把自己确立为理性文明的希望的 19 世纪晚期的男人，实际上被束缚在一个和他们超乎寻常的愿望毫不相干的毫无刺激的习惯世界和繁文缛节之中。因为是一个理性的人，他们不能承认自己的色情的幻想，但又因为无趣，他们的色情的幻想是丰富无比的。于是近在眼前的女人首先就提供给他们想入非非，并且为他们承担了罪责。流行一时的动物性女人的神话正是这样的产物。[1]

由此可见，一个时期的哲学家、科学家、文学家共同形成的关于女人本性言说的契合，绝不是偶然的，而是 19 世纪晚期的"一笔公共文化遗产"，并成为"一个根深蒂固的欧洲观念"在国际上流行开来，它不仅远及美国，也波及日本，以至中国。

中国新感觉派登上文坛时期，已经到了弗洛伊德深入人心的时代。他们不必再为男人的色情幻想感到难为情，也不必再坚持那些有关女性的恶毒偏见。不过，他们似乎非常熟悉西方这一时期女性观以及因这种观念而产生的种种形象和意象，并且受到很大的影响。台湾学者彭小妍所披露的刘呐鸥 1927 年日记正可证明他本人就患上了 19 世纪末的"女性嫌恶症"，那些典型的恶毒攻击女性的言论与他对妻子的攻击如出一辙。他在 5 月 18、19 日日记中愤愤地写道：

> 女人是傻呆的废物啊，我竟被她强奸，不知满足的人兽，妖精似的吸血鬼，那些东西除放纵性欲以外那知什么。
> 我若不害她，她要吃死我了！
> 女人，无论那种的，都可以说是性欲的权化。她们的生

1　Ibid. p304.

刘呐鸥妻子黄素贞　藤井省三提供

活或者存在，完全是为性欲的满足。……她们的思想，行为，举止的重心是"性"。所以她们除"性"以外完全没有智识。不喜欢学识东西，并且没有能力去学。你看女人不是大都呆子傻子吗？[1]

不管是刘呐鸥借题发挥，还是他的私生活印证了19世纪末有关女人本性的想象，可以确定无疑的是他与其精神文化的深切联系。刘呐鸥《礼仪和卫生》中那位渴慕东方女性的法国先生普吕业说：

西洋女人的体格多半是实感的多。这当然是牛油的作用。然而一方面也是应着西洋的积极生活和男性的要求使其然的。从事实说，她们实是近似动物。眼圈是要画得像洞穴，唇是要滴着血液，衣服是要袒露肉体，强调曲线用的。她们动不动便要拿雌的螳螂的本性来把异性当作食用。美丽简直用不着的。她们只是欲的对象。[2]

穆时英也让他笔下的人物患上"女性嫌恶症"，同样证明了他与19世纪末的精神文化联系。那位"被当作了消遣品的男子"当发现他的恋人又让四周"浮动着水草似的这许多男子"，而对他嫉妒的痛苦摆着"一副不动情的扑克脸"时，就"接连三天在家里，在床旁，

1　转引自彭小妍：《浪荡天涯：刘呐鸥一九二七年日记》，载1998年3月台北《中国文哲研究集刊》第12期。

2　刘呐鸥：《礼仪和卫生》，《都市风景线》，第133页。

写着史脱林堡的话，读着讥嘲女性的
文章"[1]。根据卡尔的介绍，斯特林堡
正是大力攻击女性的一个典型代表。
他把女性描写为"专事破坏的'动
物'"，认为"她们吃尽了男人的灵魂，
如同豺狼舐尽动物的骸骨"。在《一
个狂人的辩护》中，斯特林堡甚至
直露地把女主人公命名为封·艾森（德
语，essen 的音译，意为"吃"），让
叙述者作为一位自卫的狂人，控诉
女人"吸干了我的脑汁，吞下了我

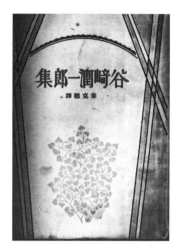

《谷崎润一郎集》初版封面

的心脏"，"作为报答，她把我充作一个垃圾箱，她的一切废物，一
切悲叹，一切苦恼，一切焦虑，统统抛入其中"。[2] 由此很容易让人
联想到穆时英的《被当作消遣品的男子》，正像斯特林堡在《一个狂
人的辩护》中所使用的意象一样，穆时英把男人比作"辛辣的刺激物"，
"朱古力糖，Sunkist（一种橘子的名称——笔者注），上海啤酒，糖
炒栗子，花生米"等消遣品和给排泄出来的朱古力糖渣，以此比喻
了男女主人公之间的关系：男人是食物，女人是消受者，女人吃掉
了男人的本质精华之后，再把他排泄出来。

　　日本的新感觉派和唯美派也都受到这股攻击女性风潮的席卷，
横光利一的《妻》就写到雌螳螂吃雄螳螂的情景，并将其比作"夫
妇生活上第四段的形态"。谷崎润一郎更从中国历史上采来"恶之偶
像"的标本，作为"女人的性质"的概括。在《刺青》这篇小说中，
那个"胆怯"的，无名无姓，只以姑娘、女人称谓的女主人公注视

1　穆时英：《被当作消遣品的男子》，《南北极 公墓》，第 194 页。

2　参阅［美］卡尔著，陈永国、傅景川译：《现代与现代主义》，第 256—257 页。

着刺青师父展示给她的姐己的画，竟"不知不觉之间，眸子发光嘴唇颤动起来。很奇怪的是她的面孔也和妃子渐渐相像起来了。姑娘从那里寻出了掩蔽着的'自己'来了"。[1] 她还供认不讳，"我正像你所推测的画中那女人的性质"。当被刺青，"做成顶美貌的女人"之后，这女人"辉耀着她像剑光一样的瞳人"，向创造她的师父宣布："你是第一个做了我的肥料了。"[2] 在《麒麟》这篇小说里，作者让孔子代表的"德"在与南夫人代表的"恶"与"色"的较量中，以失败而告终，灵公最终屈服于南夫人的色，而不是孔夫子的德。他在南夫人的怀抱中承认："我恨你。你是可怕的女人。你是亡我的恶魔。但是我无论如何离不开你。""灵公的声音颤抖着。夫人的眼辉耀着恶的花。"[3]

穆时英笔下那些最具新感觉的女性更接近波德莱尔"一头美丽的野兽"的性质，美丽和兽性同时并存。那个"被当作消遣品的男子"第一次瞥见蓉子就觉得"'可真是危险的动物哪！'她有蛇的身子，猫的脑袋，温柔和危险的混合物"。在和这位危险动物的周旋中，开始他还为不能确认自己"是个好猎手，还是只不幸的绵羊"而惴惴不安，最终无法抵抗蓉子的美而宁愿做她的捕获物，"享受着被狮子爱着的一只绵羊的幸福"。那位把醉卧在樱花树下的墨绿衫小姐抱回家的绅士，看着"她躺在床上，像一条墨绿色的大懒蛇，闭上了酡红的眼皮，扭动着腰肢"。Craven"A"警告受着自己诱惑的男主人公，"留心，黑猫是带着邪气的"，而当男主人公为 Craven"A"解了五十多颗扣子，八条宽紧带，"便看见两条白蛇交叠着"。潘鹤龄先生厌倦了艺术家们相互隔绝的高谈阔论，跑到恋人的家里，"琉璃子蛇似地（的）缠到他身上"。在《夜总会里的五个人》中，作者形

---

1 ［日］谷崎润一郎著，章克标译：《刺青》，《谷崎润一郎集》，开明书店，1929 年，第 9 页。

2 同上书，第 15 页。

3 ［日］谷崎润一郎著，章克标译：《麒麟》，《谷崎润一郎集》，第 38 页。

W. 小姐的肖像（Portrait of Miss W.）　　佩克小姐（Miss Peck）
查尔斯·卓别林（Charles Chaplin）　　弗朗茨·冯·伦巴赫（Franz von Lenbach）
1889 年作　　约 1890 年作

容恋人是从"伊甸园里逃出来的蛇"，等等。

　　穆时英喜欢在猫和蛇等动物与女人的形体及品质之间建立起一种直接联系的做法，正是 19 世纪晚期视觉艺术和诗歌小说的流行主题，戴斯德拉在《恶之偶像》中，以大量的实例证明了这一点。他说："在文学中和视觉艺术领域里一样，有关女人和动物相像的幻想频仍不绝，稳步增长，从简单的比喻（像猫一样的柔顺）一直发展到心理的特征。"[1] 在女人和动物之间展开想象也正是波德莱尔诗的一个重要内容，在《恶之花》中就有三首咏猫诗。波德莱尔以猫喻女人，所歌咏的猫"那带电的娇躯"，"又深又冷地刺人，仿佛一柄标枪"的眼光，"绕着褐色的肉体荡漾"的"微妙的气氛、危险的清香"，还有"含有魅力和秘密"，"像媚药一样"的声音，也都是穆时英所描绘的诱惑性女人的迷人之处。章克标曾写过一篇题为《猫》的散文，

1　Bram Dijkstra. *Idols of Perversity*，第 288 页。

Lilith
凯尼恩·考克斯（Kenyon Cox）
约 1892 年作

Sensuality
弗朗茨·冯·斯塔克（Franz von Stuck）
1897 年作

发表在叶灵凤和穆时英编辑的《文艺画报》创刊号上，即谈到"世上爱猫的文人很多"，颓废派的先驱"爱伦坡是爱猫的，黑猫又是他的杰作的篇名。波特莱尔不少诗说到他的猫，他的猫也是黑猫"。文中章克标也很自然地写到猫的"娇媚"，把猫"绝尘而驰"的姿态比作"西厢记上的一句警句"。把猫"温柔"的叫声"比之女人体贴入微的迷汤，更令人着迷"。黑猫的意象不仅出现在穆时英的小说中，施蛰存也曾利用这个意象增添《魔道》神秘恐怖的气氛。

蛇的意象是 19 世纪末艺术中的一个典型象征，普拉兹（Praz）曾称其为"蛇发女怪之美艳"的年代，波德莱尔在那首歌咏让娜·迪瓦尔之作《跳舞的蛇》中，开篇即呼其为"慵懒的爱人"。《恶之花》中一再出现的"丰饶的慵懒""慵懒之美"的意象，可以说是颓废女人一个典型的"颓废之美"的姿态和风度；穆时英"像一条墨绿色的大懒蛇"的譬喻，正是这种姿态和风度的绝妙浓缩。在波德莱尔的诗中，蛇不仅在外形上，它"按着节拍摆动着的舞蹈"和女人"有节奏地行走"的姿势；它"软绵绵"的形状和女人柔软的躯干；它"倒下来"和女人的"玉体横陈"有着何其相似乃尔的类同性，而且也象征着不知餍足的"放纵的女郎"。她的眼睛"一点不表示／温存和爱情"，而是一对"混合铁和金"的"冰冷的首饰"，代表着无情和美丽的一种性质。这种性质也是穆时英笔下那些动物性女人的重要特征，那位把男人当作消遣品的蓉子以"一副不动情的扑克脸"冷观男人们为了她在吃醋争斗；那位自称为"烟蒂"的妓女，在那个水手的眼中，"只冷冷地瞧着他，一张没有表情的脸""一张冷冷的他明白不了的脸""一双满不在乎的眼珠子，冷冷的""还是那副憔悴的，冷冷的神情"。

　　唯美—颓废派在动物和女人的身体与品质之间展开想象的流行主题不仅影响到穆时英，新感觉派的其他成员也从此获得灵感。如叶灵凤于《她们》中描写男主人公在化装舞会上艳遇的那位"御着黑遮眼"，神秘而忧郁的大家贵妇的举止："她极优美地将头点了一点，舒展她蛇一样的诱人的长臂牵着衣服在一张椅子上坐下。"[1]蛇更是黑婴经常使用的意象，他《女人》中的主人公是"主动以蛇一样的腰、软绵绵的肉去换取生活资料的女人"。《伞》中的那位不停地换着男朋友的女主人公也有着"蛇般的身子"。[2]在《蓝色的家乡》中，作者干脆直称女主角："娃利娜，长长的腰子——蛇！"[3]而且反复重复这一意象，使她的"娇憨的蛇样的腰"成为这篇歌咏女性美小说的主旋律。还有以《狮吼》《金屋》为中心的"颓加荡"作家群，邵洵美的《蛇》、章克标的《银蛇》等显然也都是这个颓废文化的产物。

　　强调女人和动物的一致性，最根本的目的是要说明她们所具有

1　叶灵凤：《她们》，载《幻洲》第 2 卷第 3 期。

2　黑婴：《伞》，载 1934 年 8 月《妇人画报》第 20 期。

3　黑婴：《蓝色的家乡》，载 1934 年 4 月《妇人画报》第 17 期。

的诱惑性、放纵和恶魔的力量是固有的、本能的，即所谓"堕落植根于女人的天性"。适应这一观念，在强调女人动物性的同时，还夸大女人的孩子品性。戴斯德拉概括说，当时普遍认为：

> 所有这一切又进一步被"女人是个大孩子"的事实加以扩大，结果，这些以孩子的头脑操作成人的躯体的大孩子们，"她们的恶的倾向就比男人的更花样繁多"，只不过一般来说是潜在的，一旦被唤醒激发就会释放出相当大的力量。[1]

波德莱尔在《跳舞的蛇》中歌咏他的情人也兼咏蛇，"那懒得支撑不住的孩子般的头"。穆时英笔下的动物性女人更频频被描写成"像孩子似的""顽皮的孩子""那么没遮拦的大胆的孩气""那么稚气地""孩气的""受了委屈的孩子似的"，而且熟读了弗洛伊德的穆时英更懂得抓住释放潜意识的契机，来揭示女性的"本我"。他的《墨绿衫的小姐》就是通过女人的醉态，来描写在丧失了理性自我的监督下，有着"无餍的"本性的少女赤裸裸地表现出的那种"冶荡"和"颓然"。就像波德莱尔所慨叹的："哦，无情而残酷的野兽！我爱你，/即使这样冷冰冰，却越发显得美丽！"[2]"你随手撒下欢乐和灾祸的种子，/你统治一切，却不负任何责任。"[3]

把女人和动物如此紧密地联系在一起并不是 19 世纪晚期唯一的特异现象，女人和传统的"花""月亮"之类的意象在这个时期也有着特异的联系。戴斯德拉说："十分清楚，在波德莱尔广泛的影响下，女人和花之间的联系，在世纪末的男人的心目中已经负载了一种不

1　Bram Dijkstra. *Idols of Perversity*，第 289 页。

2　[法] 波德莱尔著，钱春绮译：《恶之花》，第 65 页。

3　同上书，第 58 页。

祥的性质。百合花式的处女开始被成排的难以驾驭的和绝对不贞洁
的，然而又有着太多的诱惑力的蒲公英和雏菊所取代，它们好象不
知羞耻地开放在街道的角落，处于这个世纪转折点的文化通道上。"[1]
由此，我们也可以联想到在上海"三十年代的海上花，唱的不复是
红粉知己的调调，而是'蔷薇蔷薇处处开'……"[2]

　　穆时英也喜欢以花喻女人，但同样受着这个时期厌女症的影响，
传统的纯洁美丽的花朵被"践在海棠那么可爱的红缎的高跟儿鞋上"
的"一双跳舞的脚"踩得声名狼藉。在《被当作消遣品的男子》中，
他这样描写蓉子的体态："把腰肢当作花瓶的瓶颈，从这上面便开着
一枝灿烂的牡丹花……一张会说谎的嘴，一双会骗人的眼——贵品
哪！"[3] 把"灿烂的牡丹花"和"说谎的嘴""骗人的眼"组合在一起，
雍容华贵花中之王的牡丹花传统意象，就成了卖弄和炫耀的搔首弄
姿，现代女性"人为的夸张"的暗示，也喻指了现代女中之王的品
质特征。而且这一对女体的精彩描绘，也很可能出自法国唯美派作
家皮埃尔·路易（Pierre Louys）著、曾氏父子译的《肉与死》，在这
本被译者曾朴称为"纤毫毕现的描写女体美""表现阿普龙精神的造
型美"的书中，作者在《但美眺的梦》这一全书的华彩篇章里，描
写妓女葛丽雪在情人梦与醉的眼中达于极致的美："她的脸和她的双
乳，在花茎般的两条腿上面，仿佛是三朵硕大而差不多蔷薇色的花
朵，插在一个锦绣的瓶里。"[4] 该书的书评和出版消息曾刊登于新感觉
派刊物《新文艺》上，可以推测穆时英很可能读过这本书，作者"崇
拜肉体的爱和感觉的美"的观念及其描写对穆时英都不会不无影响，
即便非此，至少也可以证明穆时英作品中存在着唯美派的遗风吧。

1　Bram Dijkstra. *Idols of Perversity*，第 233 页。

2　素素：《前世今生》，上海远东出版社，1997 年，第 29 页。

3　穆时英：《南北极 公墓》，第 176 页。

4　［法］皮埃尔·路易著，曾孟朴、曾虚白译：《肉与死》，岳麓书社，1994 年，第 150 页。

穆时英与舞女仇佩佩结婚照

另外，穆时英经常把女人的嘴唇比作花朵，反复使用"花朵似的嘴唇"的意象，也给花朵加上了性的诱惑性质。他描写蓉子"穿着白绸的 Pyjamas（睡衣），发儿在白绸结下跳着 Tango 的她，是叫我想起了睡莲的"[1]。把睡莲和睡衣、舞曲 Tango 并置，其寓意也不言而喻。穆时英对女体美的描摹很有些出神入化之笔，不时在他的小说中闪烁着"黄金，云石，紫色，灿烂，坚实，色泽"的美的光彩。他写蓉子穿着紫色的毛织单旗袍，在校外受了崇拜回来，"云似地走着的蓉子。在银色的月光下面，像一只有银紫色的翼的大夜蝶，沉着地疏懒地动着翼翅，带来四月的气息，恋的香味，金色的梦"[2]。蝶在中国传统意象中本身就有轻狂的寓意，所谓"浪蝶"；但其"疏懒"的姿态，"银紫色"的色泽却是典型的唯美—颓废的标识。在《黑牡丹》里，穆时英这样概括被称作"牡丹妖"舞娘的气质："我爱这穿黑的，

1　穆时英：《南北极 公墓》，第 196 页。
2　同上书，第 197 页。

她是接在玄狐身上的牡丹——动物和静物的混血儿！"[1]和玄狐混血儿的牡丹花更改变了花的性质。穆时英还把墨绿衫小姐一再比作"一朵墨绿色的罂粟花"，罂粟花本身麻醉有毒的鸦片品质自在其中。在《五月》里，作者也一再把蔡佩佩比作"一朵在开放的玫瑰花"，一下子从"贞淑的女儿"变为"白热的女儿"，"荡妇似地爱着许多男子"，这里"开放的玫瑰花"显然和身体的开放有着同一的所指。

"月亮"意象在颓废艺术家的笔下经常是作为一种"颓废观点的代表"而出现的。在这些作品中，月亮或被隐喻为一个残忍而美丽的女人，或被用来暗示断了头颅的恐怖象征，有时被描写成红色，有时被涂上白色或银色，作为目睹人类的凶杀和堕落行为的不祥的见证者。被誉为"第一个颓废派的艺术家"欧里庇得斯的《美狄亚》，其主人公即是一个被"血色月亮"控制的形象，而在 19 世纪末期广为人知。王尔德《莎乐美》中的月亮意象贯穿全剧始终，随着莎乐美不祥的出场到她跳起死之舞蹈，写月亮"好像一个从坟墓里走出来的女人一样"，伴随"寻着死人"的预言，逐渐"变得和血一样的红了"。穆时英也把象征着女性阴柔、依附的传统月亮意象，写成"绯色的，大得象只盆子"。绯色不仅有着"轻佻"的含义，如果我们再联想到月亮所意指的是，经常把男人当作朱古力糖、Sunkist、上海啤酒、糖炒栗子、花生米，因多食而患上消化不良症的蓉子，也许还会想到"血盆大口"，将月亮作为颓废观点的特殊寓意。在《五月》里，穆时英更露骨地写道："下午六点钟的太阳像六点钟的月亮似地，睁着无力的荡妇的大眼珠子瞧着愚园路。"

由此可见，在唯美—颓废派笔下象征女性美的传统意象也被赋予了恶的寓意。戴斯德拉指出：波德莱尔的作品和他富于诱惑性的美的语言有着不可测度的影响力，使他的厌女症观点迅速地为其同

---

[1] 穆时英：《南北极 公墓》，第 303 页。

代人所接受；到 1890 年代，他诗歌的意象主题甚至成为绘画题材而流行一时。

大约到 1900 年左右，许多男性作家和艺术家已经不能满足于描写没有头脑和感情的动物性女人，而进一步将女性视作恶魔的化身。[1] 有关女人的这种臆想在波德莱尔作品中都能找到意象的原型，其最恶毒的比喻莫过于"吸血鬼"了。波德莱尔的诗集《恶之花》中就有两首以吸血鬼为题的诗：《吸血鬼》和《吸血鬼的化身》，而其意象更是屡见不鲜。他一边诅咒"嗜吸世人鲜血的女子"[2]，一边又"常常向使人沉醉的酒乞援"，"供残酷的妓女们吸我的血液"。[3] 在《吸血鬼的化身》中，诗人让那个吸血鬼化身的女人"象炭火上的蛇一样 / 扭动着身体"，口出狂言：

> 我有湿润的嘴唇，我有这种妙术，
> 能在卧床深处将旧道德心消除。
> 我用我胜利的乳房把眼泪吸干，
> 使年老的人们露出儿童的笑脸。
> 对于那些看到我一丝不挂的人，
> 我能顶替月亮、太阳和星辰！

而诗人感到"当她把我的骨髓全部统统吸干 / 当我软绵绵地转身对着她的脸 / 要报以爱情之吻，只见她的身上 / 粘粘糊糊，变成充满脓液的皮囊！"等诗人再睁开眼皮在烈日下观看，"只剩下残余的骸骨胡乱的抖动"。这个令人恐怖的意象也出现在穆时英的小说中。

穆时英名作《白金的女体塑像》最初在 1933 年 1 卷 6 期《彗

1　Bram Dijkstra. *Idols of Perversity*，参阅 233—234 页。

2　［法］波德莱尔著，钱春绮译：《恶之花》，第 66 页。

3　同上书，第 296、297 页。

《白金的女体塑像》初版封面　　　《白金的女体塑像》初版版权页

星》上发表时题为《谢医师的疯症》，其内容也和收入集子的这篇大
不相同。仅从题目的变化即可看出初刊是以谢医师为主，而修改后
是以白金的女体为重点。在《谢医师的疯症》中，有整整一节是《白
金的女体塑像》中所没有的内容。即谢医师被"每一块肌肤全是那
么白金似的"的女人打动以后，下班回到家里，所诱发的一个幻象
和所做的一个梦，这与波德莱尔对吸血鬼化身的女人臆想同出一辙。
在《谢医师的疯症》中，当谢医师于诊所送走第六位女客，迎来第
七位女客时，一开始就直觉地感到"这位女客人一定是一个妖精，
一个腻人的妖精"。于是这位"有着贫血症患者的肤色，荔枝似的眼
珠子，诡秘地放射着淡淡的光辉，冷静地，没有感觉似地"女客就"穿
了黑色的软绸的旗袍"，而不像《白金的女体塑像》中，"穿了暗绿
的旗袍"。适应着这种阴森诡秘的氛围，谢医师的第七位女客像"雀
子踩着枯叶似地"走了进来，而在《白金的女体塑像》中，则和着"轻
柔的香味，轻柔的裙角，轻柔的鞋跟"出现在谢医师的面前。

　　对于谢医师来说，白金的女体是一朵病态的花，有着残艳的美，

充满诡异的诱惑；但穿着黑色旗袍的女客却让他充满恐惧。小说写道，他为女客诊完病，甚至觉得女客"没有感觉似的眼光"，"慢慢儿的直渗到他灵魂里边。他猛的害怕起来。他瞧见自己猛的跳起来，睁着恐惧的眼，嚷：'滚出去！你这吸血鬼！妖精！'"回到家里，他又被那个女人变成了木乃伊，"裹在一幅黑色的轻绸里边，没有胳膊，没有腿，只有一个纤细的腰肢"，慢慢走过来的幻象"吓得直叫起来"，"想跳起来，只觉得自己的腿僵了，不能动"。他对那个女人"吸血的眼珠子""吸着他的血似地害怕起来"，但这个谜一样的女人的诱惑性对于谢医师来说，和对她的恐惧一样大，"骨蛆似地寄生到"他的记忆里边，"比顶妖冶的荡妇还迷人"，使他这个"把性欲升华了的单身汉"竟"沉醉地想了两个钟头"，研究了一晚上的"古代防腐剂分解"，结果就梦见自己给那个女人涂防腐剂，而那个女人却威吓他"你不把健康还给我，我做了木乃伊会来迷死你的！"。谢医师在梦中竟还梦到那个女人做了他的妻子，却告诉他"我是木乃伊呢！"。于是这个谢医师就对一九三三年新的性欲对象有了认识："木乃伊，一个没有血色，没有人性的女体，是异味呢。不能知道她的感情，不能知道她的生理的构造，有着人的形态却没有人的性质和气味的一九三三年新的性欲对象呵！吸血鬼。"

吸血鬼和木乃伊的意象正是波德莱尔于《吸血鬼的化身》中，在女人和吸血鬼及骸骨之间所展开的臆想。吸血鬼意象赋予女人施虐者的角色；但木乃伊和骸骨意象却相反，而谢医师在这两个意象中展开切换的臆想，也让他交替感受着施虐和受虐的心理。他以受虐者的病态把女人想象成吸血鬼、妖精，"还有性欲的过分亢进"，又以施虐者的疯狂把女人想象成木乃伊。他做了一晚上的荒唐梦，第二天见到如约而来照太阳灯的女客时，第一印象就是"她有两排髑髅那么灰白的牙齿"。当他得知女客的丈夫是一个运动家、非常强壮的时候，"在他前面的李夫人像浸透了的连史纸似地，瞧着马上会一片片地碎了的"。给患有未成熟肺病的女客照太阳灯，本来只要露着肺部就够了，他却让她把衣服都脱了，看着"黑色软绸的旗袍和绣了边的亵裙无力地委倚到白漆的椅背上面，袜子，失去了躯干的蛇皮似的盘在椅上"。当女客在他的命令下"爬到那细腿的解剖床上"的时候，他为"叫她在自己前面裸了身子的满足感里边陶醉着"。在这里，作者一再提到的"细腿的解剖床"和女客"纤细的腰肢和脚踝"又有着一种同一化的效果。当这位有着"纤细的腰肢和脚踝"的女客仰天躺在了"细腿的"解剖床上时，这两个形象就叠化在一起，谢医师施虐的心理不言自明。值得一提的，还有谢医师最初为这个女客做诊断时，曾想象过"她是怎么一个人呢？"于是：

（他看见她穿了黑色软绸的衣服，微微地笑着，拿着一瓶扎了红缎带的香槟酒，在公安局的进行曲里，把酒瓶碰的扔到新落水的 ×× 号的船头上。）

（他看见她穿了黑色软绸的衣服，在支〔芝〕加哥博览会的会场里，亭亭地站着，胸前缀着一条招待员的红缎带，在名媛们的新装凑成的图案里边，一朵名范似地。）

（他看见她穿了黑色软绸的衣服，站在百货商店文具部的柜子里边，在派克自来水笔上面摆着张扑克脸，用上海南京路的声调拒绝着一位纨绔子的上逸园去茶园去茶舞的请求。）

（他看见她穿了黑纱衣服，胸前簪了一球白兰花，指尖那儿夹着大半截烟枝，坐在装了三盏电灯的包车上面，淡淡的眼光和灯光一同地往四面流着，彗星似地在挂满了写着"书寓"两字的方灯的云南路上扫了过去。）

很明显，这是对一系列活跃在现代都市中各行各业女明星（用当时的话来说是"热女郎"）身影的素描。谢医师的臆想很可能自觉不自觉地反映了还企望女子保持在被男权文化所规定的位置上的男子，对于在现代都市中如鱼得水的新型女性既恐惧又受吸引的矛盾心理，以及由此而产生的施虐和受虐交加的病症。刘呐鸥曾分析过这种现象，并把它看作是现代男女"最摩登"的体现。他认为：

> 以前女的心地对于万事都是退让的，决不主张。于是娇羞便被列为女性美之一。这现象是应男子底要求而生的。那个时候的男子都是暴君，征服者，所以他底加虐的心理要求着绝对柔顺的女子。但情形变了。在现在的社会生存竞争里能够满足征服欲的男子是 99% 没有的。他一次，两次，累次地失败着，于是惯于忍受的他的心里头便起了一种变化，一种享乐失败，被在迫得被虐心理。应着这心理而产生的女人型就是法国人之所谓 garsonne[1]。短发男装的 sport 女子便是这一群之代表。她们是真正的 go-getter。要，就去拿。而男子们也喜欢终日被她们包围在身边而受 digging。然而男子这两种相反的性质却是时常混合在一块儿，喜欢加虐同时也爱被虐。这当然是社会的及心理的原因各半。这一来女子方面却难了。这儿需要从来所没有的新型。[2]

这种新型女子正是中国新感觉派所致力于寻找的现代性，施虐和受虐也正反映了现代男子"双重的心理享受"。小说以谢医师矛盾的心理收尾：

---

1 法语，具有男子气的女人。
2 刘呐鸥：《现代表情美造型》，载 1934 年 5 月《妇人画报》第 18 期。

她的身影给门隔断了的时候，谢医师解松了领带和脖子那儿的衬衫扣子，拿手帕抹了抹脸，逃出了危险的境遇似地。可是给她的蓬松了的头发上联想到刚才的裸姿，对于这位吸血的木乃伊又眷恋起来。"白金的塑像呵！"那么地太息着。

这正是在天真与淫荡，甘美和毒素，温柔和罪孽，既爱又恨，既快乐又恐怖的两极中无从把握现代女性，无从把握现代都市，发自现代人分裂的情感和灵魂的叹息。

把女人和木乃伊、吸血鬼相同化而在现代男子的内心形成恐怖的意象，刺激他们衰弱的神经，这种心理病症并非穆时英所独有。我们还能看到施蛰存《魔道》中患有神经衰弱症的叙述者对老妇人、朋友的妻陈夫人以及咖啡女所展开的会魔法的妖妇、紧裹着白绸的木乃伊全都爬出来，曳着拖地的长衣行走在柏油路上的臆想，还有上海会不会有古代的精灵妖魅的联想；《夜叉》中的卞士明由浑身白色的女人而引发出美丽而怖厉的夜叉的幻象，最终导致他扼死了一个赴幽会的乡下女人，因"过度的恐怖而神经错乱"。另外还有《旅舍》《宵行》等都把关于女人的意象和形象并存于美丽和死亡、引诱和罪恶之间，如果我们再联想到施蛰存《特吕姑娘》所反映的现代女性走上社会，当了店员，显示出比男人更能胜任这项职业所给予男性的打击，以致男职员联合起来共同报复，发泄他们仇恨的行为，就能够为这些荒诞的幻想找到当时社会现实的依据。它们都曲折地反映了现代女性角色的变化给尚未适应其变化的现代男子所造成的心理压力及其对于他们脆弱神经的刺激。当年王钝根主编的《新上海》上就曾刊登过一幅题为"不久的将来"的漫画[1]。画面的正下方横卧

---

1 载1933年10月《新上海》第1卷，第2期。

漫画《不久的将来》

着一具骨瘦如柴的男性尸体，身旁倒扣着的饭碗暗示出"没饭吃了"的死因；而他的身后是一排顶天立地的女性群像，都身着三围毕现的高叉旗袍，一头短发英姿勃发，身上写着"科长""科员""教员""行员""律师"的字样，显示出女人夺走了男人饭碗的主题，她们身后的黑影更预示这个"不久的将来"即将成为现实的惘惘威胁。这幅漫画非常清楚地传达出当时男人所面临的普遍焦虑。

《谢医师的疯症》收入短篇小说集时改名为《白金的女体塑像》，作者删除了谢医师关于吸血鬼、木乃伊以及现代都市女郎的所有幻象，而保留了他对于白金的女体的感觉，增加了他在白金的女体的刺激下，抛弃了鳏夫的生活，而过上了中产阶级理想的规范生活的一段。这一改动在很大程度上改变了小说的主旨，使表现有关女体的感觉和印象成为创作的焦点。穆时英在"白金的女体"上，集中体现了唯美—颓废派的另一主题：女性的"颓废之美"。

"颓废之美"的提出也要追溯到波德莱尔。他在《恶之花》的"忧郁和理想·之五"这首诗中，把古代原始人与现代人做了强烈的对比。作者开篇即深情地写道："我爱回忆那些毫无掩饰的时代""那时，男男女女度着轻松的生涯""多情多意的天空抚爱他们的脊梁""锻炼他们身上重要器官的健康"。母亲——自然"像心里充满无偏之爱的母狼""让芸芸众生吮吸她的褐色的乳房"。那时的男子"优美、健壮、强力"，那时的女子是"没受损伤、没有裂纹的果实／又光滑又紧的果肉使人垂涎三尺"。诗人假设如果面对今天的男男女女"露出他们裸体的场合",他会"为了没有衣服而伤心的畸形""感到冷气袭人,打起寒噤",但还是慨叹"我们这些腐败的国民,确有一种／古代民族所不知之美","我们具有如人所说的颓废之美"。在这首诗中,虽说作者以黄金时代的原始人为理想,诅咒现代的"颓废之美",但他更在其他诗篇中对女人的颓废之美,以"病态、活跃,你的一切我都喜欢"[1]的情热,用他那"战栗的全身,没有一根神经不在叫:哦,亲爱的巴力西卜[2],我爱你!"

穆时英在《白金的女体塑像》中延续了唯美—颓废派崇拜"人体的线条与色泽",将生命审美化的传统,也继承了唯美—颓废派把女体美奉为艺术雕像的最高礼赞[3],全篇的高潮似乎就是为了捧出这个"把消瘦的脚踝做底盘,一条腿垂直着,一条腿倾斜着,站着一个白金的人体塑像,一个没有羞惭,没有道德观念,也没有人类的欲望似的,无机的人体塑像"。穆时英塑造的这个白金的女体表现了波德莱尔"把美比成大理石像那样的无表情,无感觉"的美之理念,"从最高傲的雕像那里"借来了"庄严的姿态",让人可以在坚实的物质中,领略像"石头的梦一样美"的纯粹境界。[4]但这又是一朵病态的花:

1　［法］波德莱尔著,钱春绮译:《恶之花》,第93页。
2　巴力西卜为迦南宗教的丰收神,对他的崇拜仪式带有纵欲的特征。见［法］波德莱尔著,钱春绮译:《恶之花》,第94页。
3　戈蒂耶认为:"语言是被什么从未仔细地凝视过女子的背或胸的无赖造成的,于是必不可少的字我们却一半都没有。"所以描写女人的至美也是他们向语言的极限的挑战。在《马斑小姐》中,戈蒂耶集描写女性美的语言之大成,赞美他的女主人公马斑小姐,直到"她一丝不挂地站着,她的落下去的衣服为她形成着一种座架,在她美丽的赤裸的所有透明的光辉中","一个全盛时期的希腊雕像的线条与一个替善雕像的色调"而达到高潮与极致。以雕像比喻女体的美也成为一种传统,在波德莱尔、王尔德等的作品中都屡见不鲜。(引文见林微音译:《马斑小姐》,第248、371、372页。)
4　参阅［法］波德莱尔著,钱春绮译:《恶之花》的《美》这一首诗及其注释和郭宏安译:《恶之花》的同一首诗。

她仰天躺着，闭上了眼珠子，在幽微的光线下面，她的皮肤反映着金属的光，一朵萎谢了的花似的在太阳光底下呈着残艳的，肺病质的姿态。慢慢儿的呼吸匀细起来，白桦树似的身子安逸地搁在床上，胸前攀着两颗烂熟的葡萄，在呼吸的微风里颤着。

这是幅集波德莱尔颓废美之大成的画面，不仅"萎谢了的花"、把乳房比作葡萄的譬喻继承了波德莱尔诗中的意象[1]，而且如果联想到谢医师对这位女客的诊断——性欲的过度亢进，再对照波德莱尔面对颓废女人的叹息："你们女人，唉，蜡一般苍白，／放荡养活你们，又把你们损害"[2]，就会明了其间的一致性，领悟波德莱尔所吟诵的"天空又悲又美，像大祭台一样；／太阳在自己的凝血之中下沉"[3]的文明和人种的黄昏，即颓废的意境，体会诗人既眷恋又焦虑的心态。

二三十年代的文坛对于世纪末颓废之美的姿态和性质是深有领会的。与新感觉派关系密切的《妇人画报》上曾刊登过杜格灵的一首诗，题为《末世的声色》[4]，歌咏的就是"妒恨凝结而成您的灵魂""毒恶的辣味像死亡的光芒""骄悍愤吼而出淹没万世"的末世女性，铺陈她们的"流盼弹响了Tempo／脚趾的招呼像蛇／躯体的扇动像海豚"，她们浑身洋溢着黑色魅力，仿佛"埃及传来的铁像"使男性"弃了十万年来的尊严""紧咬牙龈让思想去讽刺"。最后，诗人以字号一句大于一句的版式排列，爆炸般地喊出：

---

1 见［法］波德莱尔著，钱春绮译：《恶之花》，第82、53页。
2 ［法］波德莱尔著，郭宏安译：《恶之花》，漓江出版社，1992年，第15页。
3 同上书，第69页。
4 杜格灵：《末世的声色》，载1935年11月《妇人画报》第34期。

妒恨是美！

毒恶是美！

骄悍是美！

奸狡是美！

人是上帝！

以肯定人的价值，肯定"末世的声色"。由此，我们也可以把握新感觉派小说中那些带着末世声色的恶之花的特别寓意。

穆时英的女体描写似乎大量的来自波德莱尔，或者说和波德莱尔不谋而合。他在《Craven "A"》中，以风景喻女人的大段渲染与波德莱尔在《女巨人》《头发》《邀游》《午后之歌》等几首诗中所采取的将自然与情人同一化的处理路子毫无二致。波德莱尔把情人比作"只有豪华、宁静、乐趣"的美的"国土"，穆时英"仔仔细细地瞧着"Craven "A"，感到"放在前面的是一张优秀的国家的地图"；波德莱尔把情人的头发比作"芬芳的丛林"，穆时英则把Craven "A"的头发说成"一片黑松林地带"，是"香料的出生地"；波德莱尔歌咏情人为"一个喧嚣的海港，可以让我的灵魂／大量地酣饮芳香、色彩和音响"，穆时英也以"重要的港口，一个大商埠""堤上的晚霞""码头上的波声""船头上的浪花"来暗喻Craven "A"的身体；波德莱尔把女体和大自然的风貌合而为一，创造出"女巨人"形象：

> 我从容地游遍她的壮丽的肉体；
> 我爬到她双膝的大坡上面休憩，
> 有时，在夏天，当那不健康的太阳
> 使她越过郊野疲倦地躺下身来，
> 我就在她乳房的荫处懒懒地酣睡，

仿佛山脚下和平的小村庄一样。

穆时英在《Craven"A"》中也以大自然的喻体一以贯之，从容地酣畅淋漓地想象 Craven"A"的壮丽的肉体，同样把乳房比作"两座孪生的小山倔强的在平原上对峙着"；写到下肢是"那片平原变了斜坡"。波德莱尔以自然风景描绘女人肉体的方法很可能使企图在"战栗和肉的沉醉"中"寻找和解释美"而又不想流于淫秽的中国新感觉派如获至宝。刘呐鸥也曾在关键片段使用过这种方法，在《礼仪和卫生》中，他这样描写启明观赏正在做模特的白然的裸体：

> 他拿着触角似的视线在裸像的处处游玩起来了。他好象亲踏入了大自然的怀里，观着山，玩着水一般地，碰到风景特别秀丽的地方便停着又停着，止步去仔细鉴赏。……他的视线差不多把尽有的景色全包尽了的时候，他竟像被无上的欢喜支配了一般地兴奋着。[1]

其他如波德莱尔在《美的赞歌》中歌咏"眼睛像天鹅绒的仙女"，而穆时英也经常使用"天鹅绒似的黑眼珠子"来描绘他女主人公的美。波德莱尔在《吸血鬼》中以"就像尸体逃不开蛆虫"来比喻女人的诱惑性，穆时英的谢医师也奇怪"怎么就会让她的诱惑性骨蛆似地寄生到我的记忆里边呢？"波德莱尔在《无可挽救的悔恨》中，问美丽的魔女："你可知道那种悔恨／拿我们的心／当作射毒箭的靶子？"穆时英那位"被当作消遣品的男子"，也自怜"在她前面我像被射中了的靶子似地，僵直地躺着"。波德莱尔在《忧郁》中写"残酷暴虐的'苦痛'把黑旗插在我低垂的脑壳上"，穆时英也有类似的

1　刘呐鸥：《都市风景线》，第 126 页。

句子：“五月的季节梦便旗杆上的旗子似地在他身上飘展着。”而且波德莱尔的一些“人物速写”式的诗，也很容易让人联想到穆时英那些具有相类题旨的小说。比如波德莱尔描写狄安娜这个狩猎女神型英姿的《西西娜》和穆时英的《红色的女猎神》，波德莱尔为某夜在咖啡馆里看到的一个高贵而消瘦，“具有一种娇慵、落落大方的仪表”的女人而写的《骷髅舞》，还有据说是为一个“从深沉的眼光里露出倦怠的神情”，有着“跟肉体同样成熟，堪称谈情的圣手”的女演员而作的《对虚幻之爱》和穆时英的《黑牡丹》《Craven“A”》《夜》等也都有着一种亲缘关系。

如此多的形象与意象的相类与相似，即使不能证明穆时英深受波德莱尔的影响，至少也可以说明穆时英在很大程度上承袭了 19 世纪晚期至 20 世纪初期，被戴斯德拉称为在“语言和形象的战场”向女人发起的一场“文化战争”所遗留的观念、形象和意象的残骸。只是穆时英在拾起这些残骸时，更继承了中国才子历来与风尘女子有着“同是天涯沦落人”的相知与相契的传统，他对女人所采取的态度还是以同情为主。因而，对于那些冒犯了男权文化为女人设定的服从、依附、柔弱位置的现代女性的攻击，不是那么恶毒，即使使用了同一意象，穆时英更多的是以俏皮代替了诅咒，以旁观者的同情与明快代替了身受者的痛苦与沉重。然而也因此淡化了这一特定历史时期的文化内涵，丧失了在灵魂和肉体，上帝和魔鬼，美与丑的交战中去体验“超越”精神的大痛苦和大快乐，以及“乐于前往地狱”“歌唱着精神和感官的热狂”的生命力的契机，与波德莱尔所说的“引导坚强的人趋向神圣的喜悦”的痛苦失之交臂。

穆时英更多地承袭了唯美—颓废派表现女体美的遗风和经验，也正是在这方面显示出与日本新感觉派的截然不同。日本的新感觉派倾向表现对于丑的感觉和印象，比如片冈铁兵的《色情文化》描写在城里有着杂居历史的 A、B 青年和有着“深海的电气鳗的魅力”

的女人来到村里后，把城里的色情文化散布到乡村，引起"连绵的小学生""泼刺地"追随的恐怖情形和幻象。这样的题材无论是唯美—颓废派，还是中国新感觉派都不会放弃女体美的描写，但日本的新感觉派却厌恶地描写这个富有诱惑力的女人："她的白白的手，在栏杆的上面，像橡皮一样地涡卷着"，甚至直露地写道："她那样的存在，为世上的健康和卫生起见，结局是死了的好。实在，像她那种除了肉体以外什么行动的动机也没有的女人的存在是丑恶的，是污浊的本原。是臭恶的本原。"[1] 另外，像横光利一的《拿破仑与轮癣》《现眼的虱子》等，都表明日本作家有一种表现生理感官的丑恶和变态的偏嗜，所以尽管穆时英受到日本新感觉派的影响，但从整体的精神特征上有着鲜明的差别。当然这是从整体而言，横光利一写得明快、俏皮的作品还是和穆时英同类小说比较接近。正如人们常常说到表现主义是典型的德国现象，印象主义是一种法国现象一样，作为有着"东方的巴黎"之称的 30 年代上海的产物——中国新感觉派最具独特性的创作风貌，更贴近趋向奢侈的享乐、精致和美的法国式颓废，正像英国的唯美派也被认为"在精神上沾着很深的法国色彩"一样。

如果我们进一步把前面分析的所谓现代女性和现代主义所标榜的个人主义精神对照起来看，就会发现卡尔所说的"一个寓意深远的反论"："现代主义一方面强调个人成功和独创，而在另一方面，现代主义的男性巨擘和众多理论家又都否认妇女的个性。"[2] 而且卡尔认为"当现代和现代主义在上世纪（指 19 世纪）最后 15 年中开始限定自身时，所有个性之战中最残酷的战斗（除去犹太人及其在新

---

1 ［日］片冈铁兵：《色情文化》，见呐呐鸥（刘呐鸥）辑译：《色情文化》，上海，第一线书店，1928 年 9 月，第 32、30 页。

2 ［美］R. 卡尔著，傅景川等译：《现代与现代主义》，第 245 页。

时期发展中的作用不谈）已转到妇女这方面来"。[1] 戴斯德拉也认为，这是在文字和形象的领域向女性发动的一场大规模的战争，甚至声明他写作《恶之偶像》的目的就是想表明，"支持上个世纪转折时期向女人发起的这场文化战争的知识假说也容许了纳粹德国种族灭绝理论的落实。"[2] 虽然妇女解放运动直接或间接地促成的新女性形象代表了"现代主义的突出特点"，但那些现代主义男性作家却是肯定现代文化，而否定现代女性，他们视新女性为"食人魔""放荡不羁的性欲""非理性的破坏力"的"病态的批判"，是"19 世纪末的一种典型酿造"，这在现代主义内部构成了一种悖论，即"反女权主义的惋惜之物，却又正是女权主义者的挑战对象"。[3] 也就是说现代主义男性巨擘所惋惜的女性传统身份和作用正是女权主义者所要挑战的。这是需要我们在审视现代主义文化时所应加以注意的。

　　根据卡尔的介绍，在同一时期还存在着别一类型的新女性，即沙皇俄国以政治观念为核心发展起来的新女性意识，其重要文献可溯至 1863 年车尔尼雪夫斯基的《怎么办？》。该书号召妇女从家庭的束缚中解放出来，获得享受性快乐的自由，参加社会革命，争取习惯上只为男人享有的权利。另一部重要文献是奥古斯特·贝贝尔的《妇女与社会主义》。这一派的妇女观从马克思主义观点出发，主张把投身于社会主义运动的妇女和女权主义者区别开来，号召发动一场阶级斗争，而不仅只是一场"贵夫人的权利运动"。很显然，俄国和社会主义新女性意识及其形象极大地影响了中国左翼文坛的创作。可以说，俄国力主摆脱家庭奴役、争取自身解放、投身社会革命的新女性与西方把妇女解放和堕落、贪得无厌的性欲画等号的反女权主义意识都波及中国 30 年代的文坛。由此，我们可以清楚地分

1　[美] R. 卡尔著，傅景川等译：《现代与现代主义》，第 245 页。

2　见 *Idols of Perversity* 的序言。

3　[美] R. 卡尔著，傅景川等译：《现代与现代主义》，第 246 页。

辨出中国新感觉派笔下的现代女性与中国左翼作家笔下的新女性不同的文化渊源。

第五节　颓废的历史观和人生观

1940 年代在日军侵略者和汪伪汉奸政权统治下的上海，工商金融业无不严重衰退，城市的繁荣景象也不能不遭到严重的破坏，有人专门著文谈沦陷时上海的"车、马、道路"说："随着战事的变化，年来汽车数量已减少到十分之一，往日'车如流水马如龙'的胜景，早成为历史的遗迹，红绿灯遂为人们所淡忘。"[1] 显然，与唯美—颓废主义思潮紧密相联的现代大都市的奢华背景已经不存在，但也正是由于 40 年代的海派作家经历了战争的炮火，他们才有了"世界末日"大破坏、大毁灭的"惘惘的威胁"，有了更为切身的体验。所以，他们的颓废意识和风格不仅与 30 年代"颓加荡"的海派作家有着明显的区别，也更为接近"颓废"本身的字面意义。

自从李欧梵把张爱玲的小说视为"颓废艺术"以来，张爱玲小说中的颓废性引起了相当大的关注。人们从张爱玲小说传达出的"荒凉感"和文明毁灭后仍会屹立于荒原中的断瓦颓垣意象上，看到了张爱玲反文明、反进步的世纪末幻想，对现代性历史进步时间观念的背离，对中国新文化现代性走向的警觉与深思，以及对中产阶级庸俗现代性的反讽。我认为张爱玲小说中的颓废性是非常复杂的，既有对中国传统小说、诗歌的颓废主题和情趣的发扬，也不乏对现代颓废精神的接受和改造。首先，这鲜明地表现在她颓废的历史观上。很显然，张爱玲继承了《红楼梦》家族没落的主题，但她又融合进

1　王仲鄂：《车、马、道路》，1943 年 6 月《万象》第 12 期。

了自己的生活经验。父亲的抽鸦片、打吗啡针的腐旧、颓唐生活，和母亲追逐时髦与洋派的生气，使张爱玲不仅把父亲与母亲分成了黑暗与光明、恶与善、魔与神两个对立的世界，也进一步寄托了她的男人观与女人观。

张爱玲

张爱玲在小说中，往往把父亲角色写成败家子形象，不务正业、狂嫖滥赌、抽鸦片、逛窑子、玩女人、昏庸委琐，从身体和精神上全面地阉割父亲的威严，甚至贬斥父亲是小孩、婴尸。张爱玲把《花凋》中的父亲郑先生说成是"泡在酒精缸中的孩尸"，虽然"外表长得像广告画上喝乐口福抽香烟的标准上海青年绅士"，实际上只要"穿上短裤子就变成了吃婴儿药片的小男孩"[1]。《创世纪》里的匡霆谷被张爱玲形容为"一脸孩子气的反抗，始终是个顽童身份"[2]。在《留情》中，张爱玲又通过如花似玉的少妻敦凤的视角，打量着身边已过花甲之年的米晶尧先生，觉得"米先生除了带（戴）眼镜这一项，整个地像个婴孩，小鼻子小眼睛的，仿佛不大能决定他是不是应当哭。身上穿的西装，倒是腰板笔直，就像打了包的婴孩，也是直挺挺的"[3]。张爱玲将男人形象幼稚化为小孩，显然是一种有意的亵渎行为，她描写的男人世界像她父亲的房间里一样，"永远是下午，在那里坐久了便觉得沉下去，沉下去"。《茉莉香片》里的传庆，《金锁记》中的姜三爷、姜二爷、长白，《创世纪》的匡老太爷、匡仰彝，《多长恨》

1　张爱玲：《花凋》，《张爱玲文集》（第一卷），安徽文艺出版社，1992 年，第 139 页。
2　张爱玲：《创世纪》，《张爱玲文集》（第二卷），第 251 页。
3　张爱玲：《留情》，《张爱玲文集》（第一卷），第 210 页。

中的虞老先生等等，都反映了张爱玲认为男人已被高度的文明、高度的训练与压抑"斫伤元气"，男人人种已经没落的看法。

在张爱玲笔下，始终处于教化之外，带着野蛮与原始性的女人，却是在"培养元气，徐图大举"，如流苏、七巧、霓喜、娇蕊、薇龙、殷宝滟、阿小、敦凤等等都是蹦蹦戏花旦样的女人，在任何时代，任何社会里，"能够夷然地活下去"，"到处是她的家"。所以，张爱玲尽管目睹了战争给人类文明造成的大毁灭、大破坏，由此产生了"时代在影子似地沉没下去"的颓废感，但她还是要"抓住一点真实的、最基本的东西"。这个最真实、最基本的东西就是女人所代表的"四季循环，土地，生老病死，饮食繁殖"这些人生中安稳的、平实的一面，正是这一面张爱玲认为是被以往的文学所忽视的。如果说19世纪末的颓废精神是以现代都市中最新型的浪荡子和妖妇来体现的，那么张爱玲恰恰是以残留于都市中的已"过时了"的废物和在任何时代都能"随时下死劲去抓住"物质生活，夷然地活着的蹦蹦戏花旦式的女人，表现她对历史的臆想的。她把家族没落的主题，改换成了男人没落的主题。

有根据可以说张爱玲对19世纪末期的唯美—颓废派也是很熟悉的。但她并不赞成唯美派，认为"唯美派的缺点不在于它美，而在于它的美没有底子"[1]，所以她把30年代海派笔下的舞女、交际花换成了平实生活里的家庭中的女人、寄居的女人、姘居的女人，而当她描写那些能够从生活中"飞扬"起来的女性时，也有意识地使用了19世纪末唯美—颓废派所惯用的意象。那个在她自己的小天地里"留住了满清末年的淫逸空气，关起门来做小型慈禧太后"的梁太太，在钢琴上面摆着一盆正含苞欲放的仙人掌，"那苍绿的厚叶子，四下里探着头，像一窠青蛇，那枝头的一捻红，便像吐出的蛇信子"。她

---

1   参阅张爱玲《自己的文章》，来凤仪编：《张爱玲散文全编》，浙江文艺出版社，1992年，第116页。

扇着扇子，"扇子里筛入几丝黄金色的阳光，拂过她的嘴边，正像一只老虎猫的须，振振欲飞"[1]。《红玫瑰与白玫瑰》中的娇蕊以她"婴孩的头脑与成熟的妇人"，这"最具诱惑性的联合"的美完全征服了振保。当振保早上从娇蕊的床上醒来，猜想昨天晚上"应当是红色的月牙"。显然，张爱玲使用了唯美—颓废文学的特有意象来暗示具有同一性质的女人。

张爱玲也接受了唯美—颓废派的"瞬间"，或说"一刹那"的概念，但她赋予了更具有生活"底子"的内容。佩特的"刹那主义"可以说是唯美—颓废派人生观、艺术观的理论根据。他认为"一刹那"的印象和感觉，热情或见解是人的生命、思想和感情的存在形式，人生就是要拼命激起"一刹那"尽可能多的脉搏跳动，尽可能强的热情活动，无论是感官的还是精神的，肉欲的还是情感的，实利的还是不为实利的，总之是加快生命感。他认为，能使得这种强烈的宝石般的火焰一直燃烧，能保持这种心醉神迷的状态，就是人生的成功。而最能给予人生一刹那以"最高的质量"的莫过于对于艺术和美的追求。因而唯美—颓废派为了使人生与艺术的"一刹那"饱满而充实，永远好奇地实验新的生活，追求新的印象，品味新的感觉，以致流于怪诞、耽溺和偏至。"一刹那"这个概念在张爱玲小说中是出现频率相当高的一个词汇，是她给予现实人生中转瞬即逝的美好感情和回忆的修辞。

《沉香屑 第一炉香》中的薇龙明明知道乔琪不过是一个极普通的浪子，但他引起了她不可理喻的热情，甚至当乔琪明确地告诉她，"我不能答应你结婚，我也不能答应你爱，我只能答应你快乐"以后，也义无反顾地把自己给了乔琪。当乔琪趁着月光来，也趁着月光走了以后，薇龙有"一刹那"是超脱的。她觉得"今天晚上乔琪是爱

---

1 张爱玲：《沉香屑 第一炉香》，《张爱玲文集》(第二卷)，第8、10页。

她的"，尽管"他爱她不过是方才那一刹那"，但"这一点愉快的回忆是她的，谁也不能够抢掉它"，就因为有了这"一刹那"，薇龙觉得自己获得了"一种新的安全，新的力量，新的自由"[1]，并且也为了这"一刹那"，薇龙自愿地把自己的青春卖给好色的司徒协，以换来与乔琪结婚生活所不可缺的金钱。

《连环套》中的霓喜，当与之姘居了十几年、已有了两个孩子的绸缎店老板雅赫雅闹翻以后，只有在"一刹那""她是真心爱着孩子的。再苦些也得带着孩子走"。但很快她就在心里"换了一番较合实际的打算了"。因为她觉得雅赫雅似乎对子女还有相当的感情，"如果她坚持着要孩子，表示她是一个好母亲，他受了感动，竟许回心转意，也说不定"。[2]

《倾城之恋》中的流苏和柳原几经相互试探与周旋，当流苏不得不接受自己做情妇的命运的时候，香港战争的枪林弹雨让她体会到"别的她不知道，在这一刹那，她只有他，他也只有她"，只有在这一刹那他们才把彼此看得透明透亮，"虽然仅仅是一刹那的彻底的谅解，然而这一刹那够他们在一起和谐地活个十年八年了"。[3] 在《留情》中，张爱玲以对景色的描写隐喻性地概括了米晶尧与敦凤这对老夫少妻的婚姻实质："太阳照着阳台；水泥栏杆上的日色，迟重的金色，又是一刹那，又是迟迟的。"[4] 张爱玲把《多少恨》中讲述的宗豫和家茵的婚外恋故事，也说成"其实不过一刹那，却以为天长地久"[5]。

《金锁记》的七巧识破季泽来家里，为的是让她买其房子的阴谋，而不是为了爱，将其打骂出去后，又掉转身跑到楼上，要在窗户里

1　张爱玲：《沉香屑　第一炉香》，《张爱玲文集》（第二卷），第 37 页。

2　张爱玲：《连环套》，《张爱玲文集》（第二卷），第 203 页。

3　张爱玲：《倾城之恋》，《张爱玲文集》（第二卷），第 84、86 页。

4　张爱玲：《留情》，《张爱玲文集》（第一卷），第 218 页。

5　张爱玲：《多少恨》，《张爱玲文集》（第二卷），第 325 页。

再看他一眼。张爱玲描写道："真长，这寂寂的一刹那。""她要他，就得装糊涂，就得容忍他的坏。她为什么要戳穿他？人生在世，还不就是那么一回事？归根究底，什么是真的，什么是假的？"[1]《封锁》中发生在宗桢和翠远身上那段猝不及防、不近情理的恋情，也"只活那么一刹那"[2]。

不必多举，以上的例子足以说明，"一刹那"的感情、思绪和回忆已成为张爱玲小说中的"诗眼"，这是张爱玲在灰色、污秽、卑琐的现实生活中，所抓住的唯——点美好的时刻。但张爱玲并没有赋予它们以积极的意义，她或者以大量篇幅写的"不加润色的现实"来衬托这"一刹那"在漫长人生中的无谓，或者以"不加润色的现实"来点破人生中那些美好的飞扬起来的"一刹那"的虚假，这就是张爱玲所要告诉人们的真实的人生。

1　张爱玲：《金锁记》，《张爱玲文集》（第二卷），第110页。
2　张爱玲：《封锁》，《张爱玲文集》（第一卷），第109页。

第三章 电影和小说新艺术形式的实验

第一节 女体和叙述者作为"看"的承担者

德国著名的社会学家西梅尔（Georg Simmel）曾经说过，在现代城市文化中，视觉官能获得了特别重要的位置。他甚至认为，城市是被视觉化了的城市。[1] 电影能够成为 20 世纪的艺术并且对于其他艺术产生深刻的影响作用，很可以说明这一点。曾经有论者断言："1922 年而后的小说史，即《尤里西斯》问世后的小说史，在很大程度上是电影化的想象在小说家头脑里发展的历史，是小说家常常怀着既恨又爱的心情努力掌握 20 世纪的'最生动的艺术'的历史。"[2] 即使这个概括有些绝对，但随着电影在 20 世纪成为最流行的艺术，它对现代小说的影响却是低估不了的。20 世纪现代小说大师卡夫卡、乔伊斯、吴尔芙、福克纳、海明威、帕索斯和法国新小说家们都在自己的创作中，为现代小说艺术如何能够既吸收进电影技巧而又不牺牲这一文体独特力量的探索上，留下了各自的经验和教训。可以说，

1　Mike Savage and Alan Warde：*Urban Sociology*，*Capitalism and Modernity*，The Macmillan Press LTD. 1993.

2　［美］爱德华·茂莱著，邵牧君译：《电影化的想象——作家和电影》，中国电影出版社，1989 年，第 5 页。

在今天若不了解电影艺术的种种技巧实验和追求，也很难理解20世纪现代小说发展的种种技巧实验和追求。

20世纪20年代末30年代初在上海文坛以其"簇新的小说的形式"而"盛极一时"，造成"一时的风尚"的新感觉派，对"各种新鲜的手法"的尝试，有研究者追根溯源到日本的新感觉派，把刘呐鸥辑译的日本短篇小说集《色情文化》称为"中国新感觉派文学的始祖"[1]。也有论者进一步顺藤摸瓜到日本新感觉派的源头——保尔·穆杭，更有印象主义、未来主义、表现主义和立体主义混合物的多种说法。尽管以前也有学者指出过新感觉派对电影技巧的借鉴，但事实上，电影对中国新感觉派的影响不仅仅限于个别的手段和技巧，而是涉及题材内容以及现代小说的整体范式带有根本性变化的某些方面，显示了20世纪现代小说艺术实验和发展的一种趋向，而成为现代小说发展中带有标识性的一个重要的文体现象。

在电影已属司空见惯，甚至大有"落伍"之势的今天，人们是很难想象当它刚刚面世时所带来的冲击力的。由于上海有法国租界地的便利条件，世界上最早的影片1895年底在法国巴黎一家大咖啡馆内的沙龙里放映后，就于次年来到上海。不过即使十多年后，电影也未能成为中国人生活中的一部分，成为一种大众传播媒介。因为上海最早的几家电影院不仅全是外国人兴建的，也只是为少数外国人服务的。1920年代之前"电影院中的观众，十之九是外国人，华人往观者尚不多"。[2]直到20年代以后，电影才普及到大众，越来越成为上海市民的主要娱乐方式。特别是1929年"百分之百的有声片"传到上海，电影艺术经过不断完善，电影院设备规模以及装潢不断得到改善和扩大以后，才促使电影这项新兴艺术以传统娱乐不

1　杨之华：《穆时英论》，载南京《中央导报》第1卷第5期，1940年8月。

2　上海通社编：《上海研究资料续集》，上海书店出版社，1984年，第534页。

可比拟的优越性于 20 年代末 30 年代初异军突起，"在上海市民的娱乐生活中占了最高的位置"[1]，这从上海电影院的发展即可得到证明。根据《上海研究资料续集》的记载："一九二八——三二年间，电影院的生长，有非常可惊的速度。"[2] 因此，这一时期被标识为"五年间的膨胀"。据统计，1925 年整个上海只有电影院 15 座，到 1934 年已增加到 40 个，[3] 且不说电影院不断攀比，规模日益扩大，其排场、建筑和先进的设备更是直逼美国。再加上自 1924 年第一家露天电影场设立以来，开辟了非固定的季节性营业、"兼娱乐消暑而为一"的消夏风气，从而使电影业的发展成为都市文化的一大景观。1931 年 3 月 16 日《文艺新闻》创刊号就曾以大幅标题报道"都市化与近代化的上海人之电影热"。文章分析说："上海在外国人的经营下，一切都倾近于都市化与近代化一般的社会人士，除跑狗、赌博、嫖妓等不正当游冶外，极少娱乐便利，于是促成了电影爱好之速度的发展。"一本名叫《电通》的电影画报也曾报道这股电影热，它将许多电影院照片标于上海地图上，加一行大标题："每日百万人消纳之所"[4]！电影的魔力和电影在上海市民生活中的地位，由此可见一斑。

　　根据程季华主编《中国电影发展史》的描述："中国的电影事业不是从自己摄制影片开始，而是从放映外国影片开始的。"[5] 这首先因为电影放映事业有相当一段时间操纵在外国人手中。从 1908 年西班牙商人雷玛斯（A.Ramos）在上海正式修建起第一座电影院虹口大戏院，到 1925 年英美烟草公司垄断中国电影市场，上海第一轮影院几

1　上海通社编：《上海研究资料续集》，第 538 页。

2　同上书，第 538 页。

3　据《上海宝鉴》1925 年统计的数字和《1934 年度上海市社会教育统计表》中的数字。资料分别见唐振常主编：《上海史》，第 754 页；忻平：《从上海发现历史——现代化进程中的上海人及其社会生活 1927—1937》，第 227 页。

4　上海通社编：《上海研究资料续集》，第 532 页。

5　程季华主编：《中国电影发展史》，中国电影出版社，1980 年，第 13 页。

虹口大戏院

乎全部操纵在外国商人手中；甚至直到 1932 年后，经过"一·二八"战火的毁灭，上海剩下的影院仍大多数是外国商人经营的。这些影院都拒绝放映或极少放映中国影片，而专门放映外国片。

其次，中国电影制造业也无力竞争，与外国影片相抗衡。第一次世界大战结束以后，美国在电影工业的世界竞争中赢得了垄断的地位，它在制片业和放映业所投的资金超过世界各国投资的总和，几乎在所有国家里至少垄断了半数的上映节目；在世界第二大电影市场英国，美国影片所占的比例甚至达到百分之九十[1]。中国也不例外，美国片"几乎独占了当时和以后中国的全部银幕"[2]。因此有人说："中国在过去与其说是欧化，还不如准确地说是'美化'。……至于中国的'美化'，大半是由于好莱坞影片的不良影响。"甚至认为："不是五四运动，而是好莱坞的影片，使十多年来一大部分中国青年在

---

1 参考［法］乔治·萨杜尔著，徐昭、吴玉鳞译：《电影通史》第 3 卷，中国电影出版社，1982 年，第 539、54 页。

2 程季华主编：《中国电影发展史》，第 12 页。

想象上和过去中国传统隔断。"[1] 即使此话有些过甚其辞，但由此也不难想象美国电影文化对当时上海市民生活，以及对二三十年代上海特殊文化环境的形成起到多么巨大的影响作用。

其时新兴的好莱坞，以大企业的方式加以开拓的金矿是"性感"和百万富翁的豪华景象，除极少数外（如卓别林的作品），"大部分影片的内容，多是大同小异，千篇一律的逃不出恋爱与情感作为故事的主题"，"极尽罗曼司、妖媚与美丽"之能事[2]。30 年代美国向中国大量倾销的正是这类典型的好莱坞传统片，在相当一个时期里"握着我国电影企业最高的权威"[3]，这与 30 年代逐步发展起来的左翼电影形成尖锐的对立，就连《良友》画报这样的通俗杂志也注意到其间的差异，而刊载短文《电影的两面：麻醉的与暴露的》。文章说，美国片把"一切麻醉的、享乐的表现方法，尽量地搬弄出来，铺张华丽，推陈出新，极声色之娱"；而中国片却"大都趋向于摄制描写人间流离颠沛，生活痛苦的影片"。[4] 在中国电影发展史上，这个对立终因将茅盾《春蚕》改编成电影的评价问题，引发起著名的持续时间达两三年之久的"硬性电影"与"软性电影"之争。而"软性电影"论者的主要代表人物即是新感觉派的刘呐鸥、穆时英，以及和刘呐鸥共同主编《现代电影》，并在《无轨列车》上发表过《爱情的折扣》《憧憬时代》等短篇小说的黄嘉谟[5]。

在这次论争中双方都发表了比较系统的理论文章，涉及文艺的本质、功能以及题材和形式等一系列的重要论题，这些重大的理论问题将留待下一章展开讨论。从"软性电影"论者所持的观点来看，

1 严柬：《电影与文化传统》，载 1945 年 3 月《文潮》第 7 期。

2 壮游：《女性控制好莱坞——她们主宰着电影题材的选择》，载 1935 年 3 月 4 日上海《晨报》。

3 何珞：《电影防御战》，载 1932 年 7 月 26 日《时报·电影时报》。

4 载 1934 年 3 月 15 日《良友》画报第 86 期。

5 黄嘉谟（1916—2004），福建晋江潘湖湖口田洋人。曾任艺华、中联等影业公司编剧，编写过电影剧本《化身姑娘》《喜临门》《凤还巢》，是《何日君再来》歌词作者。

他们对美国"极声色之娱"的影片是持接受态度的。"硬性电影"论者认为，"在半殖民地的中国，欧美帝国主义的影片以文化侵略者的姿态在市场上出现，起的是麻醉、欺骗、说教、诱惑的作用"，除"色情的浪费的表演之外，什么都没有"。[1] 而以"美的照观态度"，主张"寻找纯粹的电影事件"[2] 的"软性电影"论者恰恰相反，认为"电影是给眼睛吃的冰淇淋，是给心灵坐的沙发椅"[3]，"现代观众已经都是较坦白的人，他们一切都讲实益，不喜欢接受伪善的说教。他们刚从人生的责任的重负里解放出来，想在影戏院里找寻他们片刻的享受"[4]。美国歌舞片正可以叫一般的观众享受短时间的声色之娱。可见，争论双方虽然对美国影片的性质达成了共识："声色之娱"，但对此所持的态度却根本不同。

好莱坞传统片的一个重要特点，即把女人形象通过电影的特殊技巧，如特写的分解、不断变换的视点、俯仰的角度及风格化的模式造成一个完美无缺的产品，使女体本身成为影片的内容和表现的对象，成为影片被看性的内涵和色情的奇观。好莱坞风格的魅力正是来自造成这种视觉快感的种种娴熟技巧和令人心满意足的控制。这也无怪"硬性电影"论者认为，这类的电影不过是"拿女人当作上海人口中的'模特儿'来吸引观众罢了。自然观众们简单说一句，也只是看'模特'——女人——而不是看电影"。[5] 显然，硬性电影论者对于好莱坞以女体创造视觉快感的风格充满鄙夷，但对于新感觉派，后来的软性电影论者来说，却由此发现了一个表现近代美的新题材领域。

1　唐纳：《清算软性电影论》，载 1934 年 6 月 27 日上海《晨报》。

2　刘呐鸥：《论取材——我们需要纯粹电影作者》，载 1933 年 7 月《现代电影》第 1 卷第 4 期。

3　嘉谟：《硬性电影与软性电影》，载 1933 年 12 月《现代电影》第 1 卷第 6 期。

4　同上。

5　尘无：《电影与女人》，载 1932 年 7 月 12 日《时报》。

刘呐鸥（葛莫美）曾在《无轨列车》第 4 期至第 6 期连载过《影戏[1]漫想》一篇长文，专门谈到电影让他最先想到的问题就是"电影和女性美"。文章说："银幕是女性美的发现者，是女性美的解剖台。"甚至认为"全世界的女性是应该感谢影戏的恩惠的，因为影戏使她们以前埋没着的美——肉体美，精神美，静止美，运动美——在全世界的人们的面前伸展"。更不用说好莱坞电影引导女人在服装、修饰方面所起到的示范作用，其影响之大甚至及于女人的表情、面相的改造，以致成为时人津津乐道的话题。与新感觉派有着密切关系的《妇人画报》曾刊登过鸥外鸥的文章：《中华儿女美之隔别审判》。文章说，过去中华儿女的表情只有哭和笑的两种能力，面相只是冷酷平面的"扑克颜"（穆时英曾用过这个比喻——笔者注），由于"外来电映的繁兴于我邦的何（疑为错字——笔者注）处的大都会之故：我邦的仕女的平面的脸已稍见有情绪的面目出来了。这是可喜的事：稍稍会得使一张面去绘出内心的诸相的美来了，并且可以以一张面去作为心的时计，把内心之此时彼时的一时一刻的报告出面上来了呢。她们从迫近版（大写：）的电映的女面上学得，甚伶俐地改造了自己的不得天惠之面为有情绪美的面也"。作者不无赞赏地认为："今日的我邦女儿之面相的美，是进化的了。亦可戏言之谓已日见外倾了的，而最贴切言之则为 Hollywoodism 的 Screen-face（电映颜：）了吧。"作者还认为，正是这些中华仕女"好莱坞主义的电映面"成为"都市女儿的面"，而与"依然保有我邦邦人的国粹的面相"的农村女面判然不同。[2]"性学博士"张竞生也有过类似的议论,他说："人人都濡染于演员的表情，自然不知不觉地养成了风度与风韵的性格。精而言之，则眉眼表情，也有十几种，凡此都使观众得以仿效。即

---

1 电影的别称。

2 鸥外鸥：《中华儿女美之隔别审判》，载 1936 年 4 月《妇人画报》第 17 期。

穆时英大学毕业照

如我国说，自影戏传入以来，一班男女，必定增加多少分的表情，尤其是亲吻的进步。"[1] 仅举两例可以看出，好莱坞电影对女体的发现，及其所造成的一种观赏的快感价值，连同它对于女体所施加的改造和重塑的魔力，都使展示女体美不仅影响了 20 年代末 30 年代初上海的一种文化时尚，更深深影响了市民日常生活的审美化实践，成为他们模仿和追求的对象。

新感觉派的成员在当时都是影迷，是都市娱乐活动的积极参与者，或者说是消费者。穆时英曾写过一篇短文《我的生活》，描述自己"公式化了的大学生的生活"："星期六便到上海来看朋友，那是男朋友，看了男朋友，便去找个女朋友偷偷地去看电影，吃饭，茶舞。"[2] 徐霞村在致戴望舒函中谈自己"晚上的时间多半是消磨在电影院，戏院，和胡同里面"。[3] 施蛰存回忆他和刘呐鸥、戴望舒的一段生活时也曾谈到，他们每天晚饭后就"到北四川路一带看电影，或跳舞.一般总是先看七点钟一场的电影，看过电影，再进舞场，玩到半夜才回家"。[4] 刘呐鸥更热心于电影艺术的研究，施蛰存曾在《文艺风景·编辑室偶记》中介绍，刘呐鸥"平常看电影的时候，每一个影片他必须看两次，第一次是注意着全片的故事及演员的表情，第二次却注意于每一个镜头的摄影艺术，这时候他是完全不留心银幕上

---

1 张竞生：《张竞生文集（上）》，第 240 页。

2 载 1933 年 2 月 1 日《现代出版界》第 9 期。

3 孔另境编：《现代作家书简》，第 105 页。

4 施蛰存：《我们经营过三个书店》，见《沙上的脚迹》，第 12 页。

故事的进行的"。[1] 根据 1933 年 11 月 1 日《矛盾月刊》2 卷 3 期上发表的"矛盾丛辑预告",刘呐鸥曾准备写一本《刘呐鸥电影文论集》。也许这本书未能面世,但至少可以证明,那时刘呐鸥对电影的技巧已有相当的心得,而且也陆续在报刊发表了一系列有关电影艺术的文章,是中国电影艺术理论研究的先行者。

中国新感觉派作为好莱坞的影迷和"软性电影"的倡导者,既是从好莱坞电影文化所造成的时尚中脱颖而出的,又是这股潮流中的一朵浪花。"趋重"对女体的新发现、新感觉也是他们创作的显著特征之一。尤其是穆时英的小说,他的《Craven "A"》《黑牡丹》《白金的女体塑像》《墨绿衫的小姐》《红色的女猎神》等,基本上是以描写女体,或者说是女性形象的性魅力为题旨的。另外,如《被当作消遣品的男子》《某夫人》《骆驼·尼采主义者与女人》《五月》《PIERROT》等则进一步把对女体的观赏和叙事相结合,女体成为并列主题,或是重要的描写对象之一。《Craven "A"》开篇即以差不多整整 4 页的篇幅描写女主人公 Craven "A" 的肖像和体态,以对丰腴的,明媚而神秘的自然风光的恣意描摹暗示着女体的形貌,蕴藏着对女体流动而精细的感觉。《白金的女体塑像》更赋予女体以美的力量,"反映着金属的光""流线感的"白金的女体如闪光的太阳,使过着鳏夫生活,生命已机械化了的医师获得了对生命的感觉,过起了世俗的生活。其他的新感觉派成员,如"追随了穆时英而来""属于新感觉主义"的黑婴的一些作品竟被批评家如同批评美国片一样,说成是"除了看到一副美丽的表皮外,至于内实,大概是很空虚的"![2] 刘呐鸥的《都市风景线》对女性的描摹也成为他"都市风景线"里的重要一景。如果进一步把穆时英笔下的女体,同他在一些影评文

1　载 1934 年 6 月 1 日《文艺风景》第 1 卷第 1 期。
2　郑康伯:《帝国的女儿》,载《现代出版界》第 26、27、28 期合刊。

章中对好莱坞女明星魅力的解剖对比一下，可以更确凿地发现美国电影给予穆时英的冲击。

穆时英曾写过一篇系列随感式文章《电影的散步》，从 1935 年 7 月 17 日至 28 日在《晨报》上连载了 8 次之多，其中就有两篇文章《性感与神秘主义》《魅力解剖学》专门讨论好莱坞女明星的魅力问题。他写道："好莱坞王国里那些银色的维纳斯们有一种共同的，愉快的东西，这就是在她们的身上被强调了的，特征化了的女性魅力。就是这魅力使她们成为全世界男子的憧憬，成为危险的存在。"[1] 他还分析说，"女星们的魅力都是属于性的"，"就是一种个性美和性感的化合物"[2]。穆时英对那时期当红的女明星们熟悉得已达到如数家珍的程度。他把她们分成两类。第一类以嘉宝（Greta Cabo）、黛德丽（Marlene Dietrich）、朗白（Carole Lombard）、克劳馥（Joan Crawford）为代表，其特点是"永远是冷静的，她不会向你说那些肉麻的话，她不会莫名其妙地向你笑，甚至于连看也不看你一眼，可是你却不能离开她。你可以从她的体态，从她的声音里边感觉得在她内部燃烧着的热情"。[3] 另一类以梅惠丝（Mae West）、琴哈罗（Jean Harlow）、克莱拉宝（Clara Bow）、罗比范丽（Lupe Velez）为代表，"这一类的女子是开门见山的女子，一开头，就把一切都拿了出来，把全部女子的秘密，女子的热情都送给了你。她们是一只旅行箱，你高兴打开来就打开来，你可以拿到一切你所需要的东西。第一次你觉得非常满足，可是满足了以后，你就把她们忘了"。[4] 穆时英把前者的特征概括为"隐秘地、禁欲地"，后者则是"赤裸裸地、放纵地"，并认为"她们是代表着最现代的女性的魅力的两种型

1　穆时英：《电影的散步·魅力解剖学》，载 1935 年 7 月 19 日上海《晨报》。
2　同上。
3　穆时英：《电影的散步·性感与神秘主义》，载 1935 年 7 月 17 日上海《晨报》。
4　同上。

的"。[1] 穆时英创作的某些女性也正是按照这两类模式塑造出来的。《Craven "A"》的女主角余慧娴就属于后一种模式，被男人比作"一个短期旅行的佳地"，这与"一只旅行箱"比喻的暗示毫无二致，其性格命运也雷同。《白金的女体塑像》中的女客属于前一类，她始终"淡漠地、不动声色"，"没有感觉似的"在医师面前做了一个"没有羞惭，没有道德观念，也没有人类的欲望似的，无机的人体塑像"，可却在医师的内心激起了"像整个宇宙崩溃下来似地压到身上"的震撼。

更有意思的是，穆时英不仅在小说里描述他的女主人公如何模仿电影女明星的表情和做派，文艺家们如何在沙龙里谈论嘉宝的沙嗓子、大众崇拜和弗洛伊德主义，甚至他对自己小说女主人公肖像的描绘也模仿好莱坞的女明星。他曾把好莱坞女星们的特写抽象化，得出一个"神秘主义的维纳斯造像"：

> 5×3型的脸。羽样的长睫毛下像半夜里在清澈的池塘里开放的睡莲似的半闭的大眼眸子是永远织着看朦胧的五月的梦的！而且永远望着辽远的地方在等待着什么似的。空虚的、为了欲而消瘦的腮颊。嘴唇微微地张开着，一张松弛的，饥渴的嘴。[2]

我们再来对照一下穆时英对自己的小说女主人公肖像的描绘：

> 一朵墨绿色的罂粟花似地，羽样的长睫毛下柔弱得载不住自己的歌声里面的轻愁似地，透明的眼皮闭着，遮住

1 穆时英：《电影的散步·魅力解剖学》载1935年7月19日上海《晨报》。
2 穆时英：《电影的散步·性感与神秘主义》，载1935年7月17日上海《晨报》。

了半只天鹅绒似的黑眼珠子……

——《墨绿衫的小姐》

她绘着嘉宝型的眉，有着天鹅绒那么温柔的黑眼珠子，和红腻的嘴唇，穿了白绸的衬衫，嫩黄的裙。

——《骆驼、尼采主义者与女人》

画面上没有眉毛，没有嘴，没有耳朵，只有一对半闭的大眼睛，像半夜里在清澈的池塘里开放的睡莲似的……

——《五月》

仅举几例不难证明，穆时英是照着好莱坞那些维纳斯们来设计他的女主人公形象的。甚至可以想象，也许年轻的穆时英的某种创作冲动和激情也同样来自这些"银色的维纳斯"——用文字来表达银幕维纳斯的女性魅力所带给他的"憧憬"和震撼。无独有偶，刘呐鸥也曾以电影女明星来概括最新型、最摩登的现代女性特征。他认为："这个新型可以拿电影明星嘉宝，克劳馥或谈瑛做代表。她们的行动及感情的内动方式是大胆，直接，无羁束，但是在未发的当儿却自动地把它抑制着。克劳馥的张大眼睛，紧闭着嘴唇，向男子凝视的一个表情型恰好是说明着这般心理。内心是热情在奔流着，然而这奔流却找不着出路，被绞杀而停滞于眼睛和嘴唇间。"刘呐鸥如此欣赏这个"张大眼睛，紧闭着嘴唇，向男子凝视"的表情是因为"男子由这表情所受的心理反动是：这孩子似乎恨不能一口儿吞下去一般地爱着我，但是她却怪可怜地不敢说出来"。从而使在现代社会的生存竞争里屡屡被挫败的男子得到施虐与受虐的双重心理享受。[1]这样，刘呐鸥《礼仪与卫生》中的男主人公启明，当知道妻子与妹夫离家出走，而把妹妹白然留下"陪"他的时候，就看见"早已站在扶梯头微笑着的白然，可是那可爱的小嘴却依然是缝着的"。黑婴也以电影女明星为摹本来描写他的女主人公，于是嘉宝沙哑的嗓子也就成了他《SHADOW WALTZ》[2]中那个冰冷又忧郁的舞女的魅力。从感觉上说，新感觉派的很多小说尽管

刘呐鸥的《现代表情美造型》插图

缺乏电影情节的完整性，但很容易让人联想起一些电影片断。沈从文就曾说过，穆时英的某些作品是"直从电影故事取材"[3]，特别像刘呐鸥《赤道下》这样的作品，描写蛮荒部落的风光和土著的习俗以及一对都市男女和未开化的兄妹之间，一段带有原始性的性爱故事，非常吻合好莱坞诸如《蛮荒双艳》《蛮荒天堂》之类表现文明人与野蛮人之间的对立和沟通的路数以及展示奇风异俗的兴趣。

也许这样的假设过于大胆，但二三十年代的欧美电影的确深刻地改造了人们，包括作家在内的思想观念、审美情趣、观察事物的方式和接触外部世界的习惯等等方面。过去一向为我国传统服装所遮掩，也为传统的审美标准所不容的女性肉体的性感特征，随着对好莱坞女星们风格化形体的接受和其观赏价值的发现，而成为"现代女性""近代都会的产物"的标志。鸥外鸥曾惊叹，"过去的若干

1　参阅刘呐鸥：《现代表情美造型》，载 1934 年 5 月《妇人画报》第 18 期。

2　黑婴：《SHADOW WALTZ》，载 1934 年 5 月《妇人画报》第 18 期。

3　沈从文：《论穆时英》，《沈从文文集》，第 11 卷，花城出版社、三联书店香港分店联合出版，1984 年。

年前，我邦女儿的体态的美是不可寻问之在何处匿伏着的。腰与臀与胸次你不能得到向导员——向导出其所在来，不知何处腰何如臀的呢。这样没有部落的美的。甚且我们会骇讶是没有乳房的女人之国家呢"。但"近顷我们的乳房生长起来倍发起来。大赦释放出狱了"。"包裹今日的贴身的旗袍内的含弹性的肢干的吹气的橡胶兽型玩具样的，我邦的女儿的体态的美，一跃而前的跃出来世间上"。[1] 且不说如此评说女人是否有损女性的尊严，这个在中国女人身上所发生的巨大变化也成为穆时英、刘呐鸥等新感觉派所捕捉到的"战栗和肉的沉醉"之美的象征，也即刘呐鸥所说的"内容的近代主义"。所以他们笔下的女性一反中国传统的女性形象而更西化，或者说好莱坞化。弱不禁风被健康和"肌肉的弹力"，杨柳细腰被"胸前和腰边处处丰腻的曲线"，温柔含蓄被大胆和挑衅，樱桃小口被"若离若合的丰腻的嘴唇"所取代。

美国女权主义者劳拉·穆尔维曾结合弗洛伊德和女权主义观点分析好莱坞传统电影是怎样结构影片形式，男性视觉快感如何在电影中占支配地位的。她认为，好莱坞传统片所构成的观看方式和看的快感方式给予影片以特有的结构方式，使被展示的女人在两个层次上起作用——作为银幕故事中人物的色情对象和作为观众的色情对象，从而使一种主动与被动的异性分工控制了叙事结构，即把女人置于被看的位置，男人做了看的承担者。[2] 这种影片的结构也自觉不自觉地成为穆时英、刘呐鸥一些小说的潜层叙事模式。从小说的表层故事看，穆时英、刘呐鸥笔下的那些具有欧风美雨特征的女性，一改被男人玩弄的地位而玩弄男性，变被男性抛弃的命运为抛弃男人。如穆时英《被当作消遣品的男子》中的蓉子，无聊时把男人当

---

1 鸥外鸥：《中华儿女美之隔别审判》，载 1936 年 4 月《妇人画报》第 17 期。

2 ［美］劳拉·穆尔维：《视觉快感与叙事性电影》，见张红军编：《电影与新方法》，中国广播电视出版社，1992 年，第 203 页。

作"辛辣的刺激物"，高兴时把男人当作"朱古力糖似的含着"，厌烦时男人就成了被她"排泄出来的朱古力糖渣"。刘呐鸥《游戏》里的她，把爱和贞操给了自己的所爱，但论到婚姻时，却要和她的所爱"愉快地相爱，愉快地分别"，去嫁给一个能为她买六汽缸"飞扑"的富商。《两个时间的不感症者》中的H和T都因未能领会女主角从来"未曾跟一个 gentlemen 一块儿过过三个钟头以上"的恋爱方式，而被女主角嗔怪："你的时候，你不自己享用"，无可挽回地遭到淘汰。但是由于这些女性都被组织在主动／看、被动／被看，女人作为被看，男人作为看的承担者的结构模式中，这就使得她们主动地选择和抛弃男人的行为，实际上是为更深层的、为了男人的目的——观看的主动控制者的视线和享受而展示的。在这类小说结构中，一般都只有男女两个主人公，其他人物都属于群像式背景衬托。男人作为主动的聚焦者、叙述者，女主人公只有在聚焦者视线的注视之下和叙述者的感觉之中才得以凸现和明晰，无论她如何行动都不能摆脱这种观赏者的视线和被描述者的地位。所以，那些男主人公尽管得不到这些女主人公们的爱，但他们再不像郁达夫的抒情主人公们那样自怜和感叹，女人的放荡和妖冶都不过是他们观赏中的美景和奇观，一切失落和怨仇被这种观赏所中断或淹没，分手也只不过是作为"看"的聚焦行为的结束。通过对聚焦对象的描写和叙述，使女体成为叙述者本身和读者共同的欣赏对象。

电影摄影机镜头对女体分解式的展示技术，也给文学的描写方式带来了显著的变化。比如刘呐鸥的《游戏》，通过男主人公的视线对女主人公形象做的展示：

> 他直起身子玩看着她，这一对很容易受惊的明眸，这个理智的前额，和在它上面随风飘动的短发，这个瘦小而隆直的希腊式的鼻子，这一个圆形的嘴型和它上下若离若

合的丰腻的嘴唇，这不是近代的产物是什么？

很明显，这样的描写也只有电影特写镜头和镜头的不断推移，才能如此冷冰冰机械地切割展览人的身体器官。

再比如穆时英对 CRAVEN "A" 眼睛细部的刻画：

> 她有两种眼珠子：抽着 Craven "A" 的时候，那眼珠子是浅灰色的维也勒绒似的，从淡淡的烟雾里，眼光淡到望不见人似地，不经意地，看着前面；照着手提袋上的镜子擦粉的时候，舞着的时候，笑着的时候，说话的时候，她有一对狡黠的耗子似的深黑眼珠子，从镜子边上，从舞伴的肩上，从酒杯上，灵活地瞧着人，想把每个男子的灵魂全偷了去似地。

在电影时代之前，人面对活人恐怕是不可能如此没有距离感地描写眼珠子色彩的变化，也不可能如此不动声色地盯视和放大眼部细节而不受到被看者回视反应的逼视的。也很明显，穆时英的这段描写是出于对电影特写和叠印技术的搬移或说是模拟。电影给人们留有的画面和镜头的记忆，为文学带来了一个不容忽视的变化，即作者描写人物时，有时会自觉不自觉地不再面对活生生的人，而是对于银幕影像的记忆。穆时英和刘呐鸥的某些创作可以让我们感觉到这一点，阅读这些作品正像我们看一段生活的实拍录像而并无身临其境的感觉一样，缺乏的也许就是本雅明（Walter Benjamin）所说的"气息"。这种"气息"的经验是建立在人与人活生生的交流、对视、看与回看的反应能力之上和关于一个活生生的人，不期然而然的感知、回忆和联想之中，是人的影像和相片之类性质的东西所不能具备的，因为这些机械复制品只能"记录了我们的相貌，却没

有把我们的凝视还给我们"[1]。当然，这并不是说穆时英、刘呐鸥等的
作品完全是对机械复制品的再模仿，但电影艺术的确给他们的创作
留下了鲜明的烙印。沈从文曾批评穆时英的作品"于人生隔一层"，
仿佛是"假的"，是"假艺术"，[2] 尽管有些苛刻，但也许这样的指责
正是因为穆时英笔下的一些人物缺乏一种活生生的"气息"，缺乏一
种真实感所致。

第二节　都市风景和小说形式的空间化

中国新感觉派的另一个突出特征是对都市景观的展示。刘呐鸥
非常准确地把自己唯一的短篇小说集题名为"都市风景线"，穆时英
则通过他的人物之口把自己的创作定性成都市的"巡礼者"。这说明
他们对都市的把握是自觉地从"外观"和"现象"入手的，这样的
创作意图使他们的小说性质内在地更接近以画面、物象，或说是影
像为"现实"的电影本质，而电影技巧又似乎是"特别适用于对一
座大城市做全景式观察的了"[3]。关于这一点刘呐鸥更是心领神会。他
在 1933 年 4 月发表于《现代电影》1 卷 2 期上的《Ecranesque》一
文中说："最能够性格的地描写着机械文明底社会的环境的，就是
电影。"甚至有论者认为："近几十年发展起来的沸沸扬扬的大城市
生活新方式和新特点只有电影能够记录下来和做出灵敏的反应。"[4]
事实上，早期电影也确实曾经把"大都市外貌"作为重要的主题，

1　［德］本雅明著，张旭东、魏文生译：《发达资本主义时代的抒情诗人》，生活·读书·新知三联书店，
　　1989 年，第 161 页。

2　沈从文：《论穆时英》，《沈从文文集》，第 11 卷。

3　［美］爱德华·茂莱著，邵牧君译：《电影化的想象——作家和电影》，第 137 页。

4　［匈］伊芙特·皮洛著，崔君衍译：《世俗神话——电影的野性思维》，中国电影出版社，1991 年，
　　第 78 页。

二三十年代的电影界曾出现了相当一批以反资本主义的浪漫精神表现城市生活的影片，以电影特有的纷杂手段表现城市生活的纷杂。上海最早由外商投资进行的摄制项目就包括《上海街景》《上海租界各处风景》《上海第一辆电车行驶》等专门表现都市景物的短片。

电影这种内容特征和技术特性，当年已引起敏锐的小说家和批评家的关注。早期电影批评家尘无曾专门著文探讨"电影和都市"的关系，认为"电影是都市的艺术"，这不仅因为"都市的物质建筑"和"大量的直接消费者"，更因为"都市生活的复杂和都市情调的紧张，也恰恰适合电影的表现"。[1] 楼适夷在他颇染新感觉派作风的《上海狂舞曲》[2]中，深有感触地写道："都会风景恰如变化无绝的 Film。"前面已经提到的刘呐鸥（葛莫美）《影戏漫想》那篇长文，除了联想到"电影和女性美"之外，也联想到"电影和诗"。文章说："影戏是有文学所不到的天地。它有许多表现方法：有 close-up，有 fade out，fade in，有 double crauk，有 higo（h）speed，有 flash……利用着他们这些技巧要使诗的世界有了形象不是很容易的吗？"刘呐鸥还翻译过著名的电影理论家安海姆（Rudolf Arnheim）的著作《艺术电影论》，在上海《晨报·每日电影》上连载了三个月之多。其中主要涉及了电影的"立体在平面上的投影""映像与实体""影片底深度感觉底减少""空间时间的连续性底缺乏""非视觉的感觉世界底失灭""电影底制作——当作艺术手段的开麦拉与画面""空间深度减少之艺术的利用"等诸方面的重要问题，其中的一些电影艺术特征用来概括新感觉派的小说也很恰当。刘呐鸥在《现代电影》上发表的《电影节奏简论》《开麦拉机构——位置角度机能论》《影片艺术论》等都是有关电影艺术的特性和技巧，学术性很强的文章。

---

1 尘无：《电影和都市》，载 1932 年 6 月 12 日《时报》。

2 载 1931 年 6 月 1 日—8 月 1 日《文艺新闻》第 12—22 号，因作者生病，小说未能全部刊出。

由此可见，刘呐鸥对电影艺术形式的确已揣摩日久，深得三昧，甚至也可以说是对自己和新感觉派借鉴电影技巧，进行小说实验的一系列技术操作的日后总结。

电影艺术给予刘呐鸥最大的启示是"不绝地变换着的"观点和作为影片的生命要素"织接（Montage）"。他的《开麦拉机构——位置角度机能论》《影片艺术论》对此做了详细的介绍和分析。所谓"观点"即开麦拉（摄影机）的位置，"是指当摄影的时候从一个方向对着摄影对象而停立的摄影机的一个位置而言"，[1] 一个开麦拉的位置就代表着一种观点。电影艺术就是"不绝地变换着它的观点而用流动映像和音响来表明故事的一种艺术"[2]。刘呐鸥认为这种"不绝地变换着"的观点是电影艺术"所有特质中最大的一个机能"，并将之称为"是个革命，是一件非常重要的事"[3]。而所谓织接即蒙太奇，刘呐鸥受到苏联导演普道甫金（Poudoukine）的影响，认为织接使相机软片上的"死的静画""头尾连接而统归在一个有秩序的统一的节奏之中"，"由在不同的瞬间里，在种种的地方摄来的景况而构成并'创造'出一种新的与现实的时间和空间毫没关系的影戏时间和空间，即'被摄了的现实'""是诗人的语，文章的文体，导演者'画面的'的言语"。织接可以使前面所说的"开麦拉"获得"灵魂之主"，它们之间结合的瞬间"能够使物变换其本质的内容，确保其新的价值，给影片以从前没有的意义"。所以，这种新艺术赋予了人们一种"视觉的教养"，"它使我们的眼睛有学问，提高我们的'看'的技术，教我们以在一瞬间而理解幕面的象征的意义"。[4] 的确，中国新感觉派正是

1　刘呐鸥：《开麦拉机构——位置角度机能论》，载 1934 年 6 月 15 日《现代电影》1 卷 7 期。

2　同上。

3　同上。

4　有关"织接"的引文均见刘呐鸥：《影片艺术论》，载 1932 年 7 月 1 日《电影周报》第 2、3、6、7、8、9、10、15 期，下同。

借鉴了电影艺术的这一特质，利用了电影给予他们和人们的"视觉的教养"，以"不绝地""变换着"的"流动映像"，织接"人生的断片"，"表明故事"而非叙述故事促成了小说文体的又一次"革命"，使一向以时间和连续性为叙述基础的小说形式空间化。

小说的"空间形式"概念最早是由美国学者约瑟夫·弗兰克提出，并由诸多学者进一步充实、发展和完善的。由于这个概念能够为解释现代小说的叙事技巧和认识现代小说的意义提供合适的理论框架而备受关注，甚至有论者认为，在"为理解伟大的艺术作品而创造出新的可能性"方面，"没有哪一个批评概念能够比它提供更多的东西"。[1]"空间形式"概念之所以如此重要，因为它打破了 20 世纪初兴起的小说文体实验使评论者"惊慌失措"，引起批评危机的尴尬局面，完成了小说理论从建立在巴尔扎克、狄更斯基础之上的现实主义批评范型向现代主义批评范型的转移。罗杰·夏塔克曾经指出："二十世纪强调的是与早期变化的艺术相对立的并置的艺术。"[2]"空间形式"概念正符合 20 世纪一个新近时期的文学艺术的特征，也是认识中国新感觉派所创造的一种"新奇的"小说类型的合适术语。

小说形式的空间化在本质上是与小说叙述的连续趋势相抵触，甚至也是和字词排列在时间上的连续性相抵触的。如何获得小说的空间形式？它的基本技巧就是"破碎"，"它导致了所谓的'空间形式'——已经引起了批评家们的绝大部分的注意"。[3]"破碎"首先是情节的破碎，"它的终极形式是生活的片断"[4]，而其呈现又最适合被作为"不绝地""变换着"的"流动映像"来描述的。在这方面，电影以其特长为小说形式的"革命"提供了可资模仿的榜样。刘呐鸥

---

1 秦林芳编译：《现代小说中的空间形式》，北京大学出版社，1991 年，下同，第 101 页。

2 同上书，第 70 页。

3 同上书，第 130 页。

4 同上书，第 165 页。

翻译安海姆的《艺术电影论》里专门谈到电影"空间时间的连续性底缺乏"问题。文章分析说，"在现实里并没有时间或空间的飞跃。时间和空间有着连续性"，"电影上就不是这样。被摄在片上的时间的断片可以由任意之点切断。它可以马上接上完全在两样的时间内发生的一场景。空间的连续性也是同样可以被中断"。而且，在电影里"全场所底同时发生的事象均可以简单地用构成的画面排成前后关系来表明，使人们由动作的内容知道它的同时性。最原始的方法是利用对白或插入字幕那样的说明文字"[1]。电影中表示时间和空间转换过程的诸多技巧，很明显地启发了新感觉派的创作。且不说刘呐鸥的《A Lady to Keep You Company》，被施蛰存称为"小说型的短脚本"，还有叶灵凤的《流行性感冒》、禾金的《造型动力学》等都把小说写成了分镜头脚本，直接以远景、近景、特写、字幕等等电影表现的手段和想象结构小说，通过画面形式的呈现来不断地打碎叙述情节的时间流程，以电影化的影像系列取代小说对故事情节的叙述。穆时英《夜总会里的五个人》《上海的狐步舞》等也几乎可以说是不标镜头的分镜头脚本。其每一段落都可视为一个镜头，或系列画面。《夜总会里的五个人》[2]全文共排列了491行，其中1至2行为一段的就有366行，占全文行数的75%，而其他段落又大部分是由占3行的段落组成。段落的密布和小型化直接说明了小说文本的片断性和零碎性。而事实上，即使是较长段落也往往是由密集的零散性画面系列聚集而成的，比如经常被论者引用的《上海的狐步舞》中对舞会场面的表现：

蔚蓝的黄昏笼罩着全场，一只saxophone正伸长了脖

1　见1935年5月15—16日上海《晨报》。

2　根据1933年现代书局《公墓》初版本。

子,张着大嘴,呜呜地冲着他们嚷。当中那片光滑的地板上,飘动的裙子,飘动的袍角,精致的鞋跟,鞋跟,鞋跟,鞋跟。蓬松的头发和男子的脸。男子的衬衫的白领和女子的笑脸。伸着的胳膊,翡翠坠子拖到肩上。整齐的圆桌子队伍,椅子却是零乱的。

在这一段中,除第一句是完整的描写性句子外,其他大都仅仅由定语和主语、形容词和名词组成,是缺少谓语和宾语的省略句。这种不连续句法本身就造成了描写的中断,而产生类似摄影机镜头的不断叠印显现、变换无穷的万花筒式的空间效果。这样,典型的空间形式小说不再由故事或人物发展变化的内容组成,而由无数个画面、场景的碎片构成。穆时英在《白金的女体塑像·自序》中就是这样描述自己的创作:"人间的欢乐,悲哀,烦恼,幻想,希望……全万花筒似地聚散起来,播摇起来。在笔下就漏出了收在这本集子里边的,八篇没有统一的风格的作品。"

空间小说情节"破碎"的另一特征是以场景的呈现代替叙述,或说是阻碍叙述的历时发展。这类小说往往只是由几个大的场景构成,而弃绝了场景与场景之间的连贯性叙述程序。尽管从场景到场景的跳跃变换上,读者可以猜测到情节的发展和人物的变化,但这种发展和变化游离于叙述过程之外。作者通过对典型的可以作为标识性场景的选择和呈现,使小说具备了电影"永远的现在式"的特征。当然,这并不意味着不再描写往事,而是把往事也化为场景,像电影的闪回镜头一样,倒退到彼时彼地,以获得现在时场景的直接性。这样的表现方法并不简单地等同于一般小说的倒叙,因为它不再用一大段首尾连贯的回叙来交代往事,而是不断地切出切入,造成场景或场面的间隔效果和非连续性。它最明显的功效即打断一个故事的时间流,而使观众把注意力集中到一个相对静止的时间领域内各种关系的相互作用上。比如穆时英的《街景》，整个小说由系列的街景的场面组成，一类是发生在现在的街景，一类是作为现在的街景之一——一个老乞丐头脑中所浮现的他经历过的那些"街景"。作者把现在的街景和过去的街景交叉剪辑在一起，从而造成情节的不断中止而片断性地反复强化了一个乡下人发财梦的破灭，有家归不了的悲剧。徐霞村的《MODERN GIRL》[1]也通过叙述者对"现代姑娘"几次会面场景的回忆，以具有相同性质行为的并列和重复，创造出一个所谓"现代姑娘"不过是"会作新诗""法朗士的爱好者"，并以此去获得男性的好感，骗取钱财的印象。这种由诸多场景交叉切割、省略叙述过程、有意地使情节支离破碎的小说，是电影化的想象带给小说叙事方法的一个显著变化，也是新感觉派及受其影响的一大批创作的突出现象之一。它使前一阶段作为现代小说技巧革新标志的"倒叙"手法进一步片段化。

小说情节的破碎势必给小说的结构带来新的特点。戈特弗里德·本曾使用了一个橘子的比喻来说明取消了时间顺序而空间化小说的结构："是像一个橘子一样来建构的。一个橘子由数目众多的瓣、水果的单个的断片、薄片诸如此类的东西组成，它们都相互紧挨着，具有同等的价值。"[2]戴维·米切尔森进一步阐明说，这个"由许多相似的瓣组成的橘子"，"并不四处发散，而是集中在唯一的主题（核）上"[3]。在这里，构成空间化小说情节的"生活断片"即相当于橘子瓣，它们的结构方式也是夏塔克所提出的"并置"原则，即不分主次、先后或因果的关系并列地置放在一起，文体的整体感依靠各种意象、暗示、象征及各个片断间的前后参照和空间编织而获得。所以"事件的安排显然也不受发展原则的支配。书中的各章是一些块块"，"它

---

1 载《新文艺》1卷3期。

2 秦林芳编译：《现代小说中的空间形式》，第142页。

3 同上。

们唯一的接触点"[1]就是主题。这种结构模式在穆时英的《夜总会里的五个人》《上海的狐步舞》中最为典型。

《夜总会里的五个人》共分四部分，实际上展现了七个场景。在第一部分里作者并置了五个场景：近代商人胡均益在金业交易所眼看着标金的跌风把八十万家产吹得无影无踪；大学生郑萍眼睁睁看着自己的心上人跟着别人走了；曾经美丽得"顶抖的"黄黛西突然意识到自己的青春不再而痛苦不堪；学者季洁百思不解"你是什么？我是什么？什么是你？什么是我？的问题"；一等书记缪宗旦接到撤职书，感到"地球的末日到啦"的绝望。这五个场景相互间毫无联系，作者也有意用空一行的版式来强化这种间隔，但为了将它们组成一体，作者在这一部分以醒目的标题："五个从生活里跌下来的人"概括出这五个人不同命运的生活断片的共同性质，以"同类并置"的结构取得了相互的关联。同时作者又在每一场景前，借鉴电影表示同时性的最原始的方法，类似银幕上的字幕一样，标出时间，为发生在不同地点不同人物，但同一时间的事件获得一个外在的接触点。值得注意的是，作者在前四个场景写的是确切的日期："一九三二年四月六日星期六（这一天实际应为星期三，疑为笔误——编注）下午"，而第五个场景标出的却是个不定日期："一九××年——星期六下午"。这个不定日期暗示了下面发生的事件的虚拟性，甚至也颠覆了前四个事件的真实性，但突出了星期六下午的特别指认，而使这五个场景具有了一种概括性；它意味着尽管前面所标出的具体时间也许是虚拟的，但"星期六下午"是特别的，在星期六下午发生下面的种种事情是经常性的，这几个片断不过是信手拈来的几个现象而已，正像前面信手标出的日期一样。为了突出星期六的特殊性，作者不惜以一节的篇幅，通过报纸标题、各大建筑物、霓虹灯广告以

1 秦林芳编译：《现代小说中的空间形式》，第144页。

及具有代表性画面的叠印造成星期六的气氛，以开列节目单的方式加强星期六已经程式化的印象。甚至不忌讳直白而抽象地论说，概括出星期六的性质："星期六的晚上，是没有理性的日子。／星期六的晚上，是法官也想犯罪的日子。／星期六的晚上，是上帝进监狱的日子。"所以，在这不正常的一天发生任何事情都是正常的，甚至就像周而复始的星期六一样是反复不已、接连不断的。

接着作者描写了这"五个从生活里跌下来的人"会聚在夜总会通宵达旦，狂饮疯舞，最终胡均益开枪自杀，剩下来的四个人为胡均益送殡的场景。尽管后两个场景以空间的形式展现了情节的发展，但显然这不是作者的兴趣所在。在接近尾声之处，作者用了一个"爆了的气球"的意象，反反复复以细节、以感慨、以叙述者的突然插话，重复了七次之多，而使之成为一种象征，让整个小说的断片、情节、人物等都获得了聚集的主题中心点：杯盘狼藉散了的舞会"像一只爆了的气球"，开枪自杀的胡均益是只"爆了的气球"，而面临绝望境地的失恋者郑萍、失业者缪宗旦、失去青春的黄黛西、失去人生信仰的季洁，他们的希望和幻想也都成了"爆了的气球"。这"爆了的气球"的意象正是这五个人所代表的都市的生活、都市的人生，甚至可以说是不断膨胀的都市欲望的寓言。黄黛西说："我随便跑那去，青春总不会回来。"郑萍说："我随便跑那去，妮娜总不会回来的。"胡均益说："我随便跑那去，八十万家产总不会回来的。"都市人无可奈何的命运，正深藏在这无可挽回，"No one can help！"的绝望和悲哀之中。通过不同人生活片断的并置，以及意象、象征、短语的暗示和明喻，作者为都市生活创造了统一的印象和一幅末世的景观。

《上海的狐步舞》的结构更是纵横交错，既建立在"天堂与地狱"异类并置的空间对立之上，又有着同类并置的对应关系。灯红酒绿的舞场、饭店、旅馆和建筑这些舞场、饭店、旅馆的工地形成对立；

街头娼妓和花天酒地里的淫乱相呼应，发生在林肯路的直接谋杀和建筑工地的间接谋杀相关联，从这些生活片断的对比和对应中可以很自然地过渡到小说的主题："上海，造在地狱上的天堂"。

通过主题或一系列相互关联的意象网络而建立的空间结构形式的小说，意味着"发展的缺乏"，因而"叙述中的'于是'就萎缩成简单的'和'"[1]，使"文本具备了一种反叙述的近乎固定的性质"[2]，带有静止特征的"个人肖像"和"社会画面"就成为它经常性的主题。刘呐鸥、穆时英的作品正是以"都市风景"为主题的，所以尽管他们的小说也有情节、人物和情绪，但不管是人物还是情节或是情绪都不是他们表现的目的所在。这样，他们的情节缺乏过程和连续性，他们的人物缺乏性格和立体感，他们的情绪缺乏微妙和感染力，一切都仅仅是组成"都市风景"的一个片断、场景或现象。刘呐鸥的短篇小说集《都市风景线》甚至可以作为具有空间形式特征的长篇小说来读，每一个短篇都是这幅社会长卷的一个画面、片断和现象，共同构成了这部"都市风景线"。他们的部分小说不仅与注重情节和人物，以全知全能观点叙事的传统小说相距甚远，甚至同完成了中国小说叙事模式的转变，着眼于表现人物的情绪、感受，注重叙事观点的统一和人物心理为结构中心的"五四"小说也大有不同。在这里，作者的叙述大都让位于对每一画面、场景的描写，叙述者的视点、情绪不再是文本统一性的来源，反而经常被中断和打碎；以历时性的情节或心理的发展变化为基础的时间流被不同时空的生活片断的编织所代替。所有这些特点足以表明米克·巴尔（Mieke Bal）在《叙述学：叙事理论导论》中所说的，以"空间联系取代了时间顺序联系"，"事件只依据空间或其他准则（比如联想）来结构的话，

1　秦林芳编译：《现代小说中的空间形式》，第 143 页。
2　同上书，第 156 页。

那么这一文本就不再适合本书导言中所提出的叙述界说"。[1] 也就是说，空间形式的小说并不适于套用一般小说叙述学的理论。

但是，"空间形式"小说如万花筒的片断和破碎的性质以及结构编织特点却与电影灵活多变的观点、图像本性和蒙太奇处理镜头的联结、段落的转换技巧存在着一种对应或同源关系。在刘呐鸥看来，"除了些形式上及技术上的差别之外，文学和影片在组织法上简直可称为兄弟"[2]。本来"空间形式"小说是建立在对普鲁斯特、乔伊斯、福克纳等所创造的现代主义小说范型的分析之上而形成的一个新的批评概念。这些意识流大师尽管大量借鉴了电影技巧，但"他们所开发的经验领域大都是哪怕最灵巧的摄影机也无法进入的"[3]精神之巨大的空间。他们以文字的图像、暗喻、象征及其相互关系，通过对照、并列、编织等类似电影蒙太奇的剪辑手法表现人的思维活动和心理活动，在这方面也许受到弗洛伊德的启示："将思想变为视象"[4]，把心理感知作为事物的摄影图像来描述，从而创造出既吸收进电影技巧，又不牺牲深入剖析人的精神意识、发挥语言力量的现代小说范型，把电影化的想象和技巧融会在本质上是文字的表现形式之中和文学地把握生活的方式之中。但刘呐鸥、穆时英等只浅尝辄止于从外部的视点捕捉某些五光十色的社会现象的断片，也许他们在某些零碎画面的描写上没有丧失文字的感觉力，但从整体上看，他们的小说缺乏语言文字特有的分析力、内涵力和理性的力量，造成"深度感觉底减少"。这样，他们的创作难以满足知识分子层对人类的精神和行为的深度探求；而他们对情节、人物的忽视也不能满足文化程度较低的读者层娱乐消遣的要求，也许只能以"新奇"的形式投

---

1 ［荷］米克·巴尔著，谭君强译：《叙述学：叙事理论导论》，中国社会科学出版社，1995 年，第 76 页。

2 刘呐鸥：《影片艺术论》。

3 ［美］爱德华·茂莱著，邵牧君译：《电影化的想象——作家和电影》，第 302 页。

4 ［奥］弗洛伊德著，高觉敷译：《精神分析引论》，商务印书馆，1984 年，第 132 页。

合新市民追逐时髦的心理，引起一时的惊诧和轰动效应。即使如此，他们对文体形式的探求毕竟创造了小说文体的一种新类型，为小说文体的现代发展显示了一条新路而与西方现代小说实验的一个方面联系在一起。

中国新感觉派与电影的密切关系还突出地反映在以快节奏表现现代都市生活，严家炎先生对此早有论及。他精辟地指出，中国新感觉派小说"有异常快速的节奏，电影镜头般跳跃的结构，在读者面前展现出眼花缭乱的场面，以显示人物半疯狂的精神状态，所有这些，都具有现代主义的特点"[1]。中国新感觉派之异常重视节奏的问题，是因为他们体会到"现代生活是时时刻刻在速度着"[2]，现代人的精神"是饥饿着速度、行动、战栗和冲动的"[3]。刘呐鸥认为，电影作为一门新兴艺术，所以能够在现代艺术中占着"绝对地支配着"的位置，就因为"它克服了时间"，于是"电影的造型"便代替了一切"静的造型"。"节奏是电影的生命"[4]，也是新感觉派为创造现代小说形式从电影艺术中输入的活力。

刘呐鸥非常认真地研究了电影节奏问题，他曾在1932年7月1日至10月8日连载于《电影周报》的长文《影片艺术论》，专门介绍"绝对影片"的作者及其特色一节中，特别谈到电影是"视觉的节奏"问题，认为"把现代用视觉的手段组织成为有节奏的东西"是"绝对影片"的成功之一。他还在另一篇文章中分析说："节奏是有三个要因的，一是影像 Image 的映写长度，二是场面的交叉和动作动机 motif 的交叉，三是被写物、演技、背景等的移动。"[5]这三个

1　严家炎：《中国现代小说流派史》，人民文学出版社，1989年，第144页。

2　刘呐鸥：《电影节奏论》，载1933年12月1日《现代电影》第1卷第6期，下同。

3　同上。

4　同上。

5　刘呐鸥：《电影节奏论》，载1933年12月1日《现代电影》第1卷第6期。

要因都被中国新感觉派在纸面上横移了过去。就电影影像的长度来说，"大约在一定的胶片长度内如果镜头的数目少（时间长，音调弱）的时候，全体的氛围气是静的，而如果同长度内的镜头数多（Flash等时间短，音调长）即影片的氛气便变成动的，活泼，劲力的"。[1] 文学语言和电影画面具有一定的类比性，镜头、片段、场面、剪辑可相当于字、词、句、句法和语法，这样，语言文字在一定的篇幅内展示的形象越多，当然节奏也就越快。

穆时英和刘呐鸥正是掌握了这种类比性，而聪明地将电影艺术技巧运用于自己的创作。短镜头组合、叠印、突切、交叉、剪辑等都可以在穆时英、刘呐鸥小说文本的省略文体、不连续句法、物象纷呈中找出相对应的技巧。比如穆时英描写舞场外停放着许多汽车等候着接送舞客的场面，把一句话的内容分解成系列物象的排列——"奥斯汀孩车，爱山克水，福特，别克跑车，别克小九，八汽缸，六汽缸……"[2] 这种省略描写的不完全句式即是把电影的"叠印"或"闪光法"改造成了文学上的"列举法"。这就像拍摄同样的场面，不用一个连续长镜头的摇镜来表现，而切割成一个个短镜头快速剪辑在一起一样，可以获得快速的节奏感。

就场面的交叉和动作动机的交叉来说，它涉及小说文本的结构排列顺序问题。如果事件按一条线索的时间顺序来发展，甚至以倒叙追忆大段的往事，其节奏是平稳而缓慢的；但若打乱时间顺序，把不同时间地点的事件交叉剪辑在一起，就会产生跳跃的快节奏。穆时英的《街景》《PIERROT》《空闲少佐》等都采用了这样的结构方法。被写物和背景的移动在穆时英、刘呐鸥的作品中也比较多见。比如《上海的狐步舞》有一个片断，刘颜蓉珠从老夫刘有德手

1　刘呐鸥：《电影节奏论》，载1933年12月1日《现代电影》第1卷第6期。
2　穆时英：《上海的狐步舞》，见《公墓》第204页。

里要了钱后，拉着她法律上的儿子、实际上的情夫坐上车，接下来就突兀地描写道："上了白漆的街树的腿，电杆木的腿，一切静物的腿……revue（轻歌舞剧——笔者注）似地，把擦满了粉的大腿交叉地伸出来的姑娘们……白漆腿的行列。"各种腿的罗列不仅适合坐在轿车里只能看到窗外风景的下部的视野，也创造出背景移动的效果，并且以画面的空间形式暗示了时间上的接续：前段写这对乱伦母子坐上车，这段表现的是他们在车里看到的飞逝而过的风景。但这种联系完全游离于叙述过程之外，只能靠读者自己去领会。

通过以上分析可以看出，电影对新感觉派的影响是巨大的，也多是表面化的。作为中国都市文学的开创者之一，他们把自己在都市中的角色定位在"巡礼者"，是与保尔·穆杭作为崭新的现代大都市的"目击者""旅游者"的身份相一致的。他们漫游在街道上，不仅突出了"眼睛"的功能，其视觉经验也不得不为鳞次栉比的建筑群所切割；他们所获得只能是关于都市断片的、有限的、印象式的经验，所以他们那些较多地模拟电影的小说是具有电影性质的物象或说是图像纷呈，而不像张爱玲的作品是综合着情感、理性的意象纷呈。这种区别就在于物象是平面的，物象即物象，本身并不具有意义，意义的产生依靠和其他物象的关联；而意象是有深度的，本身就蕴含着意义和情感。所以新感觉派的创作性质正适合电影技巧的发挥和移植，而电影作为一种新的表述媒介，也为生存于现代科技世界中的人获取新的经验感知能力和方式提供了新手段。中国新感觉派正是通过借鉴电影艺术和其他现代文学艺术掌握了表述现代空间经验（局部片断）和时间经验（快节奏）的技巧，并非自觉地创造出空间小说的类型。但由于他们对现代性的认识多停留于视觉经验，就不可能在现代形式与其根源和意识之间建立起深刻的联系。事实上，形式的空间化，不仅是一种技巧的策略，更深层的意义是，它说明自文艺复兴以来，一直以决定论、进化论、社会的进步和发展等"理性"方式组织起来的宇宙观已经破裂，是现代性本身在文化中产生的一种涣散力的主要征象之一。

新感觉派模拟电影技巧所创作的新鲜的"话术"，曾影响了相当一部分人的创作，成为所谓"流行的上海的文风"。叶灵凤在致穆时英的函中就曾谈到："近来外面模仿新感觉派的文章很多，非驴非马，简直画虎类犬，老兄和老刘都该负这个责任。"[1] 实际上不要说那些不入流作家，即使被称作"第四代"的新感觉派作家黑婴，包括叶灵凤本人，他们的一些小说中所充斥的不加节制和加工的电影场景式对话、时空的太过随意的切换，以及语言上滥用电影式省略法，太过简捷灵活等等都使他们的创作有失于"轻"。这类小说也为后来的海派作家丁谛所诟病，认为是"轻飘飘的洋场少年的文字"，似乎"技巧是进步了，但是比以前更轻飘飘的了"。[2] 这应该说是切中肯綮之言。

第三节　小说中的电影世界

张爱玲和新感觉派一样，也是一个少见的影迷。据她弟弟的回忆，三四十年代美国著名演员主演的片子，她都爱看。新感觉派所迷恋的那些影星也是她所迷恋的，由她们主演的电影，"几乎每部必看"，中国影星也不例外。有一次，她和弟弟去杭州亲戚家里玩，刚到的第二天，因为从报纸广告看到谈瑛主演的电影正在上海一家电影院上映，就不顾亲戚朋友的劝阻，当天乘火车赶回上海，直奔那家电

1　《叶灵凤致穆时英函》，见孔另境编：《现代作家书简》，第 159 页。

2　丁谛：《文苑志》，载 1944 年《文潮月刊》1：2、1：4 期。

影院，连看两场，由此可见张爱玲迷电影的程度之深。电影是张爱玲生活中不可缺少的一部分，她当时订阅的一些杂志，就以电影刊物居多，美国的电影杂志 *Movie Star*、*Screen Play* 等是她睡前的床头书。张爱玲的爱电影给弟弟留下了深刻的印象。张子静说："在任何社会变化中，她对文学和电影始终最为情深。"[1] 张爱玲和电影的密切关系非同一般，她有时把自己的小说改成电影，如《金锁记》；有时又把自己的电影剧本改成小说，如把《不了情》改写成中篇小说《多少恨》；自由地在小说和电影艺术中穿行往来，她对这两门艺术的稔熟不言而喻。后来撰写剧本甚至一度成为张爱玲的谋生手段。在 1940 年代后期，她曾应桑弧之邀编写电影剧本《不了情》《太太万岁》《哀乐中年》，到美国后又曾为香港电懋公司陆续写了《情场如战场》《六月新娘》《桃花运》《人财两得》《温柔乡》《红楼梦》《南北一家亲》《小儿女》《南北喜相逢》《一曲难忘》等 10 个剧本（其中有 9 个都拍成优秀影片），并写了大量的影评[2]。至于电影，特别是美国好莱坞电影的内容和技巧，给张爱玲小说创作所带来的深刻影响，更成为张爱玲研究中的一个令人关注的课题。

在这方面，李欧梵先生发表于《现代中文文学学报》上的长文《张爱玲和电影》做了深入的研究和翔实的阐述。他认为，张爱玲对电影的痴迷表现在她的小说中，成为她小说技巧至关重要的因素。她把电影院不仅描写成一个公共空间，而且成为一块幻想的土地；不仅是真实的存在，也是象征性的存在。她的小说文本在电影和文学之间架起了沟通的桥梁。李欧梵还相信张爱玲塑造的那些电影里的人物，绝大多数来自美国好莱坞轻喜剧电影；是美国电影，而不是中国电影，为张爱玲勾勒大都市上海女性形象提供了女权意识和感知。张爱玲的小

1　参阅张子静：《我的姊姊张爱玲》，学林出版社，1997 年，第 67、137 页。

2　根据张子静《我的姊姊张爱玲》中的附录李应平编《张爱玲生平作品年表》，于青编著《寻找张爱玲》（中国友谊出版公司，1995 年）中黄仁《张爱玲的电影世界》一文所提供的资料。

说、散文中都充满了可视的意象，读她的小说会使我们情不自禁地把她写的文字转变为我们心灵眼睛中的"视像"，给人以一种特殊的视觉快感[1]。李文已论之处本文将不再赘述。我想补充的是，电影与张爱玲的关系除了技巧、空间的开拓以及内在的思想意识的影响之外，更为重要的是，张爱玲考察了电影作为现代都市市民的重要娱乐形式，现代都市的大众传媒，在都市日常生活中的作用。揭露电影对日常生活的包装，或者说让大众从电影为日常生活所创造的虚假幻象中醒来，是张爱玲小说的一个重要主题。她既能沉迷于电影，又能对电影保持着清醒的反省与批判能力，这是张爱玲与电影建立起的一种深刻的联系。

在张爱玲的许多小说中，电影的世界往往是她所描述的日常世界的一个对照，甚至可以说是她的世俗神话。她在《多少恨》中开篇即说："现代的电影院是最廉价的王宫，全部是玻璃，丝绒，仿云石的伟大结构。"这句话应该说是张爱玲经过深思熟虑，对电影以及一切影像之类艺术本质的一种认识。这些复制真实的人和生活的艺术，事实上是把真实的人和生活"放大了千万倍"，而以其"光闪闪的幻丽"成为最没有希望的普通人的憧憬所在。现代电影院的存在，正使每个普通人都能以最低廉的方式出入其间，从幻觉上享受到人生的梦想——"王宫"的荣耀与豪华。张爱玲的许多小说就隐然建立在影像，包括电影、广告、照片与真实生活之对照的结构之上。

在《年青的时候》这篇小说中，年轻的潘汝良臆想中的女郎是个外国人，因为"他所认识的外国人是电影明星与香烟广告肥皂广告俊俏大方的模特儿，他所认识的中国人是他的父母兄弟姊妹"[2]。他们不像电影中的人那么坏，坏得"不失为一种高尚的下流"；也不像

1　李欧梵:《Eileen Chang and Cinema》,香港,1999 年 1 月《现代中文文学学报》,第 2 卷,第 2 期。
2　《张爱玲文集》(第一卷),第 124 页。

电影中的人那么好，好得让人潸然泪下。他父亲就像任何小店的老板那样，晚餐后每每独自坐在客堂间"猥琐地"喝酒，吃油炸花生米，把脸喝得红红的，油光贼亮。母亲虽是在旧礼教压迫下牺牲了一生幸福的可怜人，但并没有电影上的母亲那"飘萧的白头发"，也不爱哭；偶尔有一根两根白发，也喜欢拔去；有了不遂心的事，就寻孩子的不是，把他们怄哭；闲下来就听绍兴戏，叉麻将。潘汝良底下的一大群弟妹更让他看不上眼，脏，急赖，不懂事。他周围的一群人就是这样的平常，所以他虽"是个爱国的好孩子，可是他对于中国人没有多少好感"。一个偶然的机会，他臆想中的女郎，也就是与他在自己书上画满了的外国女郎的侧影一模一样的一个俄国女郎沁西亚，突然出现在他的面前，使他有机会走进了一直憧憬的外国人的世界。但很快他就看见了"不加润色"的人与"不加润色"的现实：不管是外国人，还是中国人，都是一样的。沁西亚并不像电影中的外国人一样，与奖学金、足球赛、德国牌子的脚踏车、一切洁净可爱的东西归在一起。她不过就是一个"平凡的少女"，吃着简便的午餐，疲塌，当着人脱鞋（当然不是潇洒的举动，而是工作劳累后的疲倦所致），毫无情趣可言。潘汝良在懂得了沁西亚之后，"他的梦做不成了"。

沁西亚最终嫁给了一个俄国下级巡官。一个西洋人的婚礼场面本来应该像电影所渲染的那样，充满了普通市民所向往的华美场面；但在张爱玲的笔下，"俄国礼拜堂的尖头圆顶，在似雾非雾的牛毛雨中，像玻璃缸里醋浸着的淡青的蒜头。礼拜堂里人不多，可是充满了雨天的皮鞋臭"。主持仪式的神父"汗不停地淌。须发兜底一层层湿出来"，"因为贪杯的缘故，脸上发红而浮肿。是个酒徒，而且是被女人宠坏了的"。新郎是个浮躁的黄头发小伙子，"虽然有个古典型的直鼻子，看上去没有多大出息"[1]。总之，在沁西亚周围的外国人和在潘汝良周围的中国人一样，都是让人"看不上眼"的，并不属于"另一个世界"。在这里，张爱玲对一个年轻人不谙世事的梦想的亵渎的确是恶狠狠的，而这个梦想也正是电影的创造，大众的梦想由电影最廉价地制作出来，并支配着他们的想象，这就是电影之于大众的最实际的意义。

在短短的一篇小说里，张爱玲戳穿的不仅仅是电影的世俗神话，更有科学的神话，它们是为现代青年制造梦想的两种最主要的催眠剂。潘汝良所期待的未来是和现代科学紧紧地联系在一起的，他认为"现代科学是这十不全的世界上惟一的无可訾议的好东西"，他想象当他读完医科，穿上了那件洁无纤尘的白外套，手持崭新烁亮的医疗器械时，他那"油炸花生下酒的父亲，听绍兴戏的母亲，庸脂俗粉的姊姊，全都无法近身了"。他希望能够凭借着科学的力量把自己从庸常中拯救出来，至少送入"另一个世界"。但他所期待着的未来是什么样呢？张爱玲巧妙地以教科书里的句式语言，指示着潘汝良未来生活"最标准的一天"。它隐喻着现代社会就是一本"教科书"，它教给所有的人都按其要求做。按时"穿衣服洗脸是为了个人的体面。看报，吸收政府的宣传，是为国家尽责任。工作，是为家庭尽责任。……吃饭，散步，运动，睡觉，是为了要维持工作效率"，等等。现代社会这本大教科书会教给现代人如何说，如何行，如何做，会告诉你不能做什么，甚至会教给你如何提出"微弱的申请"："我想现在出去两个钟头儿，成吗？我想今天早回去一会儿，成吗？"它还会"怆然告诫"你："不论什么事，总不可大意。不论什么事，总不能称自己的心意的。"就当潘汝良在电车上读着他成日不离身的德文教科书，还没有意识到教科书中所描述的生活正是他所憧憬的未

---

[1] 《张爱玲文集》(第一卷)，第 124 、125 、135 、136 页。

来的时候，张爱玲让他蓦然地看见细雨的车窗外，"电影广告牌上偌大的三个字：'自由魂'"[1]。在这里，现实人生和电影广告所鼓吹的理想信念的相遇，形成了不动声色的反讽语境。但张爱玲显然并不是要标举"自由"，她并不看重信念，她相信随着年龄的长大，人便会"一寸一寸陷入习惯的泥沼里。不结婚，不生孩子，避免固定的生活，也不中用。孤独的人有他们自己的泥沼"。任何人都守不住自己的信念，守不住自由，并且"就因为自由是可贵的，它仿佛烫手似的——自由的人到处磕头礼拜求人家收下他的自由"[2]。所以，电影广告上打出的"自由魂"也是最廉价的。与其说它在嘲讽现实，不如说它在被无法抗拒的现实所嘲笑。

电影作为现代社会的大众传媒与大众日常生活的紧密关系，恐怕是人们所始料不及的，可叹的是，张爱玲在 40 年代就能有这么透彻和深入的洞识。她的小说和人物经常恍惚于现实与电影的场景、人物的命运，甚至是情感方式的进入淡出之中。再婚的敦凤一看到《一代婚潮》的电影广告就会"立刻想到自己"[3]；在"一个剪出的巨大的女像，女人含着眼泪"的五彩广告牌下徘徊着的虞家茵，仿佛是从这电影中走出来的"一个较小的悲剧人物"[4]；潆珠穿上她最得意的雨衣去赴约会，立刻感觉"她是西洋电影里的人，有着悲剧的眼睛，喜剧的嘴，幽幽地微笑着，不大说话"。她和追求她的毛耀球从电影院出来，又来到他的家一起听唱片，黄昏的房间，像是酒阑人散了，她不由又想到在电影里看见过的场景："宴会之后，满地绊的彩纸条与砸碎的玻璃杯"[5]；娇蕊为了给振保的朋友留下一个好印象，显示出

1　张爱玲：《年青的时候》，《张爱玲文集》（第一卷），安徽文艺出版社，1992 年，第 129、133 页。

2　同上书，第 134 页。

3　张爱玲：《留情》，《张爱玲文集》（第一卷），安徽文艺出版社，1992 年，第 203 页。

4　张爱玲：《多少恨》，《张爱玲文集》（第二卷），第 279 页。

5　张爱玲：《创世纪》，《张爱玲文集》（第二卷），安徽文艺出版社，1992 年，第 263 页。

太太的身份，"端凝富态"矜持地微笑着，以致振保看她"如同有一种电影明星，一动也不动像一颗蓝宝石，只让梦幻的灯光在宝石深处引起波动的光与影"[1]。葛薇龙来到"类似最摩登的电影院"，她姑母的华贵的住宅里，经常产生"一种眩晕的不真实的感觉"，到处的风景不是像"雪茄烟盒盖上的商标画"，就是"像好莱坞拍摄《清宫秘史》时不可少的道具"[2]。在这样的背景下也就难怪人物情节的传奇了。

张爱玲

电影及照片类的可视性、直观性的确为普通人的幻想提供了最现成的范本，以致是电影在模仿生活还是生活在模仿电影都难以说清了。但张爱玲就是要让这两者之间泾渭分明，她要揭露"照片这东西不过是生命的碎壳；纷纷的岁月已过去，瓜子仁一粒粒咽了下去，滋味各人自己知道，留给大家看的惟有那满地狼藉的黑白的瓜子壳"[3]。张爱玲的《花凋》是这一主题的集中体现。在这个短篇小说中，张爱玲一开始就制造了一个"最美满的悲哀"的场景：川嫦死后，父母为她建造了一个"像电影里看见的美满的坟墓"，坟前有个白大理石的天使，垂着头，合着手，脚下环绕着一群小天使。天使背后立了块小小的碑，上面刻着："……无限的爱，无限的依依，无限的惋惜……回忆上的一朵花，永生的玫瑰……安息吧，在爱你的人的心底下。知道你的人没有一个不爱你的。"——可紧接着张爱玲就一连重复了两遍之多：

1　张爱玲：《红玫瑰与白玫瑰》，《张爱玲文集》（第二卷），安徽文艺出版社，1992年，第154页。

2　张爱玲：《沉香屑 第一炉香》，《张爱玲文集》（第二卷），安徽文艺出版社，1992年，第11、21页。

3　张爱玲：《连环套》，《张爱玲文集》（第二卷），安徽文艺出版社，1992年，第175页。

"全然不是这回事。"[1] 之后就细细道来，实际上是怎么回事。川嫦在这个有着一大群孩子的家庭中，向来是个无足轻重、可有可无的角色。生病后，她不过"是个拖累。对于整个世界，她是个拖累"，她父亲甚至拒绝给她花钱买药。川嫦的活和死都是最普通的，无人同情她。看到她被病痛折磨得骨瘦如柴，人们只睁大了眼睛说："这女人瘦来！怕来！"——这就是张爱玲要揭示的真相。她认为，"世界对于他人的悲哀并不缺乏同情"，但"需要是戏剧化的，虚假的悲哀"，普通人的现实的悲哀除了让人厌烦，是无法博得他人的同情的，电影中所表现的情感不属于普通人。这是一个多么令人伤心的事实。所以，张爱玲告诉人们一句名言："笑，全世界便与你同声笑；哭，你便独自哭。"[2] 川嫦死后家里为她竖立了一块碑，这不过是让芳草斜阳中献花的人"感到最美满的悲哀"，为他们自己制造一个最美满的回忆，留给大家"看"到一个最美满的结局，而对于川嫦完全"失去了意义"。张爱玲通过电影的世界与现实世界的不符，深刻揭示了人的虚伪与情感的虚假性。

张爱玲与电影的联系是非常深刻的，她看到的不仅仅是表面、外在的东西，更是电影世界对于人的日常生活、人的内心世界的渗透；她掌握的也不仅仅是电影的手法、技巧，更是对电影的本质和虚幻性的认识和揭露。

---

1 《张爱玲文集》（第一卷），第 138 页。
2 同上书，第 153、154 页。

第四章 | 海派作家的文学观念

第一节 "硬性电影"和"软性电影"之争

在中国现代文学史上新感觉派较少挑起事端，并一向对于文坛的"勇于内战"颇多微词；虽然鲁迅与"第三种人"的论争和他们稍有牵连，但新感觉派的主要成员并未卷入。另外，叶灵凤曾因一幅漫画《鲁迅先生》，与穆时英编辑的《文艺画报》和鲁迅曾有几次小的过往，施蛰存就编选《庄子》与《文选》之事也与鲁迅有过交锋，但似乎人身攻击过多，缺乏文学活动的意义。有意思的是，在文坛"不预备造成任何一种文学上的思潮，主义，或党派"的新感觉派却在电影界"大打出手"。1933 年 3 月刘呐鸥与黄嘉谟创办《现代电影》，不仅标志着新感觉派团体的一些成员由文学转向电影，而且在中国电影发展史上也标志着左翼电影运动的对立面"软性电影"论者的出台。虽然黄嘉谟在《现代电影》创刊号上刊登了《〈现代电影〉与中国电影界》一文，郑重声明其创刊旨意是"研究影艺，促进中国影业""决不带着什么色彩"，但他们陆续发表的批评左翼电影、推崇美国电影的一系列文章，都关系到中国电影的现状及其发展方向、电影的功能和目的等重大问题，而与左翼电影运动所强调的阶级意识、民族意识和文艺的宣传工具性质形成尖锐的冲突和对

黄嘉谟

立，由此引发了左翼电影界的反击和批判。在这场著名的"软硬之争"中，双方都发表了大量的理论批评文字，持续时间长达三年之久，成为中国电影史上的重要事件。

"软性电影"和"硬性电影"之争，首先是由刘呐鸥和黄嘉谟发动的。不过比较而言，刘呐鸥更多地是从电影艺术的角度出发，他的《影片艺术论》《中国电影描写的深度问题》《论取材——我们需要纯粹电影作者》《关于作者的态度》《电影节奏简论》《开麦拉机构——位置角度机能论》[1]等涉及的多是纯粹的电影艺术的特性、技巧和理论问题，偶尔有所批评，指涉的不仅是左翼电影，还有鸳鸯蝴蝶派的电影。他强调一切作者、艺术家一定要以"美的照观态度""处理材料，整理事实而完成他的创作"，"影艺是沿着由兴味而艺术，由艺术而技巧的途径而走的"，"它的'怎么样地描写着'的问题常常是比它的'描写着什么'的问题更重要的"。由此他认为国产片最大的毛病就是"内容偏重主义"，而且"那所谓内容多半带有点小儿病"。使"软硬之争"明朗化并得以命名的是黄嘉谟的几篇文章：《现代的观众感觉》《电影之色素与毒素》《硬性电影和软性电影》[2]等。在这些文章中黄嘉谟一再激烈地反对影片"被利用为宣传的工具"，"把那些单纯的为求肉体娱乐精神慰安的无辜观众，像填鸭一般地，当他们张开口望着银幕时，便出人不意的把'主义'灌输下去"。他认为"西洋的电影是软片，而中国的电影是硬片"，指责中国制片家

1 这些文章分别见 1932 年 7 月 1 日至 10 月 8 日《电影周报》第 2、3、6、7、8、9、10、15 期；1933—1934 年《现代电影》第 3、4、5、6、7 期。

2 这些文章分别见 1933 年《现代电影》第 3、5、6 期。

"硬要在银幕上闹意识，使软片上充满着干燥而生硬的说教的使命"。强调了电影"是给眼睛吃的冰淇淋，是给心灵坐的沙发椅"，"使大众快乐欢迎"的娱乐功能。所以尽管刘呐鸥和黄嘉谟都攻击左翼电影，但前者是以艺术的价值为基准，后者是以娱乐的价值为基准。在后来左翼电影界的回击中，他们的观点被冠以"纯艺术论""纯粹电影题材论""美的照观态度论"和"冰淇淋论"，统称为"软性电影论"。

在 1933 年 11 月《矛盾》月刊 2 卷 3 期上，以《映画〈春蚕〉之批判》为题发表的刘呐鸥、黄嘉谟的一组文章可以说进一步激化了这场"软硬之争"。茅盾的名作《春蚕》被改编成电影，是中国电影发展史上具有历史意义的大事。在此之前，中国电影偏向改编旧小说和鸳鸯蝴蝶派的作品，新文化运动后的十多年中，电影界和新文学没有发生过任何关系。为此赵家璧站在中国新文艺史的立场，于同期发表《小说与电影》给予了充分的肯定，认为"《春蚕》的演出是值得歌颂的，因为它是第一部新文艺小说被移入了开麦拉的镜头"。而作为软性电影论者的刘呐鸥、黄嘉谟，虽也认同这一意义，但又极尽贬损之能事。刘呐鸥断定，电影《春蚕》由于"缺乏电影的感觉性"，是失败的作品。黄嘉谟更极端地从小说到编剧、导演、表现诸方面进行了全面的否定。他认为，小说《春蚕》其"文学的干涩已经达到了催眠的程度"，而明星影业公司能把这样的小说搬上银幕"不能不算是近年文坛的奇迹"。他从电影的娱乐功能和审美价值观出发，指责《春蚕》演出最大的毛病便是"缺乏趣味的成分"，缺乏"美点"。不仅缺少自然景物的美，乡村男女的衣服也"实在欠洁净而又破旧"。总之，是以欧美软片为标尺，认为《春蚕》的题材根本就不适合改编成电影。更有甚者，黄嘉谟竟然对《春蚕》的意识也一并否定。他说："我们在这片子里的发见的只觉得在今日的这些农村所采用的育蚕法，仍旧是几千年来的老法子。像这样'泥古不化'的现象，怎能怪得洋货猖獗，土产衰落呢。想到优胜劣败的

《春蚕》剧照

公例，实在叫我们不寒时栗。所以我们对于剧中人只觉得愚笨得情怜，一点也不会和老通宝表示着同情心的。"

　　由此可见，《春蚕》因阶级意识和民族意识的鲜明性得到左翼文学的推崇，被视为农村题材的代表作，而黄嘉谟却从优胜劣败的经济竞争规律出发，将其看得毫无意义可言，在两种不同价值观的判断下会产生多么大的歧义。软性电影论者和左翼运动在意识形态、立场、价值观等多方面的分歧从根本上决定了这场论争势不可免，并进一步在对于美国片《太夫人》《奇异酒店》《民族精神》等一系列的影评中形成了尖锐的对立。

　　从 1934 年 6 月开始，在"剧联"领导下成立的左翼"影评人小组"，以夏衍、王尘无、鲁思、唐纳、舒湮等为骨干，以鲁思主编的《民报》电影副刊《影谭》，还有上海《晨报》上的早期《每日电影》（后期成为软性电影论者的阵地），《现代演剧》《大晚报》《时事新报》《中华日报》等的电影副刊以及《影迷周报》《电影画报》等为阵地，向软性电影论者展开了有组织的反击。从唐纳的《太夫人》作为"反击的第一声"开始，先后又有《〈民族精神〉的批判——谈软性电影论者及其他》《清算软性电影论》，夏衍以"罗浮"笔名发表的《软性的硬论》《"告诉你吧"——所谓软性电影的正体》《玻璃屋中投石者》《白障了的"生意眼"》，尘无《清算刘呐鸥的理论》《电影批评的基准》[1]等一批评论文章出笼。从关于《春蚕》《太夫人》《民族精神》《孤军魂》《奇异酒店》等一系列电影的评价上，软硬电影论者之间所存在的根本性的分歧，使左翼影评人逐步把个别影片的评价问题引向电影批评的基准，并进一步涉及有关艺术的本质、内容和形式的关系，美学价值和社会价值，艺术性与倾向性等一系列的理论问题，从而把争论越来越集中于规约性的左翼话语之中。他们与软性电影论者针锋相对地提出："我们的批评基准是：电影艺术地表现社会的真实"，"形式是内容决定的"，"主题，是有着决定的意义的"。而"社会是一个矛盾物的存在。在他的万花缭乱的现象中，是有主导的和从属的，偶然的和必然的不同"，作品中"反映出来的是不是客观的真实"，可以"进一步的说明作家意识是正确的，或不正确的"，"一个特定阶级的主观是必然的和历史的客观相一致"，等等。

　　1934 年 10 月叶灵凤和穆时英共同编辑的《文艺画报》正式创刊。在创刊号上刊登了江兼霞[2]的反击文章《关于影评人》，把矛头直接对准了左翼影评人。文章批评说："中国电影，每一张新片开映，总有'意识正确'的影评人在检查它的成绩：内容是否空虚，意识是否模糊，用着赝造的从西伯利亚贩来的标准尺，来努力提高中国电影的水准，使其不致成为资产阶级，甚而至于小市民的享乐品，要使它负起教

1　唐纳文章分别见 1934 年 6 月 10 日、6 月 12 日、6 月 15—27 日上海《晨报·每日电影》；夏衍的文章分别见 1934 年 6 月 13 日《晨报·每日电影》、1934 年 6 月 21 日《大晚报》、1934 年 6 月 29 日、7 月 3 日《晨报·每日电影》；尘无的文章分别见 1934 年 8 月 21—24 日《晨报·每日电影》、1934 年 5 月 20—21 日《民报·影谭》。

2　江兼霞何许人也，到目前为止还是个谜。鲁思因其与穆时英的观点一致而怀疑是穆时英；也有人认为是叶灵凤。但据 1935 年 8 月 25 日上海《晨报》刊登的《〈自由神〉座评》，参加者为叶灵凤、刘呐鸥、江兼霞、高明、穆时英、姚苏凤，一个人以不同的笔名同时发表两篇文章是可能的，在座谈会上恐怕难以一身两用，所以江兼霞很可能既不是穆时英，也不是叶灵凤。另外，据查施蛰存和杜衡曾使用过这个笔名，当时施蛰存不在上海，所以，有可能是杜衡。当然这也是猜测。

育大众的使命。"由于这篇文章指名道姓毫无顾忌，进一步激化了这场论争。鲁思当即在《现代演剧》创刊号上，发表了被穆时英称为"煌然大文"的《站在影评人的立场上驳斥江兼霞的〈关于影评人〉》进行还击。从此穆时英也被卷入其中，并成为软性论者向左翼电影人再轮进攻的主要干将。穆时英加入软硬争论之时，面对的是由左翼影评人把论争引向深入之后，一整套建立在左翼话语之上的理论体系；在对这套理论体系的批判中，穆时英既表现出无力彻底摆脱左翼理论的内在逻辑和思维，又在很大程度上冲破了这套理论体系的怪圈，而发出了与其相异的一种声音。

穆时英针对左翼影评人提出的电影批评的基准问题，也谈《电影批评底基础问题》，连载于 1935 年 2 月 27 日至 3 月 3 日的上海《晨报》。该文主要是对鲁思那篇"煌然大文"的批判，同时也被硬性论者看作是软性电影理论的"煌然大文"。穆时英故意把鲁思的论理逻辑推向极端，而引出非常荒谬的观点以证明其理论的荒谬，并初步阐明了自己的观点。此文招致左翼影评人的一致反击和对软性电影论的总体清算。先是鲁思万余言的长文：《论电影批评底基准问题》，刊载于 1935 年 3 月 1 日—9 日《民报·影谭》，对穆时英文章进行反驳。在此文中，鲁思也以其人之道还治其人之身，把穆时英观点推向极端还其逻辑的荒谬，并进一步论述了形式与内容、现象与本质、社会价值与美学价值、艺术的本质等等范畴的问题。另外又有尘无和史枚（唐纳）接连发表于 1935 年 3 月 16 日—23 日、19 日—23 日《中华日报·电影艺术》上的文章：《论穆时英的电影批评底基础》和《答客问——关于电影批评的基准问题及其他》，柯萍《论〈影评之诸方面〉》《从"冰淇淋论"到"艺术快感论"》，萍华《软性影评的总崩溃》[1]，

---

1 柯萍的文章分别见 1935 年 3 月 11、13 日《民报·影谭》；萍华的文章见 1935 年 3 月 20 日《民报·影谭》。

等等，共同助阵鲁思，逐一批驳了对穆时英及其软性电影论者的观点，甚至有些文章已把这场论争升级为敌对斗争，攻击软性论者"企图借着影评来强调影片中的毒素，去杀害观众"，是"想掩护这丑恶的社会"的"软性绅士们"，国际帝国主义电影文化侵略的"清道夫"，"帮助推进中国完全陷入殖民地奴役的命运"，从而把文艺论争上升为政治斗争。此种批判的调子一直延续到 1980 年程季华主编的《中国电影发展史》，该书仍认为："'软性电影'的'冰淇淋'路线的实质，就是反对电影为无产阶级、人民大众反帝反封建的革命政治服务，就是主张电影为帝国主义和蒋介石反动派的反革命政治服务。"[1]

针对其中"比较有一点严肃性的文章"，穆时英写了一篇近 4 万字的长篇论文《电影艺术防御战——斥捐着"社会主义的现实主义"的招牌者》，从 1935 年 8 月 11 日一直连载到 9 月 10 日，分成 20 多次发表，集中而认真地阐明了自己的观点及其理论。从现在掌握的材料来看，穆时英对康德、尼采、叔本华、普列汉诺夫、马克思、布哈林、托尔斯泰等的学说和文艺思想都有所涉猎。所以他不仅能指出硬性论者的理论来源，及其机械论的缺陷，也能为自己的观点找到理论的依据。他在这篇长文中或批判或论述了九大问题："伪现实主义底本体""思维与存在""主观与客观""哲学者们各各任意着说明世界，但最要紧的却是变革世界这一回事""艺术底本质""艺术底思想与情绪""艺术底终极使命""内容与形式""批评底路"等。对于这样一篇重要的理论文章，无论是鲁思后来在《影评忆旧》中回忆"软性电影"与"硬性电影"之争，还是程季华主编《中国电影发展史》概述"对'软性电影'分子的斗争"时，都只字未提。应该说，穆时英这篇重要理论文章不仅对于我们去理解软硬之争的性质，及其双方理论的问题有着不可缺的意义，对于中国现代文学界去把握

1　程季华主编：《中国电影发展史》，第 403 页。

新感觉派和穆时英的小说创作更为重要。1935 年 8 月穆时英又在《妇人画报》电影特大号上，发表了一篇《当今电影批评检讨》的文章，把左翼影评说成是"一开始就被左翼'文总'、'剧联'当作执行政治的策略底主要路线使用着"，甚至公开点名，认为以尘无、鲁思、唐纳为领导的影评"向演员和导演提出充实生活的口号；……就是要求演员和导演不但是胶片上的马克思主义者，而且是现实生活上的马克思主义者"。在当时国民党掌握政权，加紧文化"围剿"的情势下，穆时英对左翼影评人的指斥无疑很容易招致当局的政治迫害，鲁思以此为由向法院提出公诉。据讲，加之文化特务的威胁，鲁思不得不逃亡到日本。

　　把理论文化之争上升为政治斗争，无论是被政治所利用，还是借政治手段来解决文化的争端或说是争取文化的霸权，实际上都有失文人的身份和意义。软性电影和硬性电影的理论之争到此暂告一段，但并未结束。1935 年下半年，黄嘉谟、刘呐鸥等进入"艺华"公司，开始把他们的电影主张付诸实践。根据程季华主编《中国电影发展史》所提供的资料，软性电影论者从 1935 年底到 1937 年七七事变抗战爆发止，在艺华公司一年半的时间里一共制作了 19 部影片。这些影片大致可归为三类：一类是以黄嘉谟编剧《化身姑娘》为代表的"软性"喜剧片；一类是以刘呐鸥编导《初恋》为代表的"软性"爱情片；一类则是以《新婚大血案》为代表的侦探片。其中《化身姑娘》获得很高的票房，以致又拍出了续集、三集、四集。由此可见，软性电影论者的产品，在今天淡化了意识形态之后看来，正属于典型的所谓大众文化模式的几种类型。他们所提倡拍摄的电影，正具有一种适应着商品规律和城市市民生活的大众文化性质。但在当时面临帝国主义的侵略，抗日救亡运动蓬勃发展的时候，左翼影评人对他们持续展开的批判，无疑也具有历史的合理性。

第二节　放弃启蒙者的身份和姿态

尽管"软硬之争"发生于电影界，但双方争论的焦点都超越了此范畴而扩展到文艺理论，甚而至于哲学的一般性认识论问题。更为重要的是，很少有理论言说的新感觉派在这场论争中填补这一缺憾。可以看出，他们的理论主张既反映了他们的变化，又是其过去合乎逻辑的发展；既有电影作为以电子为媒介的现代大众文化所刚刚显示出的经济效力和娱乐功能影响其文艺观的一面，又关涉到他们对小说家身份及其作用所持有的一贯态度。他们从追随左翼运动最终走到左翼运动的对立面绝非偶然。

前面已经谈到新感觉派虽然有过追随左翼运动的历史，但他们涉足左翼文学更多地是追求"尖端"和"时髦"，或说是对于一种新的艺术形式的探求，而非献身于一种主义或理想的信仰活动。施蛰存在《我的创作生活之经历》中曾经坦言："普罗文学运动的巨潮震撼了中国文坛，大多数的作家，大概都是为了不甘落伍的缘故，都'转变'了。《新文艺》月刊也转变了。于是我也——我不好说是不是，转变了。"[1]这同样可以从穆时英《南北极》中的作品里得到进一步的证实。他笔下的无产者既不是俯首帖耳、听命于人的待启蒙的对象，也不是被启蒙后汇入革命洪流中的力量，而是流动在社会底层，听凭自己本能支配，敢于破坏一切的群氓，与左翼意识形态所假定的群众毫无共同之处，因而被冠以"流氓无产者"的意识而受到左翼作家的批判。在半个多世纪以后，施蛰存曾坦然承认："我们自从四·一二事变以后，知道革命不是浪漫主义的行动。我们三人（另指戴望舒、杜衡——笔者注）都是独子，多少还有些封建主义的家

1　施蛰存：《灯下集》，开明书店，1937 年，第 80 页。

《南北极》初版封面　　　　　　　　《南北极》改订版封面

庭顾虑。再说，在文艺活动方面，也还想保留一些自由主义。"[1] 也就是说，他认同的是世俗人和自由知识分子的身份，而不是先知先觉的启蒙者，更不是听命于将令的战士，这些都从根本上决定了他们与读者的预定关系。

施蛰存主编的《现代》明确表示："对于以前的我国的文学杂志，我常常有一点不满意。我觉得它们不是态度太趋于极端，便是趣味太低级。前者的弊病是容易把杂志的对于读者的地位，从伴侣升到师傅。……于是他们的读者便只是他们的学生了；后者的弊病，足以使新文学本身日趋于崩溃的命运，只要一看现在礼拜六派势力之复活，就可以知道了。"[2] 他还曾借着评论爱德华·李亚（Edward Lear）的《无意思之书》，高度评价"无意思文学"，认为文坛"一直到了现在，一方面是盛行着俨然地发挥了指导精神的普罗文学，

1　施蛰存：《最后一个老朋友——冯雪峰》，见《沙上的脚迹》第 129 页。
2　见 1932 年 5 月《现代》1 卷 1 期《创刊宣言》和《编辑座谈》。

一方面是庞然自大的艺术至上主义，在这两种各自故作尊严的文艺思潮底下，幽默地生长出来的一种反动——无意思文学"。这种文学并不训诲读者，也不指导读者，"是超乎狭隘的现实的创造"。[1] 他还强调："一个文学家所看到的人生与一个普通人（这即是说，一个非文学家）所看到的人生原来是一样的。文学家并不比普通人具有更锐敏的眼睛或耳朵或感觉，但因为他能够有尽善尽美的文字的技巧去把他所看到的人生各方面表现得格外清楚，格外真实，格外变幻，或格外深刻，使他的读者对于自己所知道的人生有更进一步的了解，这就是文学之唯一的功用，亦即是文学之全部功用。"他总结新文学的教训，提出"文学不是一种'学'"，既不应把文学与哲学、科学相并列，做学院式的深邃研究，也不应把文学作为一种政治宣传的工具，新文学发展以来的这两种倾向都"把文学的地位抬得太尊严"，"多数人心慑于这一个'学'字的权威"，或者"使一般人的欣赏力不够仰攀"，或者使文学家"往往把自己认为是一种超乎文学家以上的人物"。施蛰存所阐明的这一"文"而不"学"的文学观念，正是他给自己心目中的文学的一个定位。他始终反对新文学的"庄严"和"教训"，呼吁"使我们的新文学成为正常的文学"，"使文学成为每个人可以亲近的东西"。[2] 施蛰存对文学家的地位和关于人生的认识并不比普通人的见解更高，实际上否定了文学家具有充当启蒙者的资格，他把文学家的特长仅仅看作是"文学技巧之优越的运用"。这不仅与左翼文学界所强调的根本的问题是作家的世界观、立场的观点，而且与为新文学作家所普遍接受的"改良人生""转移世道人心"的文学观都形成了鲜明的对比。

穆时英同样声明自己写小说的态度是"抱着一种试验及锻炼自

1　施蛰存：《无意思之书》，《灯下集》，第 71 页。

2　参阅施蛰存：《"文"而不"学"》，见《文艺百话》，华东师范大学出版社，1994 年。

己的技巧的目的写的"，"对于自己所写的是什么东西，我并不知道，也没想知道过，我所关心的只是'应该怎么写'的问题"。[1]新感觉派之强调技巧和创造社之强调天才已有很大的区别，前者重在人为的努力和习得，后者突出的是艺术家的天赋高于常人。穆时英曾写过一篇杂文《伟大与天才》讥讽说："从创造社发挥了以不加修饰，一挥千言等为天才的特殊精神，天才欲和创造狂的风气便遗留到现在。……这些人反复贩卖各种主义和运动，从运用上说来，这些人全够得上称谥天才而无愧的。他们既懂文学，又明政治，经济，甚至于……对于每一件事，皆有一大篇说教式的议论。是专家，也是百科全书！他们有着独创的用语，独创的逻辑，由于运用得法，而他们的举动言辞就都成了权威！"[2]穆时英显然怀疑在现代社会还有什么都懂的百科全书式的通人，他在受到舒月的一篇题为《社会渣滓堆的流氓无产者与穆时英君的创作》的批评后，针对文中所谓普罗阶级的文艺是要"以前卫的责任，参加现实的当前问题的斗争，定要和政治取着平衡的发展，突进到问题的最前线最中心的方面去，在集团的命运上教育或者慰藉"[3]的任务，直言相告："到现在为止，我还理智地在探讨着各种学说，和躲在学说下面一些不能见人的东西，所以我不会有一种向生活、向主义的努力。"[4]后来在《白金的女体塑像·自序》中又宣布自己"失去了一切概念，一切信仰；一切标准，规律，价值全模糊了起来"。这无疑同样在宣布"我"手中并无可以用来启蒙的思想和真理，也并不想承担这样的职责。他在《电影批评底基础问题》《电影艺术防御战》这两篇长文中进一步为自己的无信仰，否定真理的存在找到并阐发了理论的依据。

---

1 见穆时英：《南北极·改订本题记》。

2 穆时英：《伟大与天才》，载 1934 年 10 月 13 日天津《大公报》。

3 舒月：《社会渣滓堆的流氓无产者与穆时英君的创作》，载 1932 年《现代出版界》第 2 期。

4 穆时英：《关于自己的话》，载 1932 年 9 月《现代出版界》第 4 期。

　　穆时英接受了康德关于"物自体"的认识论，并运用康德"物自体"作为本体，是不可知的观点，去理解现象与本质、客观现实与主观现实以及相对真理与绝对真理的问题。他谈到："人类被自然及历史条件所限制，所认识的现实虽然是益和原生的客观现实相接近，由相对真理的堆积而逐渐到达绝对真理的境地，但始终只是与客观现实有着若干距离的差异的现实底现象而已。""在思维中存在着的现实与在客观中存在着的现实是不能不有着若干距离的差异的。前者常是后者底一部分，一面。因此人类所认识的就永远像是现象。"[1]在这里穆时英根据康德对于物质和物自体的区分，把"在思维中存在着的现实"、相对真理和康德所说的我们能够认识的"感性直观的对象，即现象"，有限经验的认识相对应，而把客观现实、绝对真理和康德所说的"作为我们感官对象在我们之外的东西"，即"物质后面的不可知的'本体'"——物自体相对应，从而得出结论："人只限于认识现象。"进而从这个意义上认为："现象可以说是最客观的，最实感的现实，而与它相对立的本质倒是主观的，解释的东西。""本质的现实都只是各人自己的解释。"因而穆时英认为"康德所以把事物分为'事物本体'与为我们的事物者（指表象中的现实——笔者按）就因为我们底表象底对象和我们底表象中间有着一段不近的距离。康德底错误不在于主张事物中间有'事物本体'和现象的分别，而是在于他以为这区别是永久的，固定的，不可逾越的这一点"。[2]

　　穆时英从理论上并不否认绝对真理的存在，在这点上他同时也接受了马克思主义关于人类会在实践中不断地接近它，在相对真理的总和中达到它的观点。但他强调"在某阶段上人类对于现实底认识却是相对的"[3]，从而由理论的问题转移到现实的问题，即当下"在

1　穆时英：《电影艺术防御战（六）》，载 1935 年 8 月 16 日上海《晨报》。

2　同上。

3　穆时英：《电影艺术防御战（六）》，载 1935 年 8 月 16 日上海《晨报》。

一九三五年的今年，没有谁的主观是，或者能够与客观的历史行程完全一致，谁也不能保（证）任何人的主观与客观的历史行程完全一致"[1]，也就是说谁也不是"真理的代表者"。而且穆时英尖刻地指出："说自己的主义是一种信仰，这样的话是合理的，忠实的。说自己的信仰是真理，而且是和客观的历史行程相一致的主义，不是无知和夸大，便是卑鄙的对于群众的欺骗。"[2]康德强调物自体作为不可认识的界限，为的是"舍弃知识以为信仰留地盘"，从"本体"认识论上的不可知的"消极含义"跨越到"本体"在伦理学上的"积极含义"，"即为了使它成为实践中的主宰。'批判哲学'的整个体系就过渡到这个道德的实体，过渡到信仰主义"[3]。但穆时英借用康德的观点为的是否认现阶段真理的存在，进而否认在真理名义下的霸权，真理的权威性；或者走向另一个极端，肯定一切理论，一切学说、主义与思想"都代表现实底一面"，进而肯定多元的存在；因而，恰恰走到了康德的反面——无信仰和多中心。他对现象是"最客观的，最实感的现实"的确信，对本质作为"各人自己的解释"的东西的怀疑，可以使我们理解他的小说结构何以经常采用将现代社会现象平面并置，而少有对于这些现象的纵深发掘以及由此形成的主与次的从属关系和秩序。现象对于他来说，都具有同等的价值，并无本质与非本质之分。这不仅是有无认识的能力的问题，也是是否想去认识的动力问题。

在承认人的认识的有限性的基础上，穆时英进一步反驳了左翼关于文艺是客观现实的反映论。他首先认为"主观并不反映客观存在的现实，只是导引于并且是企图去认识它。不过，在现阶段上，

---

1 穆时英：《电影艺术防御战（七）》，载 1935 年 8 月 17 日上海《晨报》。

2 同上。

3 李泽厚：《批判哲学的批判——康德述评》，人民出版社，1979 年，第 269 页。文中有关康德的哲学均参阅该书第 7 章：《认识论：（六）"物自体"》。

因为种种条件底不充分，主观不能认识现实底全部，在表象上的现实与客观存在的现实是隔着相当的距离，有着不同的姿态的"。"在艺术领域里边，主观与客观中的距离隔得更远，表象与表象底对象错异得更厉害。"[1] 既然主观与客观不能统一，那么艺术反映的就不是客观而是主观。"艺术作品底产生必需经由作者底手，任何艺术作品，客观地分析起来，就不能不是反映主观的工具，而不是表现现实的工具。"从艺术家主观上看来也是如此，"一切艺术都以强调为基本手法，就因为作者并没有企图把整个的现实给人家看，也没有想用艺术做手段去反映客观现实，只是把他所看到的给观众看，而且是强制观众看，使观众也获得与他同样的印象"。因而"艺术家所企图着的事不是客观底反映，而是主观底表现"。[2] 穆时英一再强调艺术本质的主观性，同样也是为了否定左翼文学理论的真理性以及由此获得的权威性。他通过对现阶段真理的否定，对文艺反映客观现实的否定，从认识论到文艺观重重否认了任何人能够自居为真理、本质或现实的发现者、反映者而获得启蒙者的资格与权力。

对作家启蒙身份的否定和对被启蒙地位的拒绝，以及与普通人、常人的认同，不仅表现出新感觉派有别于以文化启蒙和思想启蒙为己任的新文学作家，有别于以政治启蒙、民族救亡为己任的左翼作家，也有别于那些不断追问探询神性与人性、超验世界和现实世界、精神和物质，在精神与灵魂的无限领域里遨游的西方现代主义作家。他们放弃文学家启蒙者的使命，必然会带来关于文学的功能和观念等一系列的改变。

1　穆时英：《电影艺术防御战（十一）》，载 1935 年 8 月 22 日上海《晨报》。
2　同上。

第三节　技巧·软性电影·轻文学
　　——作为生产者，也作为艺术家

　　在"软硬之争"中，软性电影论者突出了文艺在现代社会中的娱乐功能。很显然，他们是出于争取大众的考虑。黄嘉谟在《软性电影与说教电影》一文中分析说："现代的观众已经都是较坦白的人，他们一切都讲实益，不喜欢接受伪善的说教。他们刚从人生的责任的重负里解放出来，想在影戏院里寻找他们片刻的享乐，他们决不希望再在银幕上接受意外的教训和责任。"如果抹杀电影应有的娱乐性，认为只是适合小市民的胃口，而变成生硬的东西，"它便要完全失去它的效用，观众便要裹足不上影戏院去了"。所以他奉劝中国制片家"多摄一些高级趣味的影片"以"获得广大民众的欢迎。使每部影片都能'利市三倍'"，而欲达此目的，"每部作品都应该用艺术的手段去摄制，片中须充实着高尚的趣味"。[1]

　　刘呐鸥强调影片的艺术性和技巧，"美的照观态度"也正是为了"给观众以'视觉的享受'"，甚至认为电影的功用"等于是逃避现实的催眠药"，"白日之梦"，所以它在今日是"占着大众娱乐的王座"。

　　在今天看来，软性电影论者的观点是文艺被组织到现代社会产业化生产中后，也不得不顺应市场运行的规则而引起的有关文艺功能的调整在文艺观上的反映，表现了商品形式对文化领域的渗透。事实上，只要文艺不再成为官方，或某种政治势力或达官贵人所利用所资助的工具，它就不得不遵循市场的经济规律，考虑投入与产出，注重销路与市场。无论赋予文艺以何种社会功能，它必须在市场上完成这种转换，必须通过它的消费者——大众才能进入社会，发挥作用。可以说，不仅艺术能有独立的地位要归功于市场；大众的存

1　黄嘉谟：《硬性影片与软性影片》，载 1933 年 12 月 1 日《现代电影》1 卷 6 期。

在能够受到前所未有的注意，大众的欣赏趣味能够得到前所未有的重视也要归功于文化工业的功利目的。

电影作为现代技术媒介和商品经济的产物，不仅以它的声音与图像消除了书面文字符号对大众的限制，增长了对大众的吸引力，而且以它远比书写媒介更为依赖社会生产销售系统的需求，为过去位于文化边缘的大众，平等地进入文化的中心地带提供了契机和条件。也正是从电影始，人们才清楚地意识到在现代社会中，文艺和企业和生产联系在了一起。洪深为郑振铎、傅东华主编《文学百题》撰写《电影在现代艺术居怎样的地位？它和文学有怎样的关系》"条目，就引用《电影经济史》的作者日本武田晃氏的话说："电影是在19世纪末产生的一个'发明'。从这发明中产生了'艺术'，也产生了'企业'。"并进而认识到，现代艺术"必然是集团的群众艺术"。[1]所以阿多诺、霍克海姆在他们合著的《启蒙辩证法》中，专门把电影当作"文化工业"的首例加以批判。刘呐鸥也分析说，电影"是拿动作来描写的"，"最能使它的意义给人明白"，因而"是国际主义者又是世界语。所以观众不分阶级有学无学都能了解它——尤其是它和大众结合了的时候。'大众化'三个字如果用在它的字意上，在电影界是可以不必大事鼓吹的，因为电影生来便是大众化"，是"民众的艺术"。[2]电影的大众性质使它更依赖大众的参与，所以更迫切地需要它的产品为群众的消费所设计和生产，电影的娱乐功能就被提升到了非同一般的位置。软性电影论者的主张，正反映了电影作为都市大众娱乐的一种主要的形式，对于文艺的功能所提出的要求。

事实上，商品消费的规则早已侵入文艺部门，并非自电影始，只是严肃文艺领域不愿意承认这一点，而自称与市场划清界限，以

---

1 洪深：《电影在现代艺术居怎样的地位？它和文学有怎样的关系？》，郑振铎、傅东华编：《文学百题》，上海生活书店，1935年，第262页。

2 刘呐鸥：《中国电影描写的深度问题》，载1933年6月《现代电影》1卷3期。

维护倡导社会理想、信念和价值观念的纯洁性和权威性。新感觉派也并非进入电影界后才注意到文艺与商品经济的关系，文艺作为社会的一个特殊生产性领域所要求的娱乐功能，只是在电影领域表现得更为"彻头彻尾"而已。施蛰存早就曾明确提出"想弄一点有趣味的轻文学"[1]，计划仿第一书店的 Holiday Library 形式及性质出一套"日曜文库"，也就是星期天文库，其休闲娱乐性质不言而喻。在编辑《现代》期间，他还曾另行主编过一本要"以轻倩见长的纯文艺刊物"《文艺风景》，自称这两本刊物是他追逐理想的"两个不相同的路径"。他在《文艺风景创刊之告白》中说："倘若我以《现代》为官道，则《文艺风景》将是一条林荫下的小路。我们有驱车疾驰于官道的时候，也有策杖闲行于小径上的时候。我们不能给这两条路作一个轻重贵贱的评判，因为我们在生活上既然有严肃的时候，也有燕嬉的时候；有紧张的时候，也有闲散的时候；则在文艺的赏鉴和制作上，也当然可以有严重和轻倩这两方面的。"实际上，新感觉派自从施蛰存辞去《现代》编辑职务以后，就风流云散。施蛰存和康嗣群一起办的《文饭小品》更为低调。康嗣群为《文饭小品》"创刊释名"说，"文饭"即是"吃文饭"的意思，如"官吏则曰吃衙门饭，商人则有吃洋行饭的，工人则曰吃手艺饭的"一样；并针对以鲁迅为首的左翼文坛对小品文的批评提出，小品"也许是清谈，但不负亡国之责；也许是摆设，但你如果因此丧志，与我无涉；'小品'云何哉，干脆的说，一切并不'伟大'的文艺'作品'而已"。

穆时英去和叶灵凤一起编《文艺画报》，他们在创刊号《编者随笔》中直言，"不够教育大众，也不敢指导（或者该说麻醉）青年，更不想歪曲现实，只是每期供给一点并不怎样沉重的文字和图画，使对于文艺有兴趣的读者能醒一醒被其他严重的问题所疲倦了的眼

---

1 见孔另境编：《现代作家书简》，第 79 页。

睛，或者破颜一笑，只是如此而已"，因此，"关于所谓'本刊诞生之使命及其对于现在社会的责任'，这类皇皇的大文，为了读者打算，我们敬谢不敏"。刘呐鸥早在独资经营的第一线书店、水沫书店被当局查封亏本、资金周转不灵倒闭后，就曾打算另办东华书店，改变出版方向，多出一些大众化的日常用书。[1]他在淞沪抗战结束后又转而去从事电影。叶灵凤、穆时英、刘呐鸥和高明、姚苏凤还一起合编过一本《六艺》，也都是"于文艺有关的趣味文字"。

新感觉派从 1928 年到 1934 年在文坛以其小说技巧的实验而红极一时的黄金时期，前有赖于刘呐鸥资金的支撑，后有赖于施蛰存掌握了《现代》的编辑大权，在这些条件丧失后，他们都自觉地追随着大众的要求和趣味，积极地适应着文化工业的生产性活动的规则。对于新感觉派来说，这并不是一次灭顶之灾的艰难转变，毋宁说是新的尝试和实验；因为他们是以大众，包括他们自己的生活需要为取向，不管是严肃还是轻倩、高雅还是通俗，都无高低贵贱之分，唯有不同的需求和目的之异。所以在文艺成为现代社会一个生产性部门的转变中，他们自觉地适应了这个转变，相应地把写作看作是和工人、商人、官吏一样的一种谋生手段和职业，把作者看作是本雅明所说的"生产者"，把作品看作是满足"大城市市民的口味与神经"的"一种生活的需要"。[2]施蛰存在《文艺百话·序引》中，把 1927—1937 这十年期间的上海看作是"中国新文学运动的'繁华市'"。穆时英也曾为 30 年代中期的上海文坛写过系列散文《文学市场散步》[3]。这种把文学看作是一种生产活动的意识，不仅为文学褪

1　参阅施蛰存：《我们经营过三个书店》，见《沙上的脚迹》。
2　斯宾格勒语，见［德］奥斯瓦尔德·斯宾格勒著，齐世荣等译：《西方的没落》，商务印书馆，1995 年，第 59 页。
3　穆时英：《文学市场漫步》（之一）、（之二）、（之三），分别载于上海 1935 年 11 月 9、16、23 日《晨报·晨曦》。

去了传统的"文以载道"的宣传和教育大众的"神圣的光环"，也并未像西方现代派那样在"上帝死了"之后，把文艺本身奉为一种新的宗教。

如果说左翼文坛一直是在政治思想宣传和文学的艺术性之间寻求一种平衡，新感觉派则一直是在如何娱乐大众和文学的艺术性之间探讨一种合作。他们或者把娱乐性文学和高雅文学分而治之，以满足不同层次读者的不同要求，同一层次读者不同心境时的不同要求；或者以通俗性带动文学性作品的发行，比如像叶灵凤主编《幻洲》所做的那样，在一本杂志里分上、下两部：《象牙之塔》和《十字街头》，让高雅和人世的热门话题相互促进；或者寻求娱乐性和文学性的统一，这集中体现在施蛰存提出的"轻文学"观念上。在某种程度上说，新感觉派的很多作品都具有"轻文学"性质。事实上，施蛰存曾计划主编的那套"日曜文库"首先就打算把穆时英的中篇小说列为第一本，无意中他给穆时英的这一类小说定了性。沈从文曾不无苛刻地说穆时英"适宜于写画报上作品，写装饰杂志作品，写妇女、电影、游戏刊物作品"，[1] 他从另一方面揭示了穆时英小说"轻"的性质。

的确，穆时英的很多小说都发表于消闲性很强的杂志上。他的《黑牡丹》在《良友》画刊第74期，《骆驼·尼采主义者与女人》在叶灵凤主编的《万象》第1期，《墨绿衫的小姐》在他编辑的《文艺画报》创刊号上发表时，都配以女人裸体或半裸体的插图，图文并茂地突出了色情的特点。不过，新感觉派的讲究美和形式使他们的小说免于低俗。比如刘呐鸥的《杀人未遂》、施蛰存的《凶宅》《夜叉》等都以精巧的构思或心理分析、内心独白等新鲜手法的运用，为凶杀恐怖的通俗题材包装了一层艺术性的外衣。一般来说，他们的小说由于既充满了施蛰存所说的三个"克"：Erotic，Exotic，Grotesque（色情

---

1 沈从文：《论穆时英》，见《沈从文文集》，第11卷，第204页。

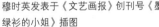

穆时英发表于《文艺画报》创刊号《墨绿衫的小姐》插图

穆时英发表于《万象》创刊号《骆驼·尼采主义者与女人》插图

的，异国情调的，怪奇的）这些通俗文学所少不了的配方，又讲求高雅文学的精致和技巧，所以在通俗性刊物上发表能够提高其品位，在严肃性刊物上发表能够为其带来一股清新活跃的气息。正像叶灵凤在《万象》发刊词中所说："我们虽然耽于新奇，但是我们决不流于庸俗。能将现代整个尖端文明的姿态，用最精致的形式，介绍于有精审的鉴别力的读者，这便是我们的努力。"新感觉派的这一目的可以说达到了，林希隽对他们的评论正与其追求不谋而合："新感觉派的文学，其长处在于一种强烈的色彩与情调以感动读者，平常人对于一事一物所不能感觉出来的意味和境界，而作者独能微妙的表现出来。更以飘逸的没有中心思想的故事为内容，使读者有如陷入一个梦幻的境况中，感得可捉摸又不可捉摸，一刹那儿给我们的感觉是轻松的，美致的。然其感人之力也只是止于瞬间而已，纵目即淡忘了。"[1]这正描绘出了新感觉派并无奢求的"轻文学"的境界。

从"轻文学"到"软性电影"并无什么区别，毋宁说是一种观念在不同领域的两种提法。根据当时出版的一种《文学术语辞典》

1　林希隽：《第四代的文章》，1934 年 2 月《文化列车》，第 9 期。

的解释，轻文学（Light Literature）就称软文学。[1]"轻文学"概念来源于西方，"轻"（light）的一种意思指的是不深刻，不严肃，不沉重，带有消遣性和娱乐性的意思。所谓"轻文学""轻音乐""轻松读物"一般都是在这个意义上说的。而"软性"和"硬性"之分却是来自日本。根据《新小说》编者郑君平的考证，"日本的报纸和杂志上所登载的文章，向例分为软性和硬性两种。小说、随笔等美文是软性的，讨论国家社会的论说便是硬性的。就新闻讲，关于政治、外交、军事、经济的记事是硬性的，所谓'三面记事'——社会新闻——便是软性的"。[2]可以说，轻文学和软性电影都以娱乐为目的，而排斥讨论国家社会的论说。

如果根据轻文学的分类，把新感觉派完全归入消遣性的大众文学范畴，似乎也并不完全合适，因为他们又有着鲜明的纯文学的追求。特别是在《现代》时期，施蛰存非常自觉地意识到《现代》作为一个"纯文艺刊物"所应承担的"文化使命"。[3]他和穆时英、刘呐鸥一起积极探讨尝试西方现代小说技巧，反映中国在都市化、现代化过程中的社会和人事方面所开拓的文学的新领域和新路子，都是一个"轻"字所负载不了的。事实上，新感觉派对形式和技巧的强调，更是他们的一贯主张，这也是他们和硬性论者的主要分歧。也正是有赖于这点，他们才可以在文学史上留下其艺术探讨的脚迹；如果他们的

1　戴叔清编：《文学术语词典》，上海文艺书局印行，1931年，第97页。

2　郑君平：《什么是"中间读物"？》，见郑振铎、傅东华编：《文学百题》，第257页。

3　可参阅《现代》5卷1期《社中座谈·本刊组织编委会之计划》。文中说："我们现在已经很少看到有什么杂志还在干着严肃的理论，切实的大规模的批评，有系统的翻译介绍这些傻子工作了，我们所惯有的是一些杂文，读后感，文人轶事这一类东西。我们已经不再在制造着宝贵的精神的粮食，而是在供给一些酒后茶余的消遣品了。本刊的以往，虽然未必一定十分发展了这种退步的倾向，但究竟没有对一个纯文艺刊物所应负的文化使命加以十分的注意。今而后，除了创作还是依了意义的正当与艺术的精到这两个标准继续进展外，其他的门类都打算把水准提高，尽量登载一些说不定有一部分读者看了要叫'头痛'的文字。我们要使杂志更深刻化，更专门化；我们是准备着在趣味上，在编制的活泼上蒙到相当损失的。"

作品全部是为娱乐而娱乐的，的确只能成为"沙上的脚迹"。我们不妨像对唯美主义运动的评价那样，将其定性为，同时具有高雅艺术和大众文化的双重性质。

在迎合大众口味和文学的艺术性之间探讨一种合作，作为文学家，同时也作为生产者的双重意识，也是具有较高艺术水准的海派作家所追求的目标。张爱玲心目中的理想创作就是"完全贴近大众的心，甚至于就像从他们心里生长出来的，同时又是高等的艺术"。[1] 她认为"职业文人病在'自我表现'过度，以致于无病呻吟"，所以，尽管她把"又要惊人，眩人，又要哄人，媚人，稳住了人"的作文之道看作是"妾妇之道"，但仍认为是"较为安全"的办法。在这方面，张爱玲显然比新感觉派取得了更高的艺术成就，在探讨轻松和高雅的结合上树起了一座高峰。也正是在迎合大众和文学的艺术性之间的平衡中，显示出海派作家作品的高低好坏之差别。

第四节 文艺的终极使命

1930 年代初，当穆时英以其《南北极》和《被当作消遣品的男子》两种截然不同的作品在文坛崭露头角、受到左翼文坛的尖刻批评之时，他曾发表了一个"自白"，声称："文学是情感的传达，感染。每一作品的形式和内容，我以为，决不是可以分开来的东西，而是一个化合物——还不是一个混合物。要文体统一，要意识正确，非得先有统一的生活，正确的生活不可。要统一的，正确的生活，先决问题是这人有没有确定信仰。"他虽坦承"到目前为止……我不会有一种向生活，向主义的努力"，但他表示"年纪还不算大，把自己

---

1 张爱玲：《我看苏青》，见来凤仪编：《张爱玲散文全编》，第 257 页。

统一起来的日子是有的，发生了信仰的日子是有的——真正的答复批评家和读者们的日子是有的"。[1] 在软硬之争中，穆时英发表的长文《电影艺术防御战——斥捎着"社会主义的现实主义"的招牌者》正是他在探讨了各种学说之后的"答复"。

在这篇文章中，穆时英鲜明地提出："一切艺术都是生存斗争的反映与鼓吹。也只有这——只有生存斗争才能说明艺术活动底真正的，终极的意义。"他认为：

> 在一切文化底基础上横着一个共同的东西，文化从这地方出发，为这东西而存在，最后还是回到这地方去。同样，艺术也从它那里出发，为它而存在，又归结到它那里。这是什么呢？就是人类底神圣的生存意志。人类为了这生存意志而向自然，向社会实行斗争，以争取自由与更高级的生存。人类底努力都在向着这个目标进行；为了使胜利的把握更确定，他发明了种种工具来武装他自己，而艺术就是这些武器中最重要的一个。

以此为标准，穆时英高度评价了文学史上那些鼓舞人类与环境做斗争，与命运进行殊死战斗的作品，从而确认了艺术存在的理由："就在被当作工具这一点上；它不但是表现并鼓吹生存斗争底工具，而且应该是这样的工具。"[2] 并把它作为了审美判断的依据："倾向性有益于人群底生存的作品，其美学价值越高，则其社会价值也越高。"[3] 在这里，穆时英把文艺看作是表现并鼓吹生存斗争的工具，不仅与他及新感觉派在文坛上的一贯姿态相抵牾，而且也是向软性论者的

---

1 穆时英：《关于自己的话》，载1932年9月1日《现代出版界》第4期。
2 引文均见穆时英：《电影艺术防御战（十七）》，载1935年8月29日上海《晨报》。
3 穆时英：《电影艺术防御战（二三）》，载1935年9月8日上海《晨报》。

言论中新添加的一种论调。很显然，这是在日本帝国主义加快了侵略中国的步伐，中国处于生死存亡紧要关头的严峻形势下，穆时英做出的积极反应。

由于穆时英的死因关涉其评价问题，需要多说两句。根据穆时英、刘呐鸥先后任社长的《国民新闻》的报道，穆时英是于1940年6月28日"遭渝方暴徒狙击殉难"。当时参与汪伪政权和平运动的人遭暗杀的不少。为此，汪精卫于1940年9月2日在京召开了和运殉难同志追悼大会。在会上，穆时英的弟弟穆时彦还代表37位死难家属致答词。此次大会的第二天，继穆时英后任社长的刘呐鸥又遭狙击，虽说一般认为刘呐鸥是因赌场经济问题被青红帮暗杀，但其时间的凑巧，也很容易让人想到是一次示威性的暗杀活动。关于穆时英之死，是追随汪伪的汉奸，而被国民党"军统"特工暗杀？还是打入汪伪组织内部的国民党"中统"人员，而被"军统"误杀？过去因为稽康裔以"中统"特工身份发表文章[1]，自称是他安排穆时英出任汪政府的职务，而成为证明穆时英是双重特务制下的牺牲者，而非汉奸的唯一依据。但最近解志熙根据新发现的资料，否定了稽康裔回忆的真实性。认为"是他精心编造而子虚乌有的谎言"，"穆时英的最后""并非一个冤死的抗日英雄，而仍是一个附逆的汉奸文人"。[2] 也许现在给穆时英定性仍嫌早些，但解志熙新发现的穆时英逸文《一年来之中国文化界》及其有关文献，为我们了解穆时英抗日立场和思想转变及其理由提供了重要的本证。由此可见，穆时英的抗战态度是发生过转变的。

从穆时英于1935年之后发表的一些作品来看，还是表达了他的

1　参阅康裔：《邻笛山阳——悼念一位三十年代新感觉派作家穆时英先生》，严家炎、李今编：《穆时英全集》，第3卷，北京十月文艺出版社，2008年，第489—491页。

2　解志熙：《"穆时英的最后"——关于他的附逆或牺牲问题之考辨》，《文本的隐与显——中国现代文学文献校读论稿》，北京大学出版社，2016年，第263页。

爱国热情和为民族而战斗的决心。《时代日报》曾于 1936 年 2 月 16 日至 4 月 23 日连载了穆时英的长篇小说《我们这一代》，但因穆时英赴香港而中断，未能完成。但从已刊登的小说内容来看，还是充满了抗战的激情和斗志。小说直接以日本侵略者 1932 年 1 月 28 日进攻上海闸北的事件为题材，真实地记录了日本帝国主义侵略中国的罪行，也热情地歌颂了上海军民同仇敌忾"用赤血守卫我们的上海"的英雄气概。他在散文《奴隶之歌》(上海《小晨报》，1936 年 1 月 7 日)中高喊："站起来吧，奴隶，挣脱我们的锁链！……拒绝妥协，拒绝和解：齿还齿，眼还眼！"在《我们需要意志与行动》(上海《晨报》，1935 年 9 月 16 日)一文中，他呼吁："现在我们是需要：在共同的信仰下，秉着坚强不屈的意志，一个意志，一个决议，一个行动！"在《作家群的迷惘心理》一文中，他充满激情地号召作家："英勇地跑上前去吧，作家们，时代在找寻它的歌者，民族也在找寻它的号手呵！唱起明日的歌来吧。把金色的梦和人类结合起来吧。"另外，他写的散文《战斗的英雄主义》(上海《晨报》，1935 年，9 月 30 日)、《飞机翼下的广州》(《宇宙风》，第 51 期)、《怀乡小品》(《宇宙风》，第 60 期)、《血的忆念》(香港，《星岛日报》，1938 年 8 月 13 日)、《疯狂》(香港，《星岛日报》，1938 年 8 月 23 日)等都贯注着这样的情绪和热情。由此可见，穆时英一度曾经是主张积极抗战的。但 1938 年 12 月 29 日汪精卫由林柏生代为发表致蒋介石的"艳电"之后，穆时英显然做出了错误的判断。他认为，自鸦片战争以来，统治着中国的思想主潮就是民族独立解放的思想，"近百年来，一切历史性的变革和运动都只是这一思想的或种表现形式。在一九三七年，民族独立解放运动以抗战的形式出现，在一九三九年则以和平运动为形式而出现"[1]。也就是说，穆时英是把汪精卫的和平运动理解为民族独立解放运动之一表现形式，也是和平运动本身的性质。他认为和平运动是抗战的继续，而且他特别强调，和平运动"必需争取一点：这次战争不许发生殖民地争夺战的后果"[2]。历史的发展显然否定了穆时英的判断，不过在《一年来之中国文化界》一文中，穆时英还是为自己态度立场的转变做出了合乎逻辑的解释，至少从主观上，他是这样认识的。

新感觉派一向很少理论文字，不涉及他们在作品中所表现出的倾向，偶尔有些创作主张也都强调的是技巧、形式、美、小说文体在现代的发展、如何"在创作上独自去走一条新的路径"之类的纯文学问题，而与大多数小说流派所关注的社会问题、人生问题、思想启蒙等等的热点相去甚远。他们不像很多小说家那样，是以文学为手段，或者说是以文学的方式去参与政治和社会的中心活动，在他们看来，怎么写，总比写什么更重要。因而在文坛上他们一向因为"对当时中国左翼作家所倡导的'内容高于一切'的文艺理论最为反对"，被看作是"技巧至上主义者"。[3] 为此，有论者认为，他们"在中国新文学运动史上最值得歌颂的功勋，就是给当时（指一九三二年）的文艺界打开了一条新的道路，尽了一个作家对于艺术所应维护之责，使当时的文艺摆脱功利主义的桎梏，不再为以'为人生而艺术'自居的'文学研究会'和普罗文学的集团所指使，而在文艺的本身上，谋一正当的前途；这便是新感觉派这一文艺新潮在中国近代文坛上的兴起"。[4] 如果去掉这段话所潜在的"取而代之"之义，还是道出了新感觉派的一

---

1 龙七（穆时英）：《一年来之中国文化界》，解志熙：《文本的隐与显——中国现代文学文献校读论稿》，第 273 页。

2 同上书，第 276 页。

3 一统：《记刘呐鸥》，见杨之华编：《文坛史料》，上海中华日报社，1943 年，第 233 页。

4 杨之华：《穆时英论》，载 1940 年 8 月 1 日南京《中央导报》第 1 卷第 5 期。

个特点。无论再如何强调新感觉派的意义，他们在文坛上都未能成为中心和主流，也正是由于他们缺乏思想和理论主张，他们不能形成为一种思潮，而仅能算作是一个有特点的流派，以自己的存在造成了当时文坛的一种多元化的态势。

在软硬之争中，新感觉派仍以推崇艺术为己任，他们对左翼影评人的批判主要就集中在内容和意识的偏重主义而忽视电影艺术的特征和技巧上。穆时英的文章也专门谈到这个问题。他根据早期电影形式主义理论家安海姆（Rudolf Arnheim）有关内容和形式的论述，强调"形式站在作者的主观与读者的主观中间，不经过形式，观者无从觉察并接受作者的情绪"，欠缺形式，便不能成为艺术，"在这样的意义上是形式的存在决定内容的存在"。他认为，内容决定形式只是在"内容底样式决定形式底样式"，也就是普列汉诺夫所说的形式必须适合于内容这个意义上是正确的，"并不是指内容的价值决定形式的价值"。[1] 切中肯綮地指出了左翼影评人评判标准的误区。穆时英最终提出文艺的终极使命问题，可以看作是当时帝国主义的侵略，使中华民族面临着做亡国奴的危机日益加剧的现实对于穆时英文艺观的改造。在民族的生死存亡的关头，他终于意识到文艺所能够也应该尽到的一点职责："在此时此地的中国，我们也不能不提出是否表现了并鼓吹了民族生存斗争这一点作为作品底社会价值底评价基准。""拿铁和血去拥护我们民族底独立自尊与自由发展。"[2] 即使如此，穆时英也未忘记在目前作品评价基准的前面加上"社会价值的评价基准"的限定，使其不具有唯一的和全部的意义。

穆时英高度评价人类的生存意志，并把反映与鼓吹它奉为文艺的终极使命，和普罗文艺所说的求大多数人的幸福观念相比，他剔

1　穆时英:《电影艺术防御战（二十）》，载 1935 年 9 月 5 日上海《晨报》。

2　穆时英:《电影艺术防御战（二二）》，载 1935 年 9 月 7 日上海《晨报》。

除了阶级的内容和意识，而代之以人类的视野。与叔本华把求生意志看作是宇宙普遍意志的观点相比，他抹杀了悲观色彩，而代之以积极的肯定人类求生意志的人生态度，也正是在这点上穆时英以及海派显示了与建立在康德、叔本华、尼采的哲学基础上的西方现代主义文学精神的异趣。叔本华认为："在人类之世界，如在普通之动物世界中，此多方面且不安定之运动，其产生与维持，乃由二简单之冲动（impulses）为其主因——即饮食及男女之本能。"[1]在对待这普遍存在于宇宙的生存意志的态度上，叔本华做了积极与消极之分。他认为希腊之伦理学（柏拉图除外）"目的在勉人以度快乐之生活"，"生活形式之变迁，无论如何迅速，常认有生活确定之求生意志存在"，此为前者；而基督教和印度人之伦理学则在使人"完全离此生活"，"脱离此世界"而得到解脱，"超出死与魔鬼权利所及之范围"，此为后者。叔本华选择了后者，认为"人须背此世界而行"，"生存无本身真实之价值"，也"毫无意义"，并由此造成宇宙的等级，"人之视生活为满足者，正与其愚钝之程度成正比例"；[2]康德也正是在对停留于肉体需要和动物性的常人状态及这些常人的"低级""庸俗"趣味的否定上，建立起自己纯粹的无功利的审美趣味和美学。尼采的超人更是对"末人"也即常人的超越。也正是从这一角度，马尔库塞（Herbert Marcuse）说：

> 西方的高级文化——工业社会仍然承认它的道德、美学和思想的价值——在功能以及年代的意义上说，是前技术的文化。……它在很大程度上依然是一种封建的文化。它之所以是封建的，不仅是因为它限于少数特权者，不仅

---

1 ［德］叔本华著，萧赣译：《悲观论集》，商务印书馆，1934年，第24页。
2 同上书，第15—26页。

是因为它具有内在浪漫的因素，而且还因为它的典型作品在方法上表现出自觉疏远整个商业和工业领域，疏远其斤斤计较和注重赢利的秩序。[1]

集中反映了中国现代社会现象经验的新感觉派以及海派显然与西方高级文化的这种品格大相径庭。他们选择的是后者，格外重视一向被高雅文化排斥在外的人生需要、欲望和经验，格外重视人的日常生活领域，也把自己看作一个普通人、常人，甚至不惜自称俗人。穆时英把求生意志看作是"神圣的""真正的"，他认为："宇宙的最大目的是生：人类有一个神圣的权利，那就是求生存的权利；一个神圣的意志，那就是生存的意志。""为了生存权利，在物质环境被逐步地改换到一个成熟的阶段的时候，人类的生存意志便带着异样的光彩辉耀起来——极度地发挥了生存意志就转为战斗的英雄主义。"[2] 很显然，穆时英把生存的意志分为两个层次：第一个是生存下来的意志；第二个则是在这基础上升华了的人类精神。并且在他看来这两个方面并不是对立的，所以他特别欣赏能够把"为你所关切的人生的种种相"，"把那些人的日常生活"再现出来的影片，而把左翼作家说成是"说教式的拟现实主义者"。[3]

施蛰存同样认为普通人"所需要的只是生活"[4]，文艺唯一的也是全部功用就是"人生的解释"，他也有意识地在自己所说的人生和新文学所标榜的"为人生"之间做出区别。他从读者对新文学接受的角度谈到，人们阅读新文学，习惯性地总要知道"作者在描写人生之外还有怎样一个第二目的"，"新文学书对于这些读者，无形中已

1　[美]赫伯特·马尔库塞著，张峰等译：《单向度的人》，重庆出版社，1988 年，第 50 页。

2　穆时英：《战斗的英雄主义》，见 1935 年 9 月 30 日上海《晨报》。

3　穆时英：《〈百无禁忌〉与说教式的拟现实主义者》，载 1935 年 5 月 5 日上海《晨报》。

4　施蛰存：《八股文》，见《文艺百话》第 144 页。

取得了圣经，公民教科书，或者政治学教科书的地位"。综观施蛰存有关文学的言说，他一直试图为文学界定一个既与政治无关，也与哲学、科学无涉，没那么高也没那么专的普通人日常生活的领域和位置。事实上，他所提倡的"轻"还有另一层意思。根据《最新文学术语》辞典上关于"轻诗歌"的定义："通常它涉及的是与当时的日常社会生活或诗人作为一个普通人的经验相关的领域。"[1] 轻文学也是这样。施蛰存也像周作人一样对英国文学中的随笔性散文感兴趣，但周作人强调的是这种散文作为"美文"的性质，而施蛰存看重的是它的"家常味""亲热感"，以致想把这种形式的散文译作"家常散文"，甚至以此为标准去评价鲁迅的散文，认为"鲁迅是最重要的散文家。他的风格，是古典和外国的结合。只因为他的绝大多数文章，思想性表现得极强，相对地未免有损家常味、亲切感"。[2] 尽管从作品的风貌来看，新感觉派笔下多的是时髦、摩登的都市女郎，但却无一不是凡胎俗骨，充满了俗的生机。

这是个很有意思的现象：以电子交流手段为其媒介的现代大众文化，在 20 世纪二三十年代形成了一定的规模以后，在西方主要是以精英文化为其对立面的。而在中国本来应与大众文化势不两立的第一个现代主义小说流派新感觉派的代表人物，却成为现代大众文化的鼓吹者，而与代表当时文化领域主流话语的左翼运动形成对立。尽管此时中国电影工业的基础还非常薄弱，却由于殖民主义者的商品输入，或者说帝国主义的文化侵略，中国电影市场异常"繁荣"和活跃。比如，美国有声电影 1926 年 8 月 6 日，第一次同美国观众见面，仅 4 个月后就来到了上海，试映于虹口新中央大戏院和百星大戏院。1929 年美国拍摄的所谓"百分之百的有声片"，很快就成批

1　A.F.Scott, *Current Literary Terms*, The Macmillan Press LTD,1980. 第 163 页。

2　施蛰存：《说"散文"》，见《文艺百话》第 242 页。

地运到中国。1929 年 2 月 4 日上海夏令配克影戏院率先将无声放映机改为有声放映机设备，在中国第一次正式公开放映了有声电影美国片《飞行将军》。不过半年之后，上海各首轮电影院都先后改装放映设备，开始放映有声片。根据 1934 年 12 月 15 日《良友》第 100 期上刊登的《廿三年度外片公映一览》所列，仅在 1934 年这一年里所放映的外国影片就多达 308 部，几乎每一天多点的时间就会有一部新的外国影片上映。可见，在中国上海电影的放映，作为现代大众文化最为广泛的一部分，其发展兴盛与西方大致是同步的。

关于高雅文化和大众文化的对立关系，徐贲在《大众文化批评：理论与实践》一文中分析说，在西方，"以启蒙思想为基础的经典文化远在文化工业出现之前就已经奠定。欧洲的现代化进程在文化工业兴起之前业已完成。在这种情况下，文化工业的兴起成为资产阶级上流文化，也就是现代经典文化的威胁力量"。而在中国"以媒介文化为代表的现代大众文化和社会启蒙、工业化和现代化是同步发展的"[1]。这种历史的差异也同样可以用来理解西方现代主义思潮及其文学在中国传播发展的命运。所谓西方现代主义经典文学，也是在西方工业化和现代化业已完成之后产生的；此时工业化、现代化的弊端业已暴露，科学的迷梦业已消散，现代主义文学正是对其弊端和迷误的反思、反叛和批判。所以丹尼尔·贝尔"把现代主义看成是瓦解资产阶级世界观的专门工具"，认为它采取的是"同资产阶级社会结构的敌对姿态"，虽然资本主义经济冲动与现代文化发展从一开始就有着追求自由和解放的共同根源，直到 19 世纪中叶还有着相同的发展轨迹，但以后两者之间却"迅速形成了一种敌对关系"，而且由这种敌对中发展起来的现代主义，至少在高级文化层取得了文

1　见徐贲：《走向后现代与后殖民》，中国社会科学出版社，1996 年，第 249 页。

化霸权的地位，发挥了具有主宰性的影响作用。[1] 这就是说，一般从文艺复兴算起的现代文化在 19 世纪中叶以后发生了一次转变，由适应着资本主义的经济冲动到变为"敌对"。

　　这说明一向被我们统而称之的现代文化实际上在其漫长的发展过程中，分裂成了两种矛盾并且对立的现代性。马泰·卡林内斯库在《现代性的五副面孔》中，就把这种矛盾和对立明确地概括为"两种现代性"：其一，作为反映资产阶级观念的现代性。它适应着西方文明史的发展，是科学进步、工业革命、经济和社会的急剧变化的产物。它在很大程度上继承了先前现代思想史的杰出传统，相信科学和进步、尊崇理性和人道主义的自由理想，同时也倾向实用主义，信奉行动和成功，体现了由中产阶级建立起来的一系列的重要价值观。其二，作为一种美学概念的现代性。它从浪漫主义开始，越来越激烈地持有反对资产阶级的态度。它憎恶中产阶级的价值，不惜以反叛、虚无，通过贵族式的自我放逐等多样的手段，表达它对资产阶级现代性的断然拒绝，反映了否定一切的破坏性激情。马泰·卡林内斯库认为，人们从什么时候开始意识到这两种性质不同又激烈冲突的现代性难以确定，他的意见是大致从 19 世纪上半叶开始了这两种现代性的分裂。[2] 这个看法和丹尼尔·贝尔大致相同。

　　而西方现代主义思潮和文学传入中国的时候，中国的工业化、现代化还正处于发展的过程当中，特别是第一次世界大战爆发后的近 20 年间正是中国资本主义工业发展的"黄金时代"，社会的工业化、现代化正是精英和大众共同追求的目标。在文化方面，文艺复兴以来一直到最近的现代主义思潮都在同时传播，也就是说两种现代性

1　参阅［美］丹尼尔·贝尔著，赵一凡等译：《资本主义文化矛盾·一九七八年再版前言》，生活·读书·新知三联书店，1989 年。

2　参阅 Matei Calinescu, *Five Faces of Modernity*（Duke University Press, Durham, 1987）中有关"两种现代性"一节。

同时并存，更何况"新文化的成就和权威都无法与启蒙传统的经典现代文化在欧洲的地位相比"[1]，这都决定了在中国两种现代性以及精英和大众之间的关系并不那么紧张和对立。现代主义所标榜的"与众不同和自我提升"或受到左翼思潮，或受到资本主义经济规律的压迫和抑制，特别是在上海独特的历史和文化中产生的海派与市民大众采取积极一致的态度更是不难理解了。

新感觉派放弃文学家作为社会启蒙者的使命，放弃"天才"的特殊身份而把自己置身于常人的位置，把文艺的表现和反映的领域集中在"生存"层次，"日常生活"及其意识，反映了文艺的服务对象以及功能在现代社会的一种变化。正像本雅明所分析的那样，过去的艺术工作就是为统治者及其意识形态，同时也为自己制造光环的幻象，而由波德莱尔敏锐地感觉到的艺术家在现代都市中光环的丧失，"与当代生活中日益增长的大众影响有关。这种影响指的是，当代大众有一种欲望，想使事物在空间上和人情味儿上同自己更'近'"[2]。这也正是张爱玲所说的："从前的文人是靠着统治阶级吃饭的，现在情形略有不同，我很高兴我的衣食父母不是'帝王家'而是买杂志的大众。"[3]所以要"完全贴近大众的心"。纵然文艺是属于精神的，属于自我心灵的，反映着统治阶级的意识形态，有着超越的力量，它们的价值都已在种种文艺思潮和运动中得以确立，并将自有其存在的价值。而海派作家的文艺观及其作品反映的是，适应着现代大众社会及其文化的发展所要求的一种新的价值观念。它和过去完全与高级文化层相绝缘的民间文化、通俗文学不同，从新感觉派和张爱玲的创作活动中可以看出：他们既要大众，也要艺术；既要创造常人的存在价值和意义，也要批判常人日常在世的沉沦和

1　见徐贲：《走向后现代与后殖民》，第 249 页。

2　本雅明：《机械复制时代的艺术作品》，载 1990 年《世界电影》第 1 期。

3　张爱玲：《童言无忌》，见来凤仪编：《张爱玲散文全编》，第 98 页。

无谓；他们既反映了在现代社会，大众创造着自己的存在价值，要求平等地进入文化中心地带的努力和尝试，也代表了知识分子自身在现代社会中的世俗化心态和倾向。他们的文艺观和创作，在文艺领域树立了一种新的维度。

第五节　海派的"大众"和"为人生"

新感觉派的文艺观当然并不能完全代表海派文人的观点，特别是在风格和方法技巧上，他们相互之间所追求的路子有很大的不同，甚至趋于雅俗、中西的两个极端。不过，在一些关系到文学观念的根本性问题上，还是相当一致的。特别是在40年代上海沦陷区所崛起的以张爱玲、苏青、予且等为代表的海派作家，他们把在新感觉派文艺观中已现端倪的倾向更加明朗化，更为坦言直露。

首先，在作者身份的认同上，40年代海派由于生活在沦陷后的上海，日本侵略者和汪伪汉奸政权在经济上实行了"战时经济统制政策"，冻结资产资金，阻断流通，物资定量统配，导致市内物资匮乏，生产下降，货币贬值，物价飞涨，工业、商业、金融业无不严重衰退，也造成了靠稿费生活的文人前所未有的生存困境。《杂志》编者曾组织了一批作者谈当时的文坛状态，首先提出的就是如何提高作家的待遇问题。有人呼吁说，"在战前，普通的稿费大约是两三元，但是现在稿费还有停滞在十元，甚至十元以内的，这怎么得了？最近几月来，各方面的稿费都提高一些了，当然距离生活指数的向上还远"。[1]为此，在1944年11月11日于南京举行的中国文学年会首届会议上，路易士等提出了提高稿费率以千字斗米为标准的"保障作家生活案"，

1　诸家：《文坛一年》，载1943年1月《杂志》10卷4期。

所依标准就是事变以前，每千字稿费至少两元，当时可买两斗米。[1]所以，即使这一提案得以实施，也意味着作家的生活至少比过去降低了一半。

生活的压迫更加强化了作家卖文为生的意识，也使他们更进一步地自认为俗人，当然也不排除为自己在沦陷区偷生做辩护的因素。张爱玲和苏青一唱一和，大有居心打出"俗人"旗帜之嫌。苏青一再声称："我很羡慕一般的能够为民族国家，革命，文化或艺术而写作的人，近年来，我是常常为着生活而写作的。"[2]并供认不讳，"我投稿的目的纯粹为了需要钱"，"我是一个彻头彻尾的俗人，素不爱听深奥玄妙的理论，也没什么神圣高尚的感觉"。[3]她甚至连续在《道德论》《牺牲论》中，以"俗人哲学"之一、之二为副标题，站在俗人的立场大谈俗人的哲学应与社会道德背道而驰。张爱玲刻意渲染"世上有用的人往往是俗人"，"比较天才更为要紧的是普通人"。为了警告自己"天生的俗"，宁愿保留自己俗不可耐的名字，并坦承她姑姑说她"一身俗骨"，心甘情愿地和苏青相提并论："我们都是明显地有着世俗的进取心，对于钱，比一般文人要爽直的多。"[4]这样的身份意识当然决不会像郭沫若当年那样，盛气凌人地告诫作家："你是先生，你是导师。""你要去教导大众，老实不客气的是教导大众，教导他怎样去履行未来社会的主人的使命。"[5]40年代海派更加否认文人的特殊身份，甚至模糊文人意识。苏青执笔《〈天地〉发刊词》说："鄙意文人实不宜自成为一阶级，而各阶级中却都要有文人存在，这样才会有真正的大众文学，写实文学，以及各种各样的对于社会人

1　根据杨光政：《中国文学年会记》，见1944年12月《杂志》14卷3期。

2　苏青：《自己的文章》，见《苏青文集（下册）》，上海书店出版社，1994年，第431页。

3　苏青：《道德论》，见《苏青文集（下册）》，第103页。

4　张爱玲：《我看苏青》，见来凤仪编：《张爱玲散文全编》，第265页。

5　郭沫若：《新兴大众的认识》，载1930年3月《大众文艺》2卷3期。

生有清楚认识的作品出来。"所以，她呼吁执笔者不论是农工商学官也好，是农工商学官的太太也好，"只求大家以常人地位说常人的话"。予且自忖："社会之大，谁都是文人，谁都不是文人。我终年转换的拿着红蓝黑白四色的笔，也不是文人。"他在由《万象》开展的"通俗文学运动"专号的讨论中，甚至把"大众化是要诱导大众去写作"作为他提出的四个标语之一，这和苏青主编《天地》的一些主张相类。很显然，40年代的海派是倾向于通俗化的。

其次，在读者对象上，由于海派作家不避讳"近商""卖文"，自觉地适应着经济运作的规律，他们就不能不把有着一定的文化知识，能够自食其力，也就是说有能力阅读、买得起书的文化消费群体——市民作为接受者。既不会像左翼出于政治启蒙目的，把生活在水深火热之中的无产阶级作为革命文艺的读者对象，也不会像西方现代主义作家，根本不考虑读者的问题。所以，尽管他们和左翼都提出"大众"的概念，却有着根本不同的内涵。

瞿秋白在30年代文艺大众化问题的讨论中，明确提出普罗大众文艺为了"由无产阶级反对资产阶级而执行资产阶级民权革命的任务，为着社会主义而斗争"，应当"在思想上意识上情绪上一般文化问题上，去武装无产阶级和劳动民众：手工工人，城市贫民和农民群众"。[1]郭沫若特别强调："大众文艺！你要认清楚你的大众是无产大众，是全中国的工农大众，是全世界的工农大众！"[2]可见，左翼是出于社会革命目的的逻辑，而把最劳苦、革命性最强的工农大众作为自己的拟想读者的。但事实上，在当时的历史条件下，工农大众基本上是文盲，根本不能欣赏文学，所以最终为适应这样的大众水准，他们不得不放弃文学，而提倡说唱文艺。

1　史铁儿：《普罗大众文艺的现实问题》，见《文学运动史料选》（第二册），上海教育出版社，1979年，第373页。
2　郭沫若：《新兴大众文艺的认识》，载1930年3月《大众文艺》2卷3期。

这个理论与实践的脱节问题，早在 20 年代末的无产阶级革命文学论争中就已显露出来。茅盾在《从牯岭到东京》中，就曾尖锐地指出了这个矛盾："你的'为劳苦群众而作'的新文学是只有'不劳苦'的小资产阶级知识分子来阅读了。"[1] 因而，他诚恳提出，为"革命文艺"的前途计，"第一要务在使他从青年学生中间出来走入小资产阶级群众"，"使新文艺走进小资产阶级市民的队伍"。[2] 茅盾的这篇文章受到创造社的严厉批判，却在当时的海派文人中得到共鸣和支持。曾虚白写了一篇相当长的评论：《文艺的新路——读了茅盾的〈从牯岭到东京〉》。他说，读了这篇文章"不觉惊喜地发现我的主张有了一位同调者，并且他竟清晰地指给我们一条可以遵循的文艺的新路"，即"做小资产阶级所能够了解和同情的文艺"，这"跟我们向来的主张有许多不谋而合的地方"。曾虚白对茅盾这篇文章的挑剔，不在他不赞成这一观点，因为他知道现代作家"很少不是这个阶级里的人"，而是反对把它作为"一个时代独一的趋势"，作为唯一的一条路让一切作家都跟着走。他认为茅盾正是在这点上犯了跟革命文艺家同样的错误，"文艺决没有一条共同的道路，每个作家各有他最适合的路径"。[3] 从此，我们可以看出海派作家思维的多元性。

刘呐鸥批评国产片电影最大的毛病就是内容偏重主义时也谈到，国产片的内容：

> 多半带有点小儿病。社会，阶级，意识，不管三七二十一都尽量地赶入无支持的破屋里去。于是作品便大众化了。其实哪知道这种大众化是极其小众化的东西。从"城市的大众"这句话的内容我们最起初想得出的，我看不是那站

1　茅盾：《从牯岭到东京》，见《文学运动史料选》（第二册），第 147 页。

2　同上书，第 148、150 页。

3　虚白：《文艺的新路》，载 1928 年 12 月《真美善》3 卷 2 期。

在小钱庄的柜台边算铜子儿的学徒，便是这班人出身（或者发了财）的小商店老板吧。这种大众的脑筋既忙于圆的东西的追求，根本就没有所谓大众的意识。至于乡下的大众我看还是识字为先。[1]

刘呐鸥这段话道出了海派作家心目中的"大众"的内涵和外延。所以，当时文坛左翼作家和海派作家都争相以大众为号召，实在是两回事。曾主编过海派刊物《良友》，后又创办《小说月刊》的梁得所，关于这其中的区别确实太大意，竟然在《小说月刊》的创刊旨趣中，嘲笑左翼虽然讨论了不少日子的大众文艺，而"实施的出品到今还很缺乏"，因而他大言不惭地要在"有胃口而缺乏适合食品的大众的面前""端出点心式的作品"，"献给凡在实生活之外需要文艺调节的读者们"。左翼当然不容混淆，马上有人撰文特别指出"梁先生所谓'大众'，好象就是一般所谓'小市民'"，所以他主编的《小说月刊》里"所有的作品几乎全是些适合小市民脾胃的'点心'"，并对梁得所提出的"注重内容"和左翼所说的"有内容"严加区别。同时解释说，"我们通常称一篇小说为'有内容'云者，是指该小说的'故事'含有重大的社会的意义，而且对于'人生'还有前进的作用"，而不仅仅是一个"读后可以复述的故事"，因而把这个刊物定性为"小市民文艺读物"。[2]

40年代的海派把有一定文化消费能力的城市市民作为读者对象已经不成其为问题，左翼也已经承认了通俗作家拥有广大读者的优势，并试图总结他们的经验，解决新文学与大众的隔膜问题。如何最大限度地争取大众读者成为当时文坛共同关注的话题。陈青生

---

1 刘呐鸥：《中国电影描写的深度问题》，载1933年6月《现代电影》1卷3期。

2 惕若：《小市民文艺读物的歧路》，载1934年8月《文学》3卷2期。

在《抗战时期的上海文学》一书中，总结沦陷时期的上海文学时说：
"在诸多上海文艺刊物纷纷停刊，众多上海作家辍笔隐居，上海文学
创作陷于沉寂的同时，在孤岛后期复出的上海通俗文学却与众不同，
非但没有息声沥影，反而持续不断，成为沦陷初期上海文学续存不
灭的主要构成。"[1]特别值得一提的是，1942年秋冬时节在《万象》，
1943年初在《杂志》上发起的关于"通俗文学运动"和"新文艺笔
法"的讨论。这两次讨论是这个时期参与者较多、规模较大也较为
重要的两次文艺理论研讨活动，对于上海新旧两派文学的交流和结
合起到了积极的推动和引导的作用。40年代海派作家的主张和这两
次讨论有着很密切的关系。苏青在《天地》发刊词中能够说出"新
文艺腔过重者不录"的话，恐怕就与在"新文艺笔法"的讨论中对"一
种新文艺式滥调"的批评有关。予且则参与了通俗文学运动的讨论，
阐明了他对通俗文学写作的看法和主张。由于这次讨论和以往参与
者大多是新文学作家不同，而是通俗作家、新文学作家和海派作家
的一次联合活动，代表了不同方面的反省、认识和观点，很值得细
加辨析来进一步认识海派的特征。

在这次通俗文学运动的讨论中，新文学和通俗作家达成了共识，
来自新文学营垒的胡山源和通俗作家群的代表陈蝶衣都特别强调通
俗文学的教育性和思想意识的更新问题。陈蝶衣明确阐明，他倡导
通俗文学的目的就是"想把新旧双方森严的壁垒打通，使新的思想
和正确的意识可以藉通俗文学而介绍给一般大众读者"。也就是旧瓶
装新酒之意，使通俗文学有"递嬗演变为新文学的成分的可能，至
少可以很快的变成新文学的友人"。表现出通俗作家渴望为新文学阵
营所接纳的意图。[2]而胡山源的文章专门谈的就是通俗文学如何才能

1　陈青生：《抗战时期的上海文学》，上海人民出版社，1995年，第305页。

2　陈蝶衣：《通俗文学运动》，载《万象》第2年，第4期。

成为新文学，也就是如何具有教育性的问题。他非常简明地指控了以往的通俗文学拥护封建制度，阻碍进化，提倡宗法社会灭绝个性，助长迷信"遏灭了人类的生机，斫丧了民族的元气"的罪状，而建议利用通俗文学的形式，为大众灌输一些民族思想、社会意识，还有独立自主的学说和声光电化的常识。并认为"通俗文学而能在形式和内容上注重其教育性的就是遵守自然法则并充满时代精神的，那它就是理想上的正统文学，也是思想上的纯文艺"[1]。这就是说有无教育性，准确地说，就是能不能用正确的意识教育大众是新旧文学的分野。这一看法和陈蝶衣认为新旧文学的不同最本源的地方"就是思想上的不同"是一致的。也就是说，通过这次讨论，新文学和通俗文学作家达成了这样的共识：有无教育性，有无正确的意识，成为能否进入新文学大门的决定因素；而正确的意识能否用"具体的事象"加以说明，而不是抽象的说教，则是能否获得大众的关键。

海派方面的予且显然和他们考虑的问题不同。他认为通俗文学写作有两个层次，首先是作者"就一般人心中所有的材料，选择一种形式，用他的技巧写出来使大众喜欢接受"。也就是把大众"原是他们心中所有的"，而不是外在的，远远高于他们之上的，用技巧写出来。这就是已经做到了"通俗"的地步，这样他们就会说："谢谢你，我们所要说的，被你说出来了。"但这还仅仅是第一步，还未能完成作者的目的，"作者的目的，乃是要将'人世本来面目'或者是自己对于人生的见解，宣示给一般人，仍旧使他们乐于接受，来说一句：'谢谢你，我们所不知的，被你说出来了。'"予且认为，要做到这第二步，"你的见解必须大众化"。[2] 可见，予且对于教育大众的神圣使命是有所保留的，他没有像陈蝶衣那样，每一念及"大众是需要教育的！"，

---

1 胡山源：《通俗文学的教育性》，载 1943 年 1 月《万象》第 2 年，第 5 期。
2 予且：《通俗文学的写作》，载《万象》第 2 年，第 5 期。

"就不禁凛然感觉到肩上所负文化使命的重大"。也不会像陈蝶衣那样，听到说《万象》是迎合低级趣味读物的指责，就忙加辩解："这实在是莫大的冤诬"，"有些作品诚然难免较为低级，但这在整个分量上所占的百分比是很少的"。予且对"迎合低级趣味"的批评本身就特别的耿耿于怀，他根本否认有低级趣味的存在。他说：

> 其实，什么叫低级趣味？就很难有满意的答案。拿"食""色"两项来说，就是人生有趣味的事，请问这是低级趣味，中级趣味，还是高级趣味呢？这是人人都有的，而且没有什么东西比这两项上得到满足更为有趣。这倒不问他是一个哲学家或是一个庸人。我们又怎样去定趣味的等级？就趣味的本身来说，只有所谓浓厚和淡泊，更无谓"高""中""低"。[1]

这段话首先表明，予且不赞成把趣味分等级。阿英在《文学百题》一书中曾专门写了一个"什么是趣味？它怎样分成高级和低级？"的条目，强调"在文学上所谓趣味，是使人特别能增加快感，无论是悲抑是喜，但必需具有很强的社会意识。趣味的高级和低级，就在这上面来区分"。并说明这种"高级"和"低级"趣味的分法，是从梁启超所说的"趣味"与"并非趣味"的区别中引申而来的。[2]这种分法显然和胡山源认为新旧文学的区分就在有无教育性，有无正确意识，只要通俗文学能够获得教育性和正确意识，就可以成为新文学的说法是同出一辙的。予且反对趣味的高下之别，显然是反对主流意识对他者的统一，不承认主流意识一定高于他者的权威性。

1　予且：《通俗文学的写作》，载《万象》第 2 年，第 5 期。
2　郑振铎、傅东华编：《文学百题》。

其次，予且特别提出"食"与"色"的趣味是人人都有的趣味，是人生最大的趣味，恐怕是有所指的，很可能是针对时人把"以财色为中心"的上海气说成是恶俗的，而有意做出的反驳。予且的这一看法代表了海派作家的普遍认识，他们往往在"人类共有"的大前提下，为"食"与"色"一向被正统文学鄙薄为所谓的"低级趣味"进行辩护。海派作家非常显著的一个精神特征就是毫无避讳地关注以"财色"为主要内容的日常生存，高度评价人的日常生活领域，这也构成了他们人性观、人生观、社会观的一个基础或出发点，他们的看法是由此出发而形成的。

致力于创造"都市文学"并"得了盛名"，被苏雪林说成是"专写大上海金粉繁华之盛，笔致与穆时英不相上下"的张若谷曾与傅彦长、朱应鹏出版过一本厚厚的合集：《艺术三家言》。这本书再加上张若谷本人的《文学生活》《咖啡座谈》，集中论述了他们的艺术观。徐蔚南在《艺术三家言》序中说，他们三人的思想"是一贯的，没有多大的出入。……他们三人联合起来，就能成为艺术界的一支生力军。分散了，也不失为艺术界的重要战斗员"。[1] 的确这三家言为海派作家的"财色"气做了充分合理化的解说和论辩。概括地说，张若谷、傅彦长、朱应鹏和五四作家的改造国民性、以图国富民强的目的是一致的，但其路径和主张不同。他们认为中国沦落到现在这种地步，完全是中华民族好静，好折中，好保守的缘故，换言之，是中华民族衰老了的缘故。因此，要在民族的文化精神里灌注青年的血清，而要找到这种血清，只有寻着两条路方可求到："第一条路就是走到被本国知识阶级所轻视所压下的农工阶级里去；第二条路就是走到希腊的思想里去。"[2] 在他们看来，中国传统文明与民众艺术

---

1 徐蔚南：《艺术三家言·序》，良友图书印刷公司，1927 年，第 10 页。
2 徐蔚南：《艺术三家言·序》，第 6 页。

毫无关系，从大多数人民所发生出来的艺术，"顶要紧的一部分"，是"就人生的方面而扩大起来"的艺术。[1] 只有"道教底异端的思想，常常与从大多数人民所发生出来的艺术固结着"，它们"不但是入世的，而且是注重肉感，接近人生"。[2] 所谓希腊的思想，更被他们看作是艺术的"正统嫡派"的思想。他们认为，"西洋文明，以希腊思想为中心；希腊思想，根本在他们的神话"，而"希腊神话的精神，完全是根本人生——饮食男女——的动机，充满了青春的使命"。[3] 它"以'满足人生'为中心点，故其男子尚勇，女子尚美，享受无上快乐之生活"。[4] 所以，希腊之神与中国"专司人间道德""善恶果报"的所谓神完全相反，他们是"专司凡人的享乐""助长凡夫的享乐"的，意大利"文艺复兴"的原动力，正是希腊思想之复活。因而，他们明确提出："要谈艺术，必注意'人生'。艺术的根本，是在满足人生，所谓'人生'，就是'饮食男女'两件大事。"[5] 为此，他们不仅批判传统文学中的"月下赋诗""登楼望远""重阳独酌""柳荫钓鱼"之类的"憔悴可怜的无聊慰藉"，而且批判新文学更呈现出的"泪""叹""愁""恨"的"退化之势"。声称上海高耸的楼宇，平坦的马路，风驰电掣的车马，迷离炫眼的商场，以及轻歌曼舞，锦衣玉食，这种现世的、肉体的享乐"完全是从西洋输入中国"的，"就是中国已经接受了一部分希腊文化的表示"。[6] 因而他们主张中国艺术家在最近的将来"应该就情感方面来努力，要没有道德的束缚；是鼓吹平民去奋斗——说得不雅点，就是争权夺利"，要把"嗜欲扩张起来"

1　参阅傅彦长：《艺术三家言·国人所应该走的艺术的大路》。

2　同上书，第 14 页。

3　朱应鹏：《艺术三家言·正统嫡派的艺术思想》，第 122 页。

4　朱应鹏：《艺术三家言·希腊思想在西洋文化史上之地位》，第 137 页。

5　朱应鹏：《艺术三家言·正统嫡派的艺术思想》，第 121 页。

6　朱应鹏：《艺术三家言·参观神州女学绘画展览会后》，第 184 页。

的艺术作品。[1]

　　40 年代海派对食与色在人生中的分量体会得更加深切。战时香港给张爱玲留下了"切身的、剧烈的影响"的，就是"发现了'吃'的喜悦"。"一件最自然，最基本的功能，突然得到过分的注意。"另外就是人们"急于攀住一点踏实的东西，因而结婚了"。人类的文明仿佛就剩下"男女饮食这两项"。予且在《我之恋爱观》中也谈到战争对他创作的影响和改变，认识到"受了生活

《饮食男女》初版封面

重压的人，求生的急切当然是无庸讳言的事实"，并尊重于这个事实。[2]被予且说成是最能讨稿子，"不但是限期限字，还要限范围出题目"的苏青，不仅在她主编的《天地》上组织大家写"衣""食""住"，而且把自己"活在乱世"的散文集就题作《饮食男女》（张若谷也有一本同名的散文集）。她请王柳影为该书做封面画，出的创意就是借用亚当夏娃形象；但她不是把这个圣经故事看作是人类的原罪，而是让其象征"世界之创始"就是"饮食男女之始"。[3]

　　所以，海派作家虽然也普遍提倡写人生、为人生，但他们和当年文学研究会为人生的文学观念有着很大的差异。文学研究会"为人生"的着眼点不仅要表现人生，还要有"指导人生的能力"，"助成个人及国民文学的进步"。也就是说，他们提倡的为人生的文学，

1　傅彦长：《艺术三家言·积极扩张中国艺术的方法》，第 58、42 页。

2　予且：《我之恋爱观》，载《天地》第 3 期。

3　苏青：《饮食男女·后记》，见《苏青文集（下册）》，第 457 页。

不仅要"附着于现实人生"，更要"以促进眼前的人生为目的"。[1]
五四新文学的倡导者虽是"偶像的破坏者"，但正像周作人所总结的
那样，"他还有他的新宗教——人道主义的理想是他的信仰，人类的
意志便是他的神"。[2] 所以，他们与卖文为生的海派，把饮食男女看
作人生的内容，而主张文艺的目的就是满足这样的人生观念是根本
不相容的。郑振铎在《文学的使命》一文中针对"现在商业的实利
的时代中，人们所缺乏的乃是精神上的高尚的理想"，致使"人们的
高洁的精神，廓大的心境也被卑鄙的实利主义，生活问题泯灭消灭
而至于无有"的现象，提出文学应"以高尚飘逸的情绪与理想，来
慰藉或提高读者的干枯无泽的精神与卑鄙实利的心境"，"应该把这
种超逸的理想灌输给大家，使他们不到沉沦于实利主义而忘返"。并
认为，"救现代人们的堕落，惟有文学能之"。[3] 但这些所谓高尚的理想，
飘逸的情绪却正是海派作家所要消解的，新文学作家所拒斥的生活
问题、实利主义却正是海派作家所认为的日常的生存，日常生活的
逻辑，并把这种世俗的存在看作人生的"真相"，甚至有的作家把它
标举为一种价值。海派作家的创作更能形象地反映出他们的这种文
化精神。

1　参阅冰：《新旧文学平议之评议》；《文学研究会宣言》、雁冰：《"大转变时期"何时来呢？》，
　均见《文学运动史料选》（第一册），第167、175、195页。
2　周作人：《新文学的要求》，见贾植芳等编《文学研究会资料（上）》，河南人民出版社，1985年，
　第53页。
3　西谛：《文学的使命》，见《文学研究会资料（上）》，第70—72页。

第五章　日常生活意识和都市市民的哲学

第一节　以人的世俗性消解历史英雄和圣人的光环

海派文人适应都市市民的口味与神经的文学观念，实际上反映出他们接受了文人在现代社会中作为出版商的雇佣者，卖文为生的生存状态，也代表了一部分知识分子在现代社会中的分化，即逐渐地由认同举"经国之大业""不朽之盛事"的神圣角色，向社会雇佣者的职业化世俗身份转变。不管他们是否清醒地意识到这一点，这一转变不仅影响到他们的文学观，也在他们的创作中留下了独特的价值观和精神倾向，特别在人性的看法上鲜明而集中地表现出来。对于"人是什么"的理解和认识，从来不是一个真实还是不真实、正确还是不正确的问题，它往往是建立一套价值体系的基点。在西方，中世纪和现代的价值体系正是围绕着人是上帝的儿子和赋有理性官能的人之不同定义建立起来的。在中国，五四新文化运动也正是从批判传统的"君君，臣臣，父父，子子"的人伦关系开始的。海派作家的精神特征也在这方面显示出既不同于左翼作家关于人是阶级的人的观点，也不同于五四作家关于人是从虫到兽到人到超人的进化中间物的认识。

谈到海派作家的人性观，不能不提到弗洛伊德的影响。尽管五四前弗洛伊德的学说已传入中国，五四时期在知识分子圈中已是耳熟能详，但在对于弗洛伊德的不同接受、改造和应用中，鲜明地显示出各自所标举的价值及其特点。西方学者在高度评价弗洛伊德对 20 世纪的影响时认为，"弗洛伊德是关于人的现代观念的营造者"[1]，弗洛伊德在中国的传播也证实了这一点。五四时期鲁迅、郭沫若、周作人、郁达夫等对于弗洛伊德潜意识、梦、三重人格的划分、性心理和变态性心理、性欲升华说的接受，是以"存天理，灭人欲"的封建礼教道德为其对立面的。这样，弗洛伊德主义不仅发挥了批判的功能，也为五四作家树立"从动物进化的人类"，"兽性与神性，合起来便只是人性"的观念提供了科学的解说和证明。20 年代末发展起来的海派作家在很大程度上仍沿袭了五四作家，尤其是创造社作家接受弗洛伊德学说而形成的写作模式；但值得注意的是，他们在此基础上进一步发展出自己的路子，留下了自己的精神烙印。

与五四作家不同，海派作家对弗洛伊德的接受是以历史英雄、文化界的伟人和宗教圣人所代表的人之理想价值的神话为其对立面的，而且以弗洛伊德关于本我、自我、超我三重人格的划分观之，他们强调的是按照现实原则行事的自我对于本我和超我的克服，而不是按照快乐原则行事的本我之本能欲望和力量。这样，海派作家写的是本能的理性，而不像西方作家那样赋予本能的非理性以至高价值。海派作家对于人的神圣性的消解和对于理性自我的强调，都反映了他们对于人的日常存在之世俗性质的理解和认定。

施蛰存是一位深受弗洛伊德影响的作家，他在谈到为尝试"一条新的路径"而创作的《将军底头》这个短篇小说集时，不仅自认"不过是应用了一些 Freudism（弗洛伊德主义）的心理小说而已"，[2]

---

1 转引自唐正序、陈厚诚主编：《20 世纪中国文学与西方现代主义思潮》，四川人民出版社，1992 年，第 346 页。

2 施蛰存：《我的创作生活之历程》，见《灯下集》，第 79 页、80—81 页。

别人也认为"与弗洛伊德主义的解释处处可以合拍"[1]。为了一些"没干系"的批评，施蛰存曾自明其主旨："《鸠摩罗什》是写道和爱的冲突，《将军底头》却写种族和爱的冲突了。至于《石秀》一篇，我只是用力在描写一种性欲心理，而最后的《阿褴公主》，则目的只简单地在乎把一个美丽的故事复活在我们眼前。"在《现代》第1卷第5期上刊登的一篇无署名的书评文章，则把这几篇小说概括为宗教和

《将军底头》初版封面

色欲、信义和色欲、友谊和色欲、种族和色欲的冲突。略而观之这些说法并无不当之处，也与弗洛伊德的学说甚合；但如果细致辨析，会使我们更进一步接近也许是施蛰存本人也未曾意识到的他蕴含在精神分析中的价值取向。

《鸠摩罗什》的本事在《出三藏记集》和《高僧传》中都有记载，就其行为事件来说，施蛰存的创作基本上遵循了典籍所载的人物史实，比如鸠摩罗什确曾娶龟兹王女为妻，并养有后秦王姚兴送他的10名美妓，也曾当众表演，将一碗针吞下，以证明自己道行高深，最终"焚身之后，舌不焦烂"，等等，所以施蛰存的历史小说被看作是"纯粹的古事小说"。但是施蛰存毕竟不是在写历史，与典籍所载的本事相对照，最明显的是施蛰存为这位高僧增添了心理动机的内容，"从对人深层内心的分析来说明人的行为"[2]。由此不仅展示了道和爱的冲突，更进一步显示出在道和爱之后的世俗心理和动机。

---

1 《将军底头》(书评)，1932年9月《现代》，第1卷，第5期。

2 施蛰存：《为中国文坛擦亮"现代"的火花——答新加坡作家刘慧娟问》，见《沙上的脚迹》，第175页。

施蛰存的《鸠摩罗什》是从后秦王姚兴西伐吕隆成功后，鸠摩罗什受其相邀和妻子赶赴长安，就任国师写起，描写他一路上对于自己与表妹龟兹王女一重孽缘的反省。他痛切地感到，自从前秦大将吕光将二人"饮以纯酒，同闭密室"，使他破了节操，有了家室之累之后，自己就"好象已经在一重幽暗的氛围气里，对人说话也低了声音，神色之间也短了不少的光辉，似乎已无异于在家人了"。他心里一直在为"两种企念"而斗争着："一种是如从前剃度的时候一样严肃的想把自己修成正果，一种是想如凡人似地爱他的妻子"；一方面他为"因她之故而被毁坏了戒行这回事""很忿恨着"，一方面"对于她的热情，却竟会如一个在家人似的接受着，享用着"。因此，他完全不能了解自己了，不知道"由这样壮盛的扈从和仪仗卫送着到京都去的，是为西番的出名的僧人的鸠摩罗什呢，还是为一个平常的通悟经文的在家人的鸠摩罗什呢"？妻子的客死旅途终于使他们的孽缘"完尽了"，也使他的疑问和矛盾化解。他可以不再为自己"已经变成一个平凡的俗人"而担忧，开始自信"他将在秦国受着盛大的尊敬和欢迎而没有一些内疚"。到此为止，施蛰存写的的确是爱和道义的冲突。

但到了长安以后，鸠摩罗什并没有像他所企望的那样，真的做到"一尘不染，五蕴皆空"，反而时时受着一个完全"沉沦了的妖媚的"妓女的诱惑，以致在讲经的时候，妻的幻象和那个妓女"放浪的姿态"叠印在一起的臆想使他"完全不能支持了"，不得不中断。为此，国王赐他宫女，又打着"广弘法嗣"的旗号，"赐妓女十余人"。这样，"日间讲译经典，夜间与宫女妓女睡觉"的鸠摩罗什，为了坚定人民和僧人对他的信仰，就不得不"竭尽他的辩才"，去为自己的生活辩护，竟至不惜使用术士"吞针"的旁门左道来哄骗世人了。此时，鸠摩罗什才看透自己，不仅对于情爱不专一，而且"非但已经不是一个僧人，竟是一个最最卑下的凡人了。现在是为了衣食之故，假装着是个大德僧人，在弘治王的阴覆之下，愚弄那些无知的善男子，善女人和东土的比丘僧，比丘尼"。

由此可见，施蛰存对于鸠摩罗什的进一步审视，无情地揭开了高僧内心的爱和道义冲突的面纱。他通过不时搅乱鸠摩罗什的妻子、妓女、宫女的幻象叠印的类比手法，暗示出三者之于鸠摩罗什同等的"性"的意义；而鸠摩罗什真的是那么执着于"道"吗？他被逼无奈以法术维持自己地位和威望的行为已经说明，他不过是"为了衣食之故"而传道。可见，施蛰存笔下的鸠摩罗什所谓爱和道义的冲突，本质上是人的根性，俗人的性质——性和食的冲突。施蛰存通过鸠摩罗什对自己层层逼近的反省，展示出人如何焦虑万分地受着性与食的本能要求之夹击，以及如何处心积虑地谋划着实现其双方面满足的人本窘境。所以，施蛰存让鸠摩罗什火葬的时候，"他的尸体是和凡人一样地枯烂了，只留着那个舌头没有焦朽，替代了舍利子，留给他的信徒"。

鸠摩罗什的舌头是这篇小说一个贯穿始终的意象。作者写他妻子去世时"含住了他的舌头，她两眼闭拢来了"；他讲经时，在那个妓女坐过的座位上，看见"他的妻的幻象又浮了上来，在他眼前行动着，对他笑着，头上的玉蝉（这是那个妓女的妆饰特征——笔者注）在风中颤动。她渐渐地从坛下走进来，走上了讲坛，坐在他怀里，做着放浪的姿态。并且还搂抱了他，将他的舌头吮在嘴里，如同临终的时候一样"；后来当鸠摩罗什为证明自己是个有大德的僧人，可以荤食娶妻，每夜宿妓仍成正果而吞针的时候，一眼瞥见那个妓女，又浮上了妻的幻象，"一阵欲念升了上来，那支针便刺着舌头上再也吞不下去"，等等，同一意象的一再出现反复强调出象征的含义。可以说舌头既象征着性，也象征着食，不仅鸠摩罗什社会角色的职能与"摇唇鼓舌"有着密切的相关性，他也为维持这一社会角色而"摇唇鼓舌"。那个烧不"焦朽"，"替代了舍利子，留给他的信徒"的舌头，象征的正是人类永远摆脱不掉、代代相袭的性与食的根性。

施蛰存运用弗洛伊德的心理分析，为鸠摩罗什本事所增添的心理动机的内容，是对历史上这位"传法东土"高僧的"重写"。因为施蛰存不相信有"从内心到外表都是英雄思想"的"彻头彻尾的英雄"[1]，所以在他的重新叙述下，这位"出世英雄"对自己世俗心理和动机的反省就彻底改变了他的形象和行为的性质。典籍突出的是鸠摩罗什深解法相、善闲阴阳、预睹征兆的高僧大师的非凡品质，施蛰存则彻底摒弃了有关这些神算、神悟的事迹和细节，完全以凡人的行为和心理写之、度之、解释之。这样，鸠摩罗什的破戒，典籍强调的是"被逼行事"和谶语应验，施蛰存则显示其与"最最卑下的凡人"无异的本能欲求和性质。典籍所载鸠摩罗什焚身后舌不焦烂，为的是证明鸠摩罗什所译的经论无谬而显示的神迹，[2] 而在施蛰存的笔下则完全成为对于这位高僧的讽刺和嘲弄。有意思的是，施蛰存的鸠摩罗什竟为历史学界所熟知，以致成为一种"见仁见智"的说法。在《历代高僧传》中，鸠摩罗什传的作者竟觉回避不了施蛰存的定见，不得不特别解释说，现代作家施蛰存"在小说中写他身上佛性与人性的冲突，以及他潜意识中的人性萌动，这就是见仁见智了。我们更相信他是被逼行事：月支北山罗汉的提醒已是谶语，在吕光手下被逼与王女成婚，他也曾苦苦哀求过。"[3] 可见，施蛰存对这位高僧的亵渎令佛门历史是多么的难堪。

施蛰存在鸠摩罗什身上所尝试的这种用揣测"行为主要意图和有效动机"去"鄙视和贬低一切伟大事业和伟大人物"的做法，虽

1　参见施蛰存：《为中国文坛擦亮"现代"的火花——答新加坡作家刘慧娟问》，《沙上的脚迹》，第 182 页。

2　有关鸠摩罗什的典籍所载参阅［梁］释僧佑撰：《出三藏记集·卷十四》，中华书局，1995 年，第 530—535 页；［梁］释慧皎撰：《高僧传》，中华书局，1992 年，第 45—60 页；李山、过常宝主编：《历代高僧传》，山东人民出版社，1994 年，第 56—66 页。

3　李山、过常宝主编：《历代高僧传》，第 65 页。

得自于弗洛伊德，但并非自弗洛伊德始，黑格尔早就把它称作是一种"心理史观"，并认为这种所谓的"心理史观"，就是"佣仆的心理，对他们说来，根本没有英雄，其实不是真的没有英雄，而是因为他们只是一些佣仆罢了"。[1] 如果说，黑格尔的说法带有明显的贵族优越感的话，那么现代哲学家较为中性的说法，即是"当代大众有一种欲望，想使事物在空间上和人情味儿上同自己更'近'"。因此，他们消解一切带有神圣光环的事物和人物，尤其是消解"历史对象的光环"正是这个亵渎运动的一个主要方面[2]。例如说，马丁·路德倡导宗教改革的动机是为了想要与尼姑结婚；日本新感觉派作家横光利一在《拿破仑与轮癣》中，解释拿破仑不顾任何人的反对，执意远征俄罗斯的动机，是因为给高贵的奥地利神圣罗马皇帝的女儿"看见了他自身平民的腹部顽癣"，完全是一种自卑心理的举动。施蛰存的系列历史小说也都是这样的心理史观的产物，以行为动机的挖掘去消解历史对象的光环也正是他的策略。

　　施蛰存自称《将军底头》写的是"种族和爱的冲突"，实际上也远非如此单纯。贯穿小说始终的还有一条花惊定将军反省自己与那些卑下的汉族兵士究竟有无不同的线索。花惊定作为遗传着"正直的，骁勇的，除了战死之外一点都不要的吐蕃国的武士"血脉的后裔，从内心鄙视那些虽然勇猛绝世，但不过是为了"打了胜仗之后，掳掠些番邦宝物和女人"的汉族部下。他深知"要训练到他的武士不怕死，是可以的；要训练到他的武士尽忠于大唐皇帝，也是可以的；独于要训练他的武士不爱财货女色，那是绝对不可能的"。所以，花将军"惟有暗示着打败了吐蕃可以任凭他们去奸淫掳掠"才可以发挥他指挥的效力。但就是这个鄙视"汉族人的贪渎无义的根性"的

1　详见［德］黑格尔著，范扬、张企泰译：《法哲学原理》，商务印书馆，1995年，第126—128页。
2　［德］瓦·本雅明：《机械复制时代的艺术作品》，见1990年1期《世界电影》，第131页。

花将军，通过对于一个美貌少女仿佛"把全身浸入似的被魅惑着了"的体验，也反省到自己和那个"因为抑制不住这种意欲，所以有了强暴的越轨举动"，被他下令砍了首级的兵士并无本质的区别。他"只不过为了身份的关系，没有把这种意欲用强暴的行为表现出来罢了"，而正是这个被压抑的意欲，使他在梦中做了一个"残暴地对于一个无抵抗的美丽少女""肆意侮辱着的人"。所以，他反省自己是一方面"企慕着从祖父嘴里听到的武勇正直的吐蕃国的乡人，而一面又不愿意放弃了大唐的如在成都一般的繁华的生活"。在财色的贪恋上，他与自己所鄙视的汉族兵士并无二致。如果说，战前花将军还在为"是反叛了大唐归还到祖国去呢，还是为了恋爱的缘故，真的去攻打祖国的乡人呢？"委决不下，一旦开战，"将军所意识着的，就只是怎样去避免敌人的杀戮，和怎样去杀戮敌人。将军已完全忘记了种族的观念，凡是赶上前来要想杀害他的，都是敌人。为了防御自己，便都得杀死他"。最终，当将军看到那个少女的哥哥战死，"引为幸运"，"满心得意地想回转马头"去追寻他的爱的时候，他的头被一个吐蕃将领砍掉了。"这时的花惊定将军完全是自私的，他忘记了从前的武勇的名誉，忘记了自己的纪律，甚至忘记了现在是正在战争"。就这样，在死亡和女色面前，种族和荣誉被忘得一干二净，一个为保卫祖国，战死疆场的历史英雄故事，经过施蛰存的重写，恰恰就成了一个为了自己的利益和幸福而逃离疆场的俗人的不幸。

本事取自《水浒传》的《石秀》，其路数也是同出一辙。本来在历史的叙述中，石秀之于杨雄被比喻为李逵之于宋江[1]的关系已被人们所熟悉。这意味着石秀是和李逵一样，以其忠诚义举的品质行为而青史留名。但由于施蛰存添加了石秀借杨雄之刀而杀了潘巧云的心理动机，一个"心雄胆大有机谋，到处逢人搭救"的水浒英雄石秀，

---

1 参阅《容兴堂本水浒传》，上海古籍出版社，1988 年，附录《梁山泊一百单八人优劣》。

就成了一个因"看见了义兄的美妇人
而生痴恋",最终在"下意识的嫉妒,
炽热着的爱欲"驱使下,不仅杀了情
敌裴如海,也唆使杨雄杀了潘巧云的
小人和恶人。在石秀的内心所展开的
友谊和色欲的冲突,就成了石秀对自
己"戴着正义的面具"之性欲心理的
剖视。他杀害潘巧云也成了"因为爱
她,所以想睡她"而不得,"所以要
杀她"的虐人狂的变态举动了。

郭沫若《孔雀胆》初版封面

《阿褴公主》虽说是施蛰存"只
简单地在乎把一个美丽的故事复活在我们眼前"的产物,不过把和
郭沫若同一取材的剧本《孔雀胆》略加比较,其精神特征就会不言
自明。对于段功形象的塑造,施蛰存更接近野史的叙述。在杨升庵《南
诏野史》《滇载记》中,段功虽"半载功名百战身",但"终为迷恋
女色而忘记了民族的仇恨以致殒命"。施蛰存的《阿褴公主》也突出
强调了段功这一点,让他始终在阿褴公主的美色和报亡国之仇的矛
盾中挣扎。而郭沫若却根本不能接受这样的形象,他有意把野史看
作是小说的虚构,揭露作者杨升庵"是惯会造假的人",从而否定他
叙述的真实性,认为"旧时文人均有段功好色自取灭亡之观念","其
事亦不足信"。因而在郭沫若的改写下,段功是一位"豁达大度,公
而忘私"的英雄。

小说主人公阿褴(盖)公主在《新元史》《大理府志》烈女栏以
及野史中均有记载,这些资料都叙述阿盖公主是一位"把自己的生
命来殉了她的丈夫"的烈女英雄。郭沫若的《孔雀胆》不仅认同这
个历史形象,而且为了突出其节烈的品质,不顾史实的有无而增繁
渲染得淋漓尽致。在他的笔下,阿盖公主不仅机智地揭露了暗杀丈

夫的仇人阴谋，并在为丈夫报仇之后从容自杀。而施蛰存笔下的阿
褴公主却全然没有这样的英雄气概，一直在做"一个忠实于自己的
种族的女子"，还是"为了自己的恋爱和幸福"、"站在丈夫这一面"
的权衡中犹豫不决，直到最后才做出了选择："既然做了他的妻子，
我就完全属于他了。蒙古于我还有什么关系呢？父亲的权势于我还
有什么关系呢？难道为了与自己没干系的人而牺牲了自己的恋爱与
幸福吗？"更说明问题的是施蛰存对阿褴公主结局的处理。本来史
载阿褴公主的死有两个说法：一说是阿褴公主得知段功死讯，作了
一首辞世诗后自杀身亡；一说是绝食而死。施蛰存没有采取其中的
任何一种说法而篡改为，当阿褴公主得知段功被害，要为丈夫报仇
时，被仇人识破，反将毒酒灌进了她的口中。施蛰存把阿褴公主的
死由自杀改为他杀，无疑使阿褴公主的烈女形象大打折扣。由此可见，
郭沫若和施蛰存都有忠实历史的叙述，也都有违背的地方，在他们
不同的忠实和违背之中鲜明地表现了各自的价值取向和精神。郭沫
若用段功和阿盖公主的历史故事谱写了一曲英雄主义的赞歌，而施
蛰存恰恰是以日常生活的意识心理消解了他们超越日常的行为，给
我们讲述了一对"平凡的俗人"一个美丽哀婉的故事。无怪郭沫若
听说施蛰存有一篇和他的《孔雀胆》出自同一题材的小说，找来看
了后说，施蛰存"《阿褴公主》的主题和人物的构造，和我的完全不
同，甚至于可以说是立在极相反的地位"，"在积极方面对于我毫无
帮助"。[1]

施蛰存的历史小说还有《李师师》和《黄心大师》，其路数也都
如上所述。作者以日常生活意识把一切有违其逻辑，或超越其形态
的"神圣""神奇"的历史传说改写为日常生活的形态。这样，宋徽
宗在李师师的眼中"看来看去"都是一副"凡俗的脸相"，"一个铜

1　郭沫若：《〈孔雀胆〉故事补遗》，见《沫若文集》，第4卷，人民文学出版社，1956年，第253页。

臭满身的市侩"，所以李师师断定，"这站在她面前的人，虽然是个皇帝，一定是一切市侩里的皇帝"；而当李师师知道她的嫖客是"当今天子"后，态度马上由鄙薄到曲意逢迎，由此揭示了她的世俗心态而与传说中的清高傲慢的李师师形象相悖。关于《黄心大师》，施蛰存曾明确地相告："黄心大师在传说者的嘴里是神性的，在我笔下是人性的。在传说者嘴里是明白一切因缘的，在我的笔下是感到了恋爱的幻灭的苦闷者。整个故事是这两条线索之纠缠。"[1] 施蛰存的自白大致不差，只是黄心大师在小说中并非是一个"恋爱的幻灭的苦闷者"形象，她的"舍身铸钟"不仅并非如传说所宣扬的那样，是"牺牲自己的生命去护卫她的大法"，也并非出于"恋爱的幻灭"，而是由于想不到她铸钟所依仗的大施主恰恰是她过去那个犯了罪，又被她"拒绝了合镜"的丈夫，因而不胜"心中老大的羞恼"所致。这样，《比丘尼传》中所载"师舍身入炉，魔孽遂败，始得成冶"的"杀身成仁"故事，就成为了一个常常发生于日常生活中的"想不开"的俗人俗事。

施蛰存在他历史小说中表现出的这种一致性是他人性观的投影，反映了他对人的世俗性的稳定看法。因而这几乎成为他看人看事的恒定观点，这不仅渗透于他的创作中，在他的散文杂说中更直接地表露出来。比如，他针对左翼所提倡的革命文学及其对鸳鸯蝴蝶派的批判发表见解说：

> 蒲松龄笔下之鬼，若当时直接痛快地一概说明是人，他的小说就是"鸳鸯蝴蝶派"，因为有饮食男女而无革命也。人有三等，上等人有革命意识而无饮食男女之欲，中等人有革命意识亦有男女之欲，下等人则仅有饮食男女之欲而

1　施蛰存：《关于〈黄心大师〉》，见《文艺百话》，第153页。

无革命意识。写上等人的文章叫做革命的现实主义，写中等人的文章叫做革命的浪漫主义，写下等人的文章叫做鸳鸯蝴蝶派。所以蒲松龄如果要把他笔下的鬼一律说明了仍旧是人，必须把这些人派做是上中两等的，才可以庶几免乎不现实不革命之讥，虽然说这些人的革命意识到底还是为了饮食男女，并不妨事。[1]

施蛰存对那些"有革命意识而无饮食男女之欲"的否定，认定这些所谓的上等人"到底还是为了饮食男女"的看法，再清楚不过地说明了在他眼中，人本质上都是"为了饮食男女"的所谓"下等人"、俗人，这与他对历史叙述中的英雄传奇的消解是同出一辙的。根据他的分类，海派小说也的确只能归入鸳鸯蝴蝶派的传统。直到晚年，施蛰存在《答新加坡作家刘慧娟问》中，谈到弗洛伊德时仍坚称："英雄人物是彻头彻尾的英雄，从内心到外表都是英雄思想。哪有这种人？"

> 心理分析正是要说明，一个人是多方面的。表现出来的行为，是内心斗争中的一个意识胜利之后才表现出来的。这个行为的背后，心里头是经过多次的意识斗争的，压下去的是潜在的意识，表现出来的是理知性的意识。弗洛伊德讲的这个，我是相信的。……有些英雄经过理智的思考，而表现出他的英雄行为，有些英雄行为是偶然的。还有些英雄，做了英雄的行为，肚子里是不高兴的，因为违反了他自己真正的思想。这种心理状态，十九世纪的作家是不理解的。没有经过弗洛伊德的解释，人的心理的真正情况，

1　施蛰存：《鬼话》，见《灯下集》，第91—120页。

是不明白的。[1]

　　这段话再清楚不过地说明了弗洛伊德学说对施蛰存的影响方面，以及在形成施蛰存的人性观，对人的心理把握上所起的决定作用。

　　如果说，施蛰存相信弗洛伊德的心理分析解释清楚了"人的心理的真正情况"，不再"简单的把人的行为看成是简单的心理活动"，也即是否定了人的动机和效果的一致论；那么，刘呐鸥和穆时英则更多地接受了弗洛伊德学说中"过分依据天生的生物本能，来说明人的行为"这一倾向，也即是把人看作是"有固定的本能内驱力的生物体"[2]。穆时英在谈到关于人之观念的进化时就曾明确表达了这一观点。他说："神造的生物的观念进至细胞组成的，更进而知道人体底生理的构造，我们对于自己的身体便获得更深一层的支配。"[3]因而，他和刘呐鸥经常从生物性的角度去解释人的行为。比如，刘呐鸥在《礼仪和卫生》中，如此描写男主人公姚启明嫖妓行为的原因：

　　　　春了，启明一瞬间好象理解了今天一天从早晨就胡乱地跳动着的神经的理由，同时觉得一阵黏液质的忧郁从身体的下腰部一直伸将上来。不好，又是春的 Melancholia 在作祟哩！阳气的闷恼，欲望在皮肤的层下爬行了。啊，都是那个笑涡不好，启明真觉得连坐都坐不下去了。[4]

　　可见，刘呐鸥简直就是把人的欲望的发生与生物的"发情期"

1　施蛰存：《沙上的脚迹》，第 182 页。

2　［美］L. J. 宾克莱著，马元德等译：《理想的冲突》"第三章 精神分析人本主义：弗洛伊德与弗洛姆"，商务印书馆，1983 年，第 134 页。

3　穆时英：《电影艺术防御战》，载 1935 年 8 月 15 日上海《晨报》。

4　刘呐鸥：《礼仪和卫生》，《都市风景线》，水沫书店，1930 年，第 110—111 页。

相类比。姚启明的妻子也正是因为尊重人的这种生物性，在自己缺席期间，为了丈夫的卫生和健康而主动让妹妹替代了自己之于丈夫的性功能。

穆时英的《骆驼·尼采主义者与女人》，以象征性的手法描写了男人与女人所分别代表的两种不同人生观之间的抗衡和征服。很显然，这篇小说的题旨既来自尼采，也是对尼采主义的消解。穆时英清楚地标明，"变成骆驼"的男性灵魂来自尼采的"精神之三变"说。尼采认为人的精神应当经历三种变迁：第一变是骆驼所代表的"坚强底负重"，"涵藏着诚敬"的精神；第二变是狮子所代表的"为自己创造着自由，加义务以神圣底否认"，高喊"我要"的精神；第三种是婴孩所代表的"天真，遗忘，一种新兴，一种游戏，一个自转底圆轮，一发端底运动，一神圣底肯定"的精神。[1] 小说男主人公所选择的苦涩的骆驼牌香烟，象征了他所信奉的灵魂变成骆驼的第一种精神。他说："我们要做人，我们就是抽骆驼牌，因为沙色的骆驼的苦汁能使灵魂强健，使脏腑残忍，使器官麻木。"[2] 而女人在尼采看来，正是与这种"负担着太多外间底沉重底名词和价值"[3]，并欣喜着自己力量的"沉重的精灵"相对立的。他认为"快乐却是女性"，"只有够男性的男人，才能在女人中将女性——救赎"[4]。小说中的女人也即是尼采所说的"女性"，"她在白磁（瓷）杯里放下了五块方糖，大口地，喝着甜酒似地喝着咖啡"，"光洁的指尖夹着有殷红的烟蒂的朱唇牌，从嘴里慢慢地滤出莲紫色的烟来"的生活姿态象征了她"以为人生就是一条朱古律砌成的，平坦的大道似地摆在那儿"的生活

1　[德] 尼采著，徐梵澄译：《苏鲁支语录》，商务印书馆，1992 年，第 19—21 页。

2　穆时英：《骆驼·尼采主义者与女人》，见《圣处女的感情》，良友图书印刷公司，1935 年，第 58—59 页。

3　[德] 尼采著，徐梵澄译：《苏鲁支语录》，第 193 页。

4　同上书，第 161、167 页。

态度。在小说中穆时英让信奉尼采的男人向女人宣扬着他的骆驼精神，批判着女人所代表的自欺与享乐的精神；可是一顿饭下来，当"她教了他三百七十三种烟的牌子，二十八种咖啡的名目，五千种混合酒的成分配列方式"以后，他们"坐到街车上面，他瞧着她，觉得她绸衫薄了起来，脱离了她的身子，透明体似的凝冻在空中。一阵原始的热情从下部涌上来，他扔了沙色的骆驼，扑了过去，一面朦朦胧胧想：'也许尼采是阳痿症患者吧！'"[1]这个以对生理缺陷的猜测去暗示尼采超越常人的思想是出于他不正常的生理的结尾，不仅背叛、消解了尼采主义，更是一种亵渎的行径。

在第4卷第6期《现代》上，曾刊登过一篇名为《波特莱尔的病理学》的文章，同样是以波德莱尔患有梅毒症去解释他忧郁的精神特征和"恶魔般的傲慢"性格特征。这无疑是说波德莱尔的《恶之花》"是在这病的倾向上开了花"。尽管刊物上发表的文章并不一定都会代表着编者的意见，但这篇译文和《现代》一些观点的合辙，恐怕就不会是偶然的，至少也说明了把人看作一种生物体人性观的流行。穆时英曾分析五四新文化运动以后"社会失去了它的主导的文化，个人也失去了他的思想和信仰的中心，失去了生活的重心，于是人生便成为那样辽远的，没有方向的，漫无边际的东西"[2]时，人们的生存和行为的特征：

> 他们认不清这时代，对于未来对于自己没有信仰，决不定怎样去跨出他们的第一步。他们只是游魂似地在十字路口飘荡着。然而他们也并不甘心于飘荡，也想做一点事，也渴望行动。

1　以上均引自穆时英：《骆驼·尼采主义者与女人》，见《圣处女的感情》，良友图书印刷公司，1935年，第56、55、59、60页。

2　穆时英：《我们需要意志与行动》，见1935年9月16日上海《晨报》。

> 他们怎样行动呢？完全和沙宁一样，仅仅是依照着本
> 能的冲动的，虚无主义者的；只是生理上的反应而已。更
> 坏的是他们虽然是本能地行动着，却还保留着懦怯和畏缩。
> 他们时常和环境妥协，进一步退两步，退了两步也许再往
> 旁边走三步。结果，他们的行动成为私生活的狂乱与自己
> 麻醉。[1]

这段话也许可以看作穆时英对于自己以及海派作品中有类似倾向的小说人物的一种说明，其中恐怕也不能不包含着对于自己精神状态的反省和认识。

无论是施蛰存旨在以人的心理动机去消解历史对象的光环，还是刘呐鸥、穆时英等以人的生物性去解释人的倾向，他们认同的都是以财色为其根性的人之世俗性质。这实际上与弗洛伊德的精神分析还隔着一个层次，或者说，他们只进入到弗洛伊德所描述的按照现实原则行事的自我的层次；而弗洛伊德的基本发现，由遗忘的经验以及基本的冲动和内驱力而形成的无意识领域，还并未成为他们关注的焦点。但恰恰是这一点为改变人是以理性为主的动物这个旧观念起了重大的作用，成为弗洛伊德影响西方现代文学的主要方面。"至少从本世纪（二十世纪——笔者注）初起，作家们就设法从多方面表现'非理性'"[2]。尽管，在很多方面，文学家们给精神分析学带来了自己对人类行为的解释，但人们仍普遍认为，"由于有了弗洛伊德，随着潜意识的解放，一切被压抑的和秘而未宣的事物的深隐层次突然浮到表象"，"潜意识中受到压抑和难以启口的部分开始公开申明

1　穆时英：《我们需要意志与行动》，见 1935 年 9 月 16 日上海《晨报》。

2　[美]霍夫曼著，王宁等译：《弗洛伊德主义与文学思想》，生活·读书·新知三联书店，1987 年，第 22 页。

自己的存在权利"。[1]这势必带来价值的颠倒。现代主义者们作为"理性的破坏者",在恶意践踏上帝、道德和"社会标准"等一切权威的同时,更夸大了无意识、"非理性"的重要性,甚至对之顶礼膜拜。他们或者将其设想为美和真的源泉,或者将其与生命混为一体,视为人类内心"最大的现实",或者作为灵魂、生命冲动和旺盛精力的一切解释的替代物,从而把"非理性"神圣化,使人"变成非理性的激情的奴隶"。关于这一点,有人曾分析说,热衷于非理性主义的人"把一切事物分成理性和非理性的,而不是分为善与恶的,这是不负责任的狂热。因此,本能的消极和邪恶便受到鼓励和赞扬"。[2]

　　不管我们是把这一潮流看作现代文化发展过程中的一个必经阶段,还是一个应该被否定和超越的阶段,构成这一时期西方现代主义文学主题的一个显著特征即是"蔑视理性生活",赋予非理性以神圣的价值,由此而探索出的一个新深度正可溯源至弗洛伊德。而以施蛰存为代表的海派作家对人世俗性质的揭示,只能说仅仅表明了人的本能欲望,而没有将其发展成"非理性的激情"和价值。除上面的作品分析外,另外像施蛰存的《周夫人》《梅雨之夕》《春阳》等都写到了人的性心理活动,但仅仅触及性心理活动的一闪念而已,绝没有像施蛰存所高度评价、可与弗洛伊德"媲美"的施尼茨勒的作品那样,把人生看作"爱与死的角逐"。穆时英笔下的那些摩登男女更是各取所需,把恋爱与婚姻相分离。当年被戏称为"性博士"的张竞生说过一段话,很可以道出二者之间的差异。他说:"人类本性,爱之,必爱到其极点;恨之,必恨到其尽头。这些才是真爱与真恨。爱之而有所不尽,恨之而有所忌惮,这些不透彻的爱与恨乃是社会人的普通性,但不是人类的本性。"[3]且不说什么是真爱和真恨,

---

1　[匈]伊芙特·皮洛著,崔君衍译:《世俗神话——电影的野性思维》,第140、73页。

2　转引自[美]霍夫曼著,王宁等译:《弗洛伊德主义与文学思想》,第249页。

3　张竞生:《美的人生观》,见《张竞生文集(上)》,第115页。

"爱之而有所不尽，恨之而有所忌惮"确实是抓住了"社会人的普通性"。新感觉派的创作表明，他们不仅自居为普通人，也的确写的是普通人的心态；不仅缺乏赋予非理性以价值的反叛勇气和力量，也缺乏揭示非理性的神秘和魔力所需要感受生命深度的能力和表现"阈下"经验的艺术功力。

可见，弗洛伊德给予他们的启示是有意识的自我，而不是无意识的自我；是在现实原则支配下的理性的本能，而不是在快乐原则支配下的非理性本能（张爱玲的一句话最能概括其特征："疯狂是疯狂，还是有分寸的"）；而海派作家中等而下之者更是世俗欲望的放肆，而不是生命力的迸发。这不仅反映了他们对于弗洛伊德的接受特征，也反映了海派文化作为市民文化的精神特征。他们中的严肃者在放弃了知识分子"文以载道"的传统功能之后，自觉不自觉地是把探索人类的真相作为了自己的使命；而人类的真相，在他们看来，即是毫无神圣感（或者说没有被赋予一种神圣感），脱离不了"财色"根性的俗人。施蛰存曾翻译过一篇 E. 托莱尔的文章：《现代作家与将来之欧洲》，刊登于他主编的《文艺风景》上，这位不甚知名的作家文章所以引起施蛰存的兴趣，恐怕是引起了他的共鸣。文章说：

> 你难道相信一切过去的史实都真的发生于史册中所指示给我们的理由吗？在那些史册中，你可以看到一切的战争都是为了人类的伟大理想而发生的，譬如说，为了自由，为了民治精神，为了正义。决不会有一个字说到这是由于君主底野心，他们的扩张权势的欲望，这正如对于现代的战争，决不会说起它是为了各国的利益，如煤油，煤，铁而发生的。煤油与铁都是脏东西，它们都不是美学的。我们的那些历史家和政治家都要人民带上干净的领头，穿着

洁白的衬衫，而保有着纯洁的灵魂，但是谁如果要真的了
解过去及现在，他必须一直看到幕后去，而不怕那些煤灰，
油气和铁的灼热。惟有如此，他才能看到一眼真相。

现代作家所应做的职务，就是把这些史册中的骗人的
谎话揭穿来，而说明了它们的不愉快的真相。

……

这种著作之道德观使他们去揭发一切的在各处显露出
来的谎骗，无论在社会中，在政治中，或是在私人生活中。[1]

文章所说的"现代作家所应做的职务"，也正是海派作家所致力
于的目标及其在现代文化中的意义。

第二节 以日常生活的逻辑消解价值的理想形态

东欧新马克思主义思想家，20 世纪兴起的日常生活批判理论的
重要代表阿格妮丝·赫勒（Agnes Heller）在《日常生活》中直言不
讳地说，在人类"迄今为止的历史"中"常常出现的情形是，团体
使个人面对着社会或阶级的'理想'的规范体系，而这是在社会中
每时每刻都被违背的体系"。[2] 张爱玲就曾以"只求自己能够写得真
实些"为由，婉转地拒绝写革命、时代、英雄这些"斩钉截铁的事物"
"清坚决绝的宇宙观"。她认为"狭小整洁的道德系统，都是离现实
很远的"[3]，人生安稳的一面"有着永恒的意味"，"存在于一切时代"，

---

1 ［德］E. 托莱尔：《现代作家与将来之欧洲》，见 1934 年 7 月《文艺风景》1 卷 2 期。
2 ［匈］阿格妮丝·赫勒著，衣俊卿译：《日常生活》，重庆出版社，1990 年，第 33 页。
3 张爱玲：《洋人看京戏及其他》，见来译仪编：《张爱玲散文全编》，第 13 页。

"凡人比英雄更能代表这时代的总量"。[1] 海派作家的一个突出特征，就是他们不仅充分地意识到日常生活的生存方式与那些神圣的价值意义之间的分裂和冲突，而且把前者看作是"真相"，并且以前者的思维、目的和逻辑构成他们小说中的生活现实和人物形象。

阿格妮丝·赫勒认为：所谓日常思维的内容"植根于基本上是实用的和经济的结构之中"。她在考察了日常生活的行为模式和认知模式之后断言，"我们的日常思维和日常行为基本上是实用主义的"，其直接后果使得"我们在日常生活水平上所做的一切都以可能性为基础"[2]。所以她引用斯宾诺莎的话对日常思维和科学思维做出了区分："在日常生活中我们寻求最大的可能性；在思辨思维中我们寻求真理"[3]。特别是在私有制度下，按照马克思主义的异化理论观点，"私有财产使我们变得如此愚蠢而片面，以致任何一个对象，只有当我们拥有它时，也就是说，当它对我们说来作为资本而存在时，当我们直接享有它，吃它、喝它、穿戴它、住它等等时，总之，当我们使用它时，它才是我们的……因此，一切肉体的和精神的感觉为这一切感觉的简单的异化即拥有感所代替"。而"如果占有感取代了人的所有自然情感，这只能意味着它是存在和占有的维持，此外别无他者，人的全部生活，人的普通生活，日常生活都以此为中心。这只能意味着日常生活是以特性、以存在的延续———一种以财产的占有为导向的存在为重心"。[4] 如果说这是马克思主义的异化理论对日常生活展开的批判，那么张爱玲首先是把这些异化现象作为现实和真相来认识的。马克思主义者是从人类解放、人道化的理想出发来批判现实，张爱玲恰恰不相信理性和理想的力量，而从现实和真相

1　参阅张爱玲：《自己的文章》，见来译仪编：《张爱玲散文全编》。

2　［匈］阿格妮丝·赫勒著，衣俊卿译：《日常生活》，第54、178页。

3　同上书，第180页。

4　［匈］阿格妮丝·赫勒：《日常生活》，第20页。

张爱玲《传奇》初版本封面　　　　　　张爱玲《传奇》增订本封面

出发去消解理想价值。所以，尽管在对于现实的认识这个交叉点上两者的认识是一致的，但两者的精神倾向却截然不同。

　　正因为这点，我们不能说张爱玲是伟大的，却不能不为能在二十三四岁年纪就写出《传奇》和《流言》的张爱玲而叹其深刻。这与她独特的生活经验及其认知是分不开的。鲁迅曾经说过："有谁从小康人家而坠入困顿的么？我以为在这途路中，大概可以看见世人的真面目。"[1] 就张爱玲所经历的家败经验来说，岂止是鲁迅说的从小康坠入困顿，张爱玲的家族是从晚清重臣破落到困顿。如她弟弟张子静所说："过去人们提起我们这一家，头顶上的光环不是李鸿章就是张佩纶，名门后代好不辉煌！"[2] 也因此，张爱玲被戴上"最后的贵族"的光环。但事实上，张爱玲父亲才可算是承泽了祖宗余荫的最后一代贵族，吃遗产的遗少，他所有败家的本事无一不缺，吃鸦片，

1　鲁迅：《呐喊〈自序〉》，《鲁迅全集》，第1卷，人民文学出版社，1981年，第415页。

2　张子静：《我的姊姊张爱玲》，文汇出版社，2003年，第236页。

娶姨太太，奢侈颓废地过了一辈子。据张子静说，至少在 1935 年左右，他们家在虹口还有八栋洋房出租，加上田产古董，仅在十余年间全部败光，以致到他适婚年龄，因为经济窘迫，父亲竟对其成家之事不闻不问。张爱玲在《对照记》中也回忆，连她妈妈都未曾料到，他父亲竟能为节省开支而不管独子的教育，只在家中延师教读，后弟弟人中学没念完就出去找事做了。张爱玲刚成名即在《童言无忌》中向读者坦言："我不能够忘记小时候怎样向父亲要钱去付钢琴教师的薪水。我立在烟铺跟前，许久许久，得不到回答。"她 17 岁因与后母口角被父亲责打，关押拘禁半年之久，即使身患痢疾，差点病死，父亲也不请医生，也不买药。18 岁逃离父亲的家，跟没有房产的母亲，在公寓租住后，张爱玲说："在她的窘境中三天两天伸手向她拿钱，为她的脾气磨难着，为自己的忘恩负义磨难着，那些琐屑的难堪，一点点的毁了我的爱。"[1] 由此可见，张爱玲家族到她这一辈，虽然还戴着贵族的桂冠，却真可以用她在《金锁记》中说曹七巧的话来形容，"可是连金子的边都啃不到"[2]。张爱玲在散文中也有意味地回忆说："我觉得一切的繁荣热闹都已经成了过去，我没有份了。"[3] 如果说，鲁迅在从小康人家而坠入困顿的途路中，从亲戚的冷眼中参悟到世人的真面目；张爱玲不仅比其落差更大，更是从人类最亲密的关系父母给予她的难堪与羞耻中，"看穿了父母的为人"[4]，感觉自己"是赤裸裸的站在天底下了"[5]，将人性最后的面纱粉碎。年仅二十二岁的张爱玲从香港回到上海，插班入圣约翰大学文科四年级后，只读了二三个月就毅然辍学，专事写作，有意地与职业女性苏青同声相应，

1　张爱玲：《童言无忌》，来凤仪编：《张爱玲散文全编》，第 97、98 页。
2　张爱玲：《金锁记》，《张爱玲文集》（第二卷），第 104 页。
3　张爱玲：《私语》，来凤仪编：《张爱玲散文全编》，第 125 页。
4　张爱玲：《造人》，来凤仪编：《张爱玲散文全编》，第 106 页。
5　张爱玲：《私语》，来凤仪编：《张爱玲散文全编》，第 133 页。

明确地将自己定位成"自食其力的小市民"[1]。

张爱玲对人性透视和批判的深刻性，除了源于她自身独特的生活经验，还需提到的是张爱玲经过了香港战争。正像她在《烬余录》中所谈，战时香港所见所闻对她"有切身、剧烈的影响"，全从"那些不相干的事"中，使她有机会"刮去一点浮皮"，亲眼看到炸弹如何把文明炸成碎片，将人剥得只剩下本能。所以她坚信，人性"去掉了一切的浮文，剩下的仿佛只有饮食男女这两项。人类的文明努力要想跳出单纯的兽性生活的圈子，几千年来的努力竟是枉费精神么？事实是如此"。[2]基于这样的认识，张爱玲笔下的人物就具有了某种行为逻辑的一致性，大多坚定地把自身的生存作为第一需要和至高目标，当"饮食"受到威胁时，甚至"男女"之事都是不屑一顾的。他们或为"利"的，或为"性"的世俗目的，演出着"终日纷呶"的，又是"没有名目的争斗"，正像张爱玲一口断定的："世上有用的人往往是俗人。"[3]

张爱玲的小说基本上是围绕着人性的问题，人究竟是世俗的这一看法展开的，因而，她的故事尽管"传奇"，但最终都会暴露出世俗的内容；她的人物尽管"传奇"，但最终也都会归于世俗的属性，从而构成了张爱玲小说世界中的城市俗人群。

在张爱玲的小说中也有一些非利的和非性的人，如那些"老太太们"的人物群，她们已经退出了人生的战场，行动不再是为了个人的利益或性的目的，同时又多少带有些原始性。如《金锁记》中的姜老太太，《怨女》中的姚老太太，《创世纪》中的紫薇，《留情》中的杨老太太，《倾城之恋》中的白老太太，等等，她们的存在和活动是张爱玲描写腐旧大家庭的背景因素。值得注意的是，张爱玲的

1　张爱玲：《童言无忌》，来凤仪编：《张爱玲散文全编》，第 97 页。

2　张爱玲：《烬余录》，来凤仪编：《张爱玲散文全编》，第 59 页。

3　张爱玲：《必也正名乎》，来凤仪编：《张爱玲散文全编》，第 46 页。

这些封建大家庭的遗老们都是老太太，而与一般小说中那些专横地压制新青年的老太爷们相区别。她们像母鸡护小鸡一样，只是守卫着家庭的财产、饮食、繁殖，甚至满足于儿孙们"吃了烟肯安静蹲在家里"。她们的性质正像张爱玲所说的那样，"兽类有天生的慈爱，也有天生的残酷"。在《怨女》中三爷害怕"圆光"会暴露出失窃的真相而将满脸涂上猪血，正是老太太们所维持的大家一起活着，糜费着生命的生存状况的隐喻性意象。另一组"非利的非性的"人群是那些在心理上或生理上还未成年的人，如《茉莉香片》中的言丹朱，《沉香屑 第二炉香》中的愫细。可见，张爱玲对人的划分，除了已经退出人生战场的老人和还未进入人生战场的未成年人外，不存在既无利的又无性的目的的人，这正印证了张爱玲关于人生的"时间悲剧"的看法。她认为人的老年和儿童时代比较接近，唯独中间隔了一个时期的成年阶段"俗障最深"，成人的世界是"庸俗黯淡的"[1]，从此也可以印证她对人的基本认定。

也就是说，她是把人置于家庭之中，在这个日常生活的直接环境，或者说是基本寓所里，对支配人的日常思维和行为逻辑进行反思和批判。她把"饮食男女"的世俗性和日常性设计为她笔下人物的"素朴的底子"，时常也让她的人物"飞扬"起来，但最终她是为了让人们更清楚地看到人跳不出这世俗的圈子。最具有说明性的是其《封锁》，这篇小说反映了张爱玲对人的日常在世状况进行的透视和指认。

《封锁》就题目本身来说就具有多重的旨意。它不仅仅是小说事件的背景，而且作者借"封锁"这一战时事件，巧妙地从生活的日常状态中隔离出一块异常状态下的空间，从而通过不同类型的人在日常与非日常的交替表现中透视了常人的日常"封锁"式的生存状态。

---

1 参阅张爱玲：《造人》，见来凤仪编：《张爱玲散文全编》，第106页；《红楼梦魇》，上海古籍出版社，1995年，第165页。

　　"叮玲玲玲玲玲"，每个"玲"字是冷冷的一小点，一点一点连成了一条虚线，切断了时间与空间。

　　这同样的一句话，张爱玲把它安排在小说的开篇，就成为战时开始"封锁"了的铃声；在结尾重复，又成为"封锁开放了"的铃声；为作者笔下的人物从"常态"到"非常态"，从"非常态"到"常态"的转变划分了清晰的界线，为作者"冷冷的"俯视考察常人的生存状态提供了契机。在被铃声"封锁"进电车里的人群中，作者聚焦了几组画面，几类人，并对每组画面和每类人都一一做出了抽象的概括和议论，表现出作者试图划分与评价几种人的存在状态的意图。

　　"可怜啊可怜！一个人啊没钱！"作者通过乞丐和电车司机之口将这句话呼喊重复了三遍之多，并将其延展成历史："悠久的歌，从一个世纪唱到下一个世纪"，从而揭示出日常存在的循环重复性特征，使具象描写上升为日常在世的主旋律象征。一个"钱"字是生存在实用的、经济的结构中，常人所超越不了的"俗障"。

　　张爱玲笔下的俗人即使处于非常态下也在忙碌着日常琐事，她聚焦的镜头依次是：一对中年夫妇，妻子自始至终地盯着丈夫，时时提醒他别让手里拎着的一包熏鱼弄脏了裤子，计较着"现在干洗是什么价钱？做一条裤子是什么价钱？"；华茂银行的会计师吕宗桢抱着在弯弯扭扭最难找的小胡同里买的价廉物美的包子，暗自得意"这包子可以派上用场"，"因为'吃'是太严重的一件事了，相形之下，其他的一切都成了笑话"；一个老头子手心里骨碌碌骨碌碌搓着两只油光水滑的核桃，他红黄皮色，满脸浮油，似乎活得不错，可作者对他的批语是"他的脑子就像核桃仁，甜的，滋润的，可是没有多大意思"；"大学老师吴翠远忙着在利用封锁的时间改改卷子"，作者描写她，"一个二十来岁的女孩子在大学里教书！打破了女子职业的新记录。然而家长渐渐对她失掉了兴趣，宁愿她当初在书本上马虎一点，匀出点时间来找一个有钱的女婿"……"封锁"切断了与日常世界的联系，在这种非常态的悬搁状态下，作者考察后的结果是，常人仍继续着日常习惯性的沉沦存在："有报的看报，没有报的看发票，看章程，看名片。任何印刷物都没有的人，就看街上的市招。"以世俗的繁忙来"添（填）满这可怕的空虚"，来代替脑子的活动，因为"思想是一件痛苦的事"。

小说主人公吕宗桢和吴翠远本来也属于这类常人，他们有着和常人一样的烦恼，所不同的是他们受过高等教育，一旦有机会从日常在世的繁忙中解脱出来，情不自禁地就会开展思想和情感的活动。这是作者赋予他们的与众不同之处，而使其能够从芸芸众生中凸显出来，发生非常态的恋爱事件。吴翠远和吕宗桢平时本来都是把自己"封锁"在日常生活角色和规范中的人，作者说吴翠远"是一个好女儿，好学生。她家里都是好人，天天洗澡，看报，听无线电向来不听申曲滑稽京戏什么的，而专听贝多芬瓦格涅的交响乐，听不懂也要听"。在做好人的日常习惯中，作者说吴翠远已与生命"未免有点隔膜"；吕宗桢也是如此，"平时，他是会计师，他是孩子的父亲，他是家长，他是车上的搭客，他是店里的主顾，他是市民"。

事实上，张爱玲把战争时期发生在吴翠远和吕宗桢身上的非常态恋爱事件，写得是游移不定。一方面，她描写了两人在恋爱过程中，让各自压抑的生命冲破了日常规范的"封锁"而得以"飞扬"的情境，如吕宗桢向吴翠远实施"调情的计划"，不仅没有让吴翠远感到受了侮辱或冒犯，反而断定他是"一个真的人！"而"突然觉得炽热、快乐！"；反过来，吴翠远的"脸红""微笑"，又让吕宗桢感到自己"是一个男子"，"只是一个单纯的男子"。他们相互都不失真诚和激动的恋人心态；但另一方面，作者又始终把他们的恋爱事件描述得带有点游戏的味道，各自都把越轨行动作为报复家人的手段。即使不说他们各自在表演着恋人的独角戏，至少他们相互间的反应都是很突兀很模式化的。比如，吴翠远总在内心预测吕宗桢的下一个行动，更明显的是吕宗桢的表演性质。他在无休无歇的抱怨之后，并未经过向吴翠远的求爱程序，就突兀地发问："即使你答应了，你的家里人也不会答应的，是不是？"接着，他又未得到吴翠远的允诺或表示，又慷慨激昂地表示："不行！这不行！我不能让你牺牲了你的前程！你是上等人，你受过这样好的教育……我——我又没有多少钱，我不能坑了你的一生！"吴翠远的反应也是格外地突兀的。作者写道："她哭了，可是那不是斯斯文文的，淑女式的哭。她简直把她的眼泪唾到他脸上。"她一方面在心里埋怨着："呵，这个人，这么笨！这么笨！她只要他的生命中的一部分，谁也不稀罕的一部分。他白糟蹋了他自己的幸福。多么愚蠢的浪费！"另一方面又想到："可不是，还是钱的问题。他的话有理。""他是个好人。"这已经表明她并未打算嫁给吕宗桢。这是一幕双方都未真正想实施、真正想获得的恋爱。尽管如此，我们也不能不承认吕宗桢和吴翠远都在各自的内心经过了一场情感的洗礼；这种情感唤醒了他们内在的反思精神，转而批判自己日常在世的生存状态。吕宗桢反思自己的生活："忙得没头没脑。早上乘电车上公事房去，下午又乘电车回来，也不知道为什么去，为什么来！"张爱玲通过吕宗桢和吴翠远的恋爱事件，写出了现代人既追求爱的美好情感，又不失世俗的算计，"虚伪之中有真实，浮华之中有素朴"的复杂状态。

最终，张爱玲让吕宗桢和吴翠远的这幕非常态的情感操练，随着"叮玲玲玲玲玲玲"封锁开放了的铃声响起，即刻不留痕迹地结束了。吕宗桢"突然站起身来，挤到人丛中，不见了"。吴翠远发现他又回到原先的位子上，重新做了一个搭客，以他的姿态表示着"封锁期间的一切，等于没有发生。整个的上海打了个盹，做了个不近情理的梦"。于是，他在吴翠远的心里也"等于死了"。这两个受过高等教育，有可能具有超越维度的人在日常生活场景中凸显出来，又消失回去。他们比常人只是多了一些思想和情感的痛苦经验，其他并无二致。

《封锁》的结尾是意味深长的。作者描写吕宗桢回家吃完晚饭后，接过热毛巾，擦着脸，踱到卧室里扭开了电灯，看到一只乌壳虫正从房间的这一头往另一头爬，灯一亮，不得不伏在地板正中一动也不动。吕宗桢盯着它想："在装死么？在思想着么？整天爬来爬去，很少有思想的时间罢？然而思想毕竟是痛苦的。"这一感同身受的质问，把虫子的境遇和吕宗桢联系在一起：吕宗桢每天坐着电车上下班的循环往复和乌壳虫整天地爬来爬去有什么两样？而他的遭遇战时封锁岂不就像虫子突然碰上电灯一亮的意外情况吗？电车的停顿，人在时空间的悬搁，不也正像乌壳虫一遇到危险就伏在地板正中一动也不动的应付对策吗？而当吕宗桢关掉了电灯，再开灯时，乌壳虫已不见了，爬回窠去了。吕宗桢、吴翠远以及电车乘客们的应急行为不也并不比乌壳虫更聪明吗？至此，张爱玲笔下的人物经历了从日常到飞扬再回归日常的一个完整过程，作者也完成了她对人的日常在世不离"兽性生活的圈子"的考察和揭示。

正是基于对日常行为图式的认识，张爱玲的创作自始至终表现出将一切有悖于日常生活的内容和逻辑的价值理想形态，所谓一切神圣的"浮文"进行消解的倾向。其基本策略之一就是把一切神圣的观念都淹没在世俗功利的算计之中。

作为一个女作家，张爱玲用力最甚的是消解爱情神话。人作为"符号的动物""文化的动物"，在千百年来创造文化的活动中，所谓"爱情"，已被神圣化，成为两性关系的理想价值规范。但是，"爱情"这一符号之于男人和女人来说，又从来具有不同的意义。对男人而言，由于他们的社会价值系统还有着上帝、国家、君主之类的更高价值，

"男人的爱情是男人生命的一部分"[1]，即使到近代，男人的爱情之上还有一个自我的概念。而爱情之于女人来说却是全部。爱情观念要求女人，正像上帝、国家、君主要求男人一样，需要整个身体和灵魂的奉献及无条件的忠诚。所以在其文化规训中，"爱情"几近是女人的"上帝"，或说是宗教。它的神圣、纯洁、牺牲的价值取向，成为"爱情中的女人"之特定含义。在这个意义上，张爱玲笔下不存在爱情中的女人，她有意识地反爱情故事，以"爱情"日常在世的世俗性消解传统爱情观念蕴含的价值形态的神圣性，一再告诫女人："只有小说里有恋爱，哭泣，真的人生里是没有的。"[2]

《倾城之恋》的标题显然来自"倾城倾国"这个家喻户晓的成语故事，它原指君主迷恋女色而亡国，后用来形容女子的极其美丽。女子貌美之因引起君主不计功利得失，不惜牺牲一切而"倾城倾国"之果，是这一标题表层所负载的文化信息，所飞扬的一个爱情传奇的精灵。但张爱玲的《倾城之恋》却恰恰颠覆了这一成语的文化逻辑。作者将小说男女主人公定位为"他不过是一个自私的男子，她不过是一个自私的女人"[3]，两人之间的纠缠自始至终都是为了从对方获得实际好处，"两方面都是精刮的人，算盘打得太仔细了"[4]。流苏跟柳原的目的"究竟是经济上的安全"，所以她一定要想方设法让柳原娶她，而不能"白牺牲了她自己"；而柳原对于流苏原也不过是"上等的调情"，并不真想娶她，更为了日后脱卸责任，不时采取种种小计谋，希图流苏能"自动的投到他怀里去"。在双方"把彼此看得透明透亮"的精刮算计中，一旦流苏明白"经济上的安全""她可以放

1　拜伦语，引自［法］西蒙·波娃著，桑竹影、南珊译：《第二性·女人》，湖南文艺出版社，1986年，第431页。

2　张爱玲：《创世纪》，《张爱玲文集》（第二卷），第276页。

3　张爱玲：《倾城之恋》，《张爱玲文集》（第二卷），第86页。

4　同上书，第79页。

心"，也就接受了做柳原情妇的命运。不过偶然的一场战争却使他们在"一刹那"认识到了"平凡的夫妻"的意义，虽不过是"一刹那"，但这已足够让他们结婚，足够"他们在一起和谐地活个十年八年"了。香港的陷落成全了流苏，由此改变了"倾城倾国"这一传奇故事的内在逻辑：流苏不是因貌美而赢得"倾城"之恋，反而是"倾城"，一个大都市的倾覆为流苏赢得了恋之"议和"的"圆满的收场"。张爱玲把"倾城之恋"的表层成语意义与文本意义在因果逻辑上颠倒，不动声色地反讽了涂在爱情上的"浮文"。它一方面意味着在现代都市，即使女人有"倾城"之貌，而真正肯为之"倾城"，牺牲一切的男人已没有了；而对于女人来说，也是"胡琴诉说的是一些辽远的忠孝节义的故事，不与她相干了"。[1]另一方面甚至也可以说，从来就不曾有过。作者最后正是以"传奇里的倾国倾城的人大抵如此"，一笔点破，向"倾城倾国"的原始意义也提出了质疑与否定，而达到双重相互消解的效果。

《殷宝滟送花楼会》的副标题是"列女传之一"。"列女"究竟是言诸妇女，还是意同"烈女"？张爱玲也许有意利用了这一词语的含混性，或就是取其"烈女"之含义而与她的殷宝滟开了个小小的玩笑。古时称为保全所谓贞节而死的女子为烈女，也称重义轻生的女子为烈女。小说女主人公殷宝滟显然与此解说无缘。其"列"字倒好像取其热烈的"烈"，像《红玫瑰与白玫瑰》开篇所说："一个是圣洁的妻，一个是热烈的情妇——普通人向来是这样把节烈两个字分开来讲的。"照此看来，殷宝滟被封为"列女"是按照普通人的说法，取其"热烈的情妇"之意的。而列女的另一含义——重义轻生，从表层故事看倒似乎名副其实。殷宝滟为了不使罗教授家庭破裂而坚决与其断绝关系，不过最后又是张爱玲让殷宝滟轻轻地说出一句

---

[1] 张爱玲：《倾城之恋》，《张爱玲文集》（第二卷），第 57 页。

话："你不知道，他就是离婚，他那样有神经病的人，怎么能同他结婚呢？"[1]从而揭示出她"义"背后真正的世俗算计。

在这点上，张爱玲是不分男女，一视同仁的。她让男人和女人共同面对着最基本的生存问题，并且最终都把有关自我得失的世俗功利放在第一位，而决不会为"爱情"做出无私的奉献。《金锁记》中的七巧，对姜家老二渴渴切切了半辈子，不知有多少回"为了要按捺她自己，她进得全身的筋骨与牙根都酸楚了"，甚至一度幻觉自己是"为了命中注定她要和季泽相爱"才嫁到姜家，而绝不是为了钱。但分家后，即使季泽真来找她，让她产生"沐浴在光辉里，细细的音乐，细细的喜悦"的幻觉，可一旦认清季泽找她是"想她的钱"，便不由分说，毫不留情地把季泽打骂出去。《留情》中相差二十三岁的老夫少妻，本是婚姻中的传奇，可张爱玲描写敦凤一副"我还不都是为了钱？我照应他，也是为我自己打算"[2]的姿态，使这对既让人羡又让人怜的婚姻暴露出平实的生活的底子。《鸿鸾禧》写的本是人生可庆可贺、鸿禧累福的大喜日子，可准备做新娘的玉清"决撒的""看见什么买什么"，又有心计地"先拣琐碎的买，要紧的放在最后"，以迫使婆家不得不超支消费的行为，揭示出在华美排场之后的世俗理性。

类似的日常情境充斥着张爱玲的小说，她站在日常生活揭示者的角度，展现出世俗人时时以日常生活的实践背叛着社会文化中理想价值的规训，以及日常生活领域中的基本存在方式及其异化现象。这并不是说张爱玲赞成人生的俗相，对于那些愚蠢的、残酷的自私，她极尽嘲讽之能事。但由于她站在世俗立场，自称俗人的身份认同，她的嘲讽就不像鲁迅那样，以先觉者高于俗人的姿态，嬉笑怒骂，毫不留情，其中还有一种"因为懂得，所以慈悲"的体谅、无奈与

1　张爱玲：《殷宝滟送花楼会》，见《张爱玲文集》（第一卷），第166页。
2　张爱玲：《留情》，见《张爱玲文集》（第一卷），第218页。

悲悯。事实上，张爱玲是自认俗人，又自绝于俗人。她看到日常生活中那些不可变的常量部分，知道自己改变不了俗人的本性（根本不相信有人例外），但拒绝与俗人打交道。她说："我写的那些人，他们有什么不好我都能够原谅，有时候还有喜爱，就因为他们存在，他们是真的。可是在日常生活里碰见他们，因为我的幼稚无能，我知道我同他们混在一起，得不到什么好处的，如果必需有接触，也是斤斤较量，没有一点容让，总要个恩怨分明。"[1] 张爱玲是以俗人的斤斤计较来选择孤独的（或者说选择了一种"低姿态"的人生），因而丝毫没有五四一代先觉者选择孤独的精神优越感，她的人生证明她在这条路上越走越远。她从世俗人生中找寻到"我们自己的影子——我们只看见自己的脸，苍白，渺小：我们的自私与空虚，我们恬不知耻的愚蠢——谁都像我们一样，然而我们每人都是孤独的"[2]。

张爱玲对现代人日常生存状态的这种认定而不认可，自认俗人而又自绝于俗人的态度，使她在创作中采取了一种揶揄和同情同在的双重观点。她经常利用直接矛盾式的反讽方式和反讽态度，把两种矛盾和互不相容的现象并置在一起，形成两种价值并存的局面，从而构成相互矛盾的语境，使其潜在地相互瓦解。正像前面提到的《倾城之恋》《殷宝滟送花楼会——列女传之一》那样，张爱玲经常利用标题的表层意指与文本故事潜层含义的矛盾，构成相互对照的反讽语境。另外如《创世纪》这神圣的命题，一方面与潆珠在其家族中前所未有的走出家门这创世之举相对应，同时又与潆珠即使走出家门，碰到的无非是男人，其结果又无非是上当受骗，最终无非重新回到家中的女人命运形成反讽。如果联系张爱玲在《造人》里所说，"造人是危险的工作。做父母的不是上帝而被迫处于神的地位"，还可以

---

1 张爱玲：《我看苏青》，见来凤仪编：《张爱玲散文全编》，第 259 页。

2 张爱玲：《烬余录》，见来凤仪编：《张爱玲散文全编》，第 61 页。

体会出另一层的反讽：紫薇生殖繁衍了这一大群废物，与上帝神圣的创世造人之初衷相比，是多么的可怜又可笑啊！还有像《沉香屑 第一炉香》《沉香屑 第二炉香》《年青的时候》《留情》《相见欢》等都从标题与文本的疏离中流露出"一种淡淡的反讽情调"。但同时也不能不看到，张爱玲又在为他们"苍白，渺小"，"自私与空虚"的"真的"存在而辩护。不错，《倾城之恋》里的流苏和柳原是自私的、庸俗的，但在战争的兵荒马乱之中，他们于"一刹那"还是体会到了"一对平凡的夫妻"之间的"一点真心"，"在这动荡的世界里，钱财，地产，天长地久的一切，全不可靠了。靠得住的只有她腔子里的这口气，还有睡在她身边的这个人"。[1]不错，《留情》中的那对老夫少妻的确是各有各的打算，"生在这世界上，没有一样感情不是千疮百孔的，然而敦凤与米先生在回家的路上还是相爱着"[2]。在张爱玲看来，"无条件的爱是可钦佩的——唯一的危险就是：迟早理想要撞着了现实，每每使他们倒抽一口凉气，把心渐渐冷了"。张爱玲就是让大家"索性看个仔细吧！"她认为"有了惊讶与眩异，才有明了，才有靠得住的爱"。[3]

　　张爱玲消解各种价值神话的策略之二，是以女性观点消解男权话语的中心位置和价值体系。张爱玲有着自觉的女性意识，她明确地指出："我们的文明是男子的文明。"[4]其创作也非常清楚地显示出她站在女性立场，向"男子的文明"提出质疑，并努力以女性身份发出声音的自觉意识。典型的例子是张爱玲对"霸王别姬"这一历史本事的重写。

　　根据《史记·项羽本纪·正义》引《楚汉春秋》记载，项羽被

1　张爱玲：《倾城之恋》，见《张爱玲文集》(第二卷)，第86页。

2　张爱玲：《留情》，见《张爱玲文集》(第一卷)，第219页。

3　张爱玲：《洋人看京戏及其他》，见来凤仪编：《张爱玲散文全编》，第8页。

4　张爱玲：《谈女人》，见来凤仪编：《张爱玲散文全编》，第69页。

汉军围困垓下哀叹大势已去时，虞姬以歌和项羽："汉兵已略地，四方楚歌声。大王意气尽，贱妾何聊生。"这歌词非常鲜明地体现了女人依附并从属于男子的地位和观念，是典型的以男性为中心，以女人为第二性的男权话语。张爱玲有意地反其道而行之，她重写的《霸王别姬》，不仅以虞姬为视点，而且以她的存在为本位，让她在四面楚歌声中"开始想起她个人的事来了"；反省自己十余年来为项羽而存在，"以他的壮志为她的壮志，以他的胜利为她的胜利，他的痛苦为她的痛苦"，"像影子一般地跟随他"，毫无自我的生存状况。虞姬意识到自己这样活着不过是"反射着他的光和力的月亮"，"是他的高吭的英雄的呼啸的一个微弱的回声"，而到"她要老了，于是他厌倦了她"时，她不得不成为"一个被蚀的明月，阴暗，忧愁，郁结，发狂"[1]。张爱玲让虞姬为自我的反省，给这个"英雄美人"的传奇增加了女性视角，打破了男性中心的价值秩序，以女性日常生活意识的叙事取代了历史英雄慷慨悲歌的叙事。

在《红玫瑰与白玫瑰》中，佟振保按照男性价值标准，应该说是一位社会成功人士，"一个最合理想的中国现代人物"。但张爱玲却从女性的立场来评判他，对于情人娇蕊来说，他不过是一个负心的，不敢承担责任的懦夫；对于妻子烟鹂来说，他也不过是一个不忠而冷酷的丈夫。对于他本人来说，恰恰成了一个无力驾驭自己生活的失败者。以女性观点为价值取向，振保的"好人"名誉，"超人"意志就受到无情的嘲讽，同样以女性的日常生活标准置换了"最合理想"的社会"好人"的标准。

张爱玲在"自己的文章"中，不仅建立起与男权话语相抗衡的女性话语，甚至可以说，她以女性"永远是在外面的"边缘位置建立起与"男子的文明"相分庭抗礼的女性历史观和社会观。经过对

1　以上引文均见张爱玲：《霸王别姬》，见《张爱玲文集》（第一卷），第8、9页。

历代女性生存状况的考察，张爱玲相信，"在任何文化阶段中，女人还是女人"，女人"代表四季循环，土地，生老病死，饮食繁殖"[1]这永恒不变的日常生活的内容。因而，女性意识是永恒的、基本的、普遍的，代表了人性中"安稳的一面"，"存在于一切时代"的不动的一面。所以她理直气壮地把人性中的"妇人性"提高到"人的神性"的位置，而与代表男性价值的超人，人生飞扬的一面相并置。这样，张爱玲的小说世界就重在反映"女人把人类飞越太空的灵智拴在踏实的根桩上"那"安稳"的一面上。她让我们面对的是人类最基本的原始生存的问题，是人生逃避不了的日常生活形态。她以家，这个天然共同体反映着人性中的永恒因素，而不重在以家去透视社会的进步和变革。所以张爱玲的家是女人把持的家，不管社会发生什么样的变化，女人仍是女人，家仍是家，它没有时间，但它"有自身的永生的目的"。同时张爱玲又毫不留情地揭示"在家常中有一种污秽"[2]。

因为张爱玲重在通过纷纭的世相透视人性相"同"的一面，所以尽管张爱玲描写了各种各样的女人，既有传统的，也有现代的，但她们的命运却大致相同。不管是否走出家门，是否受到教育，她们无非是男人"性"的对象，传宗接代的工具，"是单纯的肉，女肉，没多少人气"[3]。《连环套》中霓喜从一个男人转嫁给另一个男人，直至"老了"才结束作为女人一生的连环套命运，集中揭露了在男权社会所谓女人的真实身份和功能。《封锁》中的吴翠远，尽管以一个二十来岁的女孩子在大学里教书，打破了女子职业的新记录，但家里却"宁愿她当初在书本上马虎一点，匀出点时间来找一个有钱的女婿"。《年青的时候》里的俄国女孩因找了个下级巡官，身价一落千丈。

1　张爱玲：《谈女人》，见来凤仪编：《张爱玲散文全编》，第 69 页。
2　张爱玲：《红玫瑰与白玫瑰》，见《张爱玲文集》（第二卷），第 169 页。
3　张爱玲：《连环套》，见《张爱玲文集》（第二卷），第 220 页。

张爱玲散文集《流言》初版封面　　《流言》初版版权页

　　如果单纯从张爱玲所描写的腐旧大家庭和这些各色女人摆脱不了的传统命运上，大概我们很难把张爱玲的创作与现代性相连。张爱玲还从另一方面着笔，她不仅从现代女性身上看到与传统女性相同的古老身份和命运，而且又赋予传统女性以一种现代的气质和精神。在她笔下，女主人公大多是有我的而非无我的，富有行动的目的性和冒险精神，而非顺从地受人摆布。那些有光彩的形象，如流苏和七巧，更强烈地迸发出这种精神。甚至像霓喜这样带有较多原始性的女性也意识到"男人靠不住，钱也靠不住，还是自己可靠"。她依恃自己的"美丽"条件，为了生存做着"较合实际的打算"，顽强地争取一个又一个男人对自己的庇护和供养。张爱玲通过女性书写，揭示出女人"单是活着就是桩大事，几乎是个壮举"[1]的生存困境。她曾坦率地说："霓喜的故事使我感动的是霓喜对于物质生活的

1　张爱玲：《创世纪》，见《张爱玲文集》（第二卷），第277页。

单纯的爱,而这物质生活却需要随时下死劲去抓住。"[1] 张爱玲笔下的女人在摆脱不了的命定中,顽强地有心计地"运筹帷幄"争取着自己的最大利益和前途。通过对新女性和传统女性双重境遇的透视,张爱玲既消解了关于新女性的神话,也消解了关于旧女人的传统神话,剥掉了传统文化和新文化覆盖在她们身上的种种不实之辞和浮文,显示出她们未被高度的文明、高度的训练与压抑所斫伤的元气,在其原始性与现代精神之间建立起一种联系。

张爱玲的消解价值神话是无所不至的,因为她无所执着。比如,她针对母亲形象的神圣化这一文化现象说:"母爱这大题目,像一切大题目一样,上面做了太多的滥调文章。普通一般提倡母爱的都是做儿子而不做母亲的男人,而女人,如果也标榜母爱的话,那是她自己明白她本身是不足重的,男人只尊敬她这一点,所以不得不加以夸张,浑身是母亲了。"[2] 针对五四时代为青年的离家出走所涂上的神圣色彩,她用自己离家出走的实例说明,她完全出于精细的盘算,而非神圣的目标。她说:"在家里,尽管满眼看到的是银钱进出,也不是我的,将来也不一定轮得到我,最吃重的最后几年的求学的年龄反倒被耽搁了。这样一想,立刻决定了。这样的出走没有一点慷慨激昂。"[3] 可以说,张爱玲不仅消解传统文化的神话,也消解五四新文化运动所树立起的新神话。她以日常生活的内容和逻辑,对爱情、母爱、父爱、家庭以及超人、自由恋爱、新女性等等理想化神圣化了的文化现象和概念都给予了质疑和嘲讽,为一切理想的价值蒙上了"一种污秽",正像她所形容的:"像下雨天头发窠里的感觉,稀湿的,发出溽郁的人气。"

通过以上分析可以看出,张爱玲是以日常生活的内容和实用的

1　张爱玲:《自己的文章》,见来凤仪编:《张爱玲散文全编》,第118页。
2　张爱玲:《谈跳舞》,见来凤仪编:《张爱玲散文全编》,第201页。
3　张爱玲:《我看苏青》,见来凤仪编:《张爱玲散文全编》,第260页。

逻辑做价值和效用的标准，去消解为"道德习惯所牵连的想象的信念"。以现实世界的矛盾、多重、复杂去消解人们关于现实世界整齐、统一、斩钉截铁的观念世界；以现实世界的平实、素朴、凡俗去消解人的价值理想的飞扬、完美和神圣。张爱玲的反神圣化不像五四新文化运动时期那样，主要指向维护封建社会制度的价值系统，而把西方的科学、民主、人道主义或马克思主义奉为新的偶像概念；也不像30年代主流文学那样，以"革命""人民"的神圣概念与"自我""个人"相对立。张爱玲根本反对神圣化本身，她以世俗的实用态度，以女性的边缘位置去消解一切旨在建立中心、等级和神圣的价值体系秩序。张爱玲自信"把人生的来龙去脉看得很清楚"[1]，认为"人到底很少例外，许多人被认为例外或是自命为例外的，其实都在例内"[2]。由此同化了男人与女人的区别，而挖到他们人性深处的相通之处。她在小说和散文中一再说明"人总是脏的；沾着人就沾着脏"[3]。在张爱玲看来，现实与人生本身就是对爱情这一观念神圣性的亵渎。所以对于她笔下的流苏、七巧、霓喜们来说，所谓"爱情"的意义，不过像《海上花》中的妓女们一样，其实质是为了获得男人对自己的供养。也正是从日常生活的实用逻辑出发，张爱玲建立起同化一切的基础。她说："以美好的身体取悦于人，是世界上最古老的职业，也是极普遍的妇女职业，为了谋生而结婚的女人全可以归在这一项下。这也无庸讳言——有美的身体，以身体悦人；有美的思想，以思想悦人，其实也没有多大分别。"[4] 这种实用的态度使张爱玲不仅在妓女与良家妇女之间画等号，甚至把这个等号与自命不凡的文化人画在了一起，自此我们可以清楚地看出张爱玲的文化逻辑。她让英

1　张爱玲：《谈跳舞》，见来凤仪编：《张爱玲散文全编》，第201页。
2　同上。
3　张爱玲：《沉香屑　第二炉香》，见《张爱玲文集》（第一卷），第13页。
4　张爱玲：《谈女人》，见来凤仪编：《张爱玲散文全编》，第72页。

雄、超人沦为凡人俗人，在男人与女人之间找到了共同点，从精神与物质的对立中寻找到统一，把大时代的潮流与不相干的事看得同等重要。她决不赋予任何人以伦理道德的优越感，她在《公寓生活记趣》中明确地谈到，对于都市的市民来说，不要把阳台上的灰尘直截了当地扫到楼下的阳台上去的这类"公德心"，"就是我们的不甚彻底的道德观念"，就是我们"顶上生出了灿烂的圆光"。

第三节　以日常生活作为独立的写作领域

40 年代海派的一个突出特点，就是把日常生活作为独立的写作领域，特别关注那些与大时代、大历史、国家、民族意识"不相干"，而"以'生'为本"的俗人之"生活史"，这在予且和苏青等作家的创作中表现得特别突出。

虽然，前面分析的张爱玲创作也有着这个明显的倾向，她本人也和他们搅在一起大谈人的俗骨：衣、食、住与财色，但她毕竟不是"天生的俗"，"难求得整个的沉湎"，即使不说是"存心迎合"，也根本写不出苏青那样的对于这些俗事的"真情实意"的爱。她的写俗是为了透视人的本性与日常生活的逻辑，把形而下的俗事作为了形而上的问题而进行的理性思考。所以，我们在她的《更衣记》中，读到的才不仅是她对服装的鉴赏，还有清朝女人如何在层层叠叠服饰的重压下"失踪了"，衣裳遮蔽了女性身体的感慨；20 年代初兴的"严冷方正"的旗袍如何"排斥女性化的一切，恨不得将女人的根性杀绝"的识见，显示出一个具有了自我意识的现代灵魂对于服装变迁史的透视。她的《倾城之恋》，也不仅仅描写两个庸俗的人在婚姻问题上的算计，还有流苏不管失意得意，都强烈地意识到自己的"下贱难堪"，显示出一个孤高的人格对于现实人生的无奈和哀矜。

予且

她的《金锁记》，也不仅仅讲述了"最彻底的人物"曹七巧如何度过了为钱而生存的故事，更有她临死前"摸索着腕上的翠玉镯子，徐徐将那镯子顺着骨瘦如柴的手臂往上推，一直推到腋下"，为她年轻时候的"滚圆的胳膊"，喜欢她的男人而落泪的悔恨，显示出具有现代生命意识的作者对于为钱而钱的世俗人生的反省。而予且和苏青等海派通俗作家缺的就是这种透视和反省，他们对于人生或有着太基本的爱好，或太关切解决日常生活中的具体问题，因而他们的思维往往是实用的、经济的、自私的，他们的思想与其说是理性的，不如说是常识的；然而也正是为此，他们的创作才更鲜明地显示出现代新市民独有的精神风貌和生气。

予且对常人有着深厚的感情，他在其成名作《小菊》的开篇即开诚布公了他创作的方向：

> 我要讲的是几个平凡的人，和几件平凡的事。
>
> 平凡的人，是不值得说的，平凡的事也是不值得记载的。但是社会上平凡的人太多了，我们舍去他们，倒反而无话可说，若单为几个所谓伟大的人物，称功颂德，这是那些瘟臭的史家所做的事，我不愿做！[1]

---

1 予且：《小菊》，中华书局，1934 年，第 1 页。

予且的确做到了这一点。他的创作始终显示出他愿做的是本着一颗"博施济众心"，"勤勤恳恳指示着帮助着大众之人，进入光明的人生大道"，像算命者那样做一个"常人的生活顾问"[1]。他借小说人物之口声称："我只替朋友解决事实，不解决理想。"[2]

早在 30 年代初，予且就在被沈从文说成是"继续礼拜六趣味"，"制造上海的口胃"的《良友》杂志上发表了系列文章，大谈《司饭之神》《福禄寿财喜》《龙凤思想》《酒色财气》《天地君亲师》[3]。旨在从流传于民间的民众艺术中去探询民众的思想，因为予且相信，"民众的艺术本是民众思想的表现"，而所谓"民众思想"，予且的界说指的不是抽象学说，而是民众的"欲望和感觉"。[4] 所以他抓住的是民众最基本的生活意识的流露，并且顺着民众的这些欲望和感觉导以现代自立、自强、自我奋斗的独立意识和竞争意识。在他看来，"色"是"传种"，而不是淫欲；"财"是"自存"，而不是万恶之源，所以"是社会生存的根源，也就是人类生存的根源"。他相信"人为什么做事，还不是拿钱过生活。这一层意思，不管哪一个阶级哪一个时代哪一个地点，纯是相同的"。所谓"气"，他解释就是"竞争"，就是"得不着"，就是"大众一声共同的叹息"；但是如果消除了人类的竞争，消灭了贫富，得不着的也得着了，虽然"好"，却是没有"气"了。而"酒"则说明着"人们生活恐怕不仅是吃饭，生儿子，呕（怄）气，也还要一点兴趣和快乐的！"它操纵着我们热烈的心情，"让我们在苦恼的环境，仍然是兴奋的工作着，享乐着"。[5] 这就是予且对于大众生活内容与目的的分析。但予且还看到大众的生活不仅

1　予且：《利群集》，上海润德书局，1946 年，扉页、41 页。

2　予且：《迷离》，载 1943 年 10 月《风雨谈》第 6 期。

3　予且的这些文章分别刊登于 1932 年 6、7、8、9、10 月《良友》，第 66、67、68、69、70 期，下同。

4　参阅予且：《福禄寿喜财》《龙凤思想》。

5　参阅予且：《酒色财气》《福禄寿喜财》。

如此，他们还在家中祭祀着"天地君亲师"的牌位，对于这些超于自己之上的"五大"实行"模仿之义务"。在大众心目中，"天是代表宗教，地是代表经济，君是代表政治，亲是代表遗传，师是代表社会。无宗教则心灵无所依托，无经济则不能生存，无政治则不得安居，无遗传则种族不能延续，无社会则一切化为死灰。这五样东西是人类的生存条件"。但予且认为，"如今即使这五大代表着这五种势力，我们也用不着立牌以祀之，知道了就算了事。便很足够"。即使一切东西"是上帝造的，我也不必崇拜信仰，他不造，我也不会到世上来，却免除了许多烦恼"。[1]从而打破大众崇拜迷信的心理，显示出现代新市民要把命运掌握在自己手中的独立意识。

予且精于命术，"喜阅子平星命诸书"，他为《大众》总纂钱公侠的批命曾经刊登于1943年的3月号上。据编者之言，"虽然言简，却是意赅，颇像出于星命家斫轮老手笔下，袁树珊韦千里一辈职业算命的人见之，也当叹服"[2]。予且曾写过一本以"谈命"教化大众的小说《利群集》，可以说非常集中地概括了他的日常生活意识形态。该小说通篇是"利群谈命"馆的算命先生对于一个名叫"求己"的问命者的教训。这个利群先生告诉求己："中国的命理大原则，只有两句，（一）是命理以生为本（二）是推命以我为主。"[3]所谓"以生为本"，讲的是克我者为官，我克者为财，生我者为印，我生者为食伤。这就是说，一个人生活在世上，官吏警察是管理我的，我所管理的是钱财，不管是人克我，还是我克财，都是为了我的生。"印"是图章，予且解释说，平时我们做事用印是表示我们有资格有权利答应去做一件事，不答应是自觉无能力，资格薄弱，而用印以后就没有变更的可能，这种信心的坚固和能力的激发会格外助长我们的

---

1 予且：《天地君亲师》。
2 《予且批命》，见1943年3月《大众》3月号。
3 予且：《利群集》，上海润德书局，1946年，第33页。

生意。我生者——子女，一方面是继续种族生存，一方面也需供养，负担加重，也即我们的"为食伤"。这就是以"生"为本的含义。所谓"推命以我为主"，讲的是不管克我，我克，生我，我生，全是以我为中心。可见，予且为中国的民间艺术和命相术塞入了一个执着于现世的、赤裸裸地追求金钱私利的灵魂。

予且是以家庭婚姻关系作为他展开日常生活图景的场所的。据他自己讲，他曾读过不少关于恋爱理论的英文书，尤其是关于精神分析方面的，可是这些书不是让他认识到本能的非理性力量及其升华，而是让他感到"爱是生物的一种自然力量的发挥"，甚至"简直是一种病态"。所以他以为"如其写这种空洞而无结果的恋爱，还不如写一点夫妇间的共同生活"。[1] 在他看来从结婚到死，一共不过数十年，这数十年才是"男子快乐而又带点苦痛的生活史"，[2] 对于女子又何尝不是？也就是说，予且要为平凡人书写的生活史是从结婚开始。对日常生活领域的共同关注使 40 年代的其他海派也和予且呈现出同样的趋势，把写作对象聚焦在夫妻关系上，突出代表如苏青的《结婚十年》、潘柳黛的《退职夫人》等，而与五四时期小说集中于恋爱题材判然有别。即使写的同是男男女女的恋爱，40 年代的海派，如张爱玲和予且的一些小说也和五四小说中讲自由，讲感情，讲精神的恋爱截然不同。予且对此做过很好的阐明：

> 受了生活重压的人，求生的急切当然是无庸讳言的事实。在求生急切的情境中，不抱着"得过且过"的思想，即不能一日活。所以"恋爱不过就是那么一回事，结婚不过就是那么一回事"的思想，也就随之而生了。在从前，

1　予且：《我之恋爱观》，载 1943 年 12 月《天地》第 3 期。
2　予且：《两间房·序》，上海书店出版社，1989 年，下同，第 1 页。

婚姻是一件终身大事，焉得不谨慎将事。如今，婚姻已经
成为生存手段，焉得过事挑剔，来关闭自己幸福之门？这
一种变迁不能说是不大，更不能说和以前相差不远。婚姻
如此，恋爱的方式，手段，性质，结果，遂亦不得不和以
前不同了。[1]

予且把婚姻看作生存手段，把家庭看作生活的场所，和常人以
"生"为本，"人生最大的目的，就是求生"[2]的意识，首先使他把常
人的日常生活史与国家区别开来。他认为，"一个人在世上要想过愉
快生活，一定要将附于他的一切东西，处理得宜，有条不紊"，这附
于他的东西就是钱财和妻子。[3]他针对社会青年好高骛远的现象说，
"我们的欲望，真是发达的太快了。饭之获得还在虚无缥缈之间，而
我们却想为国为民为社会做出一番惊天动地的事"，"自己没有立身
的技术的人去解决社会上的大问题"，"社会到处见着这种人，到处
现出不安的现象"。所以，他奉劝大众的人生之道就是"如其好高骛
远，莫如先治其家"。[4]予且的创作就是其日常意识的表达。他的短
篇小说集《两间房》《妻的艺术》，长篇小说《乳娘曲》，甚至在不以
家庭为题材的小说《女校长》，包括以记体文冠名的系列小说，如《寻
燕记》《移玉记》《别居记》《执柯记》等等中，都对"夫妻情感的联络，
家庭快乐的产生"，妻的艺术，夫的艺术，或者说是御妻术，御夫术
等做了生活指南之类的说明。

从生活实际出发，予且强调夫妻情感和家庭快乐"固然要有一
个生理的基础，但经济的基础尤其来得重要，夫妻有了柴米，而后

1　予且：《我之恋爱观》，载 1943 年 12 月《天地》第 3 期。

2　予且：《我怎样写七女书》，载 1945 年 6 月《风雨谈》第 19 期。

3　予且：《利群集》，第 34—35 页。

4　予且：《司饭之神》。

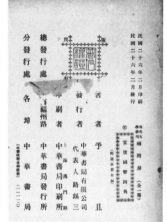

《两间房》初版封面　　　　　　　　　《两间房》初版版权页

可以谈爱情，生男育女，增添家庭幸福"。[1] 予且的短篇《热水袋》就
描写了由于丈夫失业所引起的夫妻吵架、家庭不和的矛盾，展现了
在生活面前，没有经济保障，即使是"自由"缔婚，也无济于事的
铁律。生活使夫妻双方都认识到，"小家庭固然是好，第一就是不能
歇事，第二就是不能缺钱"，"世界上的事，有许多是不能拿幻想替
代事实来满足自己的"。[2]《两间房》中的两对夫妻也都因钱的问题和
丈夫怄气，以致两位丈夫同命相怜，对于女人大放厥词："女人虽然
说是人类中最美的，实际是人类中最丑恶的。她丑恶的第一种表现
是向男人求爱的时节，第二种表现是向男人要钱的时节，第三种丑
恶就是和男人吵嘴的时节了。"[3] 由此揭开了男人快乐而又带点痛苦的
生活史。在《妻的艺术》中，长城先生长期失业困厄在家，渐失妻
子的欢心。但当妻子发现她所爱的人已有妻子，并且丈夫又获得了

1　予且：《女校长》，知行编译社，1945 年，第 15—16 页。

2　予且：《热水袋》，见《两间房》，第 160、162 页。

3　予且：《两间房》，见《两间房》，第 12 页。

职业以后，暗自改过，充分发挥了"不言"的艺术，以温存和体贴的无言行动，不失尊严地重新赢得了丈夫对自己的原谅和欢心，化险为夷，维系住了"家庭之爱"。予且写的夫妻生活都不是那么尽善尽美的，但他所要说的就是："这是事实，并不是理想。"[1]

《辞职》是予且阐发其夫妻观念最为"严重"的一篇，小说中的夫与妻分别代表社会上的男子与女子发出了各有的不平之鸣。妻子代表女人指控男人：

> 女人！久已在你们男人眼内不算一个人了，你们男人看见女人的时候，就想和她恋爱，无论用什么手段都不管的，及至女人和他结了婚就用一个家庭做了她的笼，使她做一个忠实的女仆，看门户的人，养子女的人，伴你游玩的人。[2]

她揭露每个丈夫心里都把妻看作"一个做（坐）在家中的女人，为丈夫而生存，没有思想，没有意志，只须陪伴男子，安慰男子，遇必要时还要替他生生子女"[3]。但先生认为，妻子所说的这些易卜生的语言仅仅是理论。在理论上女人也是社会的人，和男子是一样，但是实际上女子却是"家庭之妻，社会之母"，"理论和事实不符的，社会上只有事实，理论上不过给痛苦的人精神上一分安慰罢了"。[4]他说：

> 我总希望不要将男女的界限看的太清了。世界上的男女始终是合作的没有敌体。男子是主外的，自然要在外面混，女子是主内的，自然坐在家中。这是分工合作，女子

---

1 予且：《妻的艺术》，上海中华书局，1935年，第39页。

2 予且：《辞职》，见《两间房》，第26页。

3 同上书，第28页。

4 同上书，第27—28页。

的地位又何尝低下呢？妻为丈夫而生存，丈夫又何尝不是
为妻而生存……至于没有思想的话，人最好没有思想，思
想是伤人的，它可以使人瘦，可以使人颓废，可以使人早死。
有思想的女人不是离妇，就是独身，人家夫妻两个共同过
着快乐悠闲的岁月，还要什么思想呢？意志一层，也是一
样。……再说陪伴安慰，也是两方而不是单独的，现在我
俩在一起，你说你陪伴我，我还说我陪伴你。……最末了
的一句，是你说反了，不是遇必要时，还要生养子女。乃
是遇必要时，还可以不生子女。[1]

　　先生的一席话似乎使夫人的颜色"转霁"，但并不能一扫其心
中不平的积郁。妻子继续倾吐着女子"全是苦"的一生。她说，结
婚更使女子的痛苦加上一层，由于男人的嫉妒心"从此女子的社交，
便整个而毁灭"，丈夫每天出外至深夜不归，妻子只好与寂寞相伴。
要怀了孕就须有十个月的痛苦，生了小孩子，容颜身体就要逐日的
颓废，人生不满百，等到丈夫倦游的时候，妻子已由少而老，精神
身体，两败俱伤了。可丈夫反唇相讥，他给妻子下了一个定义：所
谓妻，"男子的一个不可避免的担负，藉着她的力量，生出许多的担
负，一重重地重压下来，直到死了为止"[2]。予且所描述的夫与妻这场
旗鼓相当的对吵，不仅开诚布公了男人和女人"对于'妻'观感不同"，
也一吐了男人和女人不同的社会角色担当给人生造成的不同压力和
痛苦。万幸的是这对夫妻还没有金钱的威胁，所以丈夫经过这次吵
嘴，决心来一次彻底的解决，向公司辞职，专心留在家中做一个"善
良的丈夫"，以实行新马尔萨斯主义婚姻之理想："婚姻之重要意义，

1　予且：《辞职》，见《两间房》，第 31 页。
2　同上书，第 43 页。

端在男女两方共同过一个愉快生活的。"[1]

　　然而，不幸的是，在家的无所事事使丈夫非但没有给妻子带来"愉快生活"，他的冷淡反而激怒了妻子辞职，向他声明："从今日起，害病了，害病就是向你辞去一切你理想中的一切妻的职务！"[2] 如果读予且的小说多一些就会明白，通过这个戏剧性的场面，予且仍在不失时机地告诉人们：在生活领域，我们不能解决理想，只能解决实际中的问题；无法按照理论行事，只能以在现实中是否可行为基础。像斯宾诺莎所说："在日常生活中我们寻求最大程度的可能性；在思辨思维中我们寻求真理。"[3]

　　随着生活阅历的增加，予且越来越体验到夫妻生活实际上绝不严重，他一再通过笔下的人物说明，夫妻间的爱情"维持的方法，就是要各自努力把家庭弄的格外兴旺"。在女的一面，"养育子女，使家庭清洁齐整，金钱不浪费，照应着自己丈夫的饮食起居"；"男的应该维持一家的用度，教养子女。最要紧的，就是不能在外面胡闹，和那些下贱的女人在一起"。[4] 在《移玉记》中，姐姐向妹妹介绍自己的御夫术，她得意地指着厅里的一张写着"女人是水，男人是泥，有了泥的堤岸，水才不至于泛滥横溢"的条幅告诉妹妹，她已把它改为"男人是水，女人是土"了。她认为"势"字是最要紧的：在外面，势字是男人的；在家里，势字是我们女人的了。男人在家里的需要只有两个："第一个是时间。第二个是可口的食物。"我让他知道"他的时间和可口的食物都是我给他的"，"他就做了我堤岸中的水，顺着我给他的方向在流"了。[5] 在予且小说中类似的生活经验，或说是

1　予且：《辞职》，见《两间房》，第 52 页。

2　同上书，第 65 页。

3　转引自 [匈] 阿格妮丝·赫勒著，衣俊卿译：《日常生活》，第 180 页。

4　予且：《寻燕记》，载 1942 年 11 月《大众》创刊号。

5　予且：《移玉记》，载 1943 年《大众》5 月号。

"小花招儿"的介绍随处可见，甚至会以数码罗列其步骤手段，很有些以小说形式写"生活指南"的味道，显示出他对人情事理的明了，这与他要做个大众生活顾问的志向是分不开的。

也正是因为予且仅仅是从日常生活的角度去限定女人作为妻的身份的，所以他对女子教育也有着自己的一套看法。在《女校长》里，他借着出资创办女学的黄秉中之口阐明其意见说：

> 记得我以前进的那个学校，校长常鼓吹着高大的目标，结果做出来的是虚空而不切实。对于课程，我们既是女学，不必抬出国家，社会来，只要以家庭为主就行。我们也不必顾虑到人家反对什么"贤妻良母"教育。……做一个女子总要出嫁的，既出嫁，就是妻，既有孩子，就是母，既做妻母，就要做个好妻母。这是不可变的理。所谓好，不就是"贤"和"良"吗？我们是被名词迷惑，把贤妻良母当作是另外一种人。[1]

他进一步说："妻和母要做到'好'的地步。第一就是要有好身体，换句话说，就是健康。第二就是要治家的能力，换句话说，就是要有技能。"[2] 所以他决定把育儿、缝纫、家事、烹调及看护列为女学"首要的科目"。他的不少小说也形象地说明着女人没有治家能力给家庭带来的混乱和烦恼。

苏青也专门谈过类似的女子教育问题。她认为男女在教育上的平等并不表现在男女同学上，而是"男生能够受他们所需要的教育，女生也能够受她们所需要的女子教育"。现在，我国把"女子教育包

1　予且：《女校长》，第46页。
2　同上。

在男子教育里面"，结果"身为女子而受着男子的教育，教育出来以后社会却又要你做女子的事，其失败是一定的"。所以，她建议把女子教育分为两种："一种是预备给完全以婚嫁为职业的女人来用的，就专门教给她们以管家养孩子的种种技能，相当于其他各项的职业训练，使她们将来能够所学得其所用"；另一种则是为职业女性而预备的。但苏青仍强调："除了教她们与男生同样学习各种职业技能，或同男生一样启示她们一条路径，使她们将来得从事于某种学术研究以外，还得教给她们些管家养孩子的常识，因为从事职业或研究学问的女子总还得结婚养孩子。"[1]可见，苏青和予且一样，都是从日常生活角度来思考女子教育以及平等问题的，所以他们对很多问题的看法不仅与传统观念不同，与五四新文化运动所树立起的新观念也泾渭分明。苏青就认为新文学作品"也还是男人写给男人们看的"，虽然这些作品也谈到妇女问题，提倡男女平等，替妇女要求独立、自由、解放，但那些"代想代说的话"[2]不过是"出于男人的希望"。她写道：

> 你不听见他们早在高喊女子独立，女子解放了吗？只为女子死拖住不肯放手，因此很迟延了一些时光。真的，唯有被家庭里重担压得喘不过气来的男人总会热烈地提倡女权运动，渴望男女能够平等，女子能够自谋生活。娜拉可是易卜生的理想，不是易卜生太太的理想。[3]

所以，她认为读五四新文学这类作品出来的女生，她们在思想上一定是"男人的附庸"，"她们心中的是非标准紧跟着男人跑，不

---

1 苏青：《我国的女子教育》，见《苏青文集（下册）》，上海书店出版社，1994 年，第 6—10 页。
2 同上。
3 苏青：《母亲的希望》，见《苏青文集（下册）》，第 76 页。

敢想男人们所不想的，也不敢不想男人们所想的，什么都没有自己
的主意"。[1] 苏青为女人出的主意是"老实说吧，照目前情形而论，女
子找职业可决不会比坐在家里养孩子更上算，因为男人们对于家庭
实是义务多而权利少，他们像鹭鸶捕鱼一般，一衔到鱼就被女子扼
住咽喉，大部分都吐出来供养他人了"。[2] 而为女子生活的理想设计是
"为女人打算，最合理想的生活，应该是：婚姻取消，同居自由，生
出孩子来归母亲抚养，而由国家津贴费用"。[3] 张爱玲也有类似的观点。
她们为女人所想的都不是从女权主义的理论立场出发，而是从女人
的实际生活出发，怎样更合算，对女人的实际利益怎样更有利。

　　因此，她们很难完全与女权主义的观点合辙，西蒙娜·德·波
伏娃在她那本被誉为"女权主义圣经"的理论著作《第二性》中开
宗明义："我所感兴趣的是根据自由而不是根据幸福，对个人的命运
予以界定。"她想阐明的主要问题是就女人的处境而言，"在依附地
位上应当怎样恢复独立？哪些环境限制了女人的自由以及应当怎样
战胜它们？"而且，她强调指出："如果我们认为女人的命运必然取
决于生理、心理或经济力量，这个问题就会变得毫无意义。"[4] 而女人
的幸福和生理、心理或经济力量却恰恰是予且、苏青、张爱玲等海
派作家立论的依据和角度。所以，苏青说："我对于一个女作家写的
什么：'男女平等呀！一起上疆场呀！'就没有好感，要是她们肯老
实谈谈月经期内行军的苦处，听来倒是入情入理的。"[5] "这并不是女
人自己不争气，而是因为男女有天然（生理的）不平等，应该以人
为的制度让她占便宜来补足。"[6] 她强调"幸福乃满足自身需要之谓"，

1　苏青：《我国的女子教育》，见《苏青文集（下册）》，第7页。
2　苏青：《母亲的希望》，见《苏青文集（下册）》，第76页。
3　苏青：《谈女人》，见《苏青文集（下册）》，第5页。
4　[法]西蒙娜·德·波伏娃著，陶铁柱译：《第二性》，中国书籍出版社，1998年，第26页。
5　苏青：《我国的女子教育》，见《苏青文集（下册）》，第7页。
6　《苏青张爱玲对谈记》，见来凤仪编：《张爱玲散文全编》，第282页。

"我并不是说女子一世便只好做生理的奴隶，我是希望她们能够先满足自己合理的迫切的生理需要以后，再来享受其他与男人平等的权利吧！"[1]张爱玲谈"谦虚"是"女人的本质"，"因为女人要崇拜才快乐，男人要被崇拜才快乐"。[2]她和苏青一起大谈用丈夫的钱是一种快乐，而不是为女人花自己挣来的钱感到自豪；大谈妇女走上社会找职业是因为"生活程度涨得这样高，多数的男人都不能够赚到足够的钱养家"[3]使然，而不是出于女人要求平等独立的意愿。西方女权主义的代表人物波伏娃与苏青、张爱玲的不同，正表现在关切女性的独立、自由与关切女性幸福的出发点的不同。

经济力量更为海派作家所看重，他们已经强调到了决定一切的地步；也正是在这点上，更鲜明地显示出他们从日常生活出发看问题的立场和现代市民独特的精神和价值观。苏青的一段话道出了他们采取如此立场和价值观的原因："在一切都不可靠的现社会里，还是金钱和孩子着实一些。"[4]予且更坦言，在人的"求生"之路上，物质的需要比崇高的伦理思想和道德以及内心生活都更重要。他在《我怎样写〈七女书〉》中说：

> 我们每个人都是有个灵魂的，宗教家特别把灵魂看得重。祈祷上帝予我们以大力，俾我们的灵魂不致沦落于深渊。但有时因为物质上的需要，我们无暇顾及我们的灵魂了。而灵魂却又忘不了我们。他轻轻地向我们说："就堕落一点罢！"于是我们就堕落一点。他还是用上帝的面孔安慰着我们，说这一点不要紧，这是"生存的道路呵！"诚然的。

1　苏青：《第十一等人——谈男女平等》，见《苏青文集（下册）》，第146页。

2　同上书，第283页。

3　同上书，第277页。

4　同上书，第282页。

《七女书》初版封面

《七女书》初版版权页

　　上帝所要救的是活人，决不是等活人成为死者再行拯救的。
于是我们为保存我们这个宝贵的"生"，我们就堕落一点罢！
这是灵魂向我们说的话，而且是个好灵魂，好灵魂用好面
孔叫我们堕落一点，我们于是就堕落一点罢！[1]

　　予且《七女书》所收入的七个短篇小说正说明了这样的都市市
民的生活哲学，展现了七位女性如何"并不迂腐，也不狂闹，也不糊涂"
地面对生存的困境，"亦庄亦谐的走上她们不能不走的路"。[2]

　　《向曲眉》女主人公所嫁的夫君除了"在家里哼哼诗词，发发
牢骚"，"既没有什么做事的本领，更没有谋事的道路"，家里除了
居孀的婆婆，还有待养的小姑和小叔，在战乱和物价高涨时期，婆
婆花完了向曲眉的妆奁，就把这个穷家交给了她。为了维持这个毫

<hr>

1　予且：《我怎样写〈七女书〉》，载 1945 年 6 月《风雨谈》第 19 期。
2　予且：《我之恋爱观》，载 1943 年 12 月《天地》第 3 期。

无生存之道的婆家生活，向曲眉不得不向从小就对自己居心叵测的葛老伯求援。当向曲眉明白她必须以身相许才能换来葛老伯的钱而失声痛哭的时候，葛老伯奉劝她想一想，"一个女子是为丈夫而生存的呢？"还是"为生存而生存"，"如果是为丈夫而生存，则丈夫没有自存之道，就应该先打死丈夫，然后自杀。这样便什么也没有了。如果是为生存而生存，则丈夫没有自存之道，自己就该有个共存之道，有了共存之道，就大家快快活活，安安稳稳的生活下去。使他在生活上不感困难，老母弟妹，皆得其养"。"大家还要好好儿地过下去。谁有力量，谁就帮助谁。"[1] 可以说，这番"苦口婆心"的话绝不仅仅是葛老伯在劝说向曲眉，更是作者把向曲眉卖身养家合理化的说辞。他让葛老伯为自己充分辩护说，"我并没有错。我以前喜欢你，现在还是喜欢，我怕的就是你不理我"，"我并不是坏人。你的要求我都答应了你，总不能算坏。……人总是要靠人的，怕的是无人可靠。如今你有了可靠的人，这可靠的人在你的面前总要算是好人"。[2]

可见，这是商品经济意识渗透到生活领域而在日常生活中发生的一宗交易，葛老伯为自己所做的辩护正是他试图把这宗交易在文化上合法化的努力。当向曲眉把自己卖身的钱拿回家，婆婆并未责骂她，反而陪着流了好些眼泪，感激涕零地把向曲眉奉为"我一家的恩人"，并帮着向曲眉瞒着丈夫。婆婆的态度显然意味着这宗不道德的交易已得到现实的首肯。就这样，予且小说中的"好灵魂"轻轻地向大家说："就堕落一点罢！"这是"生存的道路呵！"《七女书》中其他的几篇小说如《过彩贞》、《黄心织》、《郭香雪》、《钟含秀》、《解凌寒》（在杂志发表时名为《无声的悲剧》）、《夏丹华》（在杂志发表

---

1 予且：《向曲眉》，载1945年2月《大众》，第2期。
2 同上。

时名为《移情记》）等[1]也都反映出作者所要着力表现的日常生活是如何地消解着伦理道德的规范，践踏着人的尊严，逼迫着人们"走上他们不能不走的路"这生活本身的逻辑和力量。

值得一提的是，在生活和道德规范的权衡中，刘呐鸥的态度更为激进。他在《热情之骨》这篇小说里，描写了一个"为寻找西欧人理想中的黄金国和浪漫"而来到中国的法国青年比也尔。当他爱上了一个卖花姑娘而要与她在"月明的船上"共度良宵的时候，那位让他热情激荡的卖花姑娘却向他要五百元钱。后来卖花姑娘给比也尔来了一封信告诉他，她原本是"这市里名家的女儿"，因为爱上了自己的家庭教师而私奔，并理直气壮地说，"在这一切抽象的东西，如正义，道德的价值都可以用金钱买的经济时代"，她并不为"拿贞操向自己所心许的人换点紧急要用的钱"的举动感到耻辱。她完全可以向父亲去要，但她不这样做。她自豪地宣称："自己要糊口的自己赚，至少比住在那壮美的房屋，穿好衣，吃好饭是更有意思的。"最后她还教训比也尔："你所要求的那种诗，在这个时代是什么地方都找不到的。诗的内容已经变换了。就是有诗在你的眼前，恐怕你也看不出吧。"很显然，刘呐鸥是在以卖花姑娘的举动和言说谱写了一首现代"经济时代"的诗篇，虽然是"太 Materielle（法语：物质的——笔者注）"，但却是"新鲜的生命"对"往日的旧梦"的否定，从而昭示了"自己要糊口的自己赚"这一带有鲜明的现代市民意识的新价值。如果说予且的人物践踏道德是出于"不得不"，刘呐鸥的卖花姑娘就是"有意为之"。

弗·杰姆逊在谈到德莱赛的《嘉莉妹妹》时也曾涉及类似的问题，他说德莱赛"最使人震惊的地方"，就是他无视嘉莉妹妹通奸行为的

1　分别刊登于 1944 年 11、12 月，1945 年 1、2、3 月《大众》第 3 卷，第 11、12 期，第 4 卷，第 1、2、3 期；1943 年 3 月《小说月报》第 3 卷，第 6 期；1943 年 7 月《文友》第 1 卷，第 5 期。

苏青

道德评价问题。嘉莉妹妹出身社会底层，为了达到她欲望的目的，不得不以此为追求的台阶，或说是走上"可以迅速达到梦想的、被人所轻视的路径"；通过情人的不断更换，嘉莉妹妹"步步高升"，终于挤入了奢华的上流社会，"置身于光辉灿烂的环境之中"。[1]杰姆逊说，德莱赛对嘉莉妹妹的这种行为不做道德的评价，"比其他任何态度都更要富于革命意味，他似乎在宣布：这一切对我们来说是那样自然，那样不可否认"。德莱赛使"他的人物面临很多其他的问题，其中最大的问题是钱的问题，他们唯一可以不考虑的问题恰恰是道德问题，因此对道德范式的取消比其它任何形式都更为现实主义，更加激烈"。[2]对于予且笔下的那些"为生存而生存"的人物恐怕也可以做如是观。

苏青是从批判统治阶级为被统治民众所树立的"道德"和"牺牲"的观念开始，在文化上来为自己，为大众争取"得利""得好处"的合法权的。她在《道德论——俗人哲学之一》中认为，现行所谓道德"是以权利为基础的道德观念"。她把王弼对"道德"的注疏："道者，物之所由也，德者，物之所得也，由之乃得"中的"物"改为"人"，得出道德的本意是让人得利，得好处的结论。她甚至不避粗鲁地说："人有利可得始去由之，没有好处又哪个高兴去由他妈的呢？"如果我们的现实世界是平等自由的，还可能"定得出一个大家都愿共同遵循的标准"，但"可惜我们这个现实世界却是既不平等又难自由，

1　[美]德莱赛著，裘柱常、石灵译：《嘉莉妹妹》，上海译文出版社，1980年，第496、497页。

2　[美]弗·杰姆逊著，唐小兵译：《后现代主义与文化理论》，陕西师范大学出版社，1986年，第224页。

于是强者便利用其优势来逼迫或诱骗大家一齐由我之得，弱者便被迫或被诱而真个齐去由起他人之得来，那便是以权力为基础的道德观念了"。这种道德以忠君、爱国、救世、利群为美名，诱骗他人"一齐由我之得"。所以，苏青揭露说，这个"道德的效用就等于米仓煤栈上的弹簧锁子，锁住了少数富人的财富，锁出了多数穷人的性命"。在历史上，"那些最受人颂扬的所谓君子——理想中的道德之士——便是当时最勇于盲从的家伙。因为他们所由的都是他人之得，不曾享道德好处反吃了道德的亏，所以他们作了牺牲之后，占过他们便宜的便赶紧把他们赞不绝口，还替他们想象出许多吃亏后的精神快乐来，意思当然在鼓励继起的人"。一切历史上的美谈都是这样一手造成的。

因此，苏青大谈"俗人哲学"，强调"我们所求的是道德之实，不是道德之名"，讲道德，守道德是为了"大家都能够'由之乃得'"。她引用功利派诸人所说，"幸福乃吾人之唯一要求"，并进一步针对有人认为获得忠孝信礼也是利的观念说："'最大之利莫过于有利于人类的生存；其次则为有利于人类的更好生存。'假如有人以死为利，则他所说的乃鬼的真理，非吾人所欲获得，但我们也可为利而死，假如此利不得则吾人将不能继续生存的话。凡此类利益吾人决不惜冒死以求，希望能够达到死里求生之目的。"她为自己的俗人哲学辩护说："人类是利己的。""我们是人，人的利他是要索代价的，因为不兼利他便无以更多利己，利了他即所以同时利己也。"[1]

苏青在《牺牲论——俗人哲学之二》中所持的观点也是同一逻辑，同一口径。她自嘲说，"我终究脱不了市侩气味"，不能不计较"牺牲"这两个怪漂亮的名词的"代价问题"，"老实说，人们不惟不肯为己所不爱的东西作牺牲，就是偶而肯替自己所爱的东西来牺牲一

1　以上引文均见苏青：《道德论——俗人哲学之一》，见《苏青文集（下册）》，第 101—106 页。

些小利益，也是存着或可因此小牺牲而获得更大代价的侥幸心才肯尝试的。人类都有经商的天才，不为获利而投资的人可说是绝无仅有，倘使他真个因此亏本而丝毫没得好处，那是他的知识不足，甘心牺牲乃是他的遮羞之辞。一个孩子不知火之危险以手摸灯灼伤了指硬说是为了探求宇宙之光明而牺牲，此种现象正是一切自动牺牲的最好比喻"。她揭露牺牲美德的虚假性说："我们人类之所以得能成为地球上的霸王，并不是由于隐恻之心发达，乐于为他人牺牲自己之故，相反地而正是由于自利心重，善于利用他人来为自己牺牲之故。"所以，她认为虽然"为爱而牺牲是动人的，但为爱而避免牺牲却更合理"，"我们不该赞美牺牲，而该赞美避免牺牲"。[1]

由此可见，予且和苏青都不仅自觉地坚持了一种日常生活的立场，也就是予且所说的"为生存而生存"，苏青所说的"最大之利，莫过于有利于人类的生存；其次则为有利于人类更好生存"。而且他们从这个立场出发，把人类的日常生存从伦理道德和国家政治的统一化要求中分离了出来，成为一个相对独立的私人的领域，成为他们关注的中心和思考问题的逻辑出发点。

根据美国弗·杰姆逊教授的介绍，在哲学领域，认为"日常生活"可以成为一个独立的研究对象这一观点还是近期才出现的。根据阿格妮丝·赫勒的释义，所谓"日常生活"即"个体再生产要素的集合"[2]，指的主要是为维持自我的生存和后代繁衍而进行的活动范畴。所以，维持个体再生产总是具体个人的再生产，它一方面不断再生产出个人自身，另一方面构成社会再生产的基础。因而，日常生活存在于每一社会之中，每个人无论在社会分工中占据何种位置，都有自己的日常生活。日常生活的另一特点是，它总是在个人的直

1　以上引文均见苏青：《牺牲论——俗人哲学之二》，见《苏青文集（下册）》，第107—111页。

2　[匈]阿格妮丝·赫勒著，衣俊卿译：《日常生活》，第3页。

接环境家庭中发生并与之相关，国王的日常生活范围不是他的国家，而是他的宫廷。所以赫勒认为"所有与个人及其直接环境不相关的对象化，都超出了日常的阈限"。[1]

伴随着资本主义经济活动的发展，不仅社会从效率、可测量性及手段—目的的合理性角度进行了重新的组织，而且它的结果——合理化、商品化、工具化的进程也越来越渗透进人类的经验、思维、精神等带有主观性质的主体自身。"以自我再生产的活动"为直接的领域，"植根于基本上是实用的和经济的结构之中"的日常生活意识在价值领域越来越引人注目，取得了越来越重要的地位。阿格妮丝·赫勒在《日常生活》中分析这一现象产生的社会基础时说："随着资本主义社会的出现，旨在自我维护的活动，开始同旨在整体维护的活动分道扬镳（'人'和'市民'之间的分裂），毫不奇怪，日常思维愈来愈转变为纯粹个人行动的认识基础。"[2]赫勒所说的日常思维，即是"关切解决'个人'在其环境中所面临的问题的思维"[3]。在这里赫勒把日常思维，旨在自我维护的日常活动与资本主义社会、市民的出现联系在一起，为日常生活及其意识越来越成为独立的领域找到了社会的依据。

楼适夷批判"施蛰存的新感觉主义"时就敏锐地指出，新感觉主义"乃是一种生活解消文学的倾向"。虽然这一说法不甚明了，但考虑到左翼作家是把文学作为阶级、民族斗争的工具以及革命的鼓吹和宣传，还是可以理解楼适夷的意思是在说，新感觉派是以一种世俗的生活意识消解文学所应具有的阶级、民族和革命的神圣意识。无论从施蛰存以人的世俗性消解人的神圣性，还是张爱玲的以日常生活的逻辑消解人的价值观的理想性，以及予且、苏青等对于国家

1　［匈］阿格妮丝·赫勒著，衣俊卿译：《日常生活》，第7页。

2　同上书，第212页。

3　同上。

政治、道德伦理的批判，的确显示出"一种生活解消文学"的神圣性、理想性和超越性的倾向。海派以日常生活作为独立的写作领域，就意味着他们是按照日常生活的一般图式，即实用主义的经济逻辑、思维和行为范式去反映上海市民的精神风貌。海派文学的题旨大多集中于都市的日常生活领域，这不仅意味着其题材集中于这一领域，也意味着是为日常生活而写，也是以日常生活意识来写日常生活。由此可以进一步认识海派所代表的社会形态和价值的性质。

第一次世界大战后，上海资本主义经济活动的急剧发展和繁荣为市民社会的经济活动和满足自身需求、追求自身目的的私利提供了巨大的可能性和市场。予且、苏青以及张爱玲，包括新感觉派的创作正反映了市民与政治相分离，在人性观、人生观以及社会观等方面所带来的价值观的转变，其利己的、经济的和实用的精神正是与建立在宗法家庭和国家之上，以利他精神为主旨的价值观相对立的。海派文学独有的虽自私但独立，虽世俗又有理性，虽物化还不失一种主动选择的主体意识的精神特征，正是这个相对独立的资本主义的经济活动在意识形态上的反映，表现出现代市民的精神与政治越来越趋向分离的倾向，从中也可以看出海派文学作为现代市民的"表达文化"的特质。

第六章 | 海派文人与现代新市民

第一节 市民的知识化与现代新市民群体的崛起

通过对西式现代主义建筑风格、唯美—颓废的现代都市文学和都市娱乐的新形式——电影在上世纪 30 年代上海兴起的新文化背景的展现，前几章探寻了由建筑、文学、电影这三大领域所构成的现代都市文化和海派小说的关系，及其给予海派小说的影响；但若进一步揭示形成海派小说独特的价值观和精神风貌的因素，就不能不涉及更深层的经济和社会因素，它们虽非直接的，但却起着决定性的作用。

具有现代意义的海派文学所以能够在 20 年代末 30 年代初期崛起，是与市民大众在这个时期成长为重要的社会力量和消费主体分不开的。张仲礼主编的《近代上海城市研究》总结说："据各种记载综合来看，19 世纪上海社会的消费主体是买办商人、本地的地产出售人、携资来沪的寓公、纨绔子弟、妓女。到 20 世纪 30 年代后，中小商人和一般市民阶层壮大，构成城市大众群体，商场游乐场、戏院影院乃至各类艺术形式都为之一变。"[1] 这里所说的消费包括了物

---

1 张仲礼主编：《近代上海城市研究》，第 1152 页。

质消费和文化消费两个方面。从文化消费的角度来看，虽然从广义上来说，市民指城市居民，上海近代史研究专家一般在社会学意义上，把市民群体的构成分为资本家、职员、产业工人、苦力四个层次，但真正能够成为文化消费者主要是前两类和产业工人中的一小部分技术工人。

这首先因为近代上海产业结构的特点是为大众提供日用必需品，投资效益较快的轻纺工业占绝对优势，其雇工主要是无须多少技术的普通工人；因此当时上海产业工人的社会来源主要是血统农民，缺乏欧洲那样祖孙三代的血统工人，文化水平低下，文盲与半文盲占了大多数。有关资料表明，纺织工人中"一字不识的男工有50%—60%，女工有80%—90%"，文盲率平均在80%以上。内外棉七厂700多男工中，"能勉强看报的不过十几人，女工三千多人，能识字的只有五六十人，其中只有极少数能够看报的"。苦力更是上海各阶层中受教育程度最为低下的一个社会群体，无论是码头工人还是人力车夫，"十分之八是文盲，十分之二略识几个字"。其文化程度之低下，甚至还不如上海的乞丐。[1]

另外，制约工人成为文化消费者的重要因素还有经济问题。1929年上海市社会局对285700名工人收入的调查显示，男工月均工资为17.52元，女工工资只有男工的60%。[2] 根据1926年上海总工会提供的工人家庭预算，独身男工月需10.70元，夫妇二人月需19.50元，三口之家月需23.80元。[3] 可见一般工人的工资即使维持三口之家，也需有一人以上就业。事实上，当时工人家庭结构是平均每户4.62人，入不敷出是普遍情况。另有《近代上海城市研究》综

1　参见忻平：《从上海发现历史——现代化进程中的上海人及其社会生活1927—1937》，第157—163页。

2　张仲礼主编：《近代上海城市研究》，第155页。

3　同上书，第748页。

合各方面的资料认为，上海自 20 年代初至抗战爆发时，几项与市民密切相关的商品价格大体稳定，"一般来说上海产业工人家庭是可以维持低水平的家庭生活，接近温饱水平的"[1]。历史学家对于二三十年代的工人生活状况的评估，尽管相互略有出入，但就考察参与文化活动的社会群体来说，却是可以忽略不计的。也就是说，不管是需要辅以必要的借贷才能维持日常生活，还是可以接近温饱水平的工人家庭，基本上都很少有余裕来进行文化消费。当时工人的文化水平和经济状况说明，他们基本上至多只能是说唱艺术或者视觉艺术的消费者，即使有小学水准的技术工人，顶多也只能阅读以讲故事为主的通俗小说和海派作家创作的比较接近通俗小说形式的作品。可以说，他们虽然是社会革命的力量和主体，但不是文化消费的主体，特别不是能够欣赏文学的读者。所以，30 年代左翼运动鼓励作家把工农大众作为自己的拟想读者，只能说是一种美好的愿望，当时的社会条件和教育水平决定了非技术工人大众还只能为求生存而挣扎，很难谈到更高层次的文化娱乐活动或为求发展的精神文化活动。

要考察 30 年代上海文化消费群体的状况，不能不提到现代商业在上海的崛起和都市化进程在二三十年代的急剧发展，特别是分工的专门化和细致化，使资本家群体阵容可观，职员群体迅速壮大这一社会现象。这个时期上海民族资本家的内在结构发生了一个显著变化，即出现了一批中小资本家，特别是中小商业资本家。白吉尔在《中国资产阶级的黄金时代（1911—1937）》中所提出的中国资产阶级概念，实际上说的就是上海实业界的现代资本家。他认为，中国资产阶级正是在辛亥革命至 1927 年四·一二军事政变之间这一段时间里，"在革命的历史进程中，以最接近于一个市民社会的面貌降

---

1 张仲礼主编：《近代上海城市研究》，第 752 页。

临于世"。[1] 以"一个真正意义上的现代资产阶级"，"一个具有工业发展和经济合理性思想的狭小的社会集团"的面貌，越来越向城市社会显示出它"追求利润的实用主义"的价值观念，并影响形成了城市社会的新价值观。

如果说资本家无论如何只占人口中的极少数，那么作为社会中间阶层的市民职员群体的文化消费活动就具有了非同小可的意义。它的壮大不仅标志着分配扩大，协调范围扩大，现代生活方式的形成，更代表着与此相适应的文化事业的发达。上海能够在 20 年代末期成为全国的文化中心，是与此时在上海形成了一个初具规模的文化消费群体密切相关的。据《近代上海城市研究》的考察，"职员群体的发展期主要在本世纪 20 年代以后"[2]，社会中间阶层职员的崛起是二三十年代上海社会结构变化的一个显著特征。据统计，抗战前上海的职员已达到二三十万，20 年代以后各种职业团体接踵出现，如律师公会、会计师公会、工程师公会、医师公会、钱业职业公会、洋务职员公会、招商局同事俱乐部、海关公会、新闻记者俱乐部、电报同志友谊社、药业友谊社、邮务生协会，等等，在这些新式职业中出现成批职业团体本身即意味着职员群体已成气候。

《近代上海城市研究》分析这一社会群体形成的原因认为，首先是新式职业的兴起刺激职员队伍的集结。上海出现这些凭借新式职业谋生的市民当然不是自 20 年代始，但在此前后形成规模。[3] 他们虽然实际的职业、地位、收入相差甚远，但都有一个体面的职业，受过较高的教育，以某种专门技能服务于社会，在经济上能够自立，并以取得社会成就作为自我实现的目的。他们围绕着职业与休闲的日常生活方式，"往往成为引导市民发展的目标指向，具有楷模的意

1 ［法］白吉尔著，张富强、许世芬译：《中国资产阶级的黄金时代（1911—1937）》，第 261 页。
2 张仲礼主编：《近代上海城市研究》，第 722 页。
3 同上书，第 127 页。

义,也许正是从这个意义上,可以认为已构成市民社会的中坚力量"[1]。

其次,具有现代意识的职员阶层的形成,是与现代教育制度的实施与普及分不开的。虽然在上海开埠以后的二三十年中,寓沪西人所办的新式学校就蓬勃兴起,但开始在上海出现时并不受欢迎,学生多是难童和穷人家的孩子,且规模很小。如天主教系统在上海办的著名学校徐汇公学,1894 年时学生才由 1851 年创办时的 12 人增加到 31 人;外国人在上海创办的第一所女子学校裨文女塾创始时只有学生 20 人;圣玛利亚女校的前身文纪女塾开始时学生仅 8 人。直到 19 世纪末期,随着新式学校的数量及规模的不断扩大,所培养的人才较有成效,特别是由于上海洋人增多、新式企业增多、与西人西学有关的就职机会增多,上海对通外文、懂得新知识的人才需求急剧上升,也由于上海人观念逐渐适应开放后的新形势,市民才开始对新式学校感兴趣。但此时还只限于富庶家庭。1881 年,中西书院招收的二百多名学生中,"每一个学生都毫无例外地来自居住在上海的最优良的家庭"[2]。

与此同时,上海地方政府、华人知识分子仿照外侨办学模式自己创办的新式学校,不仅数量少,规模也是很小的。从开埠到戊戌维新时期华人新式学校只有 18 所左右。1897 年中国人在上海创办的第一所大学南洋公学(上海交通大学的前身),创办时仅招生 40 名。中国人自己开办的第一所女子学堂,经正女塾于 1898 年创建时也仅招收了 20 余名女学生。直到 1905 年清政府诏告全国,从 1906 年起,废除科举制度,进行学制改革,书院一律改为学校,才使各种新式学校蜂起。据统计,20 世纪头十年华人设立的新式学校,仅中小学就不下 160 余所,其他各级各类学校不少于 60 余所,外侨新设学校

1　张仲礼主编:《近代上海城市研究》,参阅 125—132 页。

2　[美]贝奈特:《在中国的教会新闻工作者》,转引自张仲礼主编:《近代上海城市研究》,第 936 页,并参阅"新式学校带来新风"一节。

约 20 所。特别是民国政府成立以后，采取了远比清政府更为主动和迫切的态度，鼓励私人办学，放开办学权限，加之中国资产阶级也进入了发展的黄金时期，经济的长足发展和城市的繁荣都进一步扩大了对于具有现代知识和高素质人才的需求，刺激上海的教育事业全面进入鼎盛时期。据时人说法，在上海所流行的各种"潮"中，20 年代初是"大学潮"，"上海一埠，凭空的添出无数的大学来"。[1] 据统计，到 1935 年上海市的各级各类正规学校已达 1214 所，社会办的各种补习教育机构高达 1002 所。[2] 另有《上海市市政报告（1932—1934）》提供的数字，1934 年各类公私正规学校数为 1076 所，而社会职业学校则达 1173 所。正规学校就学人数 215929 人，社会职业学校人数为 164566 人。也就是说，每年在各类学校接受教育的人数接近 30 万。[3]

另根据 1946 年《上海市统计总报告》所提供的数字，上海市民中受高等教育者占 2.41%，受中等教育者占 11.10%，受初等教育者为 27.57%，受私塾教育者为 9.92%。[4] 以当时人们经常所说的上海 400 万人口计，市民中也有受过高等教育者 9 万余人，中等教育 44 万余人，初等教育 110 余万人，以及受旧式教育的近 40 万人。就一般读者群的分类而言，受过中等以上教育的人比较愿意接受新文学，而受教育水平不高和受旧式教育的人比较喜欢通俗文学。叶灵凤在《记〈洪水〉和出版部的诞生》一文中就曾谈过，一般订阅《洪水》或是函购书籍的人"多数是大学生、中学教员以及高年级

1　风厂：《上海的潮流》，载 1925 年 5 月《新上海》第一期。
2　以上数字见张仲礼主编：《近代上海城市研究》，"开启民智从教育入手"和"20 世纪教育界盛况"两节，第 979—1020 页。
3　参见忻平：《从上海发现历史——现代化进程中的上海人及其社会生活 1927—1937》，第 226 页。
4　张仲礼主编：《近代上海城市研究》，第 735 页。

的中学生"。[1] 由此，可以想象上海现代教育的发展繁荣不仅为城市
现代化发展提供了丰富的人智资源，也为 20 年代后期文化市场的繁
荣造就了不同层次的具有相当规模的文化消费者。虽然，新式学校
从 20 世纪以来到 1949 年前的 50 年中一共培养了多少学生已难确考，
但据《近代上海城市研究》的估计，大概有数百万人。其中可以确
定的有 1929—1936 年各级各类学生总数近 155 万人。由此可见教育
的普及为市民知识化所做出的贡献。虽然新式学校教育出的学生情
况不可一概而论，但在总体上，"由于受近代教育内容、教学方式和
学生管理方式的影响，他们在知识素质、智能结构和思想倾向等方面，
与封建传统教育灌输出来的士大夫无疑有着天壤之别"[2]。这也正是西
方社会学家们所说的，在现代"大规模的复杂社会中，没有任何一
种个人属性能比他所受到的教育更能一贯地、强有力地预言他的态
度、价值和行为"。[3] 虽然学生毕业后不一定都会留在上海，但他们
在校期间无疑是一支重要的现代文化消费群，更何况其中会有相当
一部分人成为上海的现代市民，他们在校期间所培养起的文化消费
习惯和口味都决定了他们必然会成为较为固定的现代文化消费群中
的一员。

　　当然，并非只要受了新式教育就会进入社会的职员阶层，但受
过新式教育无疑是职员阶层的一个显著特征。新式教育适应了现代
社会发展的需要，使他们得以凭借所学专业与一技之长服务于现代
社会。据《近代上海城市研究》说，"一般来说，在 20 世纪 20 年代
上海职员就业在总体上处于供不应求的局面……因此在新式职业领
域，职员（女职员除外）一般不存在就业难。对于能较早获得较高

1　叶灵凤《记〈洪水〉和出版部的诞生》，见饶鸿竞等编：《创造社资料》（下），福建人民出版社，
　　1985 年，第 895 页。
2　张仲礼主编：《近代上海城市研究》，第 1018 页。
3　转引自忻平：《从上海发现历史——现代化进程中的上海人及其社会生活 1927—1937》，第 217 页。

学历的青年来说，一般不难得到优厚的收入"[1]，其学历高低与他们的职业地位和经济收入大致相合。根据忻平的统计，抗战前，上海四行二局（中国银行、交通银行、中国农民银行、中央银行、邮政储金汇业局、中央信托局）一般职员月工资收入在 100 元以上，外资企业中的职员在 200—400 元之间。报社主笔为 200—400 元，编辑主任 100—200 元，编辑 40—100 元，中学教员 70—160 元，小学教师一般为 20—50 元，少数达 70—100 元。总体平均来看，职员工资在工人工资一倍以上。所以，对照 20 年代初上海五口之家的市民消费水平以月需 66 元为中等，30 元为中等以下的标准，《近代上海城市研究》认为，"新式职业领域的职员一般不难维持中等水平的小家庭消费"。[2]

中上层的职员与工人相比，较为富裕的经济状况和所受的现代教育——也可以说是具有浓厚色彩的西式教育——使他们不仅有余裕摆脱维持生存所必需的被动消费，而且也形成了以追逐西方社会生活为摩登的消费模式和方向。在二三十年代，"开派对、上舞厅、听新戏、看电影是一种摩登；游公园、荡马路、逛新式商店是一种摩登；住花园洋房、西装革履、坐小汽车也是一种摩登……"[3]海派小说能够与此同时崛起，正与这些摩登建筑、摩登人物、摩登生活的涌现分不开的。总之，资本家、商人和职员以及受过现代教育的中产阶级，构成了二三十年代在上海崛起的现代新市民阶层，正是他们的口味和力求生活方式现代化的潮流为海派小说不仅提供了素材和动力，也制约着他们的审美取向。

由于海派作家基本上是中小作家，而且是在五四新文学所造就的偶像已于文坛确立的情况下，要凭着自己创办小型出版社和小刊

---

1 张仲礼主编：《近代上海城市研究》，第 745 页。

2 同上书，第 746 页。

3 忻平：《从上海发现历史——现代化进程中的上海人及其社会生活 1927—1937》，第 366 页。

物而与文学大师、大出版社和大型杂志争一立足之地，因而没有不同层次和一定规模的读者群的存在和需求是不可能"挤上文坛"的。当然，这反过来也会给文学带来影响，朱自清就谈过这个问题。他说，五四以后，"读者群的扩大，指的是学生之外加上了青年和中年的公务员和商人。这些人在小学或中学时代的读物里接触了现代中国文学，所以会有这种爱好。读者群的扩大不免降低文学的标准，减少严肃性而增加消遣作用"[1]。朱自清所说的正是五四时期的新文学较为局限于学校读者群，发展到 30 年代扩大包容了现代新市民群体以后给文学带来变化的情形。随着受过新式学校教育的现代新市民群体的扩大，他们的消费口味势必会给文学带来深远的影响，海派小说独特的创作风貌正证明了这一点。

第二节　文人的世俗化——文学能够谋生时代的到来

在上海近代化史的研究中，新型知识分子的产生、集结及其生活也是一个非常重要的问题。为避免概念不清所引起的混乱，研究者一般把"在新式文化事业中供职的知识分子统统算作新型知识分子"，包括出版、教育、新闻等部门，还有从事文学、艺术的自由职业者。由此考察，这些新型知识分子事实上和新兴职员阶层在很大程度上是相互重合的；就其是现代商业社会中的被雇佣者而言，相互之间并无本质的不同。自由作家与出版的关系，事实上是一种更为单纯的买卖关系，只不过不是某一机构的固定职员而已。就其外延来看，大中小学的教师、新闻职业者等在统计中往往既被算入职员群体中，也被包括在知识分子的数字里。这也可以从一个方面说明，

---

1 朱自清：《短长书》，见朱乔森编：《朱自清全集（3）》，江苏教育出版社，1988 年，第 50 页。

现代教育的普及和现代工业化、都市化的发展将越来越使市民知识分子化，知识分子越来越职业化、市民化的趋势。以下将主要考察本题最为重要的出版业文人群体。

上海史研究者一般认为，上海在开埠以后的二三十年间，就逐渐形成了一个新型知识分子群，但完全由现代城市文明培养起来的第一代新型知识分子却是于 20 世纪 20 至 30 年代产生的。他们由上海和国内各新式学堂毕业的学生和大量留学欧美、日本的返国学生一起成为一个新兴阶层。特别是"中华民国定都南京以后，麇集北京官场的文人学士也南下至沪。于是，上海的科学、教育、艺术、娱乐、新闻出版、体育卫生等等事业无不取北京代之，成为全国的新文化中心。上海成为知识分子最集中的地方"。[1] 据《上海史》的综合统计，至 1949 年底，在上海专业从事文化性质职业的知识分子（包括自由职业者、宗教和国家机关及教育、卫生、艺术和社会事业中的职员）的人数达到 117000 多人。也正是由于上海成为全国知识分子的汇聚地，在与来自其他地区知识分子的比较中，上海知识分子的特征才得以触目地显现，所以发生于 30 年代初的京海论争绝非偶然。现在，上海史研究者一般把凡是在上海发生的文化活动都算作上海文化繁荣兴盛的例证，就上海的兼容并蓄，以及作为全国的出版中心、报刊中心、文学艺术中心来看，这是不必疑虑的。但若从上海文化的特征来考察，这样整而观之显然过于宽泛。上海由于有一个属于中国领土，又不受清政府管辖的租界存在，既能避开中国频仍的战乱，也为"北京政府权力所不能及之地"（蔡元培语），所以历来成为维新派、革命党人、国民党以及共产党进行各种反政府活动的庇护所；他们为此办报以及所从事的文化活动不过是借得上海这个特殊便利

1　主要参阅张仲礼主编：《近代上海城市研究》、唐振常主编：《上海史》，引文见《上海史》，第 730 页。

之地，而与上海的文化精神特征并无多大的关系。

上海新型文化人是近代上海所发展起来的独特文化环境的产物。他们首先是具有现代意义的大众传播媒介报纸刊物的雇佣者，是随着报刊出版业的发展而不断集结成群的。"19 世纪以前，中国没有近代意义的报纸刊物，唯一所谓报纸邸报或宫门抄主要刊登皇帝诏书、皇帝动态、官员任免升黜等事项，阅读对象限于统治阶级中上层，所以称不上大众传播媒介"。[1] 这种新兴事业最初是由新教传教士输导的。由于鸦片战争爆发，租界设立，使新教传教士得以把在中国辖区之外开办的印刷所迁移到上海，一直到 19 世纪末之前，都是他们起着主导作用。根据美国学者钱存训的统计，1895 年在中国各口岸城市至少有十四处设有教会的印刷机构 [2]，此时上海报刊已达几十种，多由外国人创办。

当时受雇于这些新闻出版业的多为科举考试不得意的文人，他们绝大多数从外地来沪避难或谋生，被迫到洋人兴办的出版机构觅食，丝毫没有宗教的目的。如王韬供职教会机构墨海书馆，并受洗入教，却绝少受教俗约束，全然保持着放浪文人的生活方式，在上海过着花丛柳间的冶游生活。左宗棠所谓"江浙无赖文人，以报馆为末路"的看法正反映了供职报馆、卖文为生在时人心目中的卑下地位。这些人开始并不安心于此，读书做官仍是他们心目中的正路，如王韬、沈毓桂等人在上海工作多年以后，还时不时回乡参加科举考试。曾在《申报》当主笔的蒋芷湘得中进士后，便马上辞去报馆工作，回归士大夫行列。对于他们来说，办报仅仅是谋生手段，而不是人生的理想寄托，但恰恰是他们所走的这条完全为谋生而工作的道路，反映了上海最初的一批新型文人从传统的举"经国之大业，

---

1 张仲礼主编：《近代上海城市研究》，第 925 页。

2 ［美］钱存训著，戴文伯译：《近世译书对中国现代化的影响》，载 1986 年 2 期《文献》。

不朽之盛事"的神圣心理，向社会雇佣者职业化世俗心理的转变。

在所谓"西儒"——欧美来的文化人的示范和刺激下，19世纪90年代开始兴起了国人办报的小高潮。现代出版业在上海主要表现为一种按照资本主义商品生产、流通的规律与方式经营的文化产业，上海通社编的《上海研究资料》中关于新闻事业的发展，试图根据迪倍儿所描述的"新闻纸的变迁，由个人时代到政治机关时代，最后到了股份公司时代"的历史发展过程来考察上海报纸的经营变迁现象，但得出结论说："因为这里是商业的中心，如同迪倍儿所说的'由个人时代到政治机关时代'很不容易完全证明出来；不过除了这点以外，其余基于社会经济的循轨现象，我们借他那一种观察的结论来做骨干，却是所差不远了。"[1] 也就是说，他认为上海出版业的发展基本上是从个人的时代到股份公司的时代，而没有经过政治机关时代。《上海新闻史》也认为："甲午以前上海报刊的经营，笼统地说是两种模式共存：商办的新闻纸和教会办的刊物。"甲午以后虽然有过一段短时期的"志士办报"的热潮，但很快"辛亥革命前后，商业报刊成为上海报业的主流"。[2] 而且志士办报都是为政治事业服务的，所以不计成本，不以营利为宗旨，经费往往靠募集或赞助而与商办报纸迥异。而且主办人、主笔人等大都是已经获取了功名的举人、进士翰林的仁人志士，他们走上报坛不仅是就业，而是他们要为之献身的救国大业的一个组成部分，所以和上海的商业社会性质格格不入。

上海新闻出版业的商业性特征可以"小报"或"海派小报"作为代表。这一休闲报种从19世纪末期诞生以来，直到共和国建立前一直消长起伏，热潮迭起，成为上海报业的一大特色。在20年代末

---

1 上海通社编：《上海研究资料》，上海书店出版社，1984年影印版。

2 马光仁主编：《上海新闻史》，复旦大学出版社，1996年，第278、587页。

30 年代初上海小报发展的高潮期，短短五六年间，先后出版的小报竟达 700 多种，[1] 20 至 30 年代上海仅小报即在千种以上。[2] 小报的特征之一主要是围绕着娱乐圈子做文章。从李宝嘉创办《游戏报》开始，十里洋场包括妓界、伶界、歌台舞榭、茶楼烟馆、饭家酒店、总会俱乐部等等就成为小报文人的活动场所和取材的来源。虽然"这些行业的生意，过去商业报纸上也略有提及的，但从来没有让它当作主角在报刊上登台亮相"[3]。而小报文人却把才华专门贡献给欢场上的核心人物娼优，甚至不吝笔墨"记注娼优起居"。特别是李宝嘉在他主编的《游戏报》上最早成功地发起为上海妓界"开花榜"，不仅使当选妓女的身价百倍、生意大增，而且也使报馆的名声大振，创下了"当时上海新闻界还没有那家报纸达到过的发行数字"。这一文人与妓女联手、报纸与商业联姻的盛事为市民创造了类似今天的选美娱乐，成为"上海自有报纸以来由报馆所举办的最成功的社会活动"，[4]展示了近代新闻媒介惊人的广告效应。据讲，"由于报纸的渲染，揭晓当天，市民奔走相告，报纸销量大增，报馆雇鼓乐队送匾至当选妓女的书寓中报喜，报喜的形式同状元及第差不多"[5]。当时小报文人把自己毕生企望的功名荣誉——"状元"奉献给妓女，不能不说具有很强的反讽意义。民国成立以后，他们又给当选妓女命名为"大总统""副总统""总理"，以社会最受尊崇的名誉指称最受贱视的行业，这一戏谑的态度集中揭示出上海的特产小报文人对于政治或说正统的反叛，也表明了自己与政府、达官贵人分庭抗礼，而与买报的市民大众相认同的姿态，因而适应甚至创造大众关注的热点和欲

1　马光仁主编：《上海新闻史》，复旦大学出版社，1996 年，第 696 页。

2　祝君宙：《上海小报的沿革》，载《新闻研究资料》第 42 辑。

3　马光仁主编：《上海新闻史》，第 150 页。

4　同上书，第 151 页。

5　素素：《前世今生》，第 25 页。

街头小书摊遍布大街小巷

望，就成为他们办报的倾向。

　　小报从李宝嘉创办开始就一锤定下了"依托欢场"的基调。《上海新闻史》评价这类报纸在新闻界市场上打开销路的方法是退出主战场的竞争，而在休闲领域中作填补，后来的发展也的确如此。继19世纪末20世纪初小报兴起的第一个高潮后，第二个高潮是1916年以后，由于第一次世界大战爆发，原侨居上海的外国商人纷纷回国，他们经营的娱乐业日渐衰退，一批中国商人乘机创办了以营利为目的的现代化新型娱乐场所和新式剧场，如大世界、大舞台、新世界、新新公司、先施公司、天韵楼、劝业场等等。这些娱乐场所为了扩大影响，也创办了一批小报，直接为其经营活动服务，使小报的商业化趋向更为严重。《上海新闻史》将20—30年代称作"小报的泛滥"时期，这期间不仅有小报"四大金刚"：《晶报》《金刚钻》《福尔摩斯》《罗宾汉》的出版，在数量上也创下了几年中新办700多种，几占上海小报史上总量3/4的惊人纪录。这时期由于跳舞、电影的普及，电影和跳舞小报开始崛起，电影明星、舞女的饮食起居、风流逸事取代了妓女的位置，成为市民新的关注热点。在上海租界沦为"孤岛"

以及日本投降以后，小报又曾两度再落再起，内容和形式基本上延续过去。总而言之，小报一直是伴随着市民文化娱乐的变化而变化，它的很多题材内容相当清晰地昭示出不同时期市民关注热点的转移。

　　辛亥革命推翻清朝政府，建立中华民国前后，鸳鸯蝴蝶派小说在上海大盛一时。魏绍昌曾描述道："在民国初年至'五四'以前这一时期，文艺杂志、大报副刊、各种小报，几乎是鸳鸯蝴蝶派的一统天下。"[1] 在这里魏绍昌的鸳鸯蝴蝶派概念恐怕绝不是只指民国初年用文言写才子佳人哀情小说的几个作者，也绝不是限于在《礼拜六》杂志上发表作品的那些作者，但他们无疑集中代表了这类小说和上海出版业的特征：休闲性。鸳鸯蝴蝶派作品在当时赢得了众多的读者，其代表刊物《礼拜六》创下了当时令人惊叹、"每期达二万册以上"的销数，影响所及"与此类似的兼具'消闲'与'文艺'的杂志，仅1914年就创刊了十多二十种，一时文坛消闲成风"。[2] 据陈伯海、袁进主编的《上海近代文学史》的统计，民初以小说为主的文艺期刊种类达 50 多种，大大超过了晚清。根据陈平原搜集归纳的资料，鸳鸯蝴蝶派的代表作《玉梨魂》"出版不到一二个月，就二版三版都卖完了"，"出版两年以还，行销达两万以上"。[3]《上海近代文学史》甚至认为《玉梨魂》是民初流行最广，影响最大的小说，它的读者以百万计"。[4] 其作者不仅因此而大发，还被中国历史上最后一位状元刘春霖招为"东床"，所以张静庐说他"靠了这一部书（虽然也还继续做过《雪鸿泪史》《刻骨相思记》等）居然'人财两得'了"。[5]

　　鸳鸯蝴蝶派在商业上的成功，证明写小说也能够成为一种赚钱

1　魏绍昌：《我看鸳鸯蝴蝶派》，香港中华书局，1990 年，第 21 页。
2　陈平原：《20 世纪中国小说史 第一卷》，北京大学出版社，1989 年，第 113 页。
3　同上书，第 73 页。
4　陈伯海、袁进主编：《上海近代文学史》，上海人民出版社，1993 年，第 374 页。
5　张静庐：《在出版界二十年》，上海书店出版社，1984 年，第 37 页。

谋生的职业，为文人成为职业作家开辟了一条道路。虽然晚清时期已兴起小说创作的高潮，但一是因为小说这一文体还未能赢得它的市场和读者群，如《海上花列传》最初在《海上奇书》连载时，其题材本应构成一定的吸引力，但据讲"惜彼时小说风气未尽开，购阅者鲜""销路平平"。[1] 二是因为"晚清小说重教诲，读者面小，办小说杂志赔本，故好多小说杂志出没几期就停刊；民初小说重消闲，读者面迅速扩大，办小说杂志成了生财之道，书局和编者（一般为作家所兼）均有利可图"[2]。因而，吸引了各大报纸也纷纷创办副刊，如上海著名的《申报》副刊《自由谈》创刊于1911年8月24日；《新闻报》于1914年在改革原有副刊的基础上，创办《快活林》；《小时报》副刊创办于1916年11月。这都因为"那时候，正是上海渐渐盛行小说的当儿，读者颇能知所选择，小说与报纸的销路大有关系，往往一种情节曲折，文笔优美的小说，可以抓住了报纸的读者"[3]。也正是因为小说能够为出版商带来经济效益，所以，小说作者或译者成为最早"吃稿酬"的现代文人。因而包天笑才敢于"浩然"辞去学堂职位，到上海《时报》谋职。当时《时报》编辑第一年的薪水一般只有28元，即使如此，文人也都非常满意。包天笑的一个"素有文名"，南菁书院高才生的同乡说："就是每月二十八元，也比在苏州做馆地、考书院，好得多呀。"包天笑初到《时报》薪水一下就定到80元，按照当时论说每篇5元，小说每千字2元的标准，要求他每月写论说6篇，还有2万多字的小说。对此包天笑非常满意，因为80元薪水在他看来已经"比青州府中学堂监督的一只元宝还多咧"，[4] 更何况他还利用剩余时间在《小说林》兼职，每月40元，更

1　陈伯海、袁进主编：《上海近代文学史》，第235页。

2　陈平原：《20世纪中国小说史 第一卷》，第114页。

3　包天笑：《钏影楼回忆录》，香港大华出版社，1971年，第318页。

4　同上书，第317页。

不用说多写多译小说"吃"的稿酬了。与其时一个下等巡警的月收入是大洋 8 元，还要稍好一点的工厂工人的月收入也是 8 元相比，略有一技之长的文人，能撰稿、能印书、能教书、能翻译等都可以身兼数职，过上中等生活是不难的。随着 20 世纪初以来，报纸刊物以及书籍出版事业和教育等文化事业的发达，形成了"各地文化人进入上海的高峰期"。

可以说，到清王朝垮台前夕，具有现代意义的文化出版业的格局在上海已经形成。其标志就是 1906 年清政府公布了《大清印刷物件专律》、1907 年颁布了《大清报律》《钦定报律》，1910 年又有《著作权章程》出台。这不仅标志着文化出版业已经纳入了市场经济法制化的轨道，也意味着出版业已经成为当时社会经济发展的一个重要组成部分。从这一系列的法律法规看来，清政府虽然严令"不得诋毁宫廷。不得妄议朝政。不得妨害治安。不得败坏风俗"等，规定了一系列的"报章应守规则"，以钳制出版业言论之自由，但基本上默许了当时出版业自由经营的状况，只要交纳一定的保押金和注册费即可登记办报。国家掌握经营的报业和私营报业是两套体制。其后中华民国临时政府，以及北洋军阀政府等，虽也都制定了有关新闻出版法令，并做了一些调整，但在体制和态度上并没有大的变动。事实上，这些政府尽管也意识到作为大众传播媒介的出版业的重要，但从根本上是把它归入商业类的。如民国二十二年司法院在解释公务员可否兼任报社职务的疑义时明确说明，"按现行继续有效之商人通例第一条第五款，出版业为商业之一"，所以公务员不能兼任报社职务。[1]当时政府只要出版业不反对他们，不诲淫诲盗，其余是按照商业通例来管理的。作为商业性报刊最为发达的上海的文人，很自

---

1 《解释公务员可否兼任报社职务疑义》，见刘哲民编：《近现代出版新闻法规汇编》，学林出版社，1992 年，第 454 页。

然地接受了这一性质和相应的角色、身份，他们在销路与市场的制约下，以满足大众的娱乐和求知的需要为宗旨，把大众看作自己的衣食父母。所以大小报刊都具有浓厚的休闲倾向。鲁迅就曾说过，"我到上海后，所惊异的事物之一是新闻记事的章回小说化。无论怎样的惨事，都要说得有趣——海式的有趣"。[1]

　　与此形成对照的是，以北京为中心的五四新文学家在发起文学革命以后，很快就郑重取消稿酬。《新青年》于1918年3月15日出版的第4卷第3号刊登启事，宣布从第4卷第1号起，业已取消过去的投稿简章，"所有撰译，悉由编辑部同人，共同担任，不另购稿。……此后有以大作见赐者，概不酬赀"。《新青年》同人的这个"不要稿酬的壮举"[2]，显然是他们为开辟一个文学新时代而策划的一个最具轰动效应和标识性的措施。作为五四新文学运动的倡导者和领导者，他们的这一姿态很快得到响应，据鲁湘元的考察，《新潮》《每周评论》《少年中国》《星期评论》《时事新报》的副刊《学灯》等新文学报刊也都不付酬。他认为甚至已达到这样一种地步："判断哪一份报刊是否是新文学报刊，哪一位作家是否是新文学作家，无须看作品内容，只要看这份报刊给不给稿费，这个作家要不要稿费便一目了然了。"[3]即使不能一概而论，《新青年》同人不要稿酬的壮举也的确为新文学家及其文学革命赋予了神圣性和庄严，使他们可以理直气壮地宣布文学所应承担起的思想启蒙的神圣使命，给新文学队伍与卖文为生的文人之间划了一条清晰的分界线。以致很多年后，施蛰存还为时人把张恨水的作品看作小说，把鲁迅茅盾的作品看作文学而打抱不平。他大概没有想到，新文学家及其文学观与创作的尊严，很大程

1　鲁迅：《集外集拾遗·〈某报剪注〉按语》，见《鲁迅全集》第八卷，人民文学出版社，2005年。

2　参阅鲁湘元：《稿酬怎样搅动文坛——市场经济与中国近现代文学》，红旗出版社，1998年，第六章"稿酬上的严重反复"。

3　鲁湘元：《稿酬怎样搅动文坛——市场经济与中国近现代文学》，第192页。

度上正是从他们不要稿酬之举获得了纯粹的思想与文学活动的保证。由此我们也可以知道，新文学家何以能够根本排斥，或者说否认文学事业是一种谋生的手段，具有商业性质的言说。

　　但《新青年》同人也并非不食人间烟火的超人，他们所以能够不要稿酬，首先是建立在不必卖文为生的物质基础之上的。当时，陈独秀、胡适、李大钊、周作人、钱玄同、刘半农等都在北京大学任职，月薪均在200—400元之间，鲁迅在教育部任职月薪也有300元，当然可以著书不为稻粱谋，以特立独行、"去来无挂，全其优美高尚之天"的姿态，树立起文学革命的大旗。所以，五四时期尽管新文学各流派之间的文学主张不尽相同，但与接受文学商业性的海派文学观相比，都具有一种纯粹而高尚的共同性质。然而，在文学已经被纳入市场体制的现代社会，不管做文学的人主观上是否把它看作一种谋生的手段，只要他不想把自己的作品藏之名山，就不能不通过市场体制的运行机制而使著作出版面世。不要稿费，并不意味着就取消了文学的商业性，只能让出版家获取更多的利润。《新青年》同人的悖逆现代出版经济规律的行为注定只能产生一定的轰动效应，并不能持久。

　　其次，五四新文学家所以能够对文学的商业化视而不见，恐怕也与在由著作人、编辑人、出版人、印刷人、发行人所构成的一系列出版环节中，他们基本上只担任了著作人和编辑人的角色有关。也就是说，他们与以营利为第一原则的出版经营活动基本上是相互隔绝的。而被称为海派的作家大多是自办书社，自出书和刊物，起码担任着著作人、编辑人和出版人的多重角色，直接主管或参与出版业的经营活动。这样，印刷物品是否受欢迎，能否卖出去就与海派作家建立起直接的联系，最低限度也不能不引起他们的关注，否则，就只好关闭。如刘呐鸥之于水沫书店，曾氏父子之于真美善书店，曾今可之于新时代书局，邵洵美、章克标之于金屋书店，苏青之于《天地》杂志社，等等。经营书店并不必然决定着商业竞卖和作品的粗制滥造，但上海文人的多重身份最低限度也使他们不避讳言谈商业意识。

再次，这与出版业的发展状况也有很大的关系。五四时期书店数量还很有限，出版业的商业竞争还不十分激烈，特别是这一时期"从事新出版事业的商人，其后台老板大多总是文人，他们是站在被支配的地位，是受着文人的利用，或者宁可说是互相地利用"。[1]也就是说，在文人与出版商的关系中，文人处于主导地位。而20年代中期以后，一方面由于北洋军阀的专制统治，奉军入关更使北京陷入恐怖时代，文化单位薪俸积欠经年，促使大批教授和文人纷纷南下。另一方面，1927年大革命失败以后，一批原投身于现实政治斗争的文化人也陆续来到上海；再加上大批留学日本和欧美的归国文化人，以及上海本地多年培养积累的文人，使知识分子以前所未有的规模聚集到上海。当时在上海形成了文人自办书店（由于资金的限制，"小书店如毛"）的局面，被时人称为"小书店潮"，以致文人也慨叹："近来沪上这种小书店似乎太多了。"[2]这在造就上海出版业空前的繁荣，成为文学和出版中心的同时，也使出版业不得不激烈竞争才能存活。韩侍桁曾这样谈及此状况：过去书店"无需怎样商业上的竞争；所以都各自安分，而所出版的书籍，也都有种类的分别，……因此每一种书店（甚至每一派作家的书店）所领有的读者，也划分得很清楚。但自从出版事业全部集中于上海之后，事实完全不同了，每一个书店全遭遇到巨大的商业上的竞争，为保持书店的利益，自不得不抛弃其以前的特色，于是任何书店均争出在买卖上得有利益的书籍。……同时集团性的杂志也渐渐地少起来，多变成商业性的名流

1　侍桁：《关于文坛的倾向的考察》，见《文学评论集》，现代书局，1934年，第53—54页。
2　《陈望道致馥泉函》《钟敬文致馥泉函》，见孔另境编：《现代作家书简》，第114、112、213页。

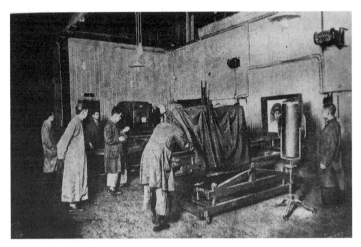

上海大东书局的照相制版车间

20 世纪 20 年代商务印书馆的印刷车间

招牌的混合杂志"。[1]

这个变化造成了文人与出版家位置的颠倒，文人的特色变得不那么重要了，重要的是读者的口味；于是最了解商场需求的出版商开始指导出版的方向，海派最高规格刊物《现代》就是应现代书局老板洪雪帆、张静庐"发展书局营业"的需要，聘请施蛰存负责创办的。创刊号首先声明，"本志是普通的文学杂志"，"不是狭义的同人杂志"。虽然施蛰存在实际编辑中有所侧重，但从根本上不能不贯彻老板的意图。所以他一再向作者宣扬《现代》需"多载于文艺有关的趣味文字"，"洪雪帆至今还主张一部稿子拿到手，先问题名，故你以后如有译稿应将题名改好，如《相思》《恋爱》等字最好也"。[2]特别以文学的艺术性为重的施蛰存尚且如此，其他海派作家可想而知。这也是一条定则，除非不把文学作为谋生的手段，不管是否海派，"既为营业，自然不能不顾及生意的旺否"。[3]

再就不能不谈到作者本人的主观因素，这是至关重要、起着决定作用的。五四一代作家基本上还是属于新旧过渡时期的文人，他们大都受过传统的私塾教育，中国传统文化所内涵的重义轻利、济世救国的价值观仍是左右他们的行为，判断是非的准则，而且他们自觉承当的角色是思考国家民族乃至人类前途命运，自觉维护一些基本而永恒价值的思想家，所以他们把文学和这项神圣事业联系在一起，而不能接受文学在现代社会商业化的处境以及由此而来的性质、功能及其观念的变化。比如郭沫若及其创造社同人虽然立足上海滩，在初期与泰东图书局合作时，却拒不接受卖文为生的现实。据郭沫若本人所说和吉少甫的考证，"他们没有正式受聘于赵南公，也没有正式拿过月薪。所出版的书，不曾收过稿费，也不曾算过版

1　侍桁：《文学评论集》，第54页。
2　《施蛰存致戴望舒函》，见孔另境编：《现代作家书简》，第75、72页。
3　《钟敬文致馥泉函》，见孔另境编：《现代作家书简》，第213页。

税"，书局只给他们住食，时而付些零用钱和几次整笔的路费[1]，过着郭沫若所说"奴隶加讨口子"的生活，郭沫若的自传性小说《漂流三部曲》写的就是当时的窘迫境遇。即使如此，他们却牢记着"凡创造社团体内的稿件，决不移他家出版"的诺言，以致商务印书馆两次派人与郭沫若谈判出版合同事宜，均遭拒绝。后来郭沫若反省说，"这些正是我们那时候还受着封建思想的束缚的铁证，并不是泰东能够束缚我们，是我们被旧社会陶铸成了十足的奴性"，自己还美其名曰"高洁"，曰"不合时宜"。"我自己是充分地受过了封建式的教育的人，把文章来卖钱，在旧时是视为江湖派，是文人中的最下流。因此，凡是稍自矜持的人，总不肯走到这一步"。[2] 后来创造社同人终于认识到"'卖文'是作家应有的权利，没有什么荣辱可言"，而与泰东决裂，于1926年集资纳股成立了自己的出版部。郭沫若称"由卖文为辱转而为卖文为荣，这是一个社会革命，是由封建意识转变而为资本主义的革命"，是一次"意识上的革命"。[3]

创造社的转变可以看作是以资本主义方式经营的新式出版体制及其价值意识已为社会普遍接受的标志。虽然稿费、版税制度早已实施，"卖文"早已成为文人生存的手段之一，但让正统文人从价值观上接受这个现实，接受文人历来所承当的"卫道士"神圣角色向现代社会自食其力的世俗角色的转变，还需要相当长的时间。鲁湘元在对中国稿酬制度的建立与接受过程的考察中，首次揭示出让新文学家从拒绝稿酬到接受稿酬，以致为稿酬诉诸法律的转折契机。他认为，是五卅运动，特别是在商务印书馆总罢工运动中所公开的经理人员的工资与"花红"数目，让新文学家幡然猛醒，开始认识到在资本主义商业体制下，"著作人的精神的产品商品化了，著作人

---

[1] 吉少甫：《创造社的"著作权意识"》，见《书林初探》，第93页。

[2] 郭沫若：《革命春秋》，上海海燕书店，1949年，第144、206页。

[3] 同上书，第206页。

的地位一变而为零卖商或受雇者，著作的人被资本家剥削完全与体力劳动者同其命运"。因而，新文学家像当年自动取消稿酬一样，开始理直气壮地向书贾资本家要求自己所应得的利益与权益。1927年文学研究会的郑振铎、胡愈之、叶圣陶等人还率先组织了"上海著作人公会"，呼吁为了作家自己的生存，为了文化和文学自身的利益，作家们应该联合起来，成立"全国著作人联合会"。[1]大概也正是出于反抗书贾剥削的心理，20年代中后期作家自酬资金自办出版社和出版物一时成风，作家也不再讳言稿酬。如鲁迅委托律师向北新书局索取版税，为自己争回了拖欠的8256.834元；1932年以后鲁迅在没有公职的情况下，则完全凭着版税和稿费生活，这不仅没有降低他的生活水准，他还于1933年搬进了有煤气和上、下水道的高尚寓所"大陆新村"。根据鲁迅日记记载，从1932年1月至1935年12月他重病前的4年中，每月平均收入不少于530元。也正是因为作家提高了版权意识，自觉地维护和追求获取最大的利益，作家的生活普遍获得了相当大的改善，也吸引着更多的文学青年加入职业作家的行列，在30年代上海形成了一个竞争激烈、繁荣兴盛的文化市场。

由于那个时期缺乏有关出版物的确切统计数字，只能根据一些资料推测。据讲当时采用的新式印刷术只能依靠进口洋纸作为原料，后来虽然中国也能仿造洋纸，但产量极微，可以略而不计。从洋纸输入的数量就可以间接窥见出版业发达的状况。根据贺圣鼐提供的资料计算，1912—1920年中国输入的洋纸为6615195担，而1921—1929年则达14705217担[2]，增长了一倍多。1927年以后出版业更为兴旺，进入了所谓的"黄金时代"。王云五对于商务、中华、世界这三家最大规模出版社（其出版物平均已占全国出版物总册数的65%）

---

1 参阅鲁湘元：《稿酬怎样搅动文坛——市场经济与中国近现代文学》，第209—216页。
2 贺圣鼐：《三十五年来中国之印刷术》，张静庐辑注：《中国近代出版史料初编》，中华书局，1957年，第278—279页。

的直接调查表明，1927 年这三家出版社的出版物只有 1323 册，到 1936 年则增至 6717 册，其间增长了 5 倍多。以商务印书馆为例，成立后 30 年间的出版物大约只有 5700 种，13320 册，而从 1927—1936 年的 10 年间就约达 9654 种，18003 册，后 10 年比前 30 年的总和还要多近一倍。[1]

1933 年办杂志在上海"又卷起了新潮"，当时上海一地刊行的杂志就有 215 种之多，而被称为"杂志年"[2]。20 年代末 30 年代初也是上海小报发展的高潮期，短短五六年间先后出版的小报就达 700 余种[3]，由此可以想象上海出版界"黄金时代"的盛况。如果再考虑到当时的稿费在千字 2—5 元之间，而印刷工人的月工资大都在 15 元以下[4]，卖文就不仅仅是可以维生。戴望舒曾依靠卖译稿支持自己在法国的留学费用。熊式一靠翻译了一部《萧伯纳全集》和《巴蕾全集》得洋 8000 元，以 4000 元安家，4000 元赴英求学。[5] 郭沫若给他的《创造十年》自定千字 15 元，相当于一个印刷工人一个月工资的高价，也仍然会被现代书局购走。所以尽管有人把当时的"文学青年"称为"无业流氓"，但也有人认为"文人作家是一种职业，一种自由劳动的职业。因此一个人挂了作家的头衔，便不是无业游民，也不是失业者，而且这又是一种永远不会失业的职业"[6]。

30 年代的文学特征，当然与这个被施蛰存称为"繁华市"的文学市场息息相关。左翼的"革命＋恋爱"小说，海派的新感觉小说，

1　王云五：《十年来的中国出版事业——1927–1936 年》，张静庐辑注：《中国现代出版史料乙编》，中华书局，1955 年，第 336 页。

2　《上海杂志讲话》，上海通社编《上海研究资料》，第 397—399 页。

3　马光仁主编：《上海新闻史》，第 696 页。

4　廖维民：《上海印刷工人的经济生活》，张静庐辑注：《中国现代出版史料甲编》，中华书局，1954 年，第 436 页。

5　参考《施蛰存致戴望舒函》，孔另境编：《现代作家书简》，第 73 页。

6　施蛰存：《文艺百话·序 1》；章克标：《文坛登龙术》，绿杨堂藏版，1933 年，第 6 页。

张资平的三角恋爱小说，西方文学翻译小说，通俗的言情小说和侦探小说等等都曾经在这个"繁华市"上一领风骚；不仅左翼作家被人骂为"海派"，海派作家的作品也不乏"革命＋恋爱"的情节，因而真要把海派划定得一清二楚，谈何容易。所以鲁迅看出"京海杂烩"的趋势，苏汶声称机械文化的迅速传布，不久就会把"上海气"带到最讨厌它的人们所居留的地方去的断言，都不是无稽之谈。但同时我们也不能不看到其间的区别：海派作家更为自觉，也更灵活地追求市场效益，而正统或左翼文人在思想观念上有着更多的信念与执着。虽然两者之间并不泾渭分明，也许不过是程度的不同而已，但这个不同已足以显示出各异的精神倾向。不能否认，在现代社会知识分子角色越来越世俗化的转变过程中，无论中西都有一部分文人在把文艺本体神圣化的同时，也捍卫了自己角色的神圣性；也有一部分文人为维护一些最基本的价值发展出了一种自由批判的精神，同样捍卫了知识分子角色的神圣性。在这个意义上，这种类型的知识分子，虽然也不能不依附于现代社会的体制和规律而生存，但是在精神上，他们总是以超越现代社会为己任。但还有一部分文人，而且是普遍存在的一般状况是以适应现代社会为能事，紧跟时代的步伐，他们的价值观往往在于能够揭示先前未曾认识到的新的概念或意义，以对变化着的环境做出反应并提供关于世界的新信息。

　　研究英美现代文学的专家马尔科姆·布雷德伯里教授，在谈到迅速都市化给艺术家带来的影响时说："城市是整个旧的封建阶级关系和义务解体过程的一部分。这一过程又转过来影响艺术家的地位和自我形象……19 世纪不仅是西方城市化的伟大世纪，而且也是作家和艺术家不再依赖庇护人、不再依赖整个读者和观众中特殊文化阶层的世纪。在这个世纪中，他们发现自己处于一种自相矛盾的状况，即一方面，他们获得了独立，另一方面又很难确定自己在社会中的地位。"[1]这段话应该说描述的是西方纯文学作家的处境,中国海派作家与此不同的是,他们基本上是围绕着营业性的报刊出版业发展起来的。在与自身利益息息相关的出版经营活动中,他们逐渐从封建阶级的关系和义务中解脱出来,并逐渐调整了自我形象,不仅渐渐改变了对官方和正统的向心倾斜,而转向满足大众的文化生活需要,并且也渐渐摆脱了官、绅、士的身份,而以商业社会中的被雇佣者,以市民的身份从事各种各样的文化活动。作为由现代城市文明培养起来的第一代新型知识分子海派作家"置身于文化市场中卖文为生的生存状态,使之本能地认同商品经济,亲和市民社会"[2]。从而对于都市市民实用的、经济的、自利的日常生活意识和人的世俗性质有了更多的体认,在文学观、人性观、人生观等一系列价值观念上体现了现代精神的一个方面——世俗化的精神特征。反映了市民意识对于知识分子的影响和渗透,代表了现代知识分子在现代社会分化的一个方面。

---

1 [英]马尔科姆·布雷德伯里:《现代主义的城市》,见[英]马·布雷德伯里、[英]詹·麦克法兰编,胡家峦等译《现代主义》,第78页。
2 忻平:《从上海发现历史——现代化进程中的上海人及其社会生活1927—1937》,第454页。

结语 | 海派的现代性

　　由于海派小说是一个并不很规范的文学概念，而且确立这一概念更多的是社会文化的因素，而不是文学的因素，被称为海派的庞大作家群对于文学的艺术形式也有着各自不同的追求，所以本书侧重探讨了海派形成的社会文化渊源及其精神特征，以及因此而形成的海派小说的某些艺术特征，而没有对海派小说的艺术形态做全面的勾勒和把握。

　　通过考察上海建筑文化、唯美—颓废主义思潮和新兴的都市娱乐形式——电影对于海派的形成及海派小说的主题、题材和艺术风格的影响，对集中体现着海派文化精神特征的现代新市民的崛起、上海新式出版业根据经济理性法则经营的性质以及海派文人作为出版商，或其雇佣者、卖文为生生存状态的揭示，本书探寻了海派小说生成的特殊社会、文化和文学诸方面的条件及其给予海派小说所打下的精神烙印。虽然以新感觉派为代表的 30 年代海派和以张爱玲、苏青、予且等为代表的 40 年代海派在小说形态上有着鲜明的分别，如果以周作人所说的上海文化的"财色之气"来概括，前者的题旨重"色"，后者则在"财"，但他们基本上都是以日常生活的意识，也就是说以实用的、功利的和可能性的思维逻辑，来描写和反映上海市民阶层的人物和生活的。也正是在这一点上集中体现了海派的现代性精神特征，反映了市民阶层接受现代启蒙的特点。

就中国传统市民文学的主要形式通俗小说来说，其产生和发展尽管经历了一个漫长的历史时期，但所宣扬的以善、情、义为核心的社会价值观念是相对稳定的，甚至包括近代通俗小说，五四之后的通俗小说也是如此。而且通俗小说所宣扬的善、情、义的价值准则往往是由真命天子、英雄、清官、神仙、武侠和才子佳人，近代以来又出现了教士、革命者等类型化的理想人物、救世主人物来体现的，也是由他们来实现的，而非作品中的普通人通过自己的力量和行为取得胜利。这一方面表达了生活在社会下层的市民大众的理想和希望，另一方面也反映了他们不能掌握自己的命运，缺乏独立意识的状况。但海派作家笔下的现代社会及其价值准则和现代新市民的精神风貌却完全不同，过去的历史英雄和圣人，包括现代的超人都受到无情的讽刺和消解，被还以常人、普通人的身份心理；才子佳人美丽动听的恋爱故事，也被金钱肉欲的追逐和筹划所玷污；好人与坏人不再阵线分明，"有情有义"之士也不再存在，现代世界再也没有救世主，一切人都在为了自己肉欲的和经济的目的演出着"终日纷呶"的，又是"没有名目的争斗"。可以说，海派作家笔下的市民社会多以"功利"和"理性"的现代价值观取代了传统通俗小说所宣扬的善、情、义的价值理想。特别值得一提的是，通俗小说中的市民女性群像向来以对爱情的大胆追求，甚至是放荡无检的极端行为体现着市民大众反封建的要求和人本意识的觉醒。海派作家笔下的市民女性虽个别也属于这个家族中的一员，但给人印象更深刻的却是经常以对自己情欲的压抑或以婚姻和爱情相分离的方式来确保自己最大的经济利益，更为强烈地揭示出"财富决定了市民阶级并给予了地位"，"使城市产生的基本动力是属于经济性质"[1]的

1　[美]汤普逊著，耿淡如译：《中世纪经济社会史》，商务印书馆，1963年，第420—421页。

都市法则和都市市民的哲学。

这一价值观标志着海派小说的现代性质。海派小说家与传统通俗小说家，包括鸳鸯蝴蝶派小说家，关注的都是城市市民日常生活的领域，但后者建立和沿袭的是乡村自然经济体制和封建专制制度的价值体系，其中虽不乏反封建的成分，但始终不能发展为独立的现代意识，未能像西方文艺复兴时期的市民文学代表作品《巨人传》《十日谈》那样，"在整个官方世界的彼岸建立了第二世界和第二生活"[1]。海派小说正是在对传统价值体系的全面消解中，在对"生活的物质和肉体因素"的发现和强调中，揭示出适应着都市化和资本主义经济体系而产生的现代市民社会的价值观。但与西方文艺复兴时期那些同样强调"生活的物质和肉体因素"的代表作品相比，海派小说中所体现的物质和肉体生活的形象又显然缺乏"丰腴、生长和兴旺"的积极性质，海派作家笔下的物质和肉体，正像巴赫金所说的，"脱离了它们在民间文化中与之结为一体的养育万物的大地和生生不息的全民身体的统一性"[2]，其体现者是生物学的个体，自私自利的个体。所以，海派作家虽然突出地描写了物质和肉体这并不与文艺复兴的现代启蒙相悖的精神，但却是在某种程度上已经退化和庸俗化了的物质和肉体。

即使如此，也不能不认识到海派作家笔下的现代市民不再把希望和理想寄托在"救世主"身上，而是不惜破坏道德规范，不吝身份面子也要抓住自己的利益和机会的行为特征，表现出了现代市民不再是任何统治阶级的子民，臣民，而是自己命运的主宰的独立意识，这正是作为现代启蒙的核心价值观念自我意识在市民阶层表现的一种形态。虽然这种自我意识还处于本能的低层次，而与在西方现代

---

1 M. 巴赫金语，见［俄］M. 巴赫金著，佟景韩译：《巴赫金文论选·弗朗索瓦·拉伯雷的创作与中世纪和文艺复兴时代的民间文化》，中国社会科学出版社，1996 年，第 100 页。

2 同上书，第 122 页。

主义文化中发展起来的追求个性与独创，恰恰要超越常人和日常生活的沉沦状态的自我意识精神，与五四文学所表现的知识分子自我意识的觉醒判然有别。海派小说中所显示出的都市市民虽自私但独立，虽世俗又有理性，虽物化还不失一种主动选择的主体意识的精神特征，既证实着都市新市民自我意识的觉醒，又暴露其局限和异化的倾向，但这毕竟是现代新市民与封建市民相区别的分水岭。

　　海派作家的独特精神文化还可以置于 20 世纪以来一个越来越受到重视的哲学思潮，即日常生活的批判和建设，如何使日常生活人道化的理论思考中来认识其意义。虽然胡塞尔、维特根斯坦、海德格尔等都曾对人类日常生活领域进行过思考和批判，但马克思主义哲学家卢卡奇、葛兰西，尤其是阿格妮丝·赫勒、列斐伏尔、卡莱尔·科西克、德·塞托等，以马克思的基本命题和方法为主要思想来源，为认识和批判日常生活的异化，构建人道化的日常生活价值目标，实现向生活世界的回归，做出了令人瞩目的贡献，从而开启了马克思主义哲学当代性一个崭新的研究视角，将马克思主义发展为日常生活批判蔚为大观的重镇。马克思主义日常生活理论虽然仍围绕着革命这一核心范畴展开，各家的理论主张、内在逻辑、伦理向度相异，但都与传统马克思主义宏观经济分析和阶级分析不同，强调日常生活是人类历史的世俗基础和现实基础，是社会变革的基础性内容，而且认为人类解放的目标不可能完全在国家中实现，必须深入到日常生活的微观层面，改造日常生活，重塑日常生活的生存方式。

　　日常生活理论虽然直到 20 世纪才成为哲学的一个独立的研究对象，但它显然是文学的本然表现领域。即使如此，文学也像从日常生活提升出来的哲学一样，往往钟情于宏大叙事，如张爱玲所说："我发现弄文学的人向来是注重人生飞扬的一面，而忽视人生安稳的一面。其实，后者正是前者的底子。"[1] 张爱玲所谓"安稳的一面"即以本能性、习惯性、实用性和重复性为特征，日常生活的常量部分，它是生活的"底子"，是"永恒的"。一般而言，精英文学往往鄙视日常生活中构成人类生存最低条件的这些基础内容，政治则往往否定日常生活中以私人利益为核心的这些基础性需求。海派文学在文学史上能够成为一个独特的文化现象，首先就因为海派作家能够站在普通人的立场，正视日常生活中的这些普通生存问题，并表达其诉求。尤其是 40 年代的海派作家，可以说是日常生活领域及其意识、逻辑的发现者。他们毫不含糊地将经济的考虑放在个人生存的第一位，而超越了国家、道德、爱情和亲情的位置；虽然其中也表现出一定的反思、批判精神，但其挣扎在生存线上的地位，使他们会更多体认经济问题在日常生活中的决定性作用，将其看作日常生活内在的、起支配作用的行为模式。虽然左翼文学中也有描写底层人的悲惨生活问题，但左翼作家往往不是出于日常生活的意识和逻辑关注其生存境遇，而旨在唤起阶级和革命意识，或者说，左翼作家触及日常生活的内容是为政治革命服务的，是为革命张目的手段之一。而能够凸显海派作家精神特征的是，为生存而生存的立场和意识，并把日常生活的内容及其一般生存图式看作个人生活的不变内容，是人类历史的世俗基础和常量部分。

其次，海派作家是现代日常生活异化与物化问题的揭示者。虽然人的异化现象早已存在，即使上升到理论高度也其来有自，黑格尔和青年黑格尔派都对这个问题做过深入探讨，特别是马克思和恩格斯进一步基于阶级立场，对资本主义私有制条件下的劳动异化和人的异化以及日常生活的直接环境——家庭关系进行过深入的批判和剖析。不过，在中国能够以文学的方式，具体形象地揭示都市与

1　张爱玲：《自己的文章》，见来凤仪编：《张爱玲散文全编》，第 112 页。

商品经济的发展所带来的日常生活中的异化与物化问题，海派作家还是占了先机，对此现象进行了集中而彻底的揭示。异化的日常生活鲜明地体现在主体的异化上。根据赫勒的概念，"个体"是日常生活的主体，异化的主体是以"特性"，而不是以"个性"为主体的。也就是说，异化的主体处于一种"自在的"，而不是"自为的"存在状态。海派作家笔下普通人的日常生活大多沉沦于以私人利益为核心的生存需求，不仅排斥他者，也缺乏国家、民族与道德伦理意识，反映出个体尚未与社会、自我发展及其价值观建立起自觉自为关系的状态。同时，海派作家对日常生活异化的一般模式，如实用主义的思维逻辑，固守习惯、抵御变化的惰性行为模式也进行了深刻的揭示，展现了日常生活循环与重复的结构。特别是在揭示日常交往的异化方面，海派作家能够揭示出人们日常交往中所存在的利益攀附和交换现象，其作品的确会让人想到马克思在《共产党宣言》中的话，资本主义社会"无情地斩断了把人们束缚于天然尊长的形形色色的封建羁绊"，但它却又使人们陷入了"赤裸裸的利害关系"中，使"一切等级的和固定的东西都烟消云散了，一切神圣的东西都被亵渎，人们终于不得不用冷静的眼光来看待他们的生活地位、他们的相互关系"。[1] 尽管其他作家也程度不同地揭示批判过这些现象，但少有像海派作家这样将其看作现实与人之存在的真相。他们出于对自我及其家庭环境的关注，在一定程度上将自己与国家、社会的公共道德相分离，不再从善与恶的对立，也不从阶级压迫的角度，或者在对资本主义社会的透视中去寻找异化的根源，而是从日常生活的微观层面揭示在现代都市的发展中，人被商品物化，日常消费活动的异化形态，以及人的自私本性和以自我为中心的思维模式与行为模式，并将之一般化和普泛化，看作不可变的人之存在的常态，

1　马克思:《共产党宣言》,《马克思恩格斯选集》第 1 卷，人民出版社，1995 年，第 275—276 页。

这可以称为以日常生活意识写日常生活。其价值意义在于，从现代都市中成长起来的海派作家更切身地体会到传统的伦理道德与时代严重脱节，已经无法适应现代日常生活及满足个人维持合理的伦理道德关系的要求，因而致力于对寄寓着传统价值的圣人、英雄、完美人物形象进行消解，甚至亵渎的精神取向。从中我们可以看到现代人逃离精神传统提供的各种绝对性、完满性、统一性的普遍趋势，在普通人中存在的以日常实践方式反政治、反意识形态规训的力量和行为，从而表现出日常主体的消极与积极的双重性。

由此也带来海派作家的第三个精神特征，即缺乏确定的提升日常生活的指引目标。虽然海派作家站在以私人利益为核心的现代日常生活立场，但由于私有制已把日常生活世界改造成全面异化的领域，更何况就日常生活的本体特征来说，尽管是任何人都无法超越的层面，但并非是人类理想的栖居之地。海派作家虽然以其创作也反思和批判了人困于日常生活领域的灰色、残忍、无聊、寒缩的生存状态，但他们显然没有去寻找，更没有找到其救赎之道。他们疏离了载道与革命的传统，只是按照常人、俗人在日常生活中实用的经济的逻辑、思维和行为范式去表达自己的心声，反映上海市民的精神风貌。30 年代的新感觉派虽然表现出让日常生活艺术化的超越追求，却不同程度地陷入颓废的风格与审美物化的流弊，多少说明了生活的艺术化之路并不能从根本上解决日常生活困境的问题。而40 年代的海派作家或者出于对改造人性的绝望，或者倾心人性的放纵，或者因为始终挣扎于生存线上，致使作家本人即使从事着可以超越日常的文学工作，却仍然声称是为着解决钱的问题。

总体而言，海派作家虽然表达了对普通世俗人的命运、生存困境的深刻关切，同时也体现了对日常生活伦理向度的考量，但在日常生活领域的改造和建设上，其文学世界缺乏超越而积极的精神内涵和力量。即使如此，我们也要看到，生存于现代大都市的海派作家的前瞻性。他们能够忠实于现代都市的自我体验，感受到在人类社会从农业文明向工业与商业文明，从传统向现代的嬗变中，所必然带来的人自身现代化转型的冲击，反映了这一转型给予传统日常生活观念、交往以及消费方式重大而深刻的影响与改造，初步显示出由情感性向非情感性，以世俗化与理性化为取向的现代精神之一种。

主要参考文献

历史类：

[美] 费正清主编，章建刚等译.剑桥中华民国史（一）.上海人民出版社，1991 年

唐振常.近代上海探索录.上海书店出版社，1994 年

蒯世勋等编.上海市资料丛刊.上海公共租界史稿.上海人民出版社，1980 年

张仲礼主编.近代上海城市研究.上海人民出版社，1990 年

唐振常主编.上海史.上海人民出版社，1989 年

[法] 白吉尔著，张富强、许世芬译.中国资产阶级的黄金时代（1911—1937）.上海人民出版社，1994 年

[美] 罗兹·墨菲著，章克生等译.上海——现代中国的钥匙.上海人民出版社，1986 年

上海建筑施工志编委会·编写办公室.东方"巴黎"——近代上海建筑史话.上海文化出版社，1991 年

忻平.从上海发现历史——现代化进程中的上海人及其社会生活 1927—1937.上海人民出版社，1996 年

伍江.上海百年建筑史（1840—1949）.同济大学出版社，1997 年

曹聚仁.上海春秋.上海人民出版社，1996 年

李少兵.民国时期的西式风俗文化.北京师范大学出版社，1994 年

陈从周、章明主编.上海近代建筑史稿.上海三联书店，1988 年

益斌编.老上海广告.上海画报出版社，1995 年

素素.前世今生.上海远东出版社，1997 年

上海通社编.上海研究资料.上海书店出版社，1984 年

上海通社编.上海研究资料续集.上海书店出版社，1984 年

程季华主编.中国电影发展史.中国电影出版社，1980 年

［法］乔治·萨杜尔著，徐昭、吴玉鳞译.电影通史第 3 卷.中国电影出版社，1982 年

余英时.士与中国文化.上海人民出版社，1987 年

马光仁主编.上海新闻史.复旦大学出版社，1996 年

张静庐.在出版界二十年.上海书店出版社，1984 年

刘哲民编.近现代出版新闻法规汇编.学林出版社，1992 年

张静庐辑注，中国现代出版史料甲编.中华书局，1954 年

张静庐辑注.中国现代出版史料乙编.中华书局，1955 年

张静庐辑注.中国近代出版史料初编.中华书局，1957 年

［梁］释僧佑.出三藏记集.中华书局，1995 年

［梁］释慧皎.高僧传.中华书局，1992 年

李山、过常宝主编.历代高僧传.山东人民出版社，1994 年

鲁湘元.稿酬怎样搅动文坛——市场经济与中国近现代文学.红旗出版社，1998 年

程童一等.开埠——中国南京路 150 年.昆仑出版社，1996 年

理论类：

［德］马克斯·韦伯著，郑乐平编译.经济·社会·宗教——马克斯·韦伯文选.上海社会科学院出版社，1997 年

［英］马·布雷德伯里、［英］詹·麦克法兰编，胡家峦等译.现代主义.上海外语教育出版社，1992 年

［美］利里安·弗斯特著，李今译.浪漫主义.昆仑出版社，1989 年

［美］达米安·格兰特著，周发祥译.现实主义.昆仑出版社，1989 年

[英] 彼得·福克纳著，付礼军译．现代主义．昆仑出版社，1989 年

黄晋凯等主编．象征主义·意象派．中国人民大学出版社，1989 年

[英] 威廉·冈特著，肖聿、凌君译．美的历险．中国文联出版公司，1987 年

萧石君编著．世纪末英国新文艺运动．中华书局，1940 年

王岳川编．尼采文集．青海人民出版社，1995 年

[美] 弗莱德里克·R．卡尔著，傅景川、陈永国译．现代与现代主义．吉林教育出版社，1995 年

[日] 本间久雄著，沈端先（夏衍）译．欧洲近代文艺思潮论．上海开明书店，1928 年

[法] 福柯著，尚衡译．性意识史．桂冠图书股份有限公司，1990 年

赵澧、徐京安主编．唯美主义．中国人民大学出版社，1988 年

曹葆华译．普列汉诺夫美学论文集．人民出版社，1983 年

郭宏安译．波德莱尔美学论文选．人民文学出版社，1987 年

[美] 爱德华·茂莱著，邵牧君译．电影化的想象——作家和电影．中国电影出版社，1989 年

张红军编．电影与新方法．中国广播电视出版社，1992 年

[德] 本雅明著，张旭东、魏文生译．发达资本主义时代的抒情诗人．生活·读书·新知三联书店，1989 年

[匈] 伊芙特·皮洛著，崔君衍译．世俗神话——电影的野性思维．中国电影出版社，1991 年

秦林芳编译．现代小说中的空间形式．北京大学出版社，1991 年

[荷] 米克·巴尔著，谭君强译．叙述学：叙事理论导论．中国社会科学出版社，1995 年

[奥] 弗洛伊德著，高觉敷译．精神分析引论．商务印书馆，1984 年

[德] 奥斯瓦尔德·斯宾格勒著，齐世荣等译．西方的没落．商务印书馆，1995 年

[德] 叔本华著，萧赣译．悲观论集．商务印书馆，1934 年

[美] 赫伯特·马尔库塞著，张峰等译．单向度的人．重庆出版社，1988 年

徐贲．走向后现代与后殖民．中国社会科学出版社，1996 年

[美] 丹尼尔·贝尔著，赵一凡等译．资本主义文化矛盾．生活·读书·新知

三联书店，1989 年

　　[德] 黑格尔著，范扬、张企泰译 . 法哲学原理 . 商务印书馆，1995 年

　　[美] L. J. 宾克莱著，马元德等译 . 理想的冲突 . 商务印书馆，1983 年

　　[德] 尼采著，徐梵澄译 . 苏鲁支语录 . 商务印书馆，1992 年

　　[美] 霍夫曼著，王宁等译 . 弗洛伊德主义与文学思想 . 生活·读书·新知三联书店，1987 年

　　[匈] 阿格妮丝·赫勒著，衣俊卿译 . 日常生活 . 重庆出版社，1990 年

　　[法] 西蒙·波娃著，桑竹影、南珊译 . 第二性·女人 . 湖南文艺出版社，1986 年

　　[法] 西蒙娜·德·波伏娃著，陶铁柱译 . 第二性 . 中国书籍出版社，1998 年

　　[美] 弗·杰姆逊著，唐小兵译 . 后现代主义与文化理论 . 陕西师范大学出版社，1986 年

　　[俄] M. 巴赫金著，佟景韩译 . 巴赫金文论选 . 中国社会科学出版社，1996 年

文学、文学史及资料类：

苏雪林文集 . 安徽文艺出版社，1996 年

孔另境编 . 现代作家书简 . 花城出版社，1982 年

鲁迅全集 . 第 5、7、13 卷和集外集拾遗 . 人民文学出版社，1981 年

邹振环 . 影响中国近代社会的一百种译作 . 中国对外翻译出版公司，1996 年

陈振尧主编 . 法国文学史 . 外语教学与研究出版社，1989 年

郑振铎、傅东华编 . 文学百题 . 上海生活书店，1935 年

[法] 保尔·穆杭著、戴望舒译 . 天女玉丽 . 上海尚志书屋，1929 年

呐呐鸥辑译 . 色情文化 . 水沫书店，1929 年

张一岩译 . 日本新兴文学选译 . 北平星云堂书店，1933 年

高汝鸿选译 . 日本短篇小说集 . 商务印书馆，1935 年

徐霞村译 . 现代法国小说选 . 中华书局，1931 年

解志熙著 . 美的偏至 . 上海文艺出版社，1997 年

张竞生文集 . 广州出版社，1998 年

张恨水著.现代青年.人民文学出版社,1985年

[法]波德莱尔著,钱春绮译.恶之花.人民文学出版社,1986年

[英]王尔德著,荣如德译.道连·葛雷的画像.外国文学出版社,1982年

[法]戈替耶著,林微音译.马斑小姐.中华书局,1935年

司马长风.中国新文学史.香港昭明出版社,1978年

[日]谷崎润一郎著,章克标译.谷崎润一郎集.开明书店,1929年

[法]皮埃尔·路易著,曾孟朴、曾虚白译.肉与死.岳麓书社,1994年

[法]波德莱尔著,郭宏安译.恶之花.漓江出版社,1992年

严家炎.中国现代小说流派史.人民文学出版社,1989年

严家炎编.新感觉派小说选.人民文学出版社,1985年

饶鸿竞等编.创造社资料.福建人民出版社,1985年

朱乔森编.朱自清全集(3).江苏教育出版社,1988年

魏绍昌.我看鸳鸯蝴蝶派.香港中华书局,1990年

陈平原.20世纪中国小说史 第一卷.北京大学出版社,1989年

陈伯海、袁进主编.上海近代文学史.上海人民出版社,1993年

包天笑.钏影楼回忆录.香港大华出版社,1971年

吉少甫.书林初探.上海三联书店,1995年

郭沫若.革命春秋.上海海燕书店,1949年

杨之华编.文坛史料.上海中华日报社,1943年

沈从文文集(11).花城出版社,三联书店香港分店联合出版,1984年

戴叔清编.文学术语词典.上海文艺书局印行,1931年

北京大学、北京师范大学、北京师范学院中文系中国现代文学教研室编.文学运动史料选.上海教育出版社,1979年

贾植芳等编.文学研究会资料.河南人民出版社,1985年

唐正序、陈厚诚主编.20世纪中国文学与西方现代主义思潮.四川人民出版社,1992年

[清]杨伦笺注.杜诗镜铨.中华书局,1962年

容兴堂本水浒传.上海古籍出版社,1988年

沫若文集(第4卷).人民文学出版社,1956年

吴福辉著.都市漩流中的海派小说.湖南教育出版社,1995年

钱理群、吴福辉、温儒敏等编 . 中国现代文学三十年 . 上海文艺出版社，1987 年

杂志类：

香港《大公报》、《新文艺》《幻洲》《现代出版界》《文化列车》《现代》《矛盾》《文学周刊》《中国文学》《文学》《小说月报》《新月》《新时代》《风雨谈》《中央导报》《真美善》、上海《晨报》、《良友》、《新文化》《文艺月刊》《绿》《北斗》《文艺新闻》《无轨列车》《当代文学》《妇人画报》《现代电影》《文艺风景》《杂志》《万象》《天地》《大众》

英文类：

The Eighteen Nineties by H . Jackson , Penguin Book Limited, 1939.

Five Faces of Modernity by Matei Calinescu , Duke University Press, 1987.

Idols of Perversity——Fantasies of Feminine Evil in Fin-de-siecle Culture by Bram Dijkstra , Oxford University Press ,1986.

Urban Sociology , Capitalism and Modernity by Mike Savage and Alan Warde , The Macmillan Press LTD. 1993.

说明：本文在写作过程中援引的著作书目按引用的顺序排列，参考书目择其要者列于后。本文研究对象的有关作家著作和单篇论文不在此列。

后 记

　　直到完成本书的写作，我才想起来问自己，为什么会选择这样一个并不很适合自己的题目来做博士论文？

　　想想，有些好笑。

　　我和上海没有任何情感上的联系，既无先天的亲缘的牵挂，也没有后天的特殊的好恶。我认识的上海是留在历史的记忆——发黄了的报纸、刊物、书籍、电影里的上海。那是一段似乎过了时，又似乎会从过去一直伸展到未来的时空；是一些曾经出现或发生过，又会随时在今天的都市里不经意地相遇或听说的场景或故事。

　　上海对于我来说，是一个陌生人的照片，但她是一个让我一看就好奇，想知道她，了解她的陌生人。我感兴趣的不是上海的地方特色，不是上海人的特殊本色，而恰恰是她与所有的都市，所有的都市人都具备的共同性的方面，是她那一度追随着世界都市化的步伐而表现出的与历史的现代化进程和人类的现代生活处境相通的物质状态、精神状态、思想状态和情感状态，尤其是在从乡土的中国向都市化的急速转变中，上海人所表现出的轻浮（时髦）与顽固、智慧与愚蠢、适应与尴尬、焦虑与活力同在的生存状态与今天在又一次都市化高潮中我们不得不面临的生存处境和生存状态相类似的方面。当年的海派小说为那段特殊的历史留下了他们最深刻的印象、情感、困惑和思考。也许他们的叙述并不客观和真实，他们的思考并未成形和深入，他们的小说艺术也并非成熟和理想，但也就是在这些不尽如人意中，保存了从一种生活到另一种生活，从一个时代到另一个时代转变的端倪、趋向和实验，显露了一种新的文化表达给我们的先前未曾认识到的新的概念和意义，反映了一个社会整体生活方式的改变所引起的对传统的各种仪式、行为举止、信仰、态度的置疑。海派的作家和小说，无论是他们的人或文，都是从这段历史中应运而生，也随着这段历史的结束而隐退，随着这段历史的再现而复活。我接近他们，认识他们，实际上是在接近与认识我不得不面对的现代商业化都市的生存处境，不得不面对的在这个处境中新产生的观念、价值与意义，不得不面对的这些新的观念、价值和意义所确定的现代的人生与人心。

海派文化在中国是个异数，作为海派文化载体的海派小说在中国文学史上也是个异数。他们所表达的价值、兴趣和道德观念常常使我不得不放弃做概括性叙述的打算，因为我自忖如果是出于一个论说者的转述，一定会引起读者的怀疑，这是否是我的误读或扭曲，甚而会不相信能有如此的奇谈怪论。所以，在本书的写作中，我不避过多引用海派言论之嫌，尽量让他们自己表达自己，自己解释自己而少做转述或概括。

我选择的无疑是一个历史性与当代性，历史与文学与人生的经验都相交叉，并不那么十分学术的课题，但在我的导师严家炎先生言必有据的教导和严格要求下，我找到了做学问的感觉和方法。我特别要感谢的是严先生倾其研究积累给我提供了寻找新资料的线索，使我发现了一批有关新感觉派鲜为人知的材料，我的论说正建立在这些新发现的文本、史实和理论的依据之上。也正是在言必有据、小心求证的学术规范下，我才意识到自己能说、敢说的话如此的狭窄。所以除了文学，一进入经济、历史等行外领域，我运用的基本上是第二手材料。在此我也要特别感谢唐振常、张仲礼、陈从周、章明、程季华、忻平、马光仁诸位先生，这些未曾谋面的老师在上海史、上海建筑史、电影史、新闻史、现代化史等方面所取得的研究成果，为我探寻具有特殊的文学观念和精神特征的海派作家群和海派小说的历史根源和社会条件，提供了有力的证明。很幸运，我的顶头上司是在海派研究方面做出了突出贡献的吴福辉先生，于是，我可以很方便地共享他的资料，探讨研究中遇到的难点。还有我的师兄高远东先生，得知我的论文题目后馈赠予我的《上海研究资料》，对我在文学与历史之间建立起关联的构思上起着至关重要的作用。师兄解志熙先生热情推荐的 Five Faces of Modernity 成为我辨析和理解海派的现代性，沟通海派与国际性的现代都会文学、唯美—颓废主义思潮关系的重要理论参考书。还有上海的陈子善先生，亲自带着我去拜访施蛰存老先生，王晓明、袁进先生为我介绍和开列上海研究的书目。特别是作为我的学位论文答辩老师的严家炎、孙玉石、王信、钱理群、吴福辉、温儒敏、陈平原先生，都不止一次地批阅我的论文，从论文的构思到修改都提出了富有启发性的宝贵意见。

在本书即将付梓之际，我深深地感念着两位远在大西洋彼岸的外国友人。一位是我们已经做了 10 余年朋友的费梅（Megan Ferry）小姐。记得我到上海查资料的时候，她正为攻读华盛顿大学的比较文学博士学位再次来华，在上海社会科学院撰写论文。可笑的是，不是我，而是她尽了地主之谊。我们每天一起同寝共食，一起横跨上海赶到徐家汇图书馆，从开馆到闭馆，在没有暖气的阅览室里，穿着大衣，围着头巾，一起被冻得鼻青脸肿一起连蹦带跳着取暖……这一段美好的时光，已成为我美好的回忆！想起来，那回忆就会带着当时我们一起渴望的一杯热咖啡的沁人气息飘到我的眼前。另一位是我的英文写作老师，如今正在加拿大蒙特利尔（Montreal）大学攻读博士学位的肖恩（Sean Macdonald）先生。他不仅教我英文写作，也可以说是我的外国文学老师。他送给我的有关现代主义文学产生的历史背景材料和英文书籍，对我博士论文的写作有着很大的帮助。

我常常想，做学问如果没有同人的交流、切磋和友谊该是一种多么枯燥的工作，更可贵的是围绕着这项事业有着那么多纯粹的人与事。这本书能够面世，我不能不感谢上海徐家汇图书馆、复旦大学图书馆、上海辞书出版社图书馆、北京图书馆、首都图书馆、北京大学图书馆、清华大学图书馆、北京师范大学图书馆，还有我们中国现代文学馆的工作人员。特别是上海辞书出版社的何香生先生，为了翻拍旧报纸资料取得更好的效果，在寒冷的北风中一站就是一下午。北图的边延捷女士为这批资料的还原提供了热情的帮助。北大旧期刊库的谭名声老师把他工作几十年积累的资料索引提供与我，使我得以发现了穆时英的名作《白金的女体塑像》最初发表时的原文《谢医师的疯症》。还有我们馆的孙金鉴先生、任海登先生、常玉澄女士在查找、借阅、复印资料方面，都给了我热情的帮助。傅光明先生将香港《大公报》无保留地提供给我。香港中文大学卢弗套教授的博士生张咏梅小姐也为我寄来了穆时英在香港发表的报刊文章的宝贵资料。在此谨向所有帮助过我的人致以衷心的感谢。

也谨在此表达我对家人的挚爱，他们给予我得以静心治学的保证！

我深深地知道，在这本书里凝结了很多人的心血和友谊，我在体验着完成一个自己想研究的课题，说出自己想说的话以后的轻松和愉悦的同时，也满溢着温暖的师情、友情和亲情。

此时，我真是幸福。

1999 年 9 月 20 日

修订本后记

　　拙作从出版至今，居然已有 18 个年头了。这 18 年想想恍然，而能确定的感受仅仅是，时间过得真快。

　　自从 2006 年我从中国现代文学馆调到人大任教，一直以这本书作为教材之一，给研究生上"中国现代文学思潮流派"的课。我自己也在教课与相关阅读的过程中，将过去感觉到，虽有所涉及但未能阐明的某些问题与思想逐渐厘清与丰富，这也是我希望能出个修订本的主要原因。另外，就是拙作已脱销，据学生说，他上孔夫子旧书网，花了 200 元才买到。

　　虽然旧作难以重写，我还是尽量将自己逐渐澄明的观点渗透到修订之中。一是对海派文学与唯美—颓废主义思潮及其消费文化性质的认识。我在初版中能够将新感觉派置于唯美—颓废主义思潮中进行考察，开始是出于疑惑。当时学界将其定位为中国第一个现代主义小说流派，但其创作与我阅读的西方现代主义经典小说差异甚大；于是我查阅了 20 世纪二三十年代汉译文学状况，发现当时文坛视野多限于现代主义的初期阶段，唯美—颓废主义思潮是其入口，而海派恰是译介的主力。后来又读到师兄解志熙的《美的偏至——中国现代唯美—颓废主义文学思潮研究》，更了解到这一思潮在二三十年代影响的广泛性和深入性。它不仅流行于海派，也波及京派及其他作家，对此一时期散文、诗歌、戏剧和小说创作都有所渗透，只是相互间汲取的元素或程度不同而已。由于师兄的书集中梳理与阐述诗歌、散文中的唯美—颓废主义思潮，让我对海派小说与这一思潮论题的探讨尚有可开拓的空间。

在上世纪 90 年代，我还深受高雅文化与大众文化二元对立思维模式的局限，新感觉派被纳入现代主义小说类型就是一种将其精英化的处理路子；但随着我不断发掘出新感觉派涉足电影界的"软硬之争"，创办电影杂志及画报等新材料，这一小团体与大众文化、消费文化的密切关联得到凸显，以致我再也难以将新感觉派完全置于现代主义的谱系进行考量。好在当时参考的杰克逊（H.Jackson）著《1890 年代》（*The Eighteen Nineties*）已经揭示了唯美—颓废派"为艺术而艺术"与"为生活而艺术"的双重面孔，让我得以在建构以新感觉派为核心的海派与唯美—颓废主义的关联时，强调了两者对于生活的艺术化之实践以及对于生命本身之审美探求的方面，并将其与上海唯美—颓废的都市文化氛围相勾连。

拙作出版后，我又读到周小仪撰写的《唯美主义与消费文化》，此书相当全面地介绍了西方学术界对唯美—颓废主义的定位，明确指出："唯美主义的核心特征：即同时作为英国高雅艺术和大众文化运动的双重性质。"甚至认为："唯美主义生活艺术化的实践，从根本上说正是资本对审美感性全面渗透并加以重新控制的表现。"[1]对这个双重性质理论框架的认知，使我在相关修订中，更加强了海派在生活艺术化方面的实践活动及其相应的定位。

二是将海派作家的独特文化精神置于日常生活的批判和建设中，尝试从日常生活人道化思潮的视野来认识其意义。这一思潮的重要代表人物阿格妮丝·赫勒代表作《日常生活》，虽已于 1990 年被汉

1　周小仪：《唯美主义与消费文化》，北京大学出版社，2002 年，第 6、15 页。

译出版，但这一思潮及其整体面貌在 20 世纪形成的回归生活世界的文化重建进程中并未引起学界应有的关注，我是在对生活的体验和海派小说的阅读与研究中逐步进入这个问题的思考的。

中国的改革开放不仅仅是一场巨大的社会改革，也带来日常生活领域的巨大变化。从由国家单位全包体制中分离出所谓"下海"的私营活动及其生活，事实上这是一个要么自生要么自灭的自我负责自我维护的领域。

90 年代伊始，我个人的家庭生活就因为先生的被迫转业、无业以及儿子的诞生，不得不面对之前从未考虑过，也从未意识到的生存问题，以及衣食住行柴米油盐之类日常生活的常量部分；从过去的完全沉浸于精神世界开始学着在生活中生活。因而，对于此时文坛展开的人文精神大讨论，我多少是有些不以为然的。选择《海派小说与现代都市文化》这个题目作为我的博士论文，通过阐释与评价海派小说独特的文化精神，多少也隐含了我的参与和观点，是我借助海派研究，对人的日常生活层面的打量和认识，尤其是对 90 年代以后的现代社会与人生的重新思考。因此，我的海派小说研究更多一些理解与体认。尽管"海派文学"这一概念能否成立至今仍有质疑，当年选择这个题目时也曾让我困惑不已，但海派文学所透露出的一种新的文化精神和价值观更吸引我去一探究竟，因为我隐隐感到传统的价值观念与道德伦理模式已经与现代商业社会发生了冲突，难以对现代人的道德诉求做出切实有效的回应了，也难以满足个人维持合理的伦理道德关系的要求。所以，我所谓的海派小说不是一个文学流派的概念，而是从文化的角度，将其作为一个文化视野下的文学课题，选择最能反映海派文化的新信息及其本质特征，最能标志海派文学独特成就的作家为主要论述对象，从其文学现象的分析与文本的细读中，透视其不同于主流意识形态的价值观、人生观与文学观。实际上，不仅我的研究，上世纪 80 年代以来的"海派文学"研究，已经脱离了 30 年代批判的上海文坛恶劣风气的海派概念，不可同日而语。

海派作家引起我的好奇之一，就是他们毫不避讳地自称俗人，言谈自己对钱对经济斤斤计较的世俗性，而这恰恰是任何人都无法超越的日常生活的基本内容与需要。海派小说使我意识到人人在生活中生活，却从不加以追究的日常生活领域，它不仅有着自己的需要、满足及其行为图式和逻辑，而且人的日常生活的问题并不能完全在国家、社会的改革，以及精神领域中获得解决。海派文学和当代哲学社会科学一样，深刻触及人在日常微观层面的异化问题和生存危机，并进行了理性的反思和批判，只是具有典型意义的海派作家并未发现也未寻找到救赎之道；在革命与战争的时代，他们更多地体认了日常生活的自私、习惯、实用和重复的自发性文化特征。

我在初版中，已经重点探讨了海派小说所渗透的"日常生活意识和都市市民的哲学"这一文化精神，这次再版则进一步提出了是否能在 20 世纪兴起的向生活世界回归的哲学思潮视野下，来认识海派文学的意义和价值问题；但也仅仅是提出一种设想，并未展开。虽然日常生活反思和批判理论开启了当代马克思主义哲学研究的崭新视角，将人类追求自由与解放的目标从社会经济、国家政治进一步转移到日常生活领域，但生活世界毕竟是文学的本然表现领域。如何将海派文学置于整个中国文学在生活世界的批判和建构的发展脉络中来定位，还需要进一步的思考和阐释。

在以革命和战争为主导的 20 世纪上半叶，除了强调统治阶级与被统治阶级、侵略国家与反侵略国家势不两立、敌我斗争的意识形态，五四新文化运动尚受到"一战"结束后兴起的第三次人道主义思潮的影响，建立起"人类一体""利害相共"，应该"相爱相助""养成人的道德，实现人的生活"的"大人类主义"的精神。如果说，革命和战争时期的意识形态是非常时期社会动员的需要，那么在正常的和平时期"实现人的生活"的人道主义精神则应得到进一步的发掘和弘扬。

　　我们这些出生于上世纪 50 年代的人，从小接受的是绝对理想主义的教育，"斗私批修"是我们的日常功课，"时刻准备着去解放全世界三分之二的受苦人"则是被赋予的神圣使命。因而，对人的个体性与日常性的认识不仅是缺失的，更是被否定的。八九十年代的思潮让我对人的这两重性有所思考，于是写了《个人主义与五四新文学》《海派小说与现代都市文化》这两本书。由此，我对人的认识不再从单一维度出发，而建构起多元的视野。社会性，个体性，日常性三足鼎立，成为我探究"立人"之道的三个方面。我以为，在今天的和平年代与商业社会，已很少有纯粹的自私，纯粹的利他，英雄圣人是革命与战争时期对超人的询唤，我们在现代商业社会对人文精神的追求与建构不能不考虑到这些方面。我们不仅要批判日常生活中的异化现象，也要承认日常生活具有自在自发的价值和意义，并在此基础上，促进其内在升华的追求，为日常生活建立起真善美的价值理性。海派作家能够揭示日常生活领域中自在的与异化的人性，但缺乏理想之光的照射。如何在实现向生活世界回归的同时，也能构建起人道化的日常生活价值目标，应该是我们探讨的时代课题。其指导精神应如鲁迅在《我之节烈观》中所说："必须普遍，人人应做，人人能行，又于自他两利，才有存在的价值。"

　　这也是我敝帚自珍的意思，希望通过发掘与阐释海派小说的思想性及其局限性，能引起对日常生活领域的关注与思考。

　　《海派小说与现代都市文化》还曾于 2005 年收入宋如珊主编的"大陆学者丛书"，经删改题为《海派小说论》，由台湾秀威资讯科技出版社出版。这次修订再版也在文字上做了纠错和润色，特别要感谢于铁红女士认真细致的编辑，还有藤井省三先生来我们学校做讲座时为我提供了刘呐鸥妻子黄素贞的图片。

2018 年 6 月 12 日于世茂奥临花园

附 录

"海派"文学研究的拓展
—— 评李今的《海派小说与现代都市文化》

袁进

　　"海派"这个词最初用于绘画，任伯年吸收西方的画法，用于画国画人物。其后则用于京剧，上海京剧的声光化电，机关布景，对京剧的某些改革，形成了与北京京剧不同的风格，由此产生了"海派"。但是，"海派"从它诞生的那一天起，其实是贬义的。30年代，苏汶说"'海派戏'却始终是一个恶意的名词"，沈从文当时也承认："'海派'这个名词，因为它承袭着一个带点儿历史性的恶意，一般人对于这个名词缺少尊敬是很显然的。"事实上，一直到现在，上海方言中的"海派"仍然是贬义的。假如说一个人很"海派"，那就意味着这个人言过其实，油滑多变，人格卑下，很不可靠。所以，30年代讨论"京派与海派"时，"京派"占了优势，优势不在于争论的胜败，而在于当时的文坛上有人愿意承认自己是"京派"，却几乎没有人愿意承认自己是"海派"。沈从文说："过去的'海派'与'礼拜六派'不能分开，那是一样东西的两种称呼，'名士才情'与'商业竞卖'相结合，便成立了我们今天对于海派这个名词的概念。"但是，就连"礼拜六派"，也只愿意承认自己是"礼拜六派"，不愿承认自己是"海派"。即使是为上海文坛辩护，批评"京派"与"海派"差不多，为"海派"说话的作家，也不认为自己是"海派"。这其实是自然的，尽管上海也领导当时中国的时尚，但因为中国是"半殖民地半封建"社会，上海是这个社会的缩影，是冒险家的乐园。"海派"是"十里洋场"产生的半殖民地半封建的文化，评价自然不会高。由此也就确定了"海派"文学的位置：在上海的文坛上，它只是一个代表商业文化、受人轻视的部分。"海派"并不代表上海文学，上海文学更不能以"海派"文学为代表。

80 年代，随着改革开放的兴起，"海派"又重新成为人们的话题。这时的上海，是中国开放的典型；中国城市的改革开放虽然不是从上海开始，但是旧上海一直是中国现代改革开放的资源。于是产生了重新认识"海派"的需要：从陈旭麓的《说"海派"》开始，对"海派"文化开始了重新评价。在当今上海的方言中，"海派"的贬义色彩正在淡化，颇有一些商家以"海派"作为广告，招徕顾客；在中国现代文学史界，"海派"的贬义色彩已经逐步消失。"海派文学"越来越向"上海文学"靠拢。80 年代以后的"海派文学"研究，其实已经脱离了 30 年代对"海派文学"的看法，或者说大大改变了当时的"海派"范围，拓宽了"海派"文学的研究。例如，沈从文认为过去的"海派"就是"礼拜六派"，但是当今对"海派"的研究，很少有人再去关注"礼拜六派"。事实上，当今对于"海派文学"，也很少有人在商品化、市场化方面做深入研究，完全追求商品化与市场效应的文学已经被视为"恶性海派"搁置起来，人们大多把注意力投向"现代性"，投向外来影响的接受，研究地域对文学的影响，寻求上海特色，等等。人们试图通过理解旧上海的文化现象来理解和认识今日的都市化和现代化引起的变化，"海派"文学几乎成了"上海文学"的代表。只是，各家对"海派"的理解各有不同，有着自己的"海派"文学范围。这种不同固然是正常的，但是随着研究的深入，也需要进一步探讨"海派"的特点，逐步确立公认的研究范围。

在"海派"文学研究中，最近由安徽教育出版社出版的李今的《海派小说与现代都市文化》是一部佳作。该书的特点是：避开划分"海派"

范围，"选择最能代表海派作家群的人生观、价值观、文学观，最能反映海派文化的新信息和本质特征，最能标志海派文学独特成就的作家：刘呐鸥、施蛰存、穆时英等新感觉派，还有 40 年代的张爱玲、苏青、予且等为主要的论述对象，以凸显出海派小说在现代文学史上的独特存在及其价值和意义"。这样就可以抓住这些最能代表上海特点的作家，做更为认真详尽的分析，以明确"海派"特点。事实上，在对"新感觉派"的分析上，该书是我所见到的最为细致深入的专著。正是在"新感觉派"身上，作者找到了那种都市化、现代化过程中作家不同于乡土文学作家的心态、视角。

上海是中国现代最大的现代化都市，李今的著作正是从这里出发立论的，它运用了大量的篇幅，说明上海作为现代都市的城市状况，生存空间。这是中国以前从未有过的现代化都市，生活在这里的人们形成了怎样的感觉？又怎样把这种感觉付诸文学？"新感觉派"正是这类文学的代表，它所追求的，就是表现大都市中纷乱的、支离破碎的感觉。这种感觉受到西方现代派文学的影响，与中国传统的文学，甚至五四以来的大部分文学有所不同。中国传统农业社会的文学注重进取，五四时期文学要改造"国民性"，当然也不能消极，就连鲁迅接受了现代派的影响，也不得不在夏瑜的坟上加一个花圈，他们要避免颓废主义。诞生于大都市中的新感觉派就不同了，在哲学上，他们就是颓废主义的；然而颓废主义正代表了现代主义的精神，如同克利内斯库所说："当今说起的颓废主义基本上是我们所称谓的现代主义的同义词。"尼采把自己与瓦格纳、叔本华这些现代主义精神的缔造者称作"颓废的哲学家"。现代文明给人带来的压抑，人对现代文明压抑的抗拒，这种抗拒又难以实现理想的自由，最终形成了现代主义的颓废特征，也贯穿到新感觉派和其他海派作家的创作之中。

新感觉派对都市生活喜欢做速写或漫画式的勾勒，这究竟是为什么？李今发现："从现在掌握的材料来看，穆时英对康德、尼采、叔本华、普列汉诺夫、马克思、布哈林、托尔斯泰等的学说都有涉猎。"他借用康德的观点，进而否认现阶段真理的存在，否认真理名义下的霸权，进而肯定多元的存在，肯定一切理论、一切学说，主义与思想"都代表现实的一面"。由此我们可以感受到他对现实的超前理解，这种对世界多元的看法，正是从现代主义到后现代主义的潮流。于是穆时英出于对现象是"最客观的、最实感的现实"的确信，对本质作为"各人自己的解释"的东西的怀疑，喜欢运用平面化的小说结构，将现代社会现象平面并置，而很少深入发掘这些社会现象，运用有主有次的从属关系的纵深结构立体地表现现实社会。这种平面化的特点，不仅受到现代主义影响，与当今的后现代文化也有相通之处，它是以前的中国现代文学研究较少发掘的。由此我们既可以看到新感觉派的超前意识，也可以看到上海这个现代化大都市给海派作家带来的复杂感受形成的创作复杂性。

然而，上海毕竟是中国的现代大都市，它的现代性必然要与中国的文明、中国的文化传统结合起来，这就必然产生对外来现代性影响的变形与改造。在某种意义上，传统也正是通过这种变形与改造同外来影响融合，从而延续下去的。这是一个以往被人忽视的视角，近年来才越来越受到重视。李今注意到这方面，她指出张爱玲小说中的颓废性是非常复杂的，"既有对中国传统小说诗歌的颓废主题和情趣的发扬，也不乏对现代颓废精神的接受和改造"。张爱玲继承了《红楼梦》家族没落的颓废主题，又融合进她自己的生活经验。她并不赞成"唯美派"，认为"唯美派"的"美"没有底子；但是她又接受了"唯美派"的思想观念，加以变形。"她把 30 年代海派笔下的舞女、交际花换成了平实生活里的家庭中的女人、寄居的女人、妍居的女人"，以日常生活作为独立的写作领域，在写俗中透视人的本性与日常生活的逻辑，"把形而下的俗事作为了形而上的问题而进行理性思考"。作者以大量事实证明了：即使海派以接受外来影响为主，他们的接受本身也不能不受到中国文化传统的制约。这就更加全面地展示了海派文学的特点。

因此，该书有一个较大的文化视野，作者紧扣现代大都市与文学之间的关系，横跨中西，打通文史哲，并且深入电影等视觉艺术之中，旁征博引，探讨电影与小说的关系，追问当时的市民阅读欣赏习惯，重新审视社会与文学之间的关系。作者成功地证明：海派文学的成长，是与他们追求文学的世俗性连在一起的。他们疏离了革命载道的传统，"而采取另外一种立场，即按照常人、俗人在日常生活中所避免不了的实用的经济的逻辑、思维和行为范式去反映上海市民的精神风貌"。

该书在收集材料方面也有独到之处：不仅注意到作者出版文集时的定本，也注意到作者首次发表时的初版本，从中找出异同。如穆时英的《白金的女体塑像》最初在《彗星》发表时是以《谢医师的疯症》问世的，小说最初是以谢医师为主，而不是像后来那样以"白金的女体塑像"为主。这样小说就有一大段后来的定本所没有的内容，那就是谢医师对都市女人的臆想。这种臆想显示出病态的男性"对现代都市中如鱼得水的现代女性既恐惧又受吸引的矛盾心理，以及由此而产生的施虐和受虐相互交加的病症"。然而，后来穆时英不知何故改变了作品的主题，由描写"施虐与受虐"变为展现女性的"颓废之美"；但是，二者在精神上其实是一致的，都体现了现代派的精神。这种认真的考证显示了作者严谨的治学态度和扎实的研究功力。

在中国现代文学中，相比其他流派而言，"海派"也许更具有前瞻性，更符合当今社会的特点。事实上，我们从今日的一些作品中，也能发现当日"海派"的影子。历史是现实的一面镜子，李今从现代都市和现代性入手发掘"海派"的特点，不仅拓展了"海派"研究，对于今天的都市文学研究，也具有重要意义。

解读"摩登"：李今和她的海派小说研究

—— 《海派小说论》代序

解志熙

在十几年前的一个热烈的夏季，我陪侍着导师严家炎先生住在北京知春里的一套小公寓中。也就在那时我从严先生口中第一次听到李今的名字，因为那年她报考了严先生的博士生，先生和我言谈之间对她颇表欣赏。这在一向不但治学严谨而且口风甚紧的"严加严"先生（这是北大中文系师生私下里对严家炎先生的谐称）是极少见的事情。然而临到考试的前一天，却传来了李今因个人情况不能参加考试的消息。严先生当时也颇为惋惜。

然而随后——大概是1990年的夏秋之交吧——我去暂设在万寿寺的现代文学馆校对稿子时，认识了李今。她给我的印象像个带发修行的女居士，宁静平和，和她的那些苦行僧般的男同事们，在那所破旧的寺庙中不辞艰苦地坚守着一块被攘攘红尘遗忘了的学术阵地《中国现代文学研究丛刊》，并且为了维持岌岌可危的现代文学馆而四处化缘。为了弥补上次未能如愿考博的遗憾，90年代看期，已身为人母的李今终于还是在相夫教子、担负刊物编务的辛苦之中，毅然再次投考到严先生门下当了一名学生。

这本《海派小说论》就是李今在北大四年攻读博士学位的学术结晶。说实话，当友朋们得知李今选择这个课题作学位论文时，是颇有些意外而且不无担心的。这并非怀疑李今的学术能力。事实上，在这之前，李今已从著名的新文学史料学专家朱金顺先生那里接受了严格的学术训练，也译介过西方的文学理论著作，并出版有专著《个人主义与五四新文学》（北方文艺出版社，1992），所以已是大家一致看好的学术新秀。其实大家的担心倒是出于保护这位学术新秀的好心。如我们的"老师兄"兼李今的顶头上司吴福辉先生就说他"没有想到"，因为他觉得李今是个道地的北方人，同上海毫无渊源，要克服地域文化与个人气质上的障碍去把握海派小说，那是相当困难、不易见长的。我自己也觉得李今有些"自讨苦吃"。因为自80年代以来，海派小说已成为现代文学研究界的一个持续发烧的学术热点，继严家炎先生关于新感觉派小说的开创性研究之后，李欧梵先生、吴福辉先生并有不凡的建树，在他们三位的身后更是尾随着众多的追随者，每年在这个课题上的论文都不在少数，仿佛"高烧不退"。俗话说，能手之后难为功，何况在严、李、吴三位高手之后？所以到90年代中期，关于海派小说的研究事实上处于热闹而胶着的状态，在这种情况下李今如此选择，在学术上显然是不大"明智"的。但后来的事实证明我们的担心都是多余的。当大家看了李今厚厚的论文打印稿后，都感觉到多年处于胶着不进状态的海派小说研究终于有了一次新的突破；而严家炎先生、李欧梵先生、吴福辉先生的一致首肯，更属难得。不难想象，在知难而进的过程中，李今付出了多少辛苦的劳动和艰苦的思索。事实上当时一般人（包括我自己）都觉得这个课题不但剩义无多，就连资料文献也没有多少可补充的了。没想到李今却一头扎进上海徐家汇图书馆的旧报刊中，发掘出了一大批不为人知的重要文献资料，尤其是刘呐鸥、穆时英等人参与"软性电影与硬性电影之争"的资料，从而不仅对因资料的缺乏而一向让人碍难说清的海派小说家的文艺观念问题，有了令人豁然开朗的分析，而且进而得以对现代都市时尚文化做打通的观照，这反过来也使她能够从借鉴电影艺术这个角度，对海派小说叙事艺术的特点有了过人的发现。同时，李今也特别注意拓展自己的理论视野和知识结构。恰好 90 年代中期以来文化研究，尤其是都市文化的研究成为国际学术的热点，李今敏锐地感受到这些与自己的课题的相关性而致力于同步的思考，从而得以避短用长——超越单纯以地域文化论海派的限制，着眼于老上海人和海派作家如何应对世界都市化进程中的一些普遍问题和现代冲击，因此所见始大、所造遂深，自然与过去只就上海论上海、只就海派论海派的研究大不相同，而令人刮目相看了。

如吴福辉先生就特别赞赏李今独具慧眼地揭示了海派小说家与西方颓废—唯美派的复杂关联，以及对海派代表作家作品的精细入微的解读功夫。作为与李今同代的学术同行，我对此也深有同感。应该说，自上世纪 80 年代以来，大陆学术界对文学现代主义的知识视野大都局限于 20 世纪以来的欧美现代主义诸流派，从这样的角度来看待海派小说的现代性，虽然不能说错，但不免有些笼统，而疏忽了海派小说与世纪末唯美—颓废主义的渊源关系；因此李今对这种关系的系统深入的揭示，使我们对海派小说的现代性有了更为具体、更为准确的认识，这无疑是一个重要的学术推进。而就我个人的观察所及，20 世纪以来中国学者、批评家对小说的研究与批评，在具体的小说文本分析方面实在粗枝大叶，太满足于笼统的大判断或印象式的评点，而鲜见精细入微、令人心折的文本解读。在海峡那边，唯一的例外是欧阳子女士 70 年代末为白先勇先生的小说《台北人》所撰写的批评著作《王谢堂前的燕子》，那是一部创造性地运用英美"新批评"方法的批评杰作，在汉语小说批评史上可说是没有先例的著作。在大陆这边，小说研究先是长期停滞在传统的考证和教条的社会学分析中，进入改革开放之后，则又一直沉溺于对西方学术新潮如饥似渴而又大而化之的追逐，而很少有人关心具体的文本分析问题；虽然"新批评"又一次输入了，但人们只是竞相搬弄它的一些诗学概念来把自己论著打扮得时新一些而已。所以当我在 80 年代中期开始读文学研究生的时候，一个令我苦恼到几乎放弃学业的难题是，尽管自己可以说出这样或那样颇有理论根据而其实人云亦云的大道理，但面对一篇小说，虽然对它不无感受，可要做具体的分析和阐释，却痛感除了套话外几乎不知从何说起、如何解读。正是这点自感无聊而又不甘于无聊的自觉，促使我开始暗自摸索文本分析的方法。虽然我自己在这方面迄无所成，但因为有过这样的苦恼和摸索，所以看到李今把开阔的都市文化研究视野成功地落实到精细的文本分析之中，我是感佩有加的。

本书中"电影和新的小说范式""日常社会意识和都市市民的哲学"等章之所以让人读了深信不疑，其实不仅在于它们理论视野的独特和学术观点的新颖，更重要的是李今细致入微的文本解读给了我们妥帖惬当、怡然理顺之感——没有这个，就只是观点的徒然新颖而已，未必能够让人信服。事实上，近十多年来大陆学术界关于现代文学的文化研究已成风气，但所论却往往给人大而无当、肤廓不实之感，就因为论者只满足于文化视野的"大处着眼"，却忽视了从具体的文本分析这个"小处入手"。在这种学术风气下，李今的这本探讨"海派小说与现代都市文化"的论著，着力"按照'言必有据'的学术要求，从文本分析、史实证明和理论依据几个方面加强阐述论题的实证性"（原书"小引"），所以它在诸多论著中颖然秀出，是并非偶然的。

从学术发展的脉络来看，我以为李今这本著作最值得重视的学术贡献，是她对海派小说以至于海派文化的两面性或矛盾性的深入抉发，这无疑标志着海派研究在历经"平反发覆""正名加封"和新的"一边倒"好评之后，已步入可以平心而论、辨正分析的新阶段。

在此不妨扼要回顾一下近 20 年来关于海派小说的研究进程。

由于众所周知的原因，海派小说在 1949 年以后的海峡两岸长期被埋没了。直到上世纪 80 年代初，大陆转入改革开放，文学观念随之解放，学术研究亦渐趋解禁，严家炎先生始从旧纸堆中发掘出了海派小说的主干新感觉派诸作家的作品，编为《新感觉派小说选》一书，并在该书的长篇前言和稍后出版的《中国现代小说流派史》中指出："这是中国第一个现代主义小说流派。"既肯定了该派的现代主义实验对中国文学现代化的贡献，同时也对该派小说的一些甚违情理之处有所批评。海派小说研究就是从这个平反发覆起步的。以严先生的发掘为基础，李欧梵先生紧接着又将新感觉派小说介绍到港台和海外，并将之誉为"中国现代小说的先驱者"，推为台湾 60 年代现代主义小说的不祧之祖。从加封的头衔可以看出，对海派小说的评价已经进一步提高了。进入 90 年代，那个压抑个人利益和个人欲望的时代终于灰头灰脸地彻底结束了，各种政治和人生的理想主义让位于现代的生活享受、消费方式、娱乐形式——它们又一次随着先进的洋货一同进口，吊起了人们的胃口、刺激着人们的欲望。越来越多的人们惊讶地发现自己原来是个"食色"动物，而况现代都市里的时髦物事是那么光鲜诱人，现代的享受是那么难以抗拒。于是人们在竞相"下海"或观海的同时，重新发现了十里洋场的"上海"作为东方最现代的都市的繁华与摩登，以及产生在这个现代都市的海派文学的生猛劲和开放性，叹赏这一切在当今"全球化"的热潮中具有的先行—典范意义。值此之时，吴福辉先生以他曾是上海的土生子而今身为资深京派学者的双重资历，出头为一度声名狼藉的"海派文学"正名。他倾注多年的积累和体会发为《都市漩流中的海派小说》一书（湖南文艺出版社，1995），不仅准确地揭示出了海派小说的来龙去脉，理直气壮地肯定了它的"现代质"，而且也率先考察了海派小说作为现代都市产儿的"正面"和"负面"。吴福辉先生的研究显然启发了稍后的研究者。

90 年代后期有两部著作差不多同时孕育和产生了。一部是李欧梵先生的《上海摩登——一种新都市文化在中国》。李先生乃学术名家，博学多闻，富有大都会的生活经验和国际性的学术视野，所以由他来重释"上海现代性"自然再合适不过了，并且他也从其同事马泰·卡林内斯库那里领悟到"文学和艺术上的现代性，其实是和历史上的现代性分道而驰的，前者甚至可以看作是对后者的市侩和庸俗的一种反抗"，所以人们完全可以指望李先生百尺竿头更进一步的深入分析。李先生的书也的确搜罗宏富而又妙笔生花，所以精彩纷呈，令人目不暇接。看得出来，李先生对西方领潮的都市文化是情有独钟的，这自然使他对"上海摩登"的态度近于"一边倒"的偏爱，加上浪漫的学术气质，所以他"更愿意把这种景象——上海租界里的中国作家热烈拥抱西方文化——视为是一种中国世界主义的表现"而叹赏有加。虽然在李先生参差对照的张爱玲式笔法下，左翼文学及其对海派文学的批评也时不时地出现，可都仿佛是又丑又恶的"陪衬人"，所以连同"战火""革命"等一起被视为"掐灭"海派摩登文艺天才的厌物。至此，摩登的上海都市文化——包括海派小说，由于符合世界主义的潮流而得到了高度的肯定。也因此不难理解的是，当"摩登"上海因为革命而没落之后，李先生在"中国"可寄托其对世界性大都市摩登文化之爱好的，便只有英国人治理下的香港了。不待说，这样一种纯然向西看齐的世界主义观点，自然对"上海摩登"的价值有其独到的发现，但也不免让人感到有些单纯和片面了。

同时产生的另一部著作就是李今的这本书。李今对海派文学当然不乏有同情的理解，但她的思考没有被自己的同情和对象的摩登所左右，所以能在深思熟虑的基础上纵深开掘，对摩登的海派文学和海派文化之两面性、矛盾性，颇多切中肯綮、洞见利弊的分析，令人有豁然开朗之感。在她看来，以资本家、商人、中上层职员等为主体的新市民，不仅经济状况较为富裕、受过现代的西式教育，而且形成了以追逐西方生活方式为现代、为摩登的消费模式和生活趣味，这既为海派小说提供了素材和创作的动力，但同时也制约和同化着海派小说的境界与取向。她肯定，海派小说家将人性从神圣化、理想化、超越性还原到人的生物性、求生的本能和世俗的生存理性，确是更近事实真相和人性真实的，所以他们的小说对世俗凡人的欲望和本能的表现虽不免过于形而下，却也勃勃有生人之气，增进了人们对人性的理解。但同时李今也不讳言，与西方文艺复兴时期那些同样强调生活的物质性和肉体因素的代表作品相比，海派小说中所着力表现的那些执着物质与肉体欲望的人物形象，显然缺乏"丰腴、生长和兴旺"的积极性质，更未能像西方现代主义杰作那样将人的本能欲望发展升华到一种"非理性的激情"境界。她认为，海派小说所表现的现代市民的价值观和自我意识，"虽自私但独立、虽世俗又有理性、虽然物化还不失主动选择的主体意识的精神特征，既证实着都市新市民的自我意识的觉醒，又暴露其局限和异化的倾向"。并指出，海派作家"对于都市文明既追随，又有反省和批判；既喜欢，又厌恶。而这种复杂的意识情感正是现代主义作家的基本认识模式和情感模式，它促进了一种对生活的广阔而复杂的理解"。因此，李今肯认海派作家群中的新感觉派诸家和张爱玲的创作，属于中国现代文学史上比较先锋和前卫的现代主义佳作之列，但同时她也发现，即是这类作品也难免都市流行文学的从俗以至于媚俗的格调。所以李今又强调说，海派小说"虽然也表现了自我在都市'荒原'中的孤独寂寞感，受压抑的人的本能冲动和内心活动，但更社会化、世俗化，也多少流于'轻'和'浮'，只有后来的张爱玲能够把对人的生存状态的考察引向深入，但也正是由于她虽然并不认可，但又太多地认定常人的生存状态的普遍性，使她对于有关人的形而上问题的探讨，反而得出了形而下的结论，虽深刻但缺少使人升华的精神力量和批判力量。这也正是海派小说貌似现代主义，但在本质上与西方这一精英文化所关心的自我问题和精神的相异之处"。……这样一种深入分析、辨正观照的思想态度贯穿全书，虽然我们不一定赞成作者的每一处分析、每一个判断，但就其大体而言，的确发人深省，显著地推进了海派小说研究的学术进程，深化了我们对上海"摩登"的认识。

我和李今谊属同门，在学术上相互切磋，求同存异，从不客气。关于海派小说，我们的看法也不尽一致，在此也略说几句。李今在本书中曾提到与海派小说有关的"轻文学"这个概念，并解释说"轻文学"（Light Literature）的"轻（Light）"意指不深刻、不严肃、不沉重，带有消遣性和娱乐性，所以"轻文学"一般都不大关怀，甚至拒绝涉及国家社会的大问题。在李今看来，"如果根据轻文学的分类，把新感觉派完全归入消遣性的大众文学范畴，似乎也并不完全合适，因为他们又有着鲜明的纯文学追求"。我得老实招认，这是对我的商榷，因为说新感觉派小说是"轻文学"、把它"完全归入消遣性的大众文学范畴"，就是我的看法。这说来倒是受了已故的施蛰存先生的启发。记得 80 年代末我看到施先生在《说说我自己》一文中如此坦承："1930 年代，西欧文学，正在通行心理分析，内心独白，和三个'克'：Erotic,Exotic,Grotesque（色情的，异国情调的，怪奇的），我也大受影响，写出了各式仿制品。经过第二次大战，这一阵文学风尚，已被孤儿寡妇的眼泪和犹太人的血冲洗掉。它过时了，可想不到，我那些小说，却和秦始皇的兵马俑同时出土，勾灵成为宝物。自从严家炎编出了一本《新感觉派小说选》，封我为'新感觉派主要作家'，美国的李欧梵教授在台湾刊物上推波助澜，封我为'中国现代小说的先驱'。这样一吹一捧，使我那些'假洋鬼子'作品，被不少文学青年或青年作家奉为现代的文学典范。愿上帝保佑，让我的那些'新感觉'小说安息吧。"这让我深为感动，因为我相信这是施先生的心里话，并非出于什么政治压力，而施先生对自己当年的艺术趣味和创作奥秘的这番自我解剖，恰好与我当时对他以及他的文学同伴们的阅读印象相符，再加上我当时对现代主义的理解又比较严格——我以为文学上的现代主义，不仅具有艺术上的先锋性、实验性，而且是对现代文明及资产阶级价值观念和生活方式的质疑、反叛，其中包含着对都市生态中孤独的个人存在状况和生命意义的严肃探询，因而与流行的媚俗的都市大众文学是判然有别的。从这样一种观点来看，被认为是中国现代主义的新感觉派小说就似是而非了。所以，在这个问题上，我与学术界的普遍看法是不同的，这不同意见也曾对导师严家炎先生说起过。也正是鉴于新感觉派小说虽然从西方现代思想和现代文艺那里汲取了不少时新的因素而貌似"现代"，但究其实更像时髦化、媚俗化、趣味化的现代都市流行文学，并且隐含着一种避重就轻的人生态度；而施蛰存先生当年又曾明言要"弄一点有趣味的轻文学"，所以我便把施先生及其他一些作家的创作称为"趣味主义的轻文学"。如今重读李今的这本著作，使我意识到自己不免偏狭，显然忽视了新感觉派的艺术贡献——用"轻文学"来指称新感觉派小说，确实有些埋没其"现代性"和"前卫性"。但李今的商榷并没有完全改变我对新感觉派小说的观感，因为该派作家确实不同程度地存在着追逐时髦、渲染刺激、迎合流俗的趣味，连其中翘楚施蛰存先生也未能例外，这只要看看他的《魔道》《凶宅》诸篇以及他自己稍后的自我批评，就不容讳言，更无论刘呐鸥笔下的色情风景和穆时英笔下的白金女体之类了。要说这些就是"现代"和"前卫"，那不是太容易、太轻松了么？然则，究竟应该怎么品评这些乍看很似现代、再看让人起疑的海派作品之境界，及其作者的文学行为方式呢？受李今质疑的推动和李欧梵先生著作的启发，我忽然想到"摩登主义"倒不失为一个较为恰当的"说法"。"摩登"也者，"Modern"是也，然而"摩登"未必是本真的原创的"Modern"，也不一定是反"Modern"的"Modernity"，倒往往是把来自西方的

"Modern"和"Modernity"当作时尚而加以复制，使之流行，以迎合大都市中产阶级追逐时髦和新鲜刺激的文化—消费口味。这样一种复制"现代"所以貌似"现代"，但不免使"现代"时尚化以至于庸俗化的文化消费和文学行为方式，就是"摩登主义"。记得十五六年前曾经读过欧文·豪（Irving Howe）论现代主义文化的一篇文章，里面仿佛说过：现代主义一旦流行走俏，就趋于它的反面，而不再是现代主义了（原书不在手头，此处仅凭记忆略述大意，容或有误）。的确，真正的现代主义文化是不从众、非时尚和反庸俗的，但它也难逃资本主义的市场逻辑——当它一旦在孤傲中苦熬成功之后，随即就会因其成功而被复制、模仿，成为流行时尚，因而也必然会被庸俗化。窃以为，如果上述施蛰存先生的坦白是可信的，并且如果连作为新感觉派中翘楚的施先生都是如此行为，那么与其称此派小说是"现代主义"，还不如说它是"摩登主义"。显然，新感觉派所奉行的"摩登主义"和鲁迅所提倡的"拿来主义"是有差别的，那就是"拿来主义"自有其主体性，而"摩登主义"则在忘乎所以地追逐国际时尚中常常迷失了自己。当然，"摩登主义"也可以说是一种现代性，即马泰·卡林内斯库在《现代性的五副面孔》中所谓"媚俗"（Kitsch）是也。不过应该说明的是，我用"摩登主义"或"媚俗"来标示新感觉派的境界和趣味，并不是要低估它的价值，而只是尝试着更准确地把握它和认识它。其实，按照马泰·卡林内斯库的解释，"媚俗"艺术在"第二"或"第三"世界的出现乃是"现代化"的准确无误的标志呢。

李今能否接受我仿造的"摩登主义"这个说法，我现在还无法知道。但不论她接受与否，我都要承认重读她的这本著作，在我确是一次愉快的经验，因为它再次启发我想了一点问题。这就是本书之为好书的一个证明——它经得住重读，而我第一次拜读它是在四年前，那时李今的这本著作曾以《海派小说与现代都市文化》为题在大陆出版过，很快就被学术界公认为代表了海派小说研究新进展的优秀论著。最近李今又应约对之进行了改订并更名为《海派小说论》，准备在台湾出版。由于两岸学术界自然形成的差异和不自然的隔阂，所以出版者希望有一篇序言，多少向新的读者介绍一下本书及其作者。这确有必要，而无疑的，最适合担当这个光荣任务的自然是严家炎先生和吴福辉先生了。他们两位是海内外公认的海派小说研究资深专家，而李今既是最得严先生治学真传的弟子，又长期在吴先生主持的现代文学馆工作，所以他们对李今的了解是别人难以比拟的。但不巧的是严先生最近不在内地，而吴先生已经为本书的大陆版作过序了，不好再劳他的大驾。因此这个任务就转到了谊属同门的我这里，这让我倍感光荣而又特别惶恐。序当然不敢作也无法作，但我想谈谈自己对李今为人与为学的印象，也许对新的读者不无小助，所以写了上面这些话，连带着也略述我对海派小说研究的一点感想。这些话自然难免浅陋与谬误，但或许比套话有意思些，所以怎么想就怎么说了。其间若有冒犯师长、唐突时贤之处，就请谅解或者批评吧。

2004 年 12 月 8 日夜于清华园